KB096064

모살기謀殺記

온우주
단편선
0 0 2

모살기謀殺記

곽 재 식 작 품 집

✺온우주

차 례

일 라 日 羅

일 라 日 羅

신라 홍제鴻濟 연간에 한 신라 뱃사람이 왜국 근처로 나갔다가 돌아오는 길에 폭풍을 만나게 되었다. 대낮인데도 구름이 가득 끼어 온 세상이 마치 밤처럼 어둑어둑한 가운데, 사방에서 거세게 비가 뿌리니 한 치 앞도 제대로 보이지 않았다.

"마치 거대한 괴물이 세상의 하늘을 통째로 집어삼킨 듯하고 또 바닷속에서 금방이라도 산만 한 거북이가 튀어나와 배를 씹어 먹을 듯하구나."

뱃사람은 두려워하면서, 배를 안전한 곳으로 이끌어 닻을 깊이 내리고 배가 뒤집히지 않게 하려고 온 힘을 쏟았다. 사방이 번쩍거리며 번개가 치고, 구름이 꺼멓게 긴 온 하늘이 힘을 다하여 울부짖듯이 천둥소리가 울렸다. 그러니 뱃사람은 더욱 겁을 먹었다. 그런데, 번개가 번쩍여서 먼 곳까지 환하게 보일 때마다, 검게 보이는 커다란 파도 사이에 알록달록한 이상한 점 같은 것이 멀리 보였다.

파도가 휘몰아치는 가운데에 가만히 보니, 그것은 나무판자에 매달려 있는 한 여자였다.

"어찌 이와 같이 폭풍이 몰아치는 바다 한가운데에 난데없이 여자가 있단 말인가? 바다 깊은 곳에서 솟아난 것인가? 그것이 아니라면, 하늘의 먹구름 사이에서 번개와 함께 떨어진 여자란 말인가? 저 여자는 혹시 용왕의 부인이나, 혹은 하백의 딸은 아니겠는가?"

그러자 다른 뱃사람이 옆에서 말하기를,

"용왕의 부인이면 바다에서만 난다는 온갖 진주와 귀한 비단을 얻을 수 있을 것이오. 그게 아니라 하백의 딸이라면 옛날 고구려 임금처럼 우리도 나라 하나를 만들어 임금이 될 수 있을지도 모르는 일 아니겠소?"

하였다. 그리하여, 뱃사람들은 힘을 다하여 그 여자를 바닷물에서 건져 올렸다.

건져 놓고 보니, 여자는 옷이 찢겨 있었으며, 얼굴과 몸 여기저기에 상처가 많아서, 차림새가 엉망이었다. 그러나 얼굴은 요염하면서도 무척 아름답고, 살결이 아주 고왔다. 여자는 쇠약해진 상태였으며 정신마저 흐려 제대로 말조차 못하였다. 뱃사람이 그런 여자를 보며 주위에 말하였다.

"이 부인은 폭풍이 몰아치는 가운데 커다란 파도를 타고 떠다니며, 천지간에 아무것도 보이지 않고 오직 비바람과 바닷물만을 보며 혼자 망망히 있으면서 죽을 것이라는 생각만 하였을 것이오. 그 때문에 겁을 먹고 정신이 이상해진 것은 아니겠소?"

뱃사람은 여자를 배에서 제일 좋은 자리에 눕혀놓았다. 그리고 여자의 옷을 갈아입힌 뒤에, 따뜻한 술을 먹이고, 좋은 죽을 먹여 기운을 북돋도록 했다.

여자는 마침내 폭풍이 그치고 구름이 걷힐 때가 되어서야 기운을 차릴 수 있었다. 그처럼 거칠게 비바람이 쳤건만, 날씨가 맑아지고 나니, 하늘이 푸르게 빛나고 둥근 해가 그 빛을 눈부시게 내려 비추었다. 언제 거센 폭풍이 쳐서 배를 박살 낼 듯 두렵게 하였는지 도무지 알 수 없을 지경으로 날씨가 급히 좋아졌으니, 마치 하늘이 조그마한 바다의 출렁임에도 어쩔 줄 몰라 하는 뭇사람들을 비웃는 듯하였다.

뱃사람은 기운을 차린 여자에게 물었다.

"그대는 어디서 온 누구이며, 어찌하여 그와 같이 홀로 바다를 떠돌고 있었소? 그대는 바닷속에 산다는 사람이오? 혹은 그대가 바로 뱃사람 사이에 전해지는 인어인 것이오?"

여자는 모두 아니라고 했다. 여자는 한참 동안 망설이다가, 다른 뱃사람들이 모두 의아해하고 있으니, 다음과 같은 이야기를 들려주었다.

여자는 한부韓婦라고 불리던 백제 사람으로, 그 용모가 아름다웠다. 그러므로 백제에서 기이한 학식으로 이름이 높아서 달솔 벼슬을 살고 있는 일라日羅라는 사람이 자신의 집에 두고 같이 지내고 있었다. 일라는 온갖 학문과 불경에 매우 밝았으며, 언제나 재물과 권세에 욕심이 없이 세상 밖에서 고고히 사는 듯 지냈다. 그러나 이와는 반대로 한부는 행실이 곱지 않으며, 욕심이 많고, 또한 화를 잘 내며 조그마한 이익을 탐내는 성격이었다. 그러므로 일라의 주위 사람들 중에는, 일라와 같이 부유하고 지체 높은 사람이 한부와 같이 지내는 것을 탐탁지 않게 생각하는 사람들도 많았다.

주위에서 하는 말은 이러하였다.

"한부는 공께서 부인과 같이 대해주고 있는 사람이며, 이제 그 나이 또한 서른에 가까우니 어머니로서 그 몸가짐을 바르게 갖추어야 할 것입니다. 그런데, 어찌 길거리에서 깔깔거리며 여러 잡배들과 쉽게 어울리며, 온갖 소문이 도는 것을 두려워하지 않고 늦게까지 시정에서 술을 마시고 춤을 추며 놀 수가 있단 말입니까?"

그러나 그런 말을 들을 때마다, 일라는 이렇게 답했다.

"이 여인은 태어날 때부터 정이 많은 본성을 몸 안팎에 가득 품고 난 사람이다. 세상에 아름다운 여인은 많으나, 한부가 특별한 것은 그 때문이다. 만약 그러한 정이 없다면, 얼굴이 곱고 살결이 부드러운 다른 여인과 다를 바가 무엇이겠는가? 내가 저 여인을 사랑하는 것은, 저와 같이 한 번 웃어 유혹하는 것이, 단숨에도 아찔하여, 곧 만사 다른 걱정거리와 생각을 잊게 하기 때문이다."

그리고 일라는 그저 웃으며 한부를 더욱 좋아할 뿐이었다. 사실 일라는 한부의 아름다운 용모와 교태로운 몸짓을 몹시 아꼈으므로, 비록 한부에게 다른 흠이 많다 한들 크게 싫어하는 일이 없었다.

그런데, 하루는 그 한부에게 우도羽嶋라는 한 왜국倭國 사람이 찾아왔다. 우도는 처음에 한부를 보고 이렇게 말하였다.

"부인과 같은 아름다운 사람은 처음 봅니다. 실로 부인과 같은 용모를 보는 것만으로도 저는 큰 즐거움을 얻은 것이요, 깊은 복을 누린 것입니다. 그러니 부인의 얼굴을 본 값을 치르지 않을 수 없습니다. 부디 제가 드리는 선물을 받아주십시오."

그러면서, 우도는 한부에게 좋은 술과 아름다운 옷을 선물하였다. 그러자 한부는 기뻐하며, 우도와 함께 시정의 한 술집에서 밤이 깊도록 같이 술잔을 나누었다.

그러나 밤이 깊어가고 인기척이 뜸해지자, 우도는 한부에게 가까이 다가가더니 속삭이듯이 말하기 시작하였다.

"사실 제가 부인을 보고자 한 것은, 그저 술잔을 나누는 수작을 걸어 한 번 놀기 위한 것이 아니었습니다. 저는 왜국왕께서 긴밀히 보낸 사신으로, 부인과 함께 살고 계시는 달솔 일라를 만나 뵙고 오라는 명령을 받고 온 것입니다.

일라께서는 온갖 나라의 많은 일들을 모두 간파하고 계신 대단하신 분으로, 나라를 다스리는 지혜가 많기로 이름이 드높으신 분입니다. 그리하여 일라의 이름은 삼한뿐만 아니라, 먼 외국에 이르기까지 천하사방에 널리 알려져 있습니다. 저희 왜국왕이 일라께서 해주시는 말씀을 따라 섬을 다스리면, 온 섬의 사람들이 편안해지고 세상에 두려워할 것이 없으리라는 말까지 돌고 있으니, 왜국왕께서는 일라를 긴히 모셔가서 섬을 다스리는 귀한 분으로 삼으려는 생각을 갖고 있습니다.

그런데 일라께서 이렇듯 귀한 분이시기에 칠십팔국을 모두 다스리는 백제의 성상께서는 일라가 외국에서 벼슬을 받는 것을 막으려 하십니다. 그래서 지난번에 일라를 찾아 모시러 왔을 때에도, 백제 조정에서 저희들을 쫓아 보내버리셨습니다. 그렇기 때문에, 이번에는 이렇듯 몰래 일라를 뵙기 위해, 일라와 함께 사신다는 부인께 긴밀히 뜻을 전하러 오게 된 것입니다.

제가 부인께 바칠 비단과 장신구는 얼마든지 있습니다. 하오니, 부디 부인께서는 저를 일라께 안내해주십시오.”

그 말을 듣자, 한부는 즉시 얼굴색이 변하였다. 한부는 바로 술잔을 집어 던지더니 딱딱하게 굳은 얼굴로,

“우선 달솔께 이러한 뜻을 전해는 보겠습니다.”

라고 말하고는, 바로 밖으로 나갔다.

한부가 화가 난 듯했으므로, 우도는 짐짓 근심스럽고 불안하였다. 우도는 홀로 이렇게 중얼거렸다.

“이번에도 일라를 뵙는 데 성공하지 못한다면, 왜국왕께서 나에게 죄를 물으실 것이다. 그런데 일라와 알고 있는 유일한 사람인 한부 부인을 이와 같이 화나게 하였으니, 어찌할 것인가?”

그런데 그러고 있으려니 얼마 후에, 갑자기 길가에서 소란스러운 소리가 들려왔다. 우도가 이상하게 여기고 가보니, 매우 화려한 옷을 입은 한부가 술에 잔뜩 취하여 노래를 부르며 길에서 춤

을 추고 있는 것이었다. 한부는 무릇 지나는 남자들의 눈을 모두 끌 만한 여인이었으므로, 술 취하여 춤추는 그 모습을 보기 위해 길거리에 사람이 매우 많이 몰려들어 있었다.

그때 한부는 우도를 보더니, 춤을 추며 우도 곁에 다가와서는 우도를 감싸며 빙그르르 돌며 몸을 놀렸다. 어깨와 머리에 덮어 쓰고 있던 너울을 벗어서 던졌으며, 허리에 두르고 있던 끈을 풀어서 휘둘러놓았다. 그리고 우도를 향하여 노래를 부르는데, 그 가사가 매우 괴이하였다. 한부가 우도를 유혹하기 위해 남녀 간의 내밀한 일을 노래하는 가사였다.

그 노래를 듣고 우도는 얼굴이 잔뜩 붉어졌다. 또한 구경하고 있던 사람들 중에도 낄낄거리고 웃는 사람이 있는가 하면, 일라가 갖고 있는 달솔의 벼슬이 부끄럽지 않느냐고 고래고래 욕을 하는 사람들도 있었다. 노래를 부르고 나서 한부는 다시 한 번 우도를 쳐다보며 쓰다듬더니, 흘러내리는 옷자락을 추스르면서, 미친 사람처럼 덩실덩실 춤을 추며 어딘가로 달려가는 것이었다.

한부가 사라지자 한부를 보던 사람들은 구경거리가 없어졌으므로 모두 흩어졌다. 그러나 우도는 꿈을 꾸는 듯 이상하게 여겨서 그 자리에 한참 서 있었다. 마침내 우도는,

"이왕에 일라를 만나지 못하여 왜국왕에게 죄를 받을 바에야, 차라리 이와 같이 나를 바라고 있는 한부를 만나서 한 번 즐겁게 놀아보기라도 해야 하지 않겠는가."

하고는, 한부가 사라진 방향으로 뒤쫓아 가보았다.

우도가 따라가 보니, 한부가 간 곳에는 한 집이 있고, 집의 대

문이 활짝 열려 있었다. 우도는 이상하게 여겨서 집 안에 들어가 보았다. 그런데 집 안에 들어가 보니, 한부는 없고 기골이 장대하면서도 얼굴이 깨끗하고 고귀한 한 남자가 등불을 밝혀놓고 있었다. 남자는 잘 차려 놓은 술상 앞에 앉아서 여유롭게 부채를 부치고 있었다.

우도가 어리둥절해하니, 그 남자가 웃으며 말하였다.

"왜국왕께서 보낸 손님께서는 어서 자리에 앉아 제 술을 받으십시오. 저는 달솔 벼슬을 살고 있는 일라라고 합니다."

우도가 놀라서 자리 앞으로 다가가니, 일라가 말을 계속하였다.

"그대가 하신 말씀은 제가 한부에게 들어서 알고 있습니다. 제가 그대를 만나 뵈러 가면, 아무리 조심한다고 해도, 반드시 조정에서 제가 왜국섬에서 온 사람을 만났다는 이야기를 알게 될 것입니다. 그렇게 되면, 제가 또 외국 벼슬을 살러 나간다는 소문이 퍼질 것이니, 그것을 조정에서 막고자 한다면, 사신의 목숨조차 위험할 수 있을 것입니다.

그리하여, 저는 어쩔 수 없이 한부를 보내어 사신을 유혹하도록 했던 것입니다. 이렇게 하면, 온 세상 사람들이 아는 것이라고는 한부의 아름다운 몸짓과 이상한 노래뿐일 것입니다. 그러므로 사신께서 저희 집에 일부러 걸어 들어온다 하여도, 사람들이 사신께서 한부에게 꼬임을 당하여 한부를 만나러 왔다고 생각할 뿐이지, 저를 만나러 왔다고는 생각하지 못할 것입니다.

비록 예의에는 몹시 어긋나는 일을 했으나, 제가 궁리해낸 어쩔 수 없는 술수이니, 사신께서는 너무 괴로워하지 마십시오."

일라가 말을 마치자마자 술을 한 잔 마시고 웃으니, 우도는 그제야 얼굴이 환해지며 기뻐하기 시작했다. 우도는 자리에서 일어나 일라에게 절을 올리고, 공손히 앉아서 예의를 갖추고 말하였다.

"저는 왜국왕의 명령을 받들어 귀한 분을 모시러 왔습니다.

달솔께서 왜국 섬으로 건너와서 왜국왕을 위해 일해주신다면, 왜국왕께서는 달솔만을 위하여 아두상시阿斗桑市에 관청을 따로 만들어, 아름다운 저택에서 살게 하실 것이며, 아무 부족한 것이 없도록, 말씀하시는 것 중에 왜국에 있는 것이라면 무엇이든 다 드리도록 할 것입니다.

부디, 달솔께서는 왜국왕께서 섬을 다스리고 지켜 나가시며 큰일을 이룰 수 있도록, 그 지혜를 나누어 주십시오."

그 말을 듣고 일라는 웃으며 다시 술을 권했다. 우도가 술을 한 잔 더 마시더니, 일라에게 다시 물었다.

"도대체 어찌하여, 달솔 일라께서는 나라 사람들을 기르고 적을 막는 방책을 만드는 일에 이와 같이 이름이 높으신 것입니까?"

우도의 말이 몹시 간곡하고 또한 그 됨됨이가 매우 진실되어 보였으므로, 일라는 감격하여, 우도에게 술을 더 나누어 주고 답하였다.

"저의 부친께서는 본시 가야 사람으로, 배를 타고 다니시며 왜국섬에 좋은 터를 얻어 집을 짓고 왜국에 머무르시는 때가 많았던 까닭에, 저도 어려서는 왜국섬에서 자랐다고 할 수 있습니다. 제가 어찌, 왜국섬에서 살던 때의 좋은 기억과 그때의 귀한 벗들을 잊고 지낼 수가 있겠습니까?

그런데, 바로 왜국왕께서 저의 미약한 재주를 이와 같이 크게 생각하신다니, 저는 분에 넘치는 말씀을 이토록 베풀어주신 큰 은혜에 답하기 위하여, 제가 아는 것을 모두 말씀드리고자 합니다."

그 말을 듣고 우도가 기뻐하며 일라의 손을 부여잡으며 눈물을 흘렸다. 일라가 말을 계속하여 설명하는 것이 다음과 같았다.

"저는 무릇 사람들이 어떤 계략을 꾸미는지, 장차 무슨 일을 하려고 궁리하는지, 살펴보고 내다보는 데 남다른 재주를 갖추게 되었습니다.

이것은 사람의 성질과 그 사람의 부모형제와 벗들을 살펴보고, 그 사람이 속한 판세를 살펴보면, 그 사람이 어떤 일을 저지를지 미루어 짐작해볼 수 있기 때문입니다.

만일 성질이 급한 사람이 낚시를 하러 가게 되면, 조금만 물고기가 모이는 기미가 보여도 낚아 올릴 것이기 때문에 작은 물고기만 많이 잡아 올리게 될 것입니다. 그러나 만일 성질이 느긋한 사람이 낚시를 하러 가게 되면, 참을성 있게 오래 기다릴 것이기 때문에 물고기를 하나도 잡지 못하거나, 큰 물고기 한두 마리만을 잡게 될 것입니다.

사람의 성질과 형세를 미루어 앞날을 짐작하는 것은 모두 이와 다를 바가 없습니다.

낚시질과 바구니 속의 물고기를 살피는 것에 더하여, 저는 일찍이 삼한의 일을 기록해놓은 많은 서책들을 모아서 읽어보았습니다. 그리하여, 옛날 강왕康王, 안왕安王 때의 일부터, 백제의 선대에 일어난 일까지 모두 살폈으며, 또한 한족과 선비족의 일들은 물론이요, 멀리 인도의 일과 불경에 실린 일들까지도 두루두루 익히고 보았습니다. 그리하여, 오만 명에 달하는 사람들의 살아온 일과 저지른 일을 모두 살펴보았으니, 오만의 사람들마다 각자 타고난 성질과 처한 판세에 맞추어 하는 일들을 모두 따져 보았습니다.

그리하여, 저는 이제 누구든 사람이 처한 상황을 가만히 따져 보면, 옛날의 오만 사람 중에 누구와 가장 비슷한지 빤히 떠올릴 수 있게 되었습니다. 그러니 곧 그 사람이 무슨 일을 하게 될지도 내다볼 수 있게 되었습니다. 이렇게 맞히는 것이 생각하는 족족 그대로 들어맞으므로, 이는 나라를 다스리는 데에 큰 도움이 되는 일입니다.

제가 시정의 사람들을 하나하나 따져 살펴보고 나면, 저는 많은 옛사람들의 일에 비추어, 그 사람들 중에 누가 도둑질을 하고 누가 저울을 속이고 재물을 빼돌릴지, 가장 그럴듯한 사람을 짚어볼 수 있게 되었습니다. 그렇게 제가 짚어보고 도둑질을 할 것 같다고 손가락으로 꼽은 사람은 어김없이 도둑질을 저지르게 됩니다. 그러므로 그 사람이 도둑질을 하기 전에 도둑질을 하지 못하도록 막을 수 있다면, 시정에서 도둑과 협잡질을 몰아낼 수 있는 것입니다.

이와 같이 저는 조정의 수많은 사람들 중에, 누가 배반을 할 사람이며, 누가 뇌물을 받을 사람인지 짚어낼 수 있습니다. 또한 싸움이 일어났을 때, 누가 도망칠 사람이며 누가 항복할 사람인지 내다볼 수 있게 되었습니다. 이런 사람들을 미리 잘 가려서 막는다면, 나라에서 악한 사람들을 몰아내고, 좋은 일을 할 사람들만 키워낼 수 있을 것입니다. 그렇게 된다면, 관청의 힘을 크게 키우고, 나라를 잘 다스리는 일이 무엇이 힘든 것이 있겠습니까? 때문에 감히 세상에서 제가 따지고 살펴보고, 내다보면, 틀리는 일이 없다 하는 것입니다.

하물며, 제가 한부의 말을 듣고 그와 같이 춤을 추고 노래를 부르게 한 것조차 같은 이치입니다. 제가 따져보니, 왜국섬에서 오신 공께서는 망설이다가 결국 한부를 따라 이곳까지 올 것이라고 내다볼 수 있었습니다. 그리하여, 이렇게 우리가 지금 마주 앉아 술잔을 같이 나눌 수 있게 된 것입니다."

이 말을 듣고 우도는 감격하여 소리쳤다.

"참으로 공께서는 하늘이 내리신 대단한 분이십니다. 도둑이 도둑질을 하기 전에 쫓아낼 수 있고, 역적이 역적질을 하기 전에 죽여 없앨 수 있다면, 두려울 것이 무엇이 있겠습니까?

그런데 이와 같이 대단한 공께 백제에서는 겨우 달솔 벼슬밖에 주지 않고, 그러면서도 이와 같이 하는 일 없이 집에서 놀게만 하고 있으니, 참으로 억울한 처사입니다."

그 말을 듣고 일라는 말없이 술을 한 잔 더 마셨다. 잠시 말을 멈추고 곰곰이 생각하는 듯하더니, 일라가 다시 답했다.

"그것 또한 조정과 우리 성상께서 어쩔 수 없는 일입니다.

역적질을 한 사람은 죽이도록 되어 있습니다. 그런데 아직 역적질을 하지 않은 사람을, 제가 반드시 역적질을 할 사람이라고 지목했다고 하여 어찌 죽이기까지야 하겠습니까. 아직까지 아무

죄도 잘못도 저지르지 않은 사람을 비록 도둑이 될 것이 뻔해 보인다고 하여, 어찌 가만히 있는데 감옥에 가둘 수 있겠습니까.

그리하여, 성상께서는 저를 귀하게 여기시고, 다른 나라에 가서 재주를 쓰는 것은 막으려 하시지만, 백제 조정에서 스스로 제 말대로 나쁜 자들을 미리 잡아 없애고, 좋은 자들에게 미리 상을 내리는 일은 하실 수가 없으신 것입니다.

그러므로 저는 그저 이름뿐인 벼슬을 얻어 별 하는 일 없이, 이와 같이 술이나 마시고 가야금 뜯는 소리나 들으며 아름다운 것들을 찾아 노니는 것으로 세월을 보내며 지내게 된 것입니다."

우도가 말했다.

"달솔께서 갖고 계신 재주와 그 높고 깊은 학식을 이와 같이 묻어둘 수는 없는 것입니다. 저희 왜국왕께서는 왜국섬을 뒤엎는다 하더라도 달솔의 말을 따라서 크게 힘을 키워보시리라 하는 마음을 품고 계십니다.

부디 왜국왕께 오셔서 달솔께서 하시고 싶은 일들을 마음껏 해주십시오."

일라는 다시 즐겁게 웃었다.

"그것은 참으로 기쁜 일입니다. 다만, 제가 먼저 왜국섬으로 건너가겠다고 하면, 성상께서 의심스럽게 여기시어 반드시 막으려 하실 것입니다.

그러므로 왜국왕께 말씀드려서, 화급히 저를 잠깐 만나야만 하는 일이 생겼다고 긴박하게 이야기하도록 해주십시오. 그렇게 하시면, 조정에서도 의심하시지 않고 저를 잠깐 왜국섬에 머물게 해주실 것입니다. 아마도 일전에 신라에게 망해버린 가야의 원수를 갚는 일에 대해서 이야기해야 한다고 하시면, 백제 조정은 신라에 원한이 깊으므로 다른 걱정 없이 편히 왜국섬에 가게 해주실 것입니다."

그렇게 하여, 일라와 우도는 밤새 술을 마시며 서로 뜻을 나누었다.

우도는 왜국섬으로 돌아가서 왜국왕에게 청하여, 급하게 가야에 관한 일을 일라와 의논할 수 있도록 잠시만 일라를 왜국에 보내달라고 백제 조정에 이야기하도록 하였다. 그러자, 과연 일라가 내다본 것과 꼭 같이, 백제 조정에서는 별다른 의심 없이 일라가 왜국섬으로 건너갈 수 있게 하였다.

일라가 왜국섬으로 건너갈 때에, 한부가 일라에게 물었다.

"우리가 지금 왜국섬으로 건너가는 것은, 사실 왜국왕에게 벼슬을 얻어 영영 영화를 누리며 왜국섬에서 지내려 하는 것입니다. 그렇다면, 짐을 많이 꾸려서 옷가지와 가구들을 모두 다 챙겨가야 하는 것 아닙니까?"

그 말에 일라는 고개를 저었다.

"짐을 많이 갖고 가려 한다면, 분명히 조정에서 우리가 왜국섬에서 영영 돌아오지 않으려 하는 것인가 의심하여, 배를 타는 것을 막으려 들 것이오."

이에 한부가 따졌다.

"그렇다면, 귀한 패물이나, 금은보화라도 조금 숨겨 가지고 가야 하는 것 아닙니까? 내가 시정에서 밤마다 몰래 귀한 보물을 파는 사람을 알아놓았습니다. 그러니, 우리는 모든 재산을 모두 한 가지 귀한 보물로 바꾸어 몰래 왜국섬으로 도망치도록 하는 것이 어떠합니까?"

일라는 한부가 재물에 욕심이 많은 것을 알고 있었으므로, 어쩔 수 없이 이에 응하였다.

밤이 되어 일라와 한부가 한 다리 밑에 몰래 가보니, 머리카락이 짧은 장사꾼이 그림자 속에 몸을 숨기고 있었다. 장사꾼의 머리카락이 짧은 것을 한부가 의아한 눈빛으로 보자, 장사꾼이 한부의 얼굴을 보고 한 번 웃더니, 말했다.

"저는 도둑이 아니지만 제가 파는 물건들은 모두 도둑질한 것들입니다. 천하사방의 귀한 물건들을 도둑이 훔쳐서 팔아넘기면 그것들을 사다가 이와 같이 귀하신 부인과 같은 분들께 다시 파는 것입니다. 그러므로 제 얼굴을 숨기기 위해, 지난 얼마간의 시간 동안 머리를 깎고 절의 승려인 척하고 다녔기 때문에 모습이 이러합니다."

한부는 장사꾼이 늘어놓는 물건들을 이것저것 살펴보다가, 한 굵직한 옥 덩이를 짚었다.

"이것은 무엇이오?"

장사꾼이 답하였다.

"그것은 신라의 옥적玉笛으로, 그 자체로 커다란 옥 덩어리이니 귀한 보석이요, 입을 대고 손가락을 움직이면 피리로 불 수 있는데 세상의 다른 악기로는 낼 수 없는 소리를 내는 귀한 물건입니다. 부인께서는 춤과 노래를 좋아하시고, 공께서는 학식이 높아 음률에도 밝을 것이니 이와 같이 좋은 물건이 또 있겠습니까?"

그 말을 듣고 일라는 고개를 가로저었다.

"우리가 왜국섬으로 건너가면 재물이 부족한 일은 없을 것인데, 이런 것이 무슨 소용이겠는가? 차라리 몰래 보내어 우리 목숨을 노리는 무리들을 막기 위한 무기가 필요하지 않겠는가?"

그러자, 한부는 다시 물건 중에 한 방패를 짚었다.

"이것은 무엇이오?"

장사꾼이 다시 답했다.

"그것은 고구려의 철순鐵盾으로, 백 번 단련하여 튼튼하기란 비할 바 없으니 병사와 장군의 귀한 보물이며, 또한 중앙에는 화살을 쏘는 과녁 모양으로 그려진 선을 따라 온갖 아름다운 무늬가 그려져 있으니 처녀와 부인이 보고 즐길 수 있는 귀한 보물이기도 합니다."

그러나 다시 일라는 고개를 가로저었다.

"우리를 누군가 죽이러 온다면, 이는 한두 사람이 짧은 칼 몇 개를 던지거나 화살 한두 대를 쏘는 것이 아닐 것이다. 수십 명의 칼잡이가 한 번에 몰려들거나, 수천 명의 군사가 달려들 것이니, 어찌 이따위가 우리 목숨을 지켜주겠는가."

그리하여, 일라와 한부는 여러 물건들을 뒤적거려보면서, 갖가지 창칼과 투구를 살펴보았다. 그러나 일라는 한참 동안 마음에 드는 물건이 없는 듯하였다.

그러다가, 일라는 한 갑옷을 발견하였다. 일라가 갑옷을 살펴보자, 장사꾼은 다시 말하였다.

"그 물건은 기이한 칠을 한 갑옷이니, 밤이 되면 스스로 빛을 낸다고 하는 물건입니다."

한부가 보니 그 갑옷은 좋게 칠해져 있기는 하나, 크게 대단할 바 없는 갑옷으로 보였다. 그러므로 한부는 그다지 마음에 들지 않아 하였다. 그러나 일라는 골똘히 생각하더니, 손가락을 꼽아보며 이것저것 따져보고 다시 한참 무엇인가를 생각하더니, 곧 그 갑옷을 사겠다고 하였다.

"내 전 재산을 바꾸어 이 갑옷을 살 것이오."

그리하여, 일라와 한부는 칠한 갑옷을 사서 왜국으로 떠나게 되었다. 한부는 금은을 갖고 가는 것과는 비할 바가 아니라 생각하여, 일라에게 눈을 흘기며 한탄하였다.

"비록 그 갑옷이 나쁜 물건은 아닌 듯하나, 어찌 우리가 그간 끌어모은 그 많은 재물을 대신할 만큼 귀하겠습니까. 십 수 명의 자객이 독한 마음을 먹고 한 번에 달려들려고 한다면 이런 갑옷 하나가 무슨 큰 도움이 되겠습니까? 사슬갑옷을 하나 사서 그대와 내가 옷 안에 숨겨 입기만 해도 그만하기는 할 것입니다. 사슬갑옷은 이렇게 비싸지는 않으니, 그렇게 했다면, 남은 돈으로 온갖 보석을 사서 떠나올 수 있지 않았겠습니까."

그러자 일라는 한 번 웃고는 한부를 끌어안으며 말하였다.

"이 낡은 갑옷이 내 목숨을 반드시 구할 것이 뻔히 내다보이는데, 어찌 사지 않을 수 있겠소? 세상에서 내가 따지고 살펴보고 내다보면 틀리는 일이 없소."

한부는 일라의 말을 이해할 수 없었으나, 일라가 술을 권하며 몸을 가까이 하는지라, 그저 퉁명스러운 얼굴만을 할 뿐, 더 이상 말을 하지 않았다.

일라와 한부가 왜국섬으로 건너오자, 왜국왕은 일라를 크게 환대하였다. 일라는 달리 가져온 것이 없었으므로, 갑옷을 왜국왕에게 보여주며 인사를 올렸다. 그러나 왜국왕은 그저 일라가 온 것만으로 기쁘게 생각하였다. 왜국왕은 우도가 말한 대로 일라를 위한 관사를 따로 건립해주어 살게 해주었으며, 일라에게 필요한 것은 무엇이든 가져다주도록 하였다. 일라는 매우 감동하였다.

왜국왕은 곧 자신의 부하인 아배목신阿倍目臣과 물부지자物部贄子에게 일라로부터 섬을 다스리는 지혜를 구하도록 하였다. 이에 일라는 관청 건물에 바로 나아가 왜국왕의 부하들을 모두 모아놓도록 하여 한 마디씩 인사를 하며 둘러보았다. 그러더니, 물러나서 아배목신과 물부지자에게 다음과 같이 말하였다.

"지금 왜국왕의 부하들을 보니, 크게 강병족强兵族과 부국족富國族으로 나뉘어 있습니다. 강병족은 병사를 많이 모으고 창칼을 많이 만들어 여러 곳에 싸움을 많이 걸어서 위세를 떨쳐보자는 무리들이며, 부국족은 백성들이 농사를 잘 짓도록 하고 지혜로운 사람들을 많이 뽑을 수 있도록 하여 재물을 풍부하게 하자는 무리입니다.

그런데, 지금 강병족과 부국족의 사람들의 성질을 살펴보고 왜국왕의 처한 형세를 보니, 농사에 힘쓰자는 부국족들보다는 싸움을 많이 일으키자는 강병족이 더 힘이 센 듯합니다. 그렇지 않습니까?"

그 말을 듣고 아배목신과 물부지자 두 사람은 감탄하였다.

"과연 달솔께서 오늘 한 번 사람들을 보고 하신 말씀이, 저희들이 몇 년 동안 사람들의 눈치를 보며 따져 밝힌 사실과 다르지 않습니다."

일라가 말을 계속하였다.

"제가 따져보니, 이와 같이 강병족의 뜻대로 왜국왕이 백성들을 다스린다면, 왜국왕은 큰 힘을 키우지 못하고 힘들게 지내게 될 것입니다. 이 때문에 결국 훗날 지금 왜국왕의 아우가 왜국왕이 되었을 때에는 그 부하들이 몰래 왜국왕을 쳐 죽이는 일마저 일어날 것으로 보입니다."

왜국왕이 힘이 들게 되고, 왜국왕의 아우가 죽게 된다는 말을 듣자 두 왜국 사람은 크게 놀랐다. 일라는 잠시 말을 멈추었다가 다시 말을 이었다.

"그러니, 왜국왕의 부하들 중에서 이러한 강병족의 무리들은 미리 물리쳐야 합니다. 그래야만 왜국왕께서는 힘을 키우실 수 있습니다. 강병족의 무리들에게 명령을 내려 3년 동안만 깊은 산속에 들어가 도를 닦으며 마음을 다스리고 오라고 하십시오. 그렇게 하면, 강병족이 손쓸 틈도 없이 부국족 무리들과 함께 왜국왕께서는 그 힘을 크게 키우실 수 있을 것입니다.

또한 강병족의 무리들도 3년간 자리에서 물러나 산속에 있다가 오면 억한 마음이 가라앉아 흉한 짓을 할 생각을 버리게 될 것입니다. 그렇게 하시면, 나쁜 일은 일어나지 않고 왜국왕께서는 온통 재물이 넘쳐나게 될 것입니다.

그렇게 된 후에 큰 배를 많이 만들어 우뚝하니 포구마다 세워 두게 된다면, 그 대단한 위세에 놀라지 않는 사람이 없을 것입니다. 그러면 왜국왕께서는 백제의 큰 부자들이라 할지언정 마음대로 오라 가라 하게 되실 권세를 얻으실 수 있을 것입니다."

그 말을 듣고 두 왜국 사람은 한동안 말이 없이 걱정스러운 얼굴이었다. 아배목신이 일라에게 물었다.

"달솔께서 하신 말씀은 과연 대단하고 놀랍습니다. 또한 저희들이 곰곰이 생각해보아도, 강병족을 3년 동안 산속에 쫓아 보내고, 부국족과 함께 사람들을 다스린다면 과연 왜국왕께 큰 도움이 되리라 생각합니다.

하지만, 강병족의 무리들도 지금까지 왜국왕에게 충성을 다하여 힘쓴 부하들입니다. 훗날에 나쁜 짓을 할 것이 의심된다 하여 지금 벌써 깊은 산속에 처박아두고 3년 동안이나 나오지 못한다면, 이것이 의리에 맞는 일이라 할 수 있겠습니까? 이는 강병족의 무리들을 고생스럽게 만들어 우리들만 그 뜻을 이루려는, 의리에 맞지 않는 짓 아니겠습니까? 어찌 왜국왕께 그런 일을 하도록 쉽게 권할 수 있겠습니까?"

그 말을 듣고, 일라는 소리를 내어 껄껄 웃었다. 두 왜국 사람이 이상하게 여겨 일라를 쳐다보았다. 일라는 다시 설명했다.

"제가 말씀드리는 일의 오묘한 점이 바로 그 의리에 있습니다. 만약 지금 제 말을 따르지 않고 강병족의 무리들을 그대로 둔다면, 결국 이 무리들은 왜국왕의 아우를 죽이는 큰 죄를 짓게 되고, 마침내 여러 사람이 싸우고 벌을 받는 사이에 다치고 죽게 될 것입니다. 반역을 일으키면, 기둥에 묶어두고 불로 온몸을 지져서 죽이는 형벌까지 있지 않습니까? 만약 강병족의 무리들을 그대로 두면 결국 이들이 스스로 반역의 죄를 짓고 붙잡히게 될 것이므로, 이들은 온몸 마디마디를 극히 아파하며 괴로워하다가 죽게 될 뿐입니다.

그러나 제 말을 따라, 지금 강병족들을 미리 산속으로 보내어 버린다면, 강병족 무리들은 오직 3년 동안만 산속에서 조금 불편하게 지내면 될 뿐입니다. 3년만 강병족 무리들을 가두어둔다면, 왜국왕의 다스리는 형세를 바꿀 수 있으니, 그 후에는 강병족들은 반역을 하고자 해도 할 수가 없게 될 것입니다. 그렇게 되면 강병족들 스스로도 반역하는 마음을 버리게 되고, 붙잡혀 불타 죽게 되는 일도 없게 되는 것입니다.

비록 강병족이 지금 잠깐은 억울하게 3년 동안 산속에 갇히게 되는 듯하다 생각할지 모르나, 기실, 이것은 강병족들에게도 목숨을 구하고 대대손손 왜국왕의 충성스러운 부하로 지내며 그 이름을 빛나게 해주는 길인 것입니다.

이는 강병족을 괴롭혀, 부국족과 우리만 득을 보자는 것이 아닙니다. 도리어 반역죄로 죽을지도 모르는 강병족의 목숨도 미리 구하고, 장래에 일어날 반역을 없애며, 그동안 왜국왕께서는 크게 힘을 키우는 길이 되는 것입니다. 어찌 모두에게 득이 되는 일이 아니겠습니까?”

그 말을 듣자, 두 왜국 사람은 서로 부둥켜안고 눈물을 흘리며 기뻐하였다.

"이제야 참으로 달솔께서 말씀해주신 것이 대단하다는 것을 알았습니다. 이제 달솔께서 해주신 말씀대로만 한다면, 우리 왜국왕께서는 세상에 널리 이름을 떨치게 될 것입니다."

이윽고 일라의 이름은 더욱 높아져, 더 많은 일들을 일라에게 물어보게 되었다. 일라는 자신에게 이렇게 무거운 일을 많이 맡겨주는 사람은 처음이었으므로 크게 감동하였다.

"세상에서 내 뜻을 알아주고, 내가 내다보고 하는 말을 따라주는 사람들이 없었다. 그런데, 왜국왕과 그 부하들은 나를 이렇게 귀하게 대해주니, 내가 어찌 이들을 위하여 내 재주를 다하지 않겠는가?"

얼마 지나지 않아, 물부지자는 일라에게 왜국섬에 오는 다른 나라의 배들에 대해서 묻게 되었다.

"지금 왜국왕이 다스리는 땅 안에는 온갖 한국韓國 사람이 항상 오가고 있으니, 어지럽기가 여간하지 않습니다. 어찌 이것을 다스리며, 이중에 두려워해야 할 일은 혹 없겠습니까?"

일라는 이에 이렇게 답했다.

"옛날 가야가 기울어지기 전에는, 왜국왕의 땅에 들어오는 한국 사람들 중에서 가야 사람들이 그 줄기를 잡아 드나들었습니다. 가야 사람들은 왜국섬 사람들을 우애 있게 생각하고, 항상 서로 도움을 주고받으며 친하게 지냈으니, 과연 그 인심이 아름다워 서로 간에 나쁜 일이 없었습니다.

그러나 가야가 신라에게 패한 뒤에는 삼한 여러 나라의 온갖 잡스러운 사람들이 가릴 것이 없이 마구잡이로 왜국왕의 땅을 들락거리니, 그 풍속이 크게 어지러워졌습니다.

백제 사람들은 왜국섬 사람들이 글을 잘 모르고 옷이 남루하다 하여 멍청하고 가난한 자라고 생각하고 마치 노비처럼 우습게 여기며 비웃으니 사람들이 미워하는데, 백제 사람 스스로는 무엇을 잘못했는지도 모르고 있습니다. 또한 고구려 사람들은 장사꾼과 빚쟁이들을 앞세우고 몰려들어 어떻게든 간교한 수법으로 왜국섬 사람들을 속여서 한번 크게 재물을 얻어보려는 궁리만 하고 있으니, 이 또한 부끄러운 일입니다. 하물며 신라 사람들은 왜국왕과 싸움을 벌인 일이 많으니, 이제 시정의 잡배들도 술 한 잔만 마셨다 하면, 그저 '왜국섬 사람들은 다 잡아 죽여야 한다'고 길길이 날뛰며 허구한 날 욕설을 퍼붓고 싸움을 걸면서도 도리어 신라를 위한 일이라 하며 자랑스러워할 뿐이니, 이는 답이 없는 일입니다.

그러므로, 왜국왕께서는 한국 사람들을 조심하기를 힘써야 합니다. 특히 왜국왕과 친하게 지내는 백제 조정에서 부리는 계책에 속지 않도록 해야 합니다. 만약 백제 사람들이 축자筑紫 땅과 같이 백제와 가까운 곳에 몰려온다고 하게 되면, 이는 매우 두려운 일입니다."

그 말을 듣자 물부지자는 크게 놀랐다.

"지금 백제에서 여자와 아이들이 배를 타고 축자 땅으로 건너온다는 말이 있습니다. 어찌 달솔께서는 이것을 내다보셨습니까?"

일라가 물부지자에게 되물었다.

"혹시 그 배의 숫자가 많다면, 삼백 척 정도에 이른다 하지 않습니까?"

물부지자가 더욱 놀라 답했다.

"과연 그러합니다. 어디서 그것을 들으셨습니까?"

그러나 일라는 그 말에는 답하지 않고, 걱정스러운 얼굴로 근심하였다. 잠시 후 일라가 말하는 것은 다음과 같았다.

"이것은 듣고 안 것이 아닙니다. 그저 백제 조정의 사람들과 왜국왕의 처지를 따져 생각해보면 내다볼 수 있는 일입니다. 세상에서 따지고 살펴보고 내다보면, 틀리는 일이 어찌 있겠습니까?

백제 조정에서는 여자와 아이들이 배를 타고 온다면 인정 때문에 함부로 막을 수 없을 것이니, 먼저 여자와 아이들을 보낸 것입니다. 또한 그 배의 숫자를 삼백 척으로 한 것은, 그만한 사람들을 보내야만, 백제 사람들을 계속 보내어 섞여 살고 지내기에 좋은 마을과 성을 꾸밀 수 있기 때문입니다.

이것은 백제 조정에서 왜국왕의 땅에 새로운 나라를 세우려고 계략을 꾸미는 것입니다. 먼저 여자와 아이들을 보내어 어쩔 수 없이 땅에서 살게 하면, 그 형제와 아버지를 보낸다 하는 핑계로 남자들을 보낼 것이고, 그러고 나면 곧 병사들과 벼슬아치들도 보낼 것입니다. 그렇게 하여 백제 조정에서는 왜국왕의 힘이 미치는 땅을 빼앗아 다른 왕을 세우거나, 다른 태수나 장군을 보내어 다스리려고 일을 꾸미고 있는 것입니다."

그 말을 듣자 물부지자는 얼굴빛이 하얗게 질렸다.

"그렇게 되면 우리 왜국왕께서는 어찌해야 합니까? 어찌하여야 백제 조정에서 꾸미는 그와 같은 계책을 막을 수 있습니까?"

일라는 다시 머뭇거렸다. 그러다가 근심 끝에 답하였다. 일라는 일부러 우렁찬 목소리를 냈다.

"이는 조금이라도 지체하면 백제 조정과 왜국왕 양쪽에 돌이킬 수 없는 일입니다. 제가 내다보건대, 좋은 방법은 오직 한 가지뿐입니다. 지금 삼백 척에 타고 오는 여자와 아이들을 들어오도록 허락하고는, 몰래 병사들을 숨겨놓았다가 모조리 잡아 죽여버리십시오."

물부지자는 그 말을 듣자 아찔하여 어지러워하였다. 물부지자가 다시 물었다.

"백제의 조정과 저희 왜국왕께서는 오래도록 서로 친밀하게 지내오기를 한 집안과 같이 해왔습니다. 그런데, 어찌 왜국왕께 창칼도 들지 않은 백제 사람들을 죽여 없애라고 하십니까?

하물며, 친하지 않은 나라의 사람들이라 하여도 여자와 아이를 죽이는 것은 마음이 괴로운 일인데, 어찌 속임수를 써서 모조리 목을 잘라야 한다고 말씀하시는 것입니까? 이것은 너무 심한 일 아닙니까?"

일라가 답했다.

"그렇지 않습니다. 이번에 백제 조정에서 일을 꾸미는 것을 확실히 막지 못하면, 백제의 조정은 계속해서 잘못된 꼴로 망가져 갈 것이니, 이는 결국 백제 조정에도 나쁜 일이 될 것입니다.

이번에 왜국왕께서 단호하게 삼백 척 배에 탄 백제의 여자와 아이들을 죽여 없애지 않는다면, 이것이 단초가 되어 백제 조정은 자꾸만 땅을 넓히고 싸움을 거는 데만 힘쓰게 될 것이니, 결국 팔십 년이 채 지나지 않아, 백제는 망하게 될 것입니다.

제가 따져보니, 이는 훤히 내다보이는 일입니다. 만약 왜국왕께서 삼백 척 배에 탄 여자와 아이들을 죽여 없애지 않는다면, 훗날 신라의 대군이 백제의 서울에 들어와 궁궐과 저택을 불태워 없앨 것이며, 왜국왕의 배들은 수백 수천 척이 전부 바다에 빠져 진흙뻘 속에 묻힐 것입니다. 백제의 군사들은 미쳐서 자신의 처자들을 먼저 잡아 죽이며 울부짖다가 신라 군사들에게 붙들려 목이 잘릴 것이며, 궁궐의 미인들은 어찌할 바를 몰라 맨발로 여기저기 뛰어다니며 눈물을 흘리다가 성벽 바깥에서 신라 군사들의 낄낄대는 소리가 들려오면 겁을 먹고 벼랑에서 줄줄이 뛰어내려 스스로 목숨을 끊을 것입니다.

마침내 백제의 성상께서는 죽지도 못하고, 신라의 장군 앞에 무릎을 꿇고 술잔에 술을 따라 올리며 살려달라고 울면서 빌게 될 것이니, 어찌 그러한 일이 일어나도록 놔둘 수 있겠습니까?

그러한 일을 막으시려면, 지금 왜국왕께서 백제 배 삼백 척에 타고 있는 여자와 아이들을 죽여야만 합니다. 이는 장차 백제 조정을 위해서도 반드시 해야 하는 일입니다. 이는 저에게 뻔히 내다보이는 일인 것입니다."

그러나 일라의 말을 듣고도, 물부지자는 선뜻 답할 수가 없었다. 물부지자는 망설이다가 이렇게 물었다.

"저는 이미 달솔께서 신묘한 이치로 앞일을 꿰뚫어보고 세상을 살펴보는 일을 알고 있습니다. 그러나, 어찌 그렇다고 하여, 그저 그렇게 미루어 짐작한 것만으로 수백, 수천 명의 여자와 아이들을 죽이는 일을 할 수 있겠습니까?"

일라는 그 말을 듣고 대뜸 이렇게 되물었다.

"공께서는 콩을 심은 자리에 나중에 콩이 난다는 것을 어찌 짐작하여 아십니까?"

물부지자가 답하였다.

"이는 너무도 당연한 일이며, 하나 다음에는 둘이요, 저를 낳아 주신 분이 어머니라 하는 것처럼 의심할 필요조차 없는 것 아닙니까?"

일라가 고개를 저었다.

"그러나, 사람이 술에 많이 취하면 어머니도 옆집 빨래하는 할머니처럼 보이게 되고, 아버지도 뒷집 숯 굽는 영감처럼 보이게 되지 않습니까? 또한 머리를 다쳐 정신이 미친 사람은 하나, 둘, 셋을 순서대로 셀 줄 모르면서 스스로 그것을 깨닫지 못하는 사람들도 많이 있습니다.

혹 공께서는 이와 같이 자기도 모르는 착각을 하고 있어서, 콩 심은 자리에 실은 팥이 날지도 모르는데, 그저 막연히 콩이 난다고 굳게 믿고 있는 것 아닙니까?

조심스럽게 생각하신다면 이러한 걱정을 하셔야 하는 것 아닙니까? 만약 어젯밤 잠자리에 도적이 몰래 숨어들어 공의 머리를 다치게 하여 공께서 생각을 옳게 하지 못했다면, 잘못 생각하고 있을 수도 있지 않겠습니까? 만약 오늘 아침 음식 중에 사람을 취하게 하는 독버섯을 잘못 먹어서 정신이 어지러워진 탓에 콩을 심으면 팥이 나는 것이 옳은데도 콩을 심으면 콩이 난다고 잘못 생각하고 계신 것일 수도 있지 않겠습니까?"

물부지자가 다시 답했다.

"달솔께서 말씀하신대로, 제가 어제 머리를 다쳤거나, 오늘 아침 버섯을 잘못 먹어 취했다면, 제가 콩을 심은 자리에 콩이 난다고 짐작한 것이 잘못 생각하고 있는 것일 수도 있을 것입니다. 하지만, 그와 같이 당연하고 간단한 일조차 믿고 넘어가지 않는다면, 어찌 하루하루 지낼 수 있으며, 다른 많은 일들은 어찌 믿고 따질 수 있겠습니까?

비록 공께서 의심하시는 것이 이치에 어긋나는 말은 아닐지라도, 콩을 심은 자리에는 장차 콩이 돋아날 것이요, 팥을 심은 자리에는 장차 팥이 돋아난다 하는 것은 너무도 간단하고 당연하므로, 저는 이를 더 의심하는 것은 오히려 더 번거롭고 도리어 더 위험하고 아둔한 일이라고 생각합니다."

그 말을 듣고 일라가 소리쳤다.

"바로 공께서 콩을 심은 자리에 콩이 난다고 생각하는 것이 너무나 간단하고 당연하다고 여기듯이, 제가 생각하기에는 이번에 여자와 아이들을 죽여야 한다는 것 또한 너무나 간단하고 당연하게 여겨지는 것입니다. 저에게는 이번에 여자와 아이들을 죽이지 않으면 백제 조정이 망하여 수십만이 죽게 되고 왜국왕의 배들이 모두 가라앉는다는 것은, 의심하는 것조차 번거롭게만 느껴지는 사실입니다.

개와 돼지는 슬기롭게 따지는 지혜가 턱없이 모자라니 들판에 매년 콩과 팥이 자라는 것을 보아도, 콩을 심은 자리에 콩이 난다는 것을 알지 못합니다. 그러나 사람은 스스로 농사를 지어보지 않은 사람조차도 콩을 심으면 콩이 난다는 것쯤은 당연히 짐작해 아는 것입니다.

저는 옛날과 요즘의 수많은 일들을 익혔으며, 온갖 역사와 불경에 실린 천하사방의 많은 것들을 모두 살펴 따졌으니, 마음속에 외우고 있는 온갖 사람의 처지가 오만 명이 넘습니다. 이와 같은 지혜로 살펴본다면, 이번에 여자와 아이들을 죽여야만 팔십 년 후에 백제 조정을 구하고 왜국왕을 도울 수 있다는 것은 너무도 분명한 것입니다."

일라가 소리치는 것을 듣자, 물부지자는 갑자기 섬뜩하다는 생각이 들었다. 물부지자는 우선 자리를 피해야겠다고 생각하고 일라를 향해 무수히 절을 하고 물러났다.

그날 밤, 일라는 한부를 끌어 안고 잠자리에 누워서 탄식하였다.

"왜국왕 또한 내 말을 다 듣지 않을 것을 내가 미리 내다보지 못한 바는 아니었으나, 또한 직접 알게 되니 참담하구나."

일라는 그렇게 말하고 한부의 얼굴을 살펴보려고 한부를 끌어 당기며 고개를 숙여 보았으나, 한부는 그저 말없이 숙인 채 있을 뿐이었다. 일라는 한숨을 길게 쉬었다.

곧 일라는 한부의 귀에다 대고 소곤거리며 말하였다.

"내가 따져본즉, 이제 같이 배를 탔던 하인과 노비들이 나타나 나에게 칼질을 할 것이오."

그렇게 말하자, 한부는 아무 말도 없이 그저 파르르 떨 뿐이었다.

과연 한부와 일라가 자고 있는 곳에 곧 칼과 몽둥이를 든 사람 십여 명이 나타났다. 일라는 말한 대로 일이 벌어졌을 뿐이므로, 잠자리에 갑자기 칼 든 사람이 나타났지만 놀라는 기색이 없었다. 한부는 가만히 고개를 숙이고 있을 뿐이었다. 일라는 제대로 일어나지도 않고 자리에 기대어 앉았으므로, 이불자락이 어지럽게 흐트러졌다.

칼과 몽둥이를 든 무리를 이끌고 있던, 덕이德爾와 여노余奴가 일라를 보며 말하였다.

"저희는 공께서 배를 타고 건너올 때 일을 하도록 쓴 사람입니다. 그러므로 공을 모셔야 하는 처지이지만, 지금은 공의 목숨을 가지러 왔습니다.

저희가 자세히 아는 것은 없습니다. 그러나, 왜국왕을 만나고 떠나는 백제의 높은 사신께서 말씀하시기를, 달솔께서는 조정을 배반하시고 왜국왕을 위해서 백제에 나쁜 일을 하신다고 들었습니다. 비록 천한 짓만을 하는 막일꾼이나, 저희들도 백제의 백성이며 성상께서 내려주신 덕을 입고 살아온 사람들인데, 어찌 역적이 되어 사악한 일을 꾸미는 사람을 보고만 있겠습니까?

더욱이 사신 나리들께서는 저희들이 나쁜 배반자를 죽여 없애면 높은 벼슬을 주시고 저희의 처자식까지 영예를 누리도록 하신다 하였습니다. 성상께 충성을 다하기 위해서라도 공의 목숨을 저희는 가져가야 하겠거니와, 또한 잡일하는 머슴과 노비로 살면서 이렇듯 벼슬을 살아볼 기회가 자주 올 리가 있겠습니까?"

말을 마치자, 십 수 명의 무리들은 일제히 달려들어 일라를 찌르려 하였다.

그 순간 일라가 이불을 벗어 던지자, 일라가 입고 있던 갑옷이 드러났다. 갑옷은 밤이 되었으므로 빛을 발하고 있었다. 더욱이 그동안 일라가 잘 닦아놓았으므로 그 빛은 더욱더 강해져서, 갑자기 이불을 벗기니 마치 일라의 몸을 감싸고 눈부시게 불이 활활 타오르는 듯이 갑옷이 번쩍거렸다.

갑자기 불타오르는 듯한 갑옷의 빛깔을 보자, 덕이와 여노는 놀라서 멈칫했다. 이윽고 덕이는 그 모습을 보더니 갑자기 덜덜 떨기 시작했고, 곧 외치기를,

"성화聖火가 하늘에서 내려오셨으니, 이는 신神께서 막으시는 것이다!"

하였다. 그러고는 칼을 던지고 빛나는 일라 앞에 엎드려서 바닥에 머리를 찧으며 빌기 시작했다. 곧이어 여노와 다른 무리들도 이를 따라서 불빛을 무서워하여 일제히 모두 엎드려 빌었다.

그 모습을 보며 일라는 한 번 웃었다. 그러고는,

"성스러운 불꽃이 내려와 신께서 나를 지키시고 계시니, 너희들이 이를 거스르겠느냐? 어서 물러나라."

하였다. 그러자 일라를 죽이러 온 무리들은 모두 일제히 도망쳤다.

무리들이 도망치고 나자, 한부는 이부자리 위에 가만히 앉아 멍한 표정으로 사방을 두리번거릴 뿐이었다. 일라가 한부에게 설명했다.

"저들은 사화외도事火外道를 믿는 자들이니, 불을 신으로 빌고 떠받들며 공경하여 제사지내는 자들이오. 요즈음 뱃사람들 중에는 멀리 서쪽과 남쪽의 이상한 잡신들을 믿고 따르는 자들이 많으니, 사화외도를 굳게 믿어 불을 신이라고 섬기며 그것이 바닷물에서 몸을 지켜준다고 하는 자들까지도 있는 것이오.

내가 백제를 떠나 왜국으로 올 때에 가만히 따져보니, 일이 잘못되기 시작하면, 내가 부리던 하인과 뱃사람들이 나를 죽이려 할 것이라는 것이 분명해 보였으며, 또한 이들이 사화외도를 믿을 것이라는 점을 또 내다볼 수 있었소. 그러므로 나는 스스로 불타는 것처럼 빛을 내는 갑옷을 입어 이들을 내쫓도록 방비한 것이오."

일라는 기뻐 웃으며 설명하였으나, 한부는 그저 계속 멍한 표정으로 불빛에 일렁이는 일라와 자신의 몸을 훑어볼 뿐이었다.

며칠 후 그믐에 일라는 더 많은 왜국왕의 부하들이 지키고 있는 난파관難波館으로 배를 타고 옮겨 가려 하였다. 그동안 일라는 빛을 내는 갑옷을 벗지 않고 있었다. 그러므로 그 불과 같은 모양을 두려워한 일라의 하인들은 감히 일라에게 다시 덤벼들지 않고 오직 숨어서 틈을 노릴 뿐이었다.

난파관에서 배를 띄워놓고 있는 저녁에, 해가 지기 시작하여 하늘이 금빛으로 물들고 온 바다가 노랗게 일렁이고 있을 때, 문득 한부가 일라 앞에 가까이 다가왔다. 한부의 하얀 살결에 해 질 녘 바다의 빛이 어리었으니, 물결이 한 번 일렁일 때마다 한부의 목과 가슴께에 붉고 누른 빛이 어지럽게 오가며 반짝거리는 듯하였다. 일라가 보니 그 모습이 극히 아름다워서, 한부의 자태가 이 세상 사람 같지 않고, 마치 바닷속 깊은 곳이나 하늘 먼 곳에서 나타난 것만 같았다.

한부를 감탄하여 바라보는 일라에게, 한부가 하는 말은 이와 같았다.

"공께서는 큰 벼슬을 사시고 공의 뜻을 펼칠 수 있다고 하여, 바다를 건너 왜국왕의 땅으로 오셔서, 공께서 품은 마음대로 하시면서 살고 계십니다.

그러나 이곳의 옷들은 겨우 몸을 가릴 만한 것뿐으로 그나마 몸을 제대로 가리지 못하는 옷도 부끄러운 줄을 모르며, 이곳 사람들은 알 수 없는 소리로 서로 시끄럽게 말하면서 몸에 꺼멓게 먹물을 집어넣어 그림을 그려 넣고 서로 아름답다고 좋아하니 추잡하여 보고 견딜 수가 없습니다. 게다가 음식이라 하는 것은 온통 생선 비린내가 가득한 거친 것들뿐이며, 술이라는 것도 백제에서 가져온 것이 아니면 쓴맛이 심하지 않은 것이 없습니다. 마실 것 중에는 꿀을 찾아보기 어렵고, 몸을 장식할 것 중에는 금은철동을 보기가 쉽지 않으니, 이 또한 고통스러운 일입니다.

저는 세상에 부러울 것 없이, 서울의 호화로운 거리에서 뭇 남자들의 애태우는 눈빛과 뭇 여자들의 시샘하는 입술만을 보면서 살아왔습니다. 그런데 이제는 공을 따른 까닭에 큰길에서는 원숭이가 더럽게 끽끽거리고 골목마다 잡신에게 굿하는 시끄러운 소리만 가득한 이런 시골에 처박혀 평생 지내게 되었습니다. 이것이 무슨 억울한 꼴이며, 구슬픈 처지입니까? 이제 공께서는 조정을 저버리고 왜국왕을 도우려 하시니, 저는 다시는 백제로 갈 수 없으며, 영영 이곳에서 지내야만 하는 것입니다.

차라리, 지금 왜국섬에서 백제로 돌아가는 은솔이나 참관과 같은 분들이 저의 짝이었다면 더 낫지 않았겠습니까? 정이 없어 봄이 다 가도록 사랑스러운 눈길 한 번 주지 않고, 재물이 없어 차가운 방바닥에 누워 겨울을 지낸다 하여도, 저는 제가 살던 서울에서 사는 것이 오히려 즐거울 것입니다."

일라가 한부를 쳐다보자, 한부는 아무런 표정 없이 그저 눈물을 한 줄기, 두 줄기 흘리기 시작하였다. 일라가 아무 말 못하고 그저 가만히 한참 서 있기만 하는 동안 어느새 해가 완전히 졌다.

"공께서 지난날 말씀하시기를, 따져보니 같이 배를 탔던 하인들이 칼질을 할 것이라 하셨습니다. 그런데 이 하인들이 칼질을 하러 오기는 하였으나, 칼을 들기 전에 공을 보고 도망쳤으니, 공께서는 반만 맞히신 것입니다.

일라, 그 이름 말할 때마다, 세상에서 따지고 살펴보고 내다보았다고 하면서 말하면 틀리는 일이 없다고 하셨는데, 지금 공께서 마지막으로 말씀하신 것은 다 맞히지 못하고, 반만 맞히셨으니, 이를 어찌하겠습니까? 하인과 노비들이 칼질을 할 것이라고 공께서 스스로 내다보신 것이, 이렇게 틀리도록 두시겠습니까?"

한부가 일라에게 마지막으로 한 말이 위와 같았다.

그날 밤, 일라는 갑옷을 벗어 내던진 채 배 안에서 잠을 청했다. 일라가 짐짓 자는 듯이 누워 있자, 곧 덕이, 여노와 같은 무리들이 칼을 들고 달려들어, 누워 있는 일라를 무수히 찔렀다.

일라는 죽으면서 마지막으로 한부에게 말했는데, 그 말은 다음과 같았다.

"내가 따져보니 내다볼 수 있는 것이 있소. 내가 죽은 것을 신라 사람이 죽인 것이라고 누명을 씌워서는 안 되며, 그저 사실대로 내 하인들이 한 일이라고 하시오. 또한 만약 위급한 일이 있거든 이 함을 열어보시오."

그러면서 한부에게 은으로 만든 작고 빛나는 함을 하나 주고는 눈을 감았다.

일라가 죽은 것을 확인한 후에 한부는 배 밖으로 나갔다. 배 밖을 보니, 달빛이 흐르는 가운데에, 한 귀한 옷을 입은 사람이 배 위에 서 있는 형체가 보였다. 바로, 백제 조정에서 사신으로 왔다가 돌아가는 참관參官이었다. 가만 보니 일라를 죽인 무리들과 한편인 것 같아 보였다. 이에 한부가 자신도 같은 편인 것처럼 하면서, 참관에게 말했다.

"일라가 지금 죽었습니다. 그런데, 일라가 죽으면서 갑자기 신라 사람이 죽였다고 말하면 안 된다고 하였습니다. 영문을 알 수 없으니, 갑자기 왜 신라 사람 이야기를 하는 것입니까?"

참관이 고개를 갸웃거렸다.

"이곳은 왜국왕의 부하들이 많은 곳이므로, 왜국왕에게 의심을 사지 않기 위해 신라 사람에게 누명을 씌우기로 계책을 세우고 있었소. 그렇게 하면 우리는 왜국왕의 의심에서 벗어나고 또한 신라와 왜국왕의 원한을 깊게 할 수 있으니, 신라를 싫어하는 우리 성상께서는 더욱 기뻐하실 일이 아니겠소?

다만 일라가 미루어 짐작하는 일을 잘한다 한들, 어찌 내가 꾸민 계략까지 이렇게 미리 알고 있었는지, 그것이 기이할 뿐이오."

그러고 있는데, 어둠속에서 작은 배 한 척이 나타났다. 배에는 등불을 든 한 사람이 타고 있었는데, 이 사람이 배 위에 서 있는 한부와 참관 등을 보며 외쳐 물었다.

"사람이 소리 지르며 죽는 소리 같은 것이 나길래, 놀라서 가까이 찾아와 보았습니다. 무슨 일입니까? 혹여 해적의 해를 당한 것은 아닙니까?"

이에, 참관이 "신라 사람이 백제 사람을 싫어하여 일라를 죽였다"라고 짜놓은 대로 말하려 했다. 그러나 한부가 잠깐 말리고 귓속말로 속삭였다.

"죽은 달솔의 말은 믿을 만하였으니, 달솔이 시킨 대로 신라 사람에게 누명을 씌우지 말고 사실대로 말하도록 하는 것이 어떻겠습니까?"

그러자 참관이 되묻기로,

"일라가 죽는 마당에 원한을 품고 우리가 나쁘게 되게 하려는 것이 아니겠소?"

하였다. 그러자 한부는 갑자기 울먹울먹하면서 또한 배시시 웃었다. 그리고 답하기를,

"달솔께서는 결코 저에게 해가 될 말씀을 하실 분이 아닙니다."

하였다.

마침내, 참관은 등불을 든 사람에게 사실대로 말하였다.

"하인들이 주인을 싫어하여 배반하여 죽였습니다. 지금은 모두 붙잡혔으니, 근심하실 필요는 없습니다."

그 말이 채 끝나기도 전에, 등불 든 사람의 뒤로 거대한 산과 같은 것이 보였다. 빛이 가까워지면서 보니, 그것은 커다란 전함이었는데, 모두 신라 깃발을 달고 있었다. 바로 이 근처를 신라의 사신이 탄 배가 지나가고 있었던 것이었다. 거대한 배마다 번쩍거리는 철갑과 기다란 창으로 무장한 군사들이 가득가득 타고 있었으며, 사자나 호랑이 같은 노포弩砲들이 몇십 개씩 놓여 있었다. 그러한 배들이 무려 여든 척이 줄을 지어 지나갔다.

참관이 그 모습을 보고 가만히 탄식하였다.

"실로, 일라의 재주는 놀랍다. 만약 신라 사람에게 누명을 씌웠었다가는 저들에게 붙잡혀 산산조각이 나고도 그 조각조차 찾기 어려웠겠구나."

머지않아, 한부는 왜국왕의 병사들에게 붙잡히게 되었다. 왜국왕의 병사들이 많은 곳이었는데, 별다른 핑곗거리도 찾지 못했기 때문이었다. 한부는 덕이, 여노 등의 다른 하인들과 함께 죄가 있다고 하여 잡혔다. 왜국왕은 일라의 다른 벗들과 일라의 옛 부인에게 모든 사실을 말하여 그 죄를 묻게 하였다. 일라의 옛 부인이 한부를 죽이기 전에 어떻게 죽음을 당할지를 물어보았다.

"사람을 죽였으니 죽어야 하되, 너에게는 죽을 방법을 택하게 해주겠다. 너는 목매달아 죽는 것과, 바다에 빠져 죽는 것 중에 택하도록 하라. 바다에 빠져 죽으면 숨이 막히고 소금물이 콧속으로 밀려 들어와 괴로울 것이나, 네가 바다에 버리려 한 남편을 따라갈 수는 있지 않겠는가?"

죽을 순간이 되자 한부는 생각 나는 것이 있어서, 일라가 죽으면서 주었던 은으로 된 함을 열어보았다. 함을 열어보니, 그 안에는 아무것도 없고 그저 바닷물이 좀 담겨 있을 뿐이었고, 글씨가 씌어 있기로,

"반나절만 참도록 하오."

라고 되어 있었다. 한부는 함 속의 바닷물을 보고 답했다.

"저는 바닷물에 빠져 죽겠습니다."

그리하여 한부는 목매달아 죽게 한 덕이 등의 시체를 바다에 버리러 가는 배에 실려 바다로 나가게 되었다. 그리고 이윽고 바다 한가운데에서 내던져졌다.

한부는 바닷물에서 점차 가라앉으며 숨이 차 죽으려 했다. 정신이 아득해져갔다. 그런데, 갑자기 사방에서 먹구름이 몰려오며 폭풍이 몰아닥치기 시작했다. 이윽고, 풍랑에 배가 박살나 사방에 나무판자가 떠다니게 되었다. 한부는 그 나무판자를 꼭 잡아붙들고 파도가 몰아닥치는 바다를 미치광이 같은 비바람 속에서 정신없이 떠 다녔다.

꼭 반나절이 지나자, 그곳을 지나던 신라 뱃사람이 한부를 보고 물에서 건져 올렸다.

—소재 출전 일본서기

이 이야기는 2008년부터 개인 블로그에 올렸던 '신라기이 외국편'이라는 연작 중의 한 편이다. 외국 기록에 실린 우리나라 삼국시대의 이상한 사연, 사건들에 대한 내용을 소재로 해서 이야기를 꾸며본 것으로, 2008년 3월부터 2011년 4월에 걸쳐서 총 30편을 실었다. 이 이야기는 그중에 20회로 2010년 6월에 올린 것이다.

이 이야기의 뼈대는 『일본서기』에 나오는 일라 이야기인데, 이야기 중에 한부에 관한 내용을 좀 더 많이 채워 넣어서 꾸며보았다. 일본서기에서 일라는 뛰어난 재주를 지닌 사람으로 백제보다 왜국왕에게 더 좋은 대우를 받고 일하려고 하면서 과격한 정책을 추진하려고 하다가 그 하인들에게 살해당한 것으로 짧게 소개되어 있다. 한부가 유혹하여 왜국 사신을 몰래 끌어들이는 이야기나, 불빛으로 하인들을 겁준 이야기도 일본서기에 언급된 소재들을 단초로 이야기로 꾸며본 것이다.

일라가 마지막으로 죽으면서 신라 사람들에게 당하지 않도록 신라에 관한 이야기를 하지 말라고 유언한 것 역시 일본서기에 기록되어 있는 내용이다. 그런데 기록에는 도대체 왜 갑자기 신라 사람 이야기를 하고 있는지 별다른 설명이 없어서, 여기에 맞도록 전체 이야기를 갖추어보았다. 그 외에 불빛이 갑옷 때문이었다는 이야기는 일라가 하필이면 갑옷을 잘 챙겨 입고 나왔다는 기록을 참조하여 만들어본 것이고, 한부의 마지막에 관한 이야기는 덕이 등의 살인자를 처형한 곳의 지명이 희도姬嶋라는 데 착안해서 꾸며본 것이다.

일라 이야기는 일본서기에 실린 기록이 비교적 상세한 데에 비해서, 『삼국사기』 『백제본기』에는 비슷한 인물에 대한 기록도 없다. 그래서 이야기 내용을 기이한 재주를 가지고 있지만 문제가 있는 인물로 정해서, 백제 조정에서는 완전히 거부당한 아주 과격한 주장을 하는 사람으로 짜보았다. 한편 일라는 『일본서기』 이외에 『본조고승전』 등의 자료에서는 불교의 수행자로 나타나기도 하는데, 그래서 속세에 별 뜻이 없고 불경에 밝은 인물로 해두었고 이런 이야기들과 어울리게 일라의 재주라든가 특기도 맞추어 꾸몄다.

김 가 기 金 可 記

김 가 기 金 可 記

신라 당성군唐城郡에서 40보 길이의 매우 길고 큰 물고기가 나타난 일이 있었다. 그 일로 사람들이 놀라던 무렵에, 열두 살 먹은 아이가 있었는데, 이 아이는 나이가 열두 살이 될 무렵에 궁금한 것이 생겼다. 아이는 사람들을 만나면 종종,

  "혹 공께서는, 사람이 죽으면 어떻게 되는지 아십니까?"

  하고 물었다.

  이때 한 남자가 있어서 아이가 묻는 것을 들었다. 그 남자는 황금 실로 수놓은 복두를 쓰고 유리로 만든 빛나는 그릇에 양념한 꿩고기를 담아 먹고 있었다. 남자는 아이의 물음에 즉시 이렇게 답하였다.

  "하늘의 떠다니는 구름 속에는 커다란 궁전이 숨겨져 있다. 사람이 죽게 되면 바로 이곳으로 가서, 하늘을 날아다니는 사람들

과 함께 살며 항상 즐겁게 지내게 된다."

아이는 듣는 태도가 총명해 보였고 생김새도 말끔했다. 아이는 그에 걸맞게 공손한 말투로 남자에게 다시 물었다.

"죽은 사람은 말을 할 수가 없으니, 죽어서 어떻게 된다고 알려줄 수가 없지 않습니까? 그런데 공께서는 어떻게 죽으면 그렇게 된다는 것을 아셨습니까?"

그 말에, 남자가 답하기를,

"굿하는 무당들이 말하는 것이 그와 같았다."

하였다.

그러자, 아이는 고개를 좌우로 흔들었다. 그리고 홀로 말하였다.

"구름은 비를 뿌리면 그대로 흩어지는 것인데, 어찌 그 사이에 궁전을 숨겨둘 수 있겠는가? 또한 사람이 죽어서 가는 그런 곳이 하늘에 있다면, 눈이 좋은 사냥꾼이 하늘을 올려다볼 때 어찌 본 적이 없겠는가? 하물며 날아다니는 새들이 어찌 찾아내지 못할까?"

아이는 궁금증을 이기지 못하고 계속 생각하며 다녔다. 아이는 그러다 마침 한 여자를 만나게 되었다. 여자는 푸른빛과 분홍빛이 엮인 고운 너울을 어깨에 두르고 있었는데, 어깨와 목의 살결을 드러낸 빛이 매우 고왔으며, 은으로 된 잔에 꿀차를 담아 마시고 있었다.

아이가 여자에게 공손히 인사한 뒤에 궁금한 것이 있다 하면서 물었다.

"혹 부인께서는, 사람이 죽으면 어떻게 되는지 아십니까?"

그러자 여자는 즉시 이렇게 답하였다.

"죄를 많이 지은 사람은 그 마음이 몸에서 떨어져 나와서는 지렁이나 개구리 따위 속에 들어가서 다시 태어난다. 또한 덕을 많이 쌓은 사람은 그 마음이 몸에서 떨어져 나와서는 부자나 후왕侯王과 같이 복이 많고 편안하게 사는 사람으로 다시 태어난다."

그 말을 듣고 아이가 되물었다.

"죽은 사람은 말을 할 수가 없으니, 죽어서 어떻게 된다고 알려 줄 수가 없지 않습니까? 그런데 부인께서는 어떻게 죽으면 그렇게 된다는 것을 아셨습니까?"

여자가 답하기를,

"산에서 도를 닦는다는 사람들이 말하는 것이 그와 같았다."

하였다.

아이는 다시 고개를 좌우로 흔들었다. 그리고 홀로 말하였다.

"어린아이는 선악을 분별하는 데 서툴고, 개돼지는 숫자를 헤아리지 못하고, 벼룩은 좌우도 제대로 따지지 못한다. 그렇다 하면, 만약 내 마음이 떨어져 나와서 지렁이나 개구리 속으로 들어간다고 한들, 조각조각 쪼개진 내 정신의 한 톨만큼도 제대로 들어가지 못할 것이 아닌가? 또한, 마음이 몸에서 떨어져 나와 다시 다른 몸으로 들어간다고 하는데, 예전 몸에서 갖고 있던 재주와 기억하고 있는 일들을 다 조각조각 잃어버리고 새로 태어나는 빈 마음이 된다고 하면, 그것이 그저 마음이 없어졌다가 다시 생기는 것과 무슨 차이가 있겠는가?

저 말은 사람 다리를 하나 잘라다가 그 다리가 그 사람이라고 하면서 몸통과 머리는 불태워버려도 된다고 하는 것과 무슨 차이가 있는가?"

마침내 아이는 궁금증을 이기지 못하고, 이곳저곳 멀리 돌아다니며 만나는 사람마다 죽으면 어찌 되는가 하는 것을 물어보았다.

아이는 가끔씩 이와 같이 말하였다.

"저는 죽는 것이 무섭습니다. 죽게 되면, 마치 깊은 잠에 빠져 있을 때와 같이, 내가 여기 있다는 것도 모르고 세월이 흘러가고 있다는 것도 모르고 다시 깨어날 것이라 하는 것조차도 모른 채 영영 그대로 있으면서, 그저 싹 없어져버리기만 하는 그런 것이라면, 이는 과연 겁이 나는 일 아닙니까?"

그러던 어느 날 저녁 무렵에, 아이는 바닷가에서 뱃사람들 사이에서 이 이야기를 묻고 다녔다. 그런데 그 모습을 나무 그늘 아래에 앉아 있는 한 사나이가 보았다.

그 사나이는 덩치가 매우 거대하고 얼굴이 몹시 흉측하였으며 손과 팔, 머리와 목에 칼자국과 작은 상처들이 많이 있었다. 또한 입고 있는 옷은 매우 남루하였으나, 기이하게도 황금 귀걸이를 주렁주렁 걸고 있고 손에는 옥으로 된 가락지를 여섯 개나 끼고 있었다. 독한 술을 많이 마셨는지 얼굴은 붉게 달아올랐으며 사방에 술 냄새를 풍기고 있었는데, 그러면서도 눈빛과 말하는 투에는 조금도 취한 기색이 없었다.

그 덩치 큰 사나이가 아이를 부르며 말하였다.

"네가 그러한 것을 궁금해하니, 내가 아는 이야기를 하나 들려주마."

사나이가 들려준 이야기는 다음과 같았다.

김가기金可記라는 사람이 있었다. 세상 사람들은 김가기가 도무지 무엇을 하고 먹고사는 사람인지 알 수 없었다. 김가기는 배를 타고 외국을 다녔는데, 한 번은 당나라 조정에서 시행하는 빈공과賓貢科라는 시험을 보기도 했다. 김가기는 영리하고 약삭빠른 사람이었기 때문에 쉽사리 당나라의 제도를 익혀 시험에 합격하였다. 그리하여 김가기는 당나라의 진사가 되었다.

주위 사람들이,

"이제 진사가 되었으니, 공부를 더 열심히 하고, 벼슬살이에 더 기운을 쏟아, 높은 지위에 올라야 하지 않겠소?"

라고 하자, 김가기는 비웃으며 거절하였다. 김가기는 이렇게 답하였다.

"벼슬자리란 겨우, 답답한 생각으로 뼈 빠지게 일을 하며, 눈이 빠지게 책을 읽고, 팔이 빠지게 칼을 휘두르며, 다리가 빠지도록 명을 받들어서 고작 남들이 시키는 대로 오락가락하며 겨우 한 계단 위에 앉은 높은 사람의 비위를 맞추려고 날마다 빌빌거려야 하는 짓거리일 뿐이오. 적당히 이름을 알리고 술집에서 호기를 부리는 데에는 진사라는 이름이면 족하지 않소? 당나라 창고에서 재물을 받아내고자 한다면 벼슬을 높이고자 그 고생을 하는 것 외에 다른 수는 얼마든지 있소."

김가기는 요란하고 화려한 글을 잘 지어내고, 말하는 것은 목소리가 음침한데도 변화무쌍한 힘이 넘쳤다. 특히 김가기는 두려워하는 것이 없이 무슨 일이 있어도 항상 침착하였다. 때문에 그를 멋있다고 생각하는 무리들도 많았으며, 혹은 두려워하는 무리들도 있었다. 그러나 여전히 보통 사람들은 도대체 김가기가 무슨 일을 하며, 어떻게 지내는 사람이며, 어떻게 먹을 것과 입을 것을 구해 살아가는지 도무지 알 수가 없었다.

김가기는 신라와 당나라 이곳저곳을 오가면서 지내곤 했는데 어떤 이유로 신라와 당을 오가는지, 무엇 때문에 많은 짐을 실은 배를 타고 신라와 당나라 사이를 다니는 것인지 뭇사람들은 알지 못했다. 김가기는 이곳저곳의 경치가 기이한 깊은 산, 괴상한 기슭에 작은 초가집을 짓곤 했으며, 돌아다닐 때마다 항상 그곳에서 혼자 지냈다. 김가기는 그렇게 홀로 지내고 있는데도, 찾아가서 세상에서 해결할 수 없는 매우 어려운 일을 몰래 부탁하면 김가기가 아주 기괴한 방법을 써서 무슨 일이든 풀어줄 수 있다는 이상한 소문이 가끔 돌기도 하였다.

그런데, 그러한 김가기로부터 어느 날 당나라 임금 이침李忱의 신하인 중사中使에게 한 통의 편지가 왔다. 중사는 항상 힘써 일하며, 잠시도 맡은 바에 소홀히 하지 않는 성품을 지닌 사람이었다. 중사가 편지를 보니, 편지는 임금인 이침에게 보내는 것이었는데, 그 내용은 이러하였다.

"저, 김가기는 하늘을 다스리는 임금께서 내리신 명령서를 받았습니다. 이 명령서에서, 2월 25일까지 와서 하늘을 다스리는 임금의 궁전에 있는 영문대英文臺라는 곳을 관리하는 직책을 맡으라고 하셨습니다. 그러므로, 저는 2월 25일까지는 이 나라를 떠나서 하늘로 가야 합니다."

중사는 그 내용을 보고, 글씨가 아름답고 문장을 꾸민 방법은 정밀하나 내용은 매우 이상하다고 생각했다. 중사가 이침에게 편지를 보여주었더니, 이침은 크게 놀라면서 말없이 먼 곳을 보고 있기만 하였다. 그러다가 한참 만에 이침은 이렇게 말했다.

"이 사람은 필시 신라 사람들이 말하는 현묘지도玄妙之道를 터득한 자가 아니겠는가? 득도得道한 자가 아니라면 어찌 하늘을 다스리는 임금과 말을 주고받고, 시간을 정해서 하늘로 올라간다 하겠는가? 이런 사람은 내가 반드시 가까이 두고 이것저것을 물어보고 싶다. 그러니 많은 재물을 주고서라도, 반드시 대궐 안으로 불러들여보도록 하라."

그리하여 중사는 김가기에게 답으로 편지를 보냈다. 중사는 자신이 섬기고 있는 이침이 직접 내린 명령이었으므로, 비록 하잘 것없는 진사인 김가기에게 답하는 편지이나 정성스럽게 문장을 고르고 온 힘을 다해 아름다운 글씨를 썼다.

중사는 편지에서 김가기에게 말하기를,

"저희 황상께서 애타게 바라시므로, 큰 재물을 드리고 높은 벼슬자리를 얻도록 해드리겠습니다. 그러니 부디 대궐 안으로 들어오셔서 공께서 터득하신 기이한 술수를 한두 가지 직접 보여주십시오."

라고 하였다. 그러나 김가기는 한사코 사양하면서 대궐로 가지 않겠다고 답장하였다.

"하늘로 올라갈 기한이 얼마 남지 않아 지금 제가 있는 곳에서 마무리해야 할 일이 너무나 많은지라, 송구하오나 저는 대궐에 갈 수가 없습니다."

이 답장을 보고 중사는 가만히 생각하더니, 이상하게 여겨 홀로 중얼거렸다.

"김가기라고 하는 자는 듣자 하니 무엇을 하여 먹고사는 자인지도 모른다고 한다. 그런데 지금 대궐에 들어오라 하는 것을 스스로 거절하고 있다. 이것은 이자가 실은 아무런 기이한 재주가 없는데, 하늘을 다스리는 임금과 통한다는 거짓말을 지어내어 속임수를 쓰려고 한 것이 아니겠는가? 그렇기 때문에 대궐에 들어와서 재주를 직접 보여달라고 하니 제 거짓말이 들통 날까 두려워서 이렇게 피하고 있는 것이 아닌가?"

중사는 김가기에 대하여 좀 더 살펴보아야겠다고 생각했다. 중사는 김가기에게 다시 편지를 보냈다.

"공께서 바쁘시다 하는 것은 잘 알겠습니다. 그렇다면 황상께서 기이한 것을 보시고 감탄하실 수 있도록, 공께서 받으셨다는 하늘을 다스리는 임금이 내린 명령서를 한번 구경시켜주시면 어떻겠습니까? 사람을 시켜서 하늘을 다스리는 임금의 명령서만 보내주신다면, 번거롭게 공께서 직접 대궐 안으로 오시지 않으셔도 황상께서는 크게 기뻐하실 것입니다."

그러나 김가기는 이것조차도 거절하였다. 김가기가 거절하는 말은 이러하였다.

"하늘을 다스리는 임금께서 내리신 명령을 어찌 제 마음대로 함부로 하겠습니까. 하늘을 다스리는 임금께서 내리시는 명령은 그 나름대로 다 다스리는 하늘의 벼슬아치들과 신령스러운 사신들이 있어 처결하는 것입니다. 그러므로 그러한 명령서를 맡은 하늘을 다스리는 임금의 신하들이 이를 주고받는 일을 정하는 것이지, 제가 어찌 할 수 있는 것이 아닙니다."

이에 중사는 김가기를 더욱 의심하였다. 그러나 당나라 임금 이침은 이 사실을 듣고는 더욱 감탄하며 좋아할 뿐이었다.

"하늘을 다스리는 임금 또한 땅 위의 임금처럼, 여러 가지 직책별로 여러 명의 신하를 거느리고 산단 말인가? 이 또한 참으로 신기한 일이다.

김가기와 같이 귀한 사람이 지금 우리 나라에 머물고 있는데, 내가 한 나라를 다스리는 사람으로 대접을 소홀히 할 수는 없는 일이다. 이 사람에게 필요한 것을 물어서, 선물로 구하여 보내주도록 하라."

중사는 이침이 김가기를 믿고 좋아하는 것이 탐탁지 않았다. 그러나 중사는 본시 충성스러운 사람이었으므로, 이침이 시키는 대로 김가기에게 다시 편지를 보내어 김가기에게 필요한 것을 물어보려 하였다. 중사는 편지를 쓰며 홀로 중얼거렸다.

"거창한 말로 사람을 미혹하는 거짓말쟁이에게 속아, 순박하신 우리 황상께서 이와 같이 푹 빠지셨으니, 이는 참으로 분통 터지는 일이 아닌가?"

얼마 후, 김가기에게 답이 돌아왔으니, 김가기가 전한 말은 이러하였다.

"저는 사람 앞에서 태워서 좋은 냄새를 내는 향과 귀한 약초와 쇳덩이와 옷감을 구하는데, 특별히 드문 종류를 찾고 있습니다. 부디 궁궐의 창고를 뒤져서, 제가 말씀드리는 것을 구해주실 수 있다면, 그보다 좋은 일은 없을 것입니다."

그 글을 보고 중사는 저도 모르게 화를 내며 소리쳤다.

"어디서 무엇을 하다 온 놈인지도 모르는 놈이, 하늘을 다스리는 임금에게 명령을 받았다는 헛소리를 한 번 한 것 말고는 도대체 무슨 공을 세우지도 않았건만, 어찌 예의 없이 감히 황상께 기이한 물건만 골라서 찾아 내어놓으라고 하는가?"

그러나 이침은 중사의 그 말을 듣지 못하고, 그저 기뻐할 뿐이었다.

"김가기가 달라고 하는 물건들은 너무도 이상한 것들이라 아무도 찾지 않는 것들뿐이다. 시일을 지체하지 말고 찾아서 빨리 가져다주도록 하라. 하늘을 다스리는 임금이 부른다는 사람에게 작은 도움을 주는 일이라 한들 내가 또 언제 이러한 일을 겪어보겠는가?"

이침은 중사에게 향과 약초와 쇳덩이와 옷감을 구해서 김가기에게 전해주라고 하였다. 그 말을 듣자 중사는 김가기에게 속는 듯하여 더욱 부아가 치밀었다. 마침내 중사는 자신의 부하를 찾아가 마음을 털어놓았다.

"김가기라는 도적과 같은 놈이 자신이 하늘을 다스리는 임금과 서로 알고 지낸다고 거짓말을 했소. 마땅히 벌을 주어 죄를 물어야 할 자요. 그러나 황상께서 신기하게 여기셔서 궁궐의 막대한 재물도 아까워하시지 않고 있으니 어찌 할 바가 있겠소? 사정이 답답하니 내 어찌 이와 같이 나라를 비웃는 놈을 보고만 있을 수 있을 것인가? 지금 내가 김가기에게 물건을 가져다주러 가야 하니, 자네가 나와 함께 가서 김가리라는 놈의 속임수를 밝혀보지 않겠소?"

그러고는 중사는 이침을 찾아가서는 또 이렇게 청하였다.

"황상께서 내리신 이와 같이 귀한 물건을 들고, 또 깊은 산으로 가야 하오니, 한두 명이서 가서는 명령을 받들기 어렵습니다. 부디 시중을 들 궁녀 몇 명을 함께 가도록 허락하여주십시오."

이침이 허락하자, 중사는 속임수와 거짓말쟁이를 싫어하는 영리하고 총명한 궁녀 네 명을 뽑았다. 그리고 궁녀들을 이끌고 자신의 부하와 함께 길을 나섰다.

중사는 김가기가 살고 있는 곳을 찾아서 종남산終南山으로 들어갔다. 종남산은 괴이한 술수를 익힌다는 잡다한 재주꾼들과 도를 닦는다는 무리들이 많이 숨어 있는 곳이었다. 한편으로는, 굽이굽이 산이 깊고 경치가 아름다운 곳도 매우 많았다. 중사와 중사의 부하와 궁녀들은 마침내 자오곡子午谷이라는 곳에 이르렀는데, 그곳의 깊은 바위 골짜기 좁은 길목 사이에 김가기가 살고 있다는 초가집이 있었다.

초가집 근처에는 본 적이 없던 꽃들이 갖가지로 많이 피어 있었다.

"이런 것들은 궁궐의 꽃밭에서도 한 번도 본 적이 없는 꽃들입니다."

한 궁녀가 말하였다. 중사가 둘러보니, 주변에 심어져 있는 나무들도 그 형상이 특이하였으며, 달려 있는 열매들도 모습이 보통과는 아주 달라 보였다. 중사의 부하가 그 모습을 보더니 말하였다.

"김가기는 신라에서 사는 사람으로 온 세상을 다니며 지내지 않았습니까? 그러므로, 김가기는 신라, 왜국, 발해, 안남 등의 천하사방 여러 곳을 돌아다니며 온갖 나라의 이상한 물건들을 몰래 숨겨서 들고 왔을 것입니다. 그것을 이곳에 이렇게 심어두고 키워서, 그 숫자를 불리려고 하는 것이 아니겠습니까?"

중사와 그 무리들은 김가기를 찾기 위해 초가집 안으로 들어가려 하였다.

그런데 중사가 꽃이 피어 있는 곳 앞으로 지나가자, 꽃향기와 섞여서 갖가지 이상한 풀, 향, 옷감, 쇳덩이를 태우는 냄새가 슬그머니 퍼져 나와서 중사의 다리를 휘감았다. 그 냄새는 곧 몸을 타고 올라와서 중사의 코와 입으로 스며들었다.

그러자 갑자기 중사는 정신이 몽롱해졌다. 이윽고 중사의 눈앞의 꽃 색깔이 갖가지로 번지며 퍼져 나오는 듯하더니, 그 모양이 아주 또렷하게 보이며, 꽃과 나무가 우거진 풍경이 붉고 푸르고 노란 빛깔들이 엮여서 극히 아름답게 보였다. 가만히 있는 광경인데도 그 모습이 마치 춤을 추는 듯한 느낌이 들었다. 중사가 근방의 산을 볼 때에는, 그와 같이 아름다운 모습은 평생에 한 번도 본 적이 없었으며, 앞으로 죽을 때까지도 다시는 볼 수 없을 것

같기만 하였다.

이윽고 중사의 귓가에 멀리서 나는 듯한 바람 소리와 물 흐르는 소리, 조약돌이 구르는 소리가 들려왔다. 그 많은 소리들이 서로 엮이며, 맑게 머릿속에서 끝없이 계속 울려 퍼져 나갔다. 마치 아름다운 노래를 지어 부르는 듯하였다. 이 노래는 사람이 가사와 곡조를 억지로 만든 것이 아니었으므로, 그 높낮이가 결코 답답하지 않고, 그 음색이 더할 나위 없이 부드러웠으니, 중사가 듣기에 그 소리는 너무나 기뻐서, 온 땅이 함께 흔들려 춤을 추는 듯하였다.

중사는 이와 같이 눈앞의 모습이 더할 나위 없이 아름답게만 보이고, 귓속의 소리가 더할 나위 없이 좋게만 들렸다. 그런데 그때 입과 코로 들어오는 연기 냄새를 조금 더 들이마시자, 입속에 극히 즐거운 맛이 가득 차고, 목구멍으로 시원하고 상쾌한 것이 맑게 흐르는 듯하였으며, 또한 온몸을 어루만지는 느낌이 따스하고 시원한 데다 사랑하는 여인의 손길과도 같이 부드럽기도 하였다. 마침내 중사의 머리카락 한 올 한 올, 털 한 가닥 한 가닥마다 끝없이 기분 좋은 느낌이 폭포와 같이 콸콸 쏟아져 나오는 듯했다. 중사는 너무나 커다란 환희에 소리를 지르다가 온몸이 터질 듯하였다.

중사는 꿈과 같이 냄새 속에서 헤매다가, 문득 정신을 차려 걸음을 뒤로 물렸다. 몽롱한 연기 속에서 온몸의 뼈가 줄줄 녹아내릴 정도로 기분이 좋아서 어쩔 줄을 모르던 중사를 보고는, 궁녀들이 중사 곁에 다가와 그를 부축하였다. 궁녀들이 중사에게 걱정스레 말했다.

"저 꽃들 사이에 감도는 연기가 사람을 취하게 하는 듯합니다. 중사께서는 조심하십시오."

중사는 비틀비틀거리며 정신을 차리지 못하였다. 한참 동안이나 숨을 헐떡이고 숨을 고른 후에, 길을 피하여 다시 초가집으로 들어가려 하였다.

이번에 중사가 가는 곳에 한 과일나무가 있어, 과일의 즙이 떨어지는 가운데, 또다시 이상한 연기가 휘감고 내려왔다. 중사는 또다시 코와 입으로 그 연기를 들이마시게 되었다. 그러자 중사는 문득 온갖 생각들이 하나 둘 머릿속에서 차례로 떠오르기 시작하였다.

어릴 적에 익혔던 책과 옛 글들이 하나 둘 떠오르기도 하였고 임금을 보필하며 고민하던 정치의 여러 문제들이 떠오르기도 하였다. 그런데 그 많은 일들을 잠깐 고민하는 사이에 곧 간단히 답까지 깨달을 수 있었다. 이윽고 점점 더 많은 일들이 계속 머릿속에서 떠올랐다. 곧 중사의 머릿속에 세상 방방곡곡의 만 가지 어려운 일들과 사막 끝 바다 밑의 갖가지 숨겨진 문제들까지 가득차올랐다. 그러나 그 역시 중사는 잠시 생각하는 사이에 곧 답을 알 수 있었다.

마침내 중사는 세상이 왜 생겨난 것이며, 사람은 무엇 때문에 태어나서 살다가 죽는 것인지 하는 문제 또한 똑똑히 답을 알게 되었다는 생각이 들었다. 중사는 온갖 세상의 많은 일들에 답을 얻은 것이 너무나도 기뻐서 껄껄대면서 웃었다.

"이렇게 쉽게 알 수 있는 일을 세상 사람들은 어찌 모른단 말인가."

중사는 너무도 뻔하게 답을 아는 세상의 이 많은 일들을 어찌 지금껏 모르고 살아왔으며, 세상의 다른 사람들은 어찌 전혀 알지 못하고 있는지 우스꽝스러워 도저히 견딜 수 없었다. 중사는 배를 잡고 비웃으며, 세상의 모든 일들을 다 알게 된 기분에 즐거워하였다.

문득 중사가 발걸음을 비틀거려 연기 속에서 벗어나자, 다시 궁녀들이 다가와 중사를 부축해주었다. 궁녀 하나가, 손바닥으로 중사의 얼굴을 찰싹찰싹 때리며 정신을 차리게 하였다. 그러면서 궁녀가 말했다.

"이 과일 사이에 감도는 연기 또한 사람을 취하게 하는 듯합니다. 중사께서는 이 또한 조심하셔야 할 것입니다."

중사는 눈앞에 커다랗게 궁녀의 모습이 들어오자, 정신이 번쩍 들었다. 그리고 가만히 돌이켜 생각해보니, 아까 다 알았던 것 같던 일들 중에 정말로 알고 있는 것은 아무것도 없었다.

"무엇을 궁금해하였는지는 기억이 나며, 답을 알았다고 좋아했던 것도 기억이 난다. 그런데, 답이 도무지 기억이 나지 않는다. 이것은 답을 잊은 것인가, 혹은 애초에 답이 떠오르지도 않았는데 내가 답을 알았다고 취하여 착각했을 뿐인가."

중사는 연기로부터 몸을 피하여, 비틀거리며 나오면서 이렇게 말하였다.

중사와 부하와 궁녀들이 멀리서 보니, 초가집 안에는 분명히 김가기가 있는 듯, 그림자가 보였다. 그러나 김가기는 중사 무리를 거들떠보지도 않거니와, 이와 같이 이상한 풀과 과일 사이로 온통 기괴한 냄새를 풍기는 향이 피어나고 있으니 도무지 함부로 가까이 다가갈 수 없었다.

"이대로 돌아갈 수는 없으니, 우선 틈을 보며 밖에서 기다리고 있도록 하자."

중사는 그렇게 말하며 밖에서 머물고 있었다.

이윽고 중사의 무리들이 지키고 있는 동안 밤이 되었다. 깊은 산속 골짜기에 밤이 찾아왔으므로 별은 매우 밝아 빛이 가득 뿌려지는 듯하였으나, 좌우는 깜깜하였다. 다만 희미한 달빛이 골짜기에 안개, 연기와 같이 내려 비추고 있었다.

중사는 밤새 잠을 이루지 못하고 앉아 있다가, 쓸쓸히 읊조렸다.

"내가 황상을 속이는 사악한 자를 밝힌다면서, 깊은 산속까지 들어왔는데, 겨우 연기 몇 모금에 정신을 잃고 나자빠졌으니 부끄럽지 아니한가?

더욱이 이제 밤이 깊어오니, 그나마 그 분한 마음조차 차차 사그라져버린다. 도리어, 꽃 사이에 피어오르는 연기에 기뻐하던 것이 그립고, 과일 사이에 피어오르는 연기 속에서 깨우치던 것이 아쉽다는 생각이 잠깐씩 들기 시작할 뿐이다. 이는 더욱더 서글프지 아니한가? 이것이 어찌 도적을 잡겠다고 자신만만히 나선 충신의 모습인가?"

스스로 슬퍼하여 중사는 마침내 눈물을 글썽이기 시작하였다.

결국 궁녀 하나가 중사의 손을 붙잡으며 위로해주었다.

중사가 궁녀를 붙잡고 계속 탄식하며 있는데, 갑자기 밤공기가 차가운 가운데 바람이 불어왔으므로, 중사는 으슬으슬하여 몸을 추슬렀다. 그런데 그때 갑자기 멀리서 낯선 사람의 소곤거리는 소리 같은 것이 잠깐 들려왔다.

"무슨 소리를 듣지 못하였는가?"

중사가 주위를 돌아보며 물었다. 뒤에 앉아 있던 중사의 부하가 답하였다.

"사람이 말하는 소리를 들었습니다."

또 어느 낯선 여자의 짧게 외치는 듯한 소리가 메아리치듯이 망망히 들려왔다. 이를 듣고 궁녀들 또한 겁에 질렸다.

"저희들 또한 이상한 소리를 들었습니다."

중사는 초가집 쪽을 바라보았다.

"이는 분명히 초가집 쪽에서 나는 소리다."

부하가 의아해하며 중사에게 물었다.

"그러나 초가집에는 분명히 서 있는 사람의 그림자라고는 한 사람밖에 보이지 않았습니다. 또한 밤이 깊도록 아무도 들락거린 기색이 없었습니다. 어찌 초가집에서 밤늦게 갑자기 떠들고 노는 사람들의 소리가 들린단 말입니까?"

그런데 그 말이 채 끝나기도 전에, 깔깔거리며 웃고 떠들며 즐거워하는 여러 사람의 왁자한 소리가 초가집에서 크게 났다.

그러자 중사가 즉시 자리를 떨치고 일어서서, 초가집 쪽을 향해 달려갔다.

"이것은 분명히 저 간교한 도적놈이 자신의 패거리들을 모아 놓고 놀고 있는 것임에 틀림이 없다. 이렇듯 교묘한 술수를 부리는 자라면 많은 사람을 몰래 숨겨서 데려오는 수법 또한 어찌 궁리하지 못하였겠는가?"

중사는 소매로 단단히 입과 코를 막고 뛰었다. 초가집 사이를 휘감고 있는 냄새가 조금 새어들어 정신이 아찔한 듯도 하였으나, 중사는 온 힘을 다하여 다리가 부러지도록 뛰었으므로 냄새를 많이 맡기 전에 초가집 안으로 들어설 수 있었다.

중사는 초가집 안으로 들어오자 그 안의 모습을 보고 깜짝 놀랐다. 그 좁은 초가집 지붕 아래의 바닥에 여러 명의 남녀가 누운 채로 겹겹이 쌓여 있었던 것이다.

사람들은 저마다 화려하고 좋은 옷을 입은 채로 잠자듯이 있었는데, 그 숫자는 족히 스물에서 서른 명은 되었다. 남자들은 고귀한 벼슬아치들이 많아 보였으며, 여자들은 부유한 집안의 부인들이 많아 보였다. 이들은 서로 다리와 팔이 어지럽게 얽히고 머리와 어깨가 서로 꼬여 있는 와중에도 아무것도 모르는 듯이, 그저 널브러져 쌓여 있는 장작개비와 같이 있을 뿐이었다. 그런데, 그러한 꼴로 갑자기 히죽거리며 웃기도 하고, 갑자기 잠꼬대처럼 뭐라고 소리를 내어 중얼거리며 즐겁게 떠들기도 하는 것이었다.

중사는 이상한 광경을 보고 뒷걸음질을 쳤다. 그런데, 그때 발위를 지나가는 것이 있었다. 중사가 내려다보니, 그것은 손가락 굵기만 한 작은 뱀과 닮은 짐승이었다. 뱀과 비슷했으나 네 개의 다리가 있고, 발톱이 달빛에 아름답게 반짝였으며, 비늘의 색깔이 여러 가지로 변하였다. 뱀과 닮은 짐승은 온몸이 축축하여 움직일 때마다 그 자리에 물 묻은 자국 같은 것을 남겼는데, 그대로 계속 기어가서 쌓여 있는 사람들 틈사이로 올라가는 것이었다.

"저것이 무엇인가?"

중사는 뱀과 닮은 이상한 짐승을 신기하게 여겨 자세히 보았다. 그런데, 가만히 보니, 사람들이 눕혀져서 쌓여 있는 틈틈이 그와 같은 뱀을 닮은 짐승이 수십, 수백 마리가 가득히 있었다. 이 뱀들은 사람의 옷소매 사이를 오가고, 사람의 입속과 눈꺼풀 위를 쉴 새 없이 지나다니며 사람들을 휘감고 다니고 있었다.

"어찌 저와 같이 징그러운 짐승이 몸을 휘감고 다니는데 잠꼬대라 한들 웃으며 즐거워하는가?"

중사는 얼굴이 하얗게 질렸다. 중사는 그 짐승들을 보기 싫어 고개를 천장으로 돌렸다.

그런데 천장을 보자, 거기에는 모기와 같은 소리를 내며 빠르게 날갯짓을 하는 작은 새가 있었다. 새는 곧 사람들이 누워 있는 곳으로 내려왔다. 그 깃털이 마흔여덟 가지 빛깔로 아름답게 조화를 이루고 있었으며, 꼬리는 길게 뻗어 있어 너풀너풀 느리게 움직이고 있었다. 꼬리가 움직일 때마다 꼬리에서 금은 빛깔의 가루 같은 것이 흩뿌려졌다. 그런데 얼굴에는 붉은 벼슬이 달려 있는 모양이 역시 징그러웠다.

"저 또한 깃털을 털며 사람 사이를 다니는 동물이므로 가까이 하고 싶지는 않다."

그러나 중사가 가만히 보니, 이러한 새들 역시 여러 마리가 있어서 누워 있는 사람들 틈틈이 날아다니고 있는 것이었다. 그 숫자 역시 수십 마리가 넘었다.

중사는 초가집 속에 수십 명의 부유한 사람들이 널브러져 쌓여 있고, 그 사이로 처음 보는 뱀을 닮은 짐승과 새를 닮은 짐승이 바글바글한 모습을 보고, 도무지 알 수가 없어서 어안이 벙벙하였다.

중사가 황망히 있을 때, 갑자기 옆에서 누군가 나타나 중사에게 물었다.

"어안이 벙벙하다는 말이 무엇입니까?"

중사가 의아하여 돌아보자, 물어본 사람이 재차 다시 물었다.

"어안이라 하는 것은 무엇이며, 벙벙하다는 것은 또 무엇입니까?"

중사는 아무런 대답을 하지 못하고 있었다. 물어본 사람을 보니, 이는 키가 훤칠한 남자로 극히 깨끗한 하얀 옷을 입고 있었으며, 얼굴 역시 흰빛이며, 머리카락은 매우 까만색이었다. 남자는 고요하게 웃음만 짓고 있을 뿐이었다. 중사가 눈을 크게 뜨며 소리 질렀다.

"네놈이 김가기냐?"

김가기는 이에 답하지 않고, 다른 말을 하기 시작하였다.

"지금 중사께서 보시고 계신 것은 용龍과 봉鳳이라고 하는 것입니다.

이것은 바로 세상에서 가장 오묘한 약효를 가진 짐승과 가장 절묘한 약효를 가진 새입니다. 그러므로 천하사방에서 몰래 여러 가지 진귀한 꽃과 버섯을 숨겨서 옮기곤 하는 저 역시도 많이 갖고 있지는 못합니다. 다만 신라와 당나라의 깊숙한 산속에 몇 곳의 집을 지어서 이렇게 이것들을 키우고 있습니다.

용이라 하는 동물은 비늘에서 특별한 효험이 있는 물을 흘립니다. 그래서 그것이 사람의 눈꺼풀에 닿으면 눈에 특별한 것이 보이게 되고, 그것이 사람의 혀에 닿으면 혀에서 특별한 맛이 나게 되고, 그것이 사람의 코에 닿으면 코에서 특별한 냄새를 맡게 됩니다. 봉이라 하는 동물은 꼬리에서 특별한 효험이 있는 가루를 흘립니다. 그래서 그것이 사람의 귀에 들어가게 되면 특별한 것이 들리게 되고, 그것이 사람의 살갗에 닿게 되면 특별한 것이 느껴지게 되는 것입니다.

그리하여, 용과 봉을 누워 있는 사람 위에 풀어놓으면, 사람이 보고, 듣고, 맛보고, 냄새 맡고, 느끼는 모든 것을 용과 봉의 뜻대로 조절해주게 됩니다.

그렇게 되면 이 사람은, 그 몸은 자리에 가만히 누워 있는 것이면서도, 마음으로 겪기에는 천하사방의 먼 곳을 유람하며 좋은 경치를 보고 아름다운 음악을 듣는 일을 할 수도 있고, 세상의 좋은 음식들을 맛보며, 꿈속에서 바라던 짝과 즐길 수도 있게 되므로, 세상에서 할 수 있는 온갖 일들을 바라는 대로 다 겪어볼 수 있습니다. 그뿐 아니라 물속을 거닐어보기도 하고, 불을 먹어보기도 하고, 개와 돼지의 말을 들어보기도 하고, 그림과 책 속의 세상에 들어가보기도 하는 등등, 세상에서 할 수 없는 온갖 일들 또한 바라는 대로 다 겪어볼 수 있습니다.

저는 이제 여러 가지 기예를 갈고 닦아, 용과 봉으로 다만 훌륭

한 구경을 시켜주는 것뿐만 아니라, 마치 사람의 한평생을 사는 것과 꼭 같이 꾸며서 보여줄 수 있게 되었습니다. 그리하여 슬퍼하고 괴로워하는 사람들에게, 지극히 복되고 끝없이 즐거운 한평생을 살아보도록 만들어줄 수 있게 되었습니다.

게다가 이렇게 용의 침과 봉의 깃털 사이에 누워서 평생을 살게 될 때, 저는 그때 구경하고 느끼는 것이 가짜라는 사실조차 깨닫지 못하고 말끔히 잊을 수 있도록 연기로 취하게 만들어줍니다. 그렇게 되면, 진짜 세상에서 사는 것과 용봉 사이에 누워서 세상을 사는 것처럼 느끼기만 하는 것을 구분할 수가 없게 됩니다.

오직 이 초가집에 누워 있는 것만으로 정말 진짜 세상에서 행복하게 사는 것과 조금도 차이가 없이 즐겁게 지내볼 수 있는 것입니다. 세상살이가 지루하거나 고통스러워 스스로 목숨을 끊으려 하는 재물이 많은 사람들에게, 저는 긴밀히 찾아가서, 저에게 이와 같은 방책이 있다는 것을 알려주었습니다.

그리하여 신라와 당나라는 물론, 천축국天竺國, 대식국大食國과 불림국拂臨國의 부귀한 남녀들이 저에게 많은 보물을 건네주며 몰래 찾아와서는, 이렇게 한평생 수십 년을 용봉 사이에 누워서 지내면서, 속으로는 저마다 극히 즐거운 온갖 일들을 다 겪어보는 것입니다.

또한 용과 봉은 살아가기 위해서는 반드시 기뻐하며 좋아하는 사람들 사이에 있어야만 숨을 잘 쉬면서 지낼 수 있는 성질이라고 합니다. 그러므로 이러한 사람들을 구하여 쌓아놓으면 이들이 항시 행복하게 웃고 떠드는 소리가 날마다 밤마다 들려오게 되니, 저도 이러한 일을 하여 능히 용과 봉을 키워 계속 그 숫자를 불릴 수 있는 것입니다."

김가기가 말을 마칠 때쯤 하여, 또다시 까무러치는 듯, 터져 나오는 듯, 쌓여 있는 사람들 사이에서 웃고 떠드는 소리가 흘러 나왔다. 많은 사람들이 널브러져 있는데, 입안과 콧구멍 속에 용이 기어 다니고 머리카락과 옷섶 사이에 봉이 푸드덕거리는 가운데에도 그저 히죽거리며 웃고 있는 광경을 보고 있으니, 중사는 화가 났다.

중사가 김가기에게 따졌다.

"도대체, 지극히 복되고 끝없이 즐거운 삶이란 것이 무엇인가? 오직 맛있는 음식만 배불리 먹는 것이 좋은 것인가? 아니면 싸울 때마다 이기기만 하여 천하사방 수많은 나라들을 모조리 빼앗고 세상을 다스리는 크나큰 나라의 임금이 되는 것이 좋은 것인가?

그렇지 않다. 진정으로 잘 사는 것이란, 오히려 기쁠 때도 있고 슬플 때도 있으며 일이 힘들 때도 있고 배가 고플 때도 있는 가운데에, 애를 써서 풀어 나가고 고심하여 헤쳐 나가는 보람에 있는 것 아니겠는가? 그저 천만석의 쌀을 갖고 태어나 한평생 재물을 펑펑 쓰며 살아가는 것보다는, 굶주리며 힘겹게 고생하다가 차근차근 재산을 모으고 우여곡절 끝에 통쾌하게 이루어내어, 마침내 느긋하게 늙어가는 것이 참으로 즐겁게 사는 것이 아니겠는가?

그러므로, 오직 좋은 일만 있다 하는 네놈의 용과 봉은 한낱 미치광이들의 꼬임에 지나지 않는 것이다."

그러자 김가기는 중사를 비웃는 웃음을 웃었다.

"어찌 그대는 저의 용과 봉을 그와 같이 얕보십니까? 제 용은 겨우 아름다운 그림을 보여주는 재주만 가진 것이 아니며, 제 봉은 겨우 따뜻한 바람만을 느끼게 해주는 재주만 가진 것이 아닙니다.

제가 어찌 참으로 사람이 기쁘게 사는 이치가, 땀을 흘려 일을 해서 보람을 찾고, 덕을 지키고 의리를 찾아 사람다운 길을 따라가는 데 있다는 것을 모르겠습니까? 당연히, 저의 용과 봉은 그러한 것 또한 갖추어주고자 합니다.

용에서 나온 침이 입으로 들어가고 봉의 깃털이 살갗에 닿으면, 사람마다 좋아하고 귀하게 생각하는 것이 맞추어져 느껴질 것입니다. 그러니, 그저 모든 사람들이 똑같이 재물이 많고, 운수가 좋은 평생을 사는 것을 겪게 되는 것은 아닙니다. 그것이 아니라, 효성을 중요하게 여기는 사람은 고생스럽게 부모의 병수발을 드는 것으로 보람을 느끼며 좋아하는 것을 겪게 되고, 충성을 중요하게 여기는 사람은 나라를 위해 목숨을 걸고 싸우다가 죽는 것으로 감격하며 좋아하는 것을 겪게 되는 것입니다. 청렴하게 지내며 학문을 열심히 연마하는 것을 귀하게 여기는 사람은 굶어 죽어가면서도 높은 학식을 갖추게 되는 것을 겪게 되며, 또한 대단한 큰일 없이 조용하고 고요하게 사는 것을 가장 바라는 사람은 부유하지도 않고 가난하지도 않고 이름을 높이지도 않고 욕을 먹지도 않고 용맹하지도 않고 비겁하지도 않게, 오직 소란하지 않게 지내는 나날만을 겪게 되는 것입니다.

고작 재물이 많이 있어서, 아름다운 여인과 함께 좋은 집에서 사는 것을 겪게 해주는 것이 용과 봉이라면, 어찌 남부러울 것 없는 갑부의 젊고 아름다운 자식들이 모든 것을 다 바치고 여기에 처박혀 있겠습니까?

하루하루가 힘찬 기운으로 가득하고, 살아가는 꿋꿋한 뜻이 항상 마음속에 자라나고 있어서, 아침마다 새날이 기쁘고 저녁마다 다음 날이 기다려지는, 그러한 큰 보람이 이어지는 삶을 사는 것이 어떤 일인지 그대가 한번 겪어볼 수 있도록 제가 도와드리는 것입니다. 무릇 부질없이 살다가 죽어가는 사람들과 아등바등 탐하는 마음, 질투하는 마음만 갖다가 늙고 죽어버리는 세상의 하고 많은 사람들이 결코 겪어보지 못하는 것을, 이곳에 누워 있기만 하면 제가 바로 진짜와 꼭 같이 겪게 해드리겠다는 것입니다.”

그 말을 듣자, 중사는 비틀거리며 뒷걸음질 쳤다. 중사는 그러다 초가집 밖으로 나왔는데, 그러자 온갖 연기가 다시 중사의 코와 입속으로 몰려들었다. 그러므로 중사는 그만 정신을 잃고 쓰러졌다.

정신을 차리고 보니, 중사 곁에는 걱정스러운 얼굴로 부하와 네 궁녀들이 있었다. 한편 좀 떨어진 곳에 김가기가 앉아서 중사 쪽을 보며, 여전히 비웃는 듯한 표정을 짓고 있었다.

중사가 정신을 차리는 것을 보고, 궁녀가 기뻐하며 중사에게 말하였다.

“저희 또한 김가기 공께 용과 봉에 관하여 들었습니다. 이는 참으로 복되고 좋은 일입니다. 우리들도 다 함께 궁궐에서 가져온 향과 약과 쇳덩이와 옷감을 김가기에게 값으로 주고, 용과 봉 사이로 들어가, 지극히 복되고 끝없이 즐겁게 평생 사는 것이 어떤 것인지 겪어보도록 해야겠습니다."

중사는 크게 놀랐다. 중사는 궁녀의 팔을 잡아 당겼다.

"그것이 무슨 말인가? 그러나 그것은 정말로 삶을 보람되게 사는 것이 아니라, 다만 삶을 보람되게 살고 있다고, 징그러운 짐승과 더러운 새 사이에 누워서 착각하고 있는 것뿐이다.

그것이 어찌 진정으로 보람이 있는 일인가? 그저 즐겁고 좋은 기분을 조금 느껴보려고, 입과 코 속에 뱀과 같은 것이 돌아다니게 하고, 머리카락 사이에 닭대가리와 같은 것이 비비도록 해야 한다면, 이는 오히려 비참하고 추잡한 일이 아니겠는가?"

궁녀는 고개를 저었다.

"그러나, 김가기 공께서는 한번 용과 봉 사이에 드러누우면, 그것이 결코 가짜로 겪는 일인지 알 수 없도록 모든 것을 잊게 해준다고 하시지 않습니까? 그러면 우리는 결코 중사께서 말씀하시는 것과 같은 일은 알 수 없을 것입니다. 좋은 짝을 만나서 열심히 일하며 즐겁게 살면서 복 받은 집안을 키워 나가는 평생을 사는 것만 알게 될 뿐으로, 결코 우리는 그것이 용과 봉 사이에 누워서 기분만 느끼고 있는 일인 줄은 알지 못한다는 것입니다."

중사는 다시 화를 내며 소리쳤다.

"알고 모르는 것이 무슨 소용인가? 어찌 되었거나, 뱀을 휘감고 새를 덮고 눕기로 작정하면 그다음부터는 모조리 가짜라는 것은 지금은 뻔히 알고 있지 않은가? 비록 나중에 그것을 잊고 모르게 된다고는 하나, 지금은 뻔히 가짜라는 것을 아는데, 어찌 거기에 속을 수 있는가?"

궁녀는 그러자 말없이 한숨을 깊이 쉬었다. 그리고 중사를 서글픈 눈으로 보면서 말을 하였다.

"중사께서는 진정으로 모르십니까? 마치 진짜와 꼭 같이 느껴지는 가짜가 있고, 또한 그것이 꾸민 일인지 잊게 하도록 하는 연기도 있다 하면, 이곳은 이미 가짜 세상인지도 모릅니다.

지금 이미 중사께서도 입속에, 또 목구멍 속에 용이 한 마리 들어와서 기어 다니고 있고, 저의 배꼽 위에도 봉이 한 마리 앉아서 퍼덕거리고 있으며 우리는 저 김가기 공과 같은 분의 어느 초가집에 누워 있는 것뿐인지도 모르지 않습니까? 용 비늘에서 묻은 물과 봉 꼬리에서 떨어진 가루 때문에 종남산 자오곡 바위 위에 앉아 있다고 느끼기만 하고 있는 것일 수도 있지 않겠습니까? 우리가 지금 보고 있는 이 세상이 가짜라는 것을 교묘한 연기로 잊게 하였다면, 어찌 지금 우리가 알 수 있겠습니까?

중사와 제가 함께 앉아 있는 이곳이 이미 가짜 세상인지도 모른다면, 이곳에서 김가기 공과 같은 분의 도움을 얻어, 역시 가짜 세상이되 즐겁고 기쁜 세상이라 하는 세상을 다시 한 번 겪어본다는 것이 무엇이 그토록 나쁘겠습니까?"

중사는 무어라 말을 더 해야 할지 몰라 머뭇거리고 있었다. 궁녀는 중사의 손을 잡고 이끌려 하였다. 그러나, 중사가

"그래도 나는 도저히 평생 누운 채로 히히거리며 큰 복을 받았다고 여긴다는 생각을 지금 떨칠 수가 없소."

하였다. 그러므로 궁녀는 손을 놓고 홀로 걸어서 초가집 안으로 들어갔다.

궁녀의 뒤를 따라, 중사의 부하도 초가집으로 들어갔다. 중사가 부하를 쳐다보자, 부하가 웃어 보이며 말하였다.

"저는 이와 같이 교묘한 것을 찾은 것이 무엇보다 즐거운 일이라고 생각합니다. 그러므로, 저는 용과 봉 사이에 누워서 다시 한평생을 겪어보거든, 또다시 중사와 같은 분의 부하가 되어, 또다시 김가기와 같은 사람을 좇아, 또다시 이런 교묘한 것을 찾아보려고 합니다. 그러면, 저는 거기에서 또다시 용과 봉 사이에 누워서 또다시 그 속에서 또 다른 즐거운 한평생을 겪어보고자 할 것입니다.

그러면, 저는 그 속에서 또 중사와 같은 분의 부하가 되어 또 김가기와 같은 사람을 좇아, 또 이런 교묘한 것을 찾아 또 용과 봉 사이에 누워서 또 그 속에서 또 다른 즐거운 한생을 겪어보고자 할 것이니, 이와 같이 반복하기를 끝없이 하여볼 수 있을 것입니다. 유쾌하지 않습니까?"

주위 사람들이 모두 초가집 안으로 걸어 들어갈 때까지, 중사는 앞뒤로 불안하게 오갈 뿐이었다.

어느새 밤이 새어 아침이 밝아오려 하였다. 먼동이 터 오는 빛이, 중사의 시뻘건 얼굴에 더욱 붉게 서렸다. 김가기는 초가집 안으로 다시 들어가면서, 중사에게 말하였다.

"그대는 스스로 돌아보십시오. 지금껏 그대는 나름대로 복되게 살지 않았습니까?

굶을 걱정은 없으나 가난한 자의 사정을 돌아볼 수 있는 집안에서 태어나, 벗들과 함께 같이 놀고 익히는 즐거움을 알고 자랐으며, 비록 이루지는 못했으나 한때에 극히 깊게 마음에 새긴 미인을 만난 적도 있었습니다. 또한 지금은, 비록 명민하지는 못하나 착하고 순박한 임금을 모시고 일하고 있으니, 이것은 야비하고 포악한 자를 섬기는 것과 비할 바가 아니지 않습니까?

그대가 지금껏 누린 삶은 크게 놀고 많이 즐긴 것이라 할 수는 없을지라도, 누구 못지않게 보람 있고 부러운 삶이기도 합니다. 세상에 비참한 삶을 사는 불쌍한 사람들은 헤아릴 수 없이 많고, 재물과 권세를 얻었다고는 하나 마음은 썩어 들어가는 자들 또한 매우 많습니다. 그런데 그대는 복된 삶을 잘 살고 있지 않습니까? 그대만큼 사는 것이 과연 쉬운 일이겠습니까? 이와 같이 기쁘고 좋은 삶을 그대가 살고 있는데, 이것이 과연 쉽게 그저 이루어질 수 있는 일이겠습니까?

가난한 나라의 노비로 태어나 핏물 웅덩이 속에서 구정물로 목을 축여야 하는 죽어가는 남자가 있어 그대처럼 사는 것을 생각한다면 꿈과 같지 않겠습니까? 혹시 그대가 지금 이와 같이 사는 것이 용과 봉의 신묘한 술수로 착각하고 있는 허상은 아니겠습니까? 그대가 잊고 있을 뿐이지, 그대는 벌써 오래전에 어느 교묘한 재주를 부리는 사람을 만나서, 약효가 있는 침을 바르는 짐승과 약효가 있는 가루를 뿌리는 새를 몸에 지닌 채로 어느 깜깜한 바위굴 속에 깊이 처박혀 있는 것은 아닙니까?"

김가기가 표표히 떠나가자, 중사는 바닥에 털썩 주저앉았다.

한참 자리에 앉아 있던 중사는, 아침이 훤하게 밝아온 후에야 초가집을 향하여 크게 소리 질렀다. 이때 중사가 한 마디 한 마디 지르는 소리는 힘을 다하여 내지르는 것이었으므로, 곧 목이 쉬고 입에서 핏방울이 튀어 나왔다.

"내가 보람차고 기쁘게 잘 살고 있다는 것이, 너 따위 간악한 수를 쓰는 자에게 넘어가서 연기에 취해서 빌빌거리고 있다는 증험이라 한다면, 내가 어찌 그것을 두고만 볼 수 있겠느냐?"

중사는 그렇게 말하고 난 즉시 갖고 있던 것을 모두 버리고, 산속 깊은 곳으로 들어갔다. 중사는 스스로에게 다짐하며 말하였다.

"내가 만약 괴롭고 고생스럽게 산다고 한다면, 그런 것 따위를 바라고 내가 연기에 취했을 리는 없는 것이 되므로, 자연히 내가 연기에 취한 것도 아니고, 누워서 가짜로 평생을 겪는 것도 아닐 것이다."

중사는 겉옷을 모두 벗어버리고 추운 겨울을 버티기 힘든 얇은 옷 한 벌만을 걸쳤으며, 신발마저 벗어 던졌다. 먹을 음식을 모두 버렸으므로 산속 이곳저곳을 다니면서 풀뿌리를 캐거나 손수 나무 열매를 따서 먹고 다녔다. 그러므로 중사는 항상 추위에 덜덜 떨었고, 손발에 잔상처가 끝없이 생기고 수많은 가시가 박혀 아파하였다. 먹는 것이 모자랐으므로 항상 굶주려야 했는데, 그러면서도 산속의 아름다운 경치는 일부러 보지 않고 땅만 보며 다녔으며, 아름다운 새소리가 들려올 때에는 귀를 틀어막았다. 그리고 그 소리가 들리지 않도록 자기 입으로 소리를 내었으니,

"기뻐할 만한 일은 모두 가짜로 꾸며진 것이니, 김가기가 나를

끌어들이는 구렁텅이일지니."

라고 하였다.

중사는 쉬면서 즐길 틈을 주지 않기 위해, 나무 장작거리를 모아놓거나, 약초를 캐어서 모아놓기도 하였다. 그런 것들이 모이면 시정에서 팔기도 하였는데, 그렇게 판 값은 갖지 않고 시정의 걸인들에게 모두 나누어 주었다. 중사는 그렇게 걸인들을 도와줄 때의 뿌듯한 기분조차도 가라앉히기 위하여, 끊임없이 마음을 다스렸다. 그리하여 중사는 항상 어떠한 마음의 흔들림도 없이, 착한 일을 한다는 기쁨과 어려운 자를 구한다는 보람조차 느끼지 않고, 그저 온몸을 고달프게 하고 언제나 힘겹고 괴롭게만 지내며 세월을 보냈다.

중사는 그렇게 지내면서, 오직 주문처럼 항상

"기뻐할 만한 일은 모두 가짜로 꾸며진 것이니, 김가기가 나를 끌어들이는 구렁텅이일지니."

라는 말만 중얼거렸다.

그러던 어느 날, 중사는 지나치게 고생을 한 탓에 온몸에 병이 들어 곧 죽게 되었다. 중사는 마지막까지 고요한 마음으로 죽음을 기다리고 있었다. 그런데 문득 산 근처의 사람들이 산 깊은 곳으로 무리지어 여럿이 몰려가는 것을 보게 되었다. 중사는 깊은 산속에 갑자기 그렇게 많은 사람들이 찾아오는 것을 거의 본 적이 없었다. 이상하게 생각하여 한 사람에게 물었다.

"사람들이 산 깊은 곳으로 끝없이 몰려들고 있는데, 모두 어디로 가고 있는 것입니까?"

그 사람은 맨발로 추운 계절에 오직 누더기 하나만을 걸친, 말라비틀어진 중사의 행색을 보고 이상하게 생각하였다. 그러나 그 사람은 곧 답해주었다.

"오늘은 2월 25일이니, 김가기라는 사람이 하늘을 다스리는 임금에게 벼슬자리를 받으러 하늘로 간다고 한 날입니다. 그래서 모두들 무슨 일이 일어나는지 그것을 구경하러 가는 것입니다."

중사는 오랜만에 김가기라는 이름과 자신이 김가기를 처음 알게 된 일을 다시 떠올리게 되었다. 그러자 갑자기 가슴에 확 치미는 것이 있었다.

"그 교활한 속임수 쓰는 놈 때문에, 내가 이 꼴이 되어 항시 더럽고 힘든 일만 골라 하면서 살게 되었다."

중사는 갑자기 별별 생각이 다 들어서 눈에서 눈물이 줄줄 흘렀다. 중사는 극히 노하여, 갑자기 온 힘을 다하여 정신없이 김가기가 있는 곳을 향해 달려갔다.

김가기의 초가집이 있는 곳에 도착하니, 김가기가 집 앞에 나와서 웃는 얼굴로 자신을 구경하기 위해 오고 있는 사람들을 멀리 내려다보고 있었다. 중사가 김가기에게 말했다.

"이 교활한 놈아. 이제 날짜가 다 되었으니, 무슨 속임수를 써서 하늘을 다스리는 임금의 부름을 받았다는 네놈의 거짓말을 둘러대겠느냐?"

그 말에 김가기가 고개를 돌려 중사를 쳐다보았다. 중사는 맨발로 바위산 산길을 급히 달려왔으므로, 두 발에서 피가 철철 흐르고 있었다. 김가기는 다리를 굽혀 쪼그리고 앉아서는 피 흐르는 중사의 발을 보더니 혀를 찼다. 중사는 김가기의 표정이 비웃는 것이라고 생각했으므로, 더욱 소리쳐 따졌다.

"나는 이와 같이 더럽고 상처투성이 힘든 세월만을 살았다. 네놈은 일전에, 내가 즐겁고 기쁘게 사는 것은 정말로 세상을 기쁘게 살고 있는 것이 아니라, 어느 굴속에 누워서 미친 연기를 쏘이고 더러운 침을 눈에 바른 채 그 느낌만 느끼며 좋아하고 히히거리고 있는 것이라고 말한 적이 있었다. 그런데 나는 그렇게 지낸 것이 아닌 것이다. 이제 나의 꼴을 보기만 해도, 네놈은 그따위 소리는 감히 못할 것이다."

중사가 말을 끝내자, 김가기는 갑자기 고개를 푹 숙였다. 중사는 잠깐 이상하게 생각했는데, 감가기는 고개를 움직이면서 이상한 소리를 냈다. 이에 김가기의 머리카락이 조금씩 헝클어졌는데, 중사는 그 모습을 보고 김가기가 울고 있다고 생각하였다. 중사는 이에 통쾌해하여 웃기 시작하였다.

그러자 김가기가 고개를 들었다. 김가기의 얼굴은 하얗게 핏기가 없었으며 또한 싸늘하나 괴이하게 일그러진 표정으로 크게 웃고 있었다. 김가기는 무서운 목소리로 중사를 비아냥거렸다.

"그대는 잘못 생각하였습니다.

그대는 일전에 용과 봉을 본 이후로, 다만 그대가 겪고 있는 세상이 초가집 속에 누워서 용과 봉의 효험으로 느끼고 있는 가짜 세상이 아닌가 하는 것을 가장 두려워하게 되지 않았습니까? 그러므로, 그대가 살면서 가장 무섭게 여긴 것은 오직 그대가 진짜 세상을 살고 있느냐, 혹은 초가집 구석에 처박혀 있는 채로 가짜로 느끼고 있기만 하느냐, 하는 것뿐이었습니다.

그런데 그대는 스스로 몸을 괴롭히고, 또 힘든 일을 일부러 하면서, 이제 그대는 진짜 세상을 살고 있음이 틀림없다고 믿게 되었습니다. 가짜 세상이라면 이렇게 힘들 리는 없고, 이렇게 나쁜 일만 있을 리는 없으니 진짜 세상이 맞다고 믿게 되었습니다. 하지만 그때, 그대의 마음속 한 깊은 곳에서 희미하게 그대는 기뻐하였습니다. 진짜 세상이 맞는 듯하다는 짐작에 좋아하는 마음으로 음험하게 몰래 기뻐했던 것입니다. 그러나, 음험하다고는 하나, 실로 그대에게는 그것이야말로 무엇보다 귀하게 여기며 가장 두려워하고 중히 여겼던 것이지 않습니까?

그러므로 온몸이 부서지도록 고통을 겪었기는 하되, 그렇게 지냈기 때문에 그대는 그대가 진짜 세상을 살고 있다고 좋아하는 편안한 마음을 얻었습니다. 그리고 그것이야말로 그대에게 가장 큰 기쁨이요, 즐거움이요, 보람이요, 복이었습니다.

그러니, 이는 내가 그대에게 용을 기어 다니게 하고 봉을 날아다니게 하면서, 깊은 산속 어느 썩어가는 초가집 구석에 눕혀놓은 채로 한바탕 즐겁게 해준 것은 혹시 아니겠습니까?"

김가기의 말이 끝나자, 중사는 힘이 빠져 털썩 자리에 주저앉았다.

중사는 죽어가고 있었으므로, 온통 머리가 어질어질하고 앞이 제대로 보이지도 않았다. 중사는 마지막으로 아픈 몸의 힘을 간신히 짜내어, 김가기에게 울부짖었다. 눈 흰자위 핏줄이 터져 핏물이 흥건했으니, 울부짖는다 해도 실은 얼굴에 온통 피눈물을 줄줄 흘리며 숨이 차서 힘겹게 겨우겨우 말을 토해내는 형국이었다.

"너는 제발 그만두도록 하라. 내가 이와 같이 주저앉아 빌고 있으니, 부디 그만두어라.

너의 말이 그럴듯하다는 것을 알며, 너의 말이 맞을 수도 있다는 것도 알겠다. 그러나 어디 한번 생각해보아라. 사람이라면, 간단한 것을 쉽게 믿고, 어려운 것을 의심하는 것은 당연한 법이다.

내가 지금 이 찬바람 소리를 들으면서 저 하늘을 우러러보고 있지 않은가?

이것은 정말로 진짜 바람이 불어서 진짜 내 귀에 직접 들어온 것이며, 또한 저 위에 정말로 진짜 하늘이 있어서 내가 진짜 내 눈으로 하늘을 보았다 하는 것이, 쉽고 믿을 만한 이야기이지 않겠느냐?

혹여, 내가 지금 망망한 바다 한가운데에 홀로 떠 있는 배의 맨 아랫바닥에 있는 통속에 들어 있는데, 그 눈 위를 용이 한 마리 기어가고 있어서 용 비늘에서 나오는 물의 효험으로 마치 눈으로 하늘이 보이는 듯 느껴지고, 그 귓가에 봉이 한 마리 파닥거리고 있어서 봉 꼬리에서 나오는 가루의 효험으로 마치 귀에서 바람 소리가 들리는 듯 느껴진다 할 수도 있을 것이다. 그러나 어찌 그와 같은 말을 쉽게 믿을 수 있겠는가?

내가 평생 이치에 맞으며, 있을 수 있는 일만을 보아왔으며, 허황된 일은 겪어본 적이 없다. 내 눈앞에 돌아가신 아버지가 다시 나타나신다면, 이는 실로 일어날 수 없는 일이니 내 눈앞에 용이 기어 다니다가 특별한 효험으로 보여준 일이라 생각할 것이며, 내 귓가에 갑자기 소나무 신이 말하는 소리가 들려온다면, 역시 이는 실로 일어날 수 없는 일이니 내 귓가에 봉이 날아다니다가 특별한 효험을 보여준 일이라 생각할 것이다.

그런데, 나는 지금껏 무당의 굿 한 번, 점쟁이의 말 한 마디조차, 세상 이치에 어긋나는 것을 본 적이 없다. 어찌 내가 보는 것이 진짜라는 간단한 것을 믿지 못하고, 어찌 내가 보는 것이 깊은 곳에 꼼짝 못하게 갇힌 채 홀로 미치광이가 되어서 보는 허상이라고 어렵게 생각할 수 있단 말인가?"

중사가 마지막으로 말을 마쳤을 때, 김가기는 중사와 같이 하늘을 올려다보고 있었다.

하늘은 푸른빛이 몹시 맑고 아름다웠으며, 그 사이로 하얀 구름이 뭉게뭉게 높게 피어오른 형상이 아주 높고 복잡하여 신비해 보였다. 파란 하늘 깊은 끝자락 사이로 솟은 구름 사이에 구름의 골짜기와 구름의 봉우리가 굽이굽이 있었으니, 흰 구름과 멀리 뻗은 파란 하늘이 뿜어내는 무허한 풍취가 자못 기이하였다.

그런데 흰 구름 사이에서 까만 점 같은 것이 하나 오락가락하는 것이 보였다. 새라고 하기에는 너무나 높은 곳에서 날아다니는 듯하였는데, 마치 구름 봉우리에서 뻗은 산 마루에 걸터앉았던 거인이 천천히 걸어 나와서 유유히 움직이는 것만 같았다. 그 까만 점은 파란 하늘 사이를 고요히 움직이고 있었는데, 서서히 아래로 내려오고 있었으므로, 점차 모양이 분명히 보이기 시작하였다. 곧 모습이 확실해졌으니, 그것은 옥으로 만든 수레에 까만 솔개의 깃털로 짠 천으로 지붕을 씌워 놓은 것이었다. 그 수레를 붉은 등과 푸른 배를 가진 괴이한 새와 두루미가 끌며 날고 있었다.

하늘을 날아다니는 수레가 구름 사이에서 나타나자, 산골짜기에 모여든 사람들이 모두 하늘 저편을 손가락으로 가리키며 경탄하여 놀라기 시작하였다. 조정의 여러 벼슬아치와 귀한 사람, 천한 사람들까지 수많은 사람들이 그 광경을 보며 놀라서 소리를 지르고 있었다. 이윽고, 하늘의 구름들이 반으로 갈라지면서 하늘이 조금 빛을 잃더니 다섯 색깔의 구름이 마치 길과 같이 땅 아래까지 길게 뻗어서 펼쳐졌다. 그리고 하늘을 날아다니는 수레 수십 대가 연이어 나타났는데, 그 수레마다 수많은 갑옷 입은 병사들과 궁녀들이 타고 있었으며, 각자 온갖 악기로 음악을 연주했으므로, 온 산에 하늘에서 쏟아지는 음악이 가득 울려 퍼졌다.

마침내 하늘 이곳저곳에 수레가 달려가고, 구름 사이사이에 깃발이 세워지기 시작했으니, 잠시 만에 갖가지 깃발이 온 하늘을 가득 덮었으며, 공중에서 날아다니는 수레를 타고 다니는 무리들은 계속 그 숫자가 늘어나서 수백 수천이 음악을 연주하며 가득 떠 있었다.

김가기는 그 가운데, 서서히 허공으로 붕 떠올라서는 유유히 하늘 위로 높이 높이 나아갔는데, 땅에서 절망하여 바들바들 떨고 있는 중사를 내려다보면서 끝도 없이 낄낄거리며 웃고 있었다.

—소재 출전 속선전續仙傳

■ 김 가 기 는 ……

이 이야기는 「일라」와 함께 '신라기이 외국편' 연작 중에 하나이다. 21회로 2010년 6월에 개인 블로그에 올렸던 것이다.

중국 기록인 『속선전』에 실린 「김가기」 이야기는 가장 대표적인 '신라기이 외국편' 소재라고 생각한다. 『속선전』의 김가기 대목은 당나라를 배경으로 신라 출신의 어느 도 닦는 사람이 대낮에 매우 많은 사람들이 목격하는 가운데 하늘로 올라갔다는 짧은 이야기이다. 원전에서 중간에 김가기가 신라에 다녀왔다는 이야기가 뜬금없이 들어가 있다는 점에 착안해서, 왜 김가기가 과거 시험을 치고도 벼슬을 높이려고 전혀 노력하지 않았는지, 왜 신라와 당나라 사이를 왕복하는 일이 필요한 삶을 살았는지에 대해서 이런저런 이야기를 꾸며서 집어넣어보았다.

원래 기록에서, 중사와 궁녀들은 아무런 비중 없이 한번 언급만 되는 인물에 불과하나, 위 이야기에서는 갈등의 중심으로 키웠고, 원전에서는 곱게 멋부리며 하늘로 올라가기만 하고, 아무런 행패나 피해를 주지 않은 것으로 되어 있는 김가기를 부정적인 면도 보이도록 이야기를 채워 넣었다. 비슷한 맥락에서 이야기 속의 용과 봉에 대한 묘사도 이야기에 어울리도록 만들어 넣었다.

한편 이야기 처음에 아이에게 김가기에 대해 들려주는 험상궂은 사람은 김가기와 한패가 되어 신라와 당나라를 오가며 일을 벌였던 일종의 해적으로 생각하고 꾸며 넣은 것이다. 전체 이야기에서 그다지 뚜렷하게 드러나는 내용은 아니라서, 그저 그런 듯한 느낌만 있는, 바다를 떠돌며 이상한 풍문을 전하는 불길한 사람 정도로 보아도 좋을 것으로 생각한다.

지 진 기 地 震 記

지 진 기 地 震 記

一.

고구려의 상부相夫가 즉위한 지 8년째 되는 기미己未년(서기 299년) 음력 겨울 12월, 지진이 일어나자, 달탄達呑 땅 인근의 일자日者들에게 급히 좌영성실左靈星室로 들어오라는 전갈이 전해졌다. 이때의 지진에 달탄 땅의 피해가 컸는데, 가뭄과 홍수, 지진과 화산에 대해서는 하늘의 별과 달을 관찰하는 일자라는 사람들이 여러 일을 맡아 하고 있었으므로, 달탄에서 가장 가까운 좌영성실에서 급히 움직인 것이다.

이에 낮은 지위의 일을 맡은 한 소대일자小大日者가 급히 집을 나서려 하였다. 그러자 그 부인이 물었다.

"오늘은 나가면 언제 돌아오시오?"

소대일자가 답했다.

"지진이 일어나 흙무더기와 돌더미가 무너지고 사람이 깔려 죽었지 않소? 하늘의 별을 보고 재난이 일어날 것을 궁리하는 일자로서, 위급한 일이 끝나는 때까지 있다가 오는 것 아니겠소? 어찌 언제 돌아오는지 기약을 하고 집을 나서겠소?"

부인은 마르고 몸집이 작았으며, 얼굴에 힘이 없어 보였다. 부인은 소대일자의 답을 듣고 작은 목소리로 다시 물었다.

"그 말씀이 진실로 맞소. 나는 공이 늦게 들어올 것을 걱정하는 것이 아니라, 일찍 들어오는 것을 걱정하는 것이오.

공이 말한 그대로, 일자란 무릇 별을 보는 것이 일이오. 그러니 밤늦게 별을 보다가 새벽에 돌아와야 마땅할 것이오. 그런데 공은 밤에 돌아오시는 일이 매우 드무니, 혹 무슨 일이 있으신 것은 아니시오?

또한 공께서는 몇 년째 오직 소대일자의 자리에 머물고 계실 뿐이시오. 제가 아는 부인들이 말하기로, 공의 벗이라 하는 분들은 모두 삼사년 전에 이미 중대일자中大日者의 자리에 오르셨다 하오. 개중에 뛰어난 분들은 태대일자太大日者에까지 이르신 분도 있다 하는데, 공께서만은 아직도 젊은이들이 있는 소대일자 자리에 계시오. 이는 혹시나 공께서 일이 잘 풀리시지 않고, 힘겨운 걱정거리가 있으신 것은 아니시오?"

그 말을 듣자, 소대일자는 버럭 화를 냈다.

"지금 부인은 내가 일을 하는 재주가 부족한 못난 놈이라, 자리가 높아지지 않는다고 투정을 부리며 탓을 하고 있는가?"

부인이 안타까운 표정으로 답했다.

"그것이 아니라, 지금 국상國相 자리에 있는 창조리倉助利가 '공구수성恐懼修省'이라 하는 말을 내걸고, 온 나라를 들쑤시고 있지 않소? 그러한즉, 조정에서는 조그마한 잘못을 한 사람도 죄를 묻소. 조정에서 죄를 얻어, 멀쩡히 크게 농사를 짓고 곡식을 배불리 거두며 살다가도 하루아침에 알거지가 되어 구걸을 하게 되는 자들이 여기저기에 있질 않소? 혹여라도, 그대의 일도 잘되지 않으면 어쩌나 하여, 같이 근심하는 것일 뿐이오."

그러자 소대일자가 다시 소리쳤다.

"그렇다면, 부인은 내가 하는 일이 지금 부족하다는 뜻이오?

내가 비록 소대일자라고는 하나, 일자의 일을 하고 있으므로 벌어오는 재물에 부족함이 있었던 적이 없소. 부인은 혼인을 하고 나서 흙을 파서 농사를 짓는 힘든 일을 지금껏 한 번이라도 해본 적 있소? 이제 드디어 부인이 궤짝 속에 금으로 빚은 황금천黃金釧과 은으로 빚은 백은천白銀釧이 하나 둘 쌓여가기 시작했다고, 이제 그 맛을 알아 더욱 재물이 탐이 나고 높은 지체가 부러운 것이오?

어찌 부인은 그동안 밤을 새워 눈이 빠지도록 검은 하늘을 보며 일하여 그대를 먹여 살린 내 공을 잊고, 이제 와서 다른 집안의 남자가 더 낫다면서 배반하는 따위의 말을 하는 것이오?"

그러자 부인이 덜컥 겁을 먹고, 고개를 숙였다.

"내가 어찌 공께서 힘겹게 일한 것을 모르겠소. 다만 공께서 별 보는 일을 하는 사람인데도, 요즈음에는 일찍 돌아와 집에서 자며 쉬기만 하는 날이 많으니, 공을 걱정하여 하는 말일 뿐이오.

공이 말한 대로, 나는 공이 벌어다 준 밥을 먹고 공이 지어준 집에서 사는 사람으로 공에게 몸과 목숨이 매여 있소. 공의 근심이 아무리 작다 한들 내 어찌 걱정하지 않을 수 있겠소? 혹여 몸이 약하여 그렇다 하시면, 산속에 사는 나의 어미 아비에게 말하여 인삼人蔘이라도 그대를 위해 구해보려 하오. 또한 만약 옷이 낡아 업신여기는 자들이 있어 근심이라 하시면, 내가 밤을 새워 새로 좋은 옷을 지어드리겠소."

소대일자가 그 말을 다 듣기도 전에 다시 소리쳤다.

"부인이 일자의 일을 어찌 아는가? 부인이 사방의 별들을 따지고, 해와 달의 움직임을 배워, 땅이 날뛰고 하늘이 우는 일을 밝히는 것에 대하여, 어렴풋하게 짐작이라도 하고 있는 것이 무엇이 있는가? 어찌 내가 다만 밤늦게 일하지 않고 일찍 돌아온다 하여 일이 뒤처진다 생각하는가?

꼭 늦게까지 밤을 새우며 별을 보는 것만이 일자의 일인 줄 아는가? 아무리 일자의 일이라 한들, 사람이 하는 일인즉, 별을 직접 보는 것보다 중요한 일이 얼마든지 있음을 부인은 정녕 모르는가?"

소대일자가 씩씩거리자, 부인이 다가와 소대일자를 뒤에서 안았다. 부인의 몸이 마르고 허약했으므로 안는 힘도 약했다. 소대일자가 움직이자, 금세 안은 팔이 풀어졌다. 부인이 그대로 몸을 붙인 채로 말하였다.

"내가 잘못하였소. 지금 지진이 일어나, 공께서 크게 힘들고 바쁜 것을 나도 아는데, 공께서 문을 나서기도 전에 그 마음을 상하게 하였으니, 공께서 어떻게 제대로 일을 하겠소? 다시 돌이켜보니 나의 큰 잘못이오. 내가 잠이 덜 깨어 헛소리를 하였나 보오."

부인이 간곡하게 말하였으나, 소대일자는 부인을 물리쳤다. 소대일자가 나가면서 말하였다.

"다시 한 번 더 내가 바깥에서 일을 잘하는지 마는지 탓하는 말을 그대가 한다면, 나는 곧 부인과 혼인한 것을 무르겠소. 그러면 다시 산속으로 돌아가 느릅나무 껍질을 벗겨 먹으며 살면 되지 않겠소?"

그러자 부인이 눈물을 훌쩍이며, 소대일자의 등 뒤에다 대고 말하기를,

"내가 지금 허망한 말을 하여 마음에 붙은 불일랑 부디 집 마당 안에서 다 꺼뜨리시오. 그리하여 공께서는 그저 차갑고 고요한 가슴으로 나아가시어, 부디 일을 그르치지 마소서. 공께서는 크게는 지진으로 놀란 이 나라 사람들의 보배요, 작게는 이 집안 사람들의 목숨을 이어주는 집안의 보배요."

하였다.

소대일자가 부인을 뿌리치고 나서니, 부인의 옷이 너무 낡아 그 끈이 떨어지며 옷에 구멍이 났다.

소대일자가 좌영성실에 도착해 보니, 건물과 담장들은 모두 무사해 보였으나, 장대와 지푸라기로 만들어놓은 마구간만은 무너져 있었다. 여러 일자들이 모두 분주히 돌아다녔는데, 특히 건물 뒤편의 연못 주위를 부지런히 오가고 있었다. 일자들은 작은 나

룻배와 뗏목을 타고 연못 가운데에 돌로 쌓아놓은 네모 모양의 섬으로 계속 왔다 갔다 하였다.

흰 수염을 길게 기른 한 일자대형日者大兄은 안타까운 표정으로 수염을 매만지고 있었다. 일자대형은 연못 쪽을 보고 살피고 있었는데, 소대일자가 궁금하여 일자대형에게 물었다.

"지진이 일어났으나 다행히 좌영성실은 크게 상한 곳이 없습니다. 그런데 일자대형께서는 무엇이 이렇게 걱정스러운 얼굴이십니까?"

일자대형이 소대일자를 한참 보더니, 한심해하여 혀를 찼다.

"그대는 일자의 일을 하루 이틀 하는 자가 아닌데, 택상석澤上石이라 하는 저 연못 가운데의 섬에서 밤에 앉아, 연못에 비친 별들을 보며 밤하늘을 따지는 것을 알지 못하는가?"

그 말을 듣고 소대일자가 어리둥절하여 물었다.

"제가 어찌 택상석에서 별을 보고 제사를 올리고 신성한 기운을 다스리는 것을 모르겠습니까. 하오나, 제가 보기에는 연못 가운데의 택상석은 무너지지도 않았고, 택상석이 연못 가운데에 가라앉지도 않았습니다. 택상석에 무슨 탈이 있습니까?"

일자대형이 고개를 좌우로 저었다.

"비록 지금 멀리서 눈으로 보기에는 아무런 문제가 없을지 모르나, 지진으로 동서남북의 방향을 나타낸 표시가 조금씩 흔들렸다. 무릇 지진이 한 번 일어나면 금세 다시 지진이 따라 일어날 수 있는 것인데, 당장 오늘 밤 별을 세밀히 살펴보지 못한다면 이야말로 위험한 일 아니겠는가?

그러므로 다들 달라붙어, 흔들린 택상석의 동서남북 표시를 바로 맞추려 하고 있는 것이다."

이윽고 일자들이 일을 마치고, 모두 안으로 모여 들어 자리에 앉았다.

모두가 모여 앉자마자, 가장 먼저 나이가 어려 보이는 한 일자가 말하였다. 고개를 숙이고 말하는데, 그 목소리에 슬프면서도 굳게 다짐한 듯한 맹세가 서려 있었다.

"이번의 지진에서 별을 본 사람은 저입니다. 달탄 땅에 지진이 일어나는 것을 미리 알지 못하였으니, 이는 저의 큰 잘못입니다.

요즈음 국상 창조리는 '공구수성'이라 하여 세상의 일마다 잘못된 것과 틀린 것이 있으면 모두 빈틈없이 급히 고쳐야 한다 합니다. 그런데 저의 잘못 때문에 지진이 일어나 사람이 죽는데도 아무것도 알지 못하였으니, 분명 국상의 무리가 이를 책잡아 우리를 모조리 내쫓아버릴 것입니다. 그리하면, 하루아침에 우리는 무엇을 먹고 살며, 또 우리 처자식은 무엇으로 먹여 살리겠습니까?

저는 좌영성실의 큰 원수입니다. 제가 이번에 별을 잘못 본 죄를 빌고자, 저와 제 처자식들을 모두 노비로 팔겠습니다. 그리하여 그 팔아 만든 재물을 나눠 드리려고 합니다. 하오니, 여러 공들께서는 국상의 무리들에게 내쫓기거든 그 재물로 논밭을 마련하시어, 서툰 쟁기질과 호미질로나마 농사라도 지어 생계를 이으십시오."

그러자 일자대형이 말했다.

"그대는 그와 같은 말을 하지 말라. 그대는 지은 죄가 없다.

그대는 이번에 별을 제대로 보았다. 누가 보아도 이번에는 동방의 영성靈星들과 서방의 영성들을 따져 보았을 때, 서쪽의 기운이 더 강하였다. 당연히, 그대가 따진 대로 땅의 동쪽이 올라와 있다 하는 것이 맞고, 그러므로 지진이 일어난다면 오히려 달탄 땅의 반대편이 흔들린다고 보는 것이 맞다. 누가 달탄 땅에서 지진이 일어날 줄을 알았겠는가?"

그러자 죄를 빌었던 일자가 다시 말했다.

"그렇지 않습니다. 제가 오늘 아침에 지진이 일어난 것을 보고 깜짝 놀라, 오늘 옛날의 기록들을 보았습니다.

그랬더니, 옛 기록에는 지진을 따질 때는 땅에서 올려다보는 것이 아니라, 하늘 밖에서 천제天帝가 내려다보며 땅을 보고 있는 것으로 따져서, 방향을 반대로 보는 것이라 하였습니다. 하오니 제가 이번에 별을 본 것은 반대로 보아야 하는 것이며, 달탄 땅에 지진이 일어날 수도 있는 것으로 보아야 하는 것입니다.

이렇듯 저의 죄가 분명하니, 제가 어찌 잘못을 빌고 갚을 길을 구하지 않겠습니까."

그러자 비슷한 나이 또래의 한 일자가 말하였다.

"그 말이 참으로 이치가 옳습니다.

예로부터 땅의 지진을 일으키는 것은 하늘의 뜻이라 하였으니 하늘 밖에서 보는 방향에서 별을 따져야만 지진을 볼 때 별을 따지는 것이 맞아들 것입니다. 마치 거울을 볼 때에나 마주 보고 앉은 사람끼리 보았을 때에, 내 왼손이 맞은편 사람의 오른손이듯이, 지진을 따질 때에는 동쪽의 영성을 보고 서쪽처럼 생각해야 하는 것입니다."

그러자 일자대형이 꾸짖었다.

"너는 어찌 네가 자리를 잃고 가난해질까 두려워 네 벗에게 죄를 모두 뒤집어씌우려고 하느냐? 팔 년 전까지만 해도 바로 오늘 말한 바와 같이 지진을 따질 때에는 방향을 반대로 따져서 영성을 보았다. 그러나 그해에도 지진이 일어났으나, 역시 지진이 일어나는 것을 맞히지 못했다. 그래서 그해에 틀린 것을 깨달아 고친 것이 바로 방향을 반대로 보지 않고 바로 보고자 한 것이다.

이제 또 지진을 맞히지 못했다 하여 또다시 별을 보는 방향을 바꾸면, 이는 그저 팔 년 전의 틀린 방법으로 다시 거슬러 올라가는 것뿐이다. 그것이 어찌 옳은 일이겠는가?

비록 국상이 말하는 '공구수성'이라 하는 것이 매섭다 하나, 어찌 하늘이 놀라고 땅이 움직이는 일에 큰 죄를 묻겠는가. 솔직히 말하고 잘못을 빌면 좌영성실이 모두 함께 망하는 일까지는 생기지 않을 것이다."

처음 죄를 빌었던 일자가 다시 말했다.

"국상의 무리가 우리를 따지러 나왔을 때에 지금까지 지진을 다스리는 방법이 맞지 않았다고 빌며 아뢰면 한 번은 용서를 구할 수도 있을지 모릅니다. 그러나 한 번 지진이 일어나면 또 지진이 일어나는 법입니다.

그러므로 용서를 빈다 하더라도, 다음 지진이 일어나는 것을 제대로 다스릴 방도가 없으면 안 되지 않겠습니까?"

그러자 한 노쇠하여 기력이 없고 비실비실한 일자소형이 문득 말했다.

"동서남북의 영성을 보고 지진을 따지자니 이렇듯 헷갈리는 것이 많은 것이다. 그렇다면, 아예 중앙의 방향을 다스리는 황룡黃龍을 따져 보면 어떠할 것인가? 중앙에서 균형을 어떻게 잡는지 본다면, 지진이 어디서 어떻게 일어날지 대략은 알 수 있을 것이 아닌가? 그러니, 오늘 밤부터 황룡이 머무는 별들을 유심히 따져 보면 어떠하겠는가?"

노쇠한 일자소형이 말하자, 한 태대일자가 말했다.

"그렇다면 지진이란 땅이 흔들리는 일이니, 차라리 땅을 다스린다는 후토后土의 지신地神을 살펴보면 어떻겠습니까? 지진과 후토의 지신이 관계가 없을 수 없으니, 후토의 지신이 산다는 별들을 자세히 살펴보면 반드시 지진이 일어나는 것에 대해 알 수 있는 바가 있을 것입니다."

여러 말들을 들으며, 일자대형은 수염을 쓰다듬으며 골똘히 고민하고 있었다. 그러다가 일자대형이 살펴보니, 아침에 연못을 오가며 택상석을 살펴보는 까닭도 모르던 소대일자가 보였다. 소대일자는 한 마디도 하지 않고 멍하니 듣고 있다가, 꾸벅꾸벅 졸고 있었다. 일자대형이 소대일자에게 소리쳤다.

"그대는 지금 우리가 국상의 공구수성으로 모두 망하게 생겼는데, 어찌 그와 같이 아무 힘이 되지 못하고 있는가? 또한, 힘이 되지 못하거든 근심스러운 얼굴이라도 내비쳐서 마음이라도 거들지 못하는가?"

소대일자가 벌떡 일어나 자세를 고쳐 앉아 무릎을 꿇었다. 일자대형이 다시 말했다.

"그대는 저편으로 가서, 천상지도天上地圖에 북극성北極星 그리는 일을 하라."

소대일자는 꾸물거리다가 천천히 자리에서 물러났다. 소대일자는 물러나며 스스로 탄식하기를,

"북극성을 그려 넣는 것은 이제 갓 일자가 된 어린아이들이나 하는 일 아닌가?"

하였다.

소대일자는 붓과 칼을 들고, 쌓여 있는 나무판이나 돌판에 원모양과 선모양을 그리기 시작하였다. 세 개의 원을 일정한 위치에 그려 넣고, 또 세 개의 원을 세 가닥 선으로 이었다. 그것이 곧 사람들의 장식품이나 무덤에 들어가는 별그림에 쓰는 북극성 표시였다. 이는 간단하고 또한 지루한 일이었다. 소대일자가 혼잣말하기를,

"내 어찌 자리가 높아지고 많은 재물을 버는 일은 못할망정, 처음 일자가 되어 아무것도 할 줄 아는 것이 없을 때에나 하는 허드렛일이나 하고 있게 되었는가? 또한 비록 내가 높은 자리에 오르지는 못했다 하나 그래도 몇 년간 별을 보아 소대일자라고 하는데, 어찌 이 따위의 일을 맡았는가?

이것이 어찌 별을 보며 하늘의 이치를 따진다는 일자의 일인가? 호미질을 하는 농부도 잡초와 곡식을 골라내는 슬기로움은 있어야 하며, 산속을 뛰어다니며 사냥을 하는 숙신족의 사냥꾼도 제 눈으로 짐승을 고르고 제 머리로 화살을 맞힐 급소를 찾는다.

하다못해 수레를 끄는 말도 세상 구경은 할 수 있으며, 쟁기를 끄는 소도 하늘과 들은 볼 수 있지 않은가?

그런데, 나는 나무판과 돌판 위에 하루 종일 동그라미 세 개에 줄 세 개만 손이 부르트도록 그리고 있으니, 이는 갑판 아래에 갇혀 어디로 가는지도 모른 채 노만 젓는 노꾼의 일이나 다름없도다."

하였다.

한편, 일자대형은 계속해서 수염을 쓰다듬으며, 다음 지진을 방비할 계책을 고민하고 있었다.

"황룡이 머무는 별이나, 후토의 지신이 머무는 별은 잘 보이지 않을 때가 많고 따지기 어려울 때도 많다. 차라리 그렇다면, 지진은 어차피 천제의 뜻인즉, 하늘의 모든 일을 따진다는 황천皇天의 천왕天王을 잘 알아보면 어떻겠는가? 황천의 천왕이 머무는 별들과 그 별들 사이를 지나다니는 다섯 행성만 잘 살펴본다면 지진에 대해서도 분명히 알 수 있는 것이 있지 않겠는가?"

그러자, 북극성을 그리는 소대일자를 빼고 나머지 사람들은 모두 골똘히 고민하게 되었다. 좌중의 사람들은 저마다 별을 따질 때에 쓰는 자를 꺼내들어 이리저리 살펴보고 궁리해보았다.

그러고 있을 때, 말발굽 소리가 요란하게 들려왔다. 살펴보니, 군사들이 가득 나타나 꽹과리를 가득 가져와서 쌓아놓는 것이었다. 군사들을 이끌고 온 자는 매우 젊고 훤칠한 중대일자中大日者였다. 중대일자는 군사들이 꽹과리를 다 쌓아두자 공손히 인사를 하고 돌려보냈다.

그 모습을 보고 일자대형이 의아하여 물었다.

"그대는 도대체 지금껏 어디에 갔다 왔으며, 이 꽹과리는 또한 다 무엇인가?"

그러자 중대일자가 말하였다.

"하늘을 보고 날씨를 알거나 계절과 날짜를 아는 것 정도는 열심히 익히고 배우면 할 수 있는 일입니다. 그러나 지진을 따지는 것은 결코 쉬운 일이 아닙니다. 또 지진은 자주 일어나는 일이 아니므로, 어떤 말이 맞고 어떤 말이 틀리는지 살펴보고 고쳐 나가기도 쉽지 않습니다."

일자대형이 말했다.

"그 때문에 지금 우리가 고민하고 있는 것이 아닌가?"

중대일자가 말을 이었다.

"그러므로, 차라리, 지진에 대해 방비하려거든 별을 보고 미리 따질 것이 아니라, 지진이 일어나면 무너질 흙더미나 돌 더미가 있는 곳을 면밀히 살펴서 그 근방에 사는 사람들을 옮겨가서 살게 하고, 또한 바닷물이 넘쳐 덮치면 위험한 곳의 사람들을 따져서 그런 곳에 있는 사람들은 높은 곳에서 살도록 하는 것이 더 중요하지 않겠습니까?

또한, 깊은 밤 곤히 자고 있는 와중에 지진이 일어나 집이 무너지면, 그 때문에 사람들이 다치고 죽는 일이 많습니다. 그러니 모여서 사는 사람들 중에 돌아가며 밤을 새우는 사람을 두도록 하여, 만약 지진이 일어나면 그 사람이 꽹과리를 요란하게 쳐서 사람들을 깨워서 집 밖으로 뛰어나오게 해야 합니다. 그러면 지진이 일어난다 하더라도 사람의 목숨은 크게 구해낼 수 있습니다.

지금 제가 성벽을 지키는 군사들에게 가서 사정을 말하고 군사들이 쓰는 꽹과리를 빌려 왔으니, 이것을 지진이 난 곳의 사람들에게 나누어 주면, 혹여 뒤이어 지진이 또 일어날 때에 요긴하게 쓰일 것입니다."

중대일자가 말하는 목소리에 힘이 넘쳤다. 또한 중대일자가 별을 보는 일에 대해 아는 것에 틀림이 없음을 모인 사람들이 모두 알고 있었으므로, 중대일자의 말은 매우 믿음직스러웠다.

"과연, 그대는 젊은 나이에 중대일자가 될 만하도다."

일자대형이 기쁘게 말하였다. 일자대형은 땅바닥에 앉아 돌멩이를 굴리며 놀던 심부름하는 옥저沃沮 아이에게 말하였다.

"옥저 아이야, 너는 이 꽹과리를 달탄에 가져가 사람들에게 나누어 주어라."

그러자 옥저 아이가 대답했다.

"마구간이 무너져 소가 죽어서 꽹과리를 싣고 갈 것이 없습니다. 작은 아이인 제가 어찌 이 꽹과리들을 혼자 다 들고 가겠습니까?"

일자대형이 사람들을 돌아보았다.

"이제 곧 국상이 사자使者들을 보낼 것이고, 사자들이 와서 우리를 보는 것이 끝날 때 즈음이면, 국상이 차주부次主簿를 보내어 지진에 대해 어찌 처분할지 끝을 내어 판결할 것이다. 그런데 여기 이 사람 중에 누가 한가롭게 소 대신 꽹과리나 나르고 있을 수 있겠는가?"

이윽고 잠시 후, 일자대형이 먼 곳을 향해 말했다.

"소대일자는 들어라. 그대는 북극성 그리는 일을 멈추고, 심부름하는 옥저 아이와 함께 꽹과리를 들고 가서 달탄 사람들에게 나누어 주도록 하라."

소대일자는 그 말을 듣고 홀로 말하기로,

"이제는 심부름하는 천한 옥저 아이 따위와 같이 소가 하는 일이나 하란 말인가?"

하며, 성을 내고 북극성 그림을 새기던 칼을 내던졌다.

그러나 이내 소대일자는 그나마 바깥으로 돌아다니며 걷는 것이 지루하지라도 않을 것이라 생각하고, 옥저 아이와 함께 꽹과리를 들고 길을 나섰다.

옥저 아이가 소대일자와 함께 걷다 보니 어느새 문득 소대일자는 흥얼흥얼 콧노래까지 부르고 있는 것이었다. 옥저 아이가 의아하여 물었다.

"지금 모든 다른 일자들께서는 지진을 맞히지 못했으므로 무서운 국상 나리에게 쫓겨날까 두려워 떨고 있는데, 소대일자께서는 어찌 그리 걱정이 없으십니까?"

그러자, 소대일자가 다음과 같이 답하였다.

"나의 아내는 산골에서 풀뿌리를 캐어 먹고 살던 극히 가난한 사람이라, 작은 재물도 항상 아끼고 모으는 재주가 깊었다. 그러므로 내가 비록 자리는 높지 않으나, 놀랍게도 어느새 모은 재물이 조금은 있다. 그런즉 지금 내가 일자 노릇을 그만둔다고 하여도, 내가 먹고살 길을 찾을 수는 있을 것이다.

그러니, 일이 잘되어 국상의 엄한 분부가 미치지 않는다면 그대로 그만이거니와, 혹 일이 잘못되어 우리가 모두 쫓겨나고 좌영성실이 문을 닫고 헐린다 하여도 이참에 이토록 날마다 나를 탓하는 무리들이 하루아침에 먹고살 길을 잃고 구걸하는 꼴을 보게 된다면, 그 또한 보기 좋은 구경거리일 것이니, 아쉬울 것이 있겠는가? 나는 걱정이 없다."

二.

소대일자와 옥저 아이가 꽹과리를 짊어지고 달탄 땅에 도착해 보니, 여기저기서 끙끙 앓는 소리가 들려오고, 사방에서 연기가 올라오고 있었다. 자세히 다가가서 보니, 달탄의 집들은 산의 계곡 사이에 비좁게 판자와 돌과 흙을 어지럽게 다닥다닥 붙여 집을 만들어 가난한 이들이 사는 곳이었다. 계곡 위에서 멀리 내려다보니 수많은 작은 집들이 어지럽게 붙어 있고 그 집들이 여기저기 무너진 사이로 다친 사람들이 아파서 우는 소리를 내는 모습이 어지러울 정도였다.

"마치 조그많고 달콤한 산열매의 쪼개진 틈바구니에 수천 마리 개미가 까맣게 달라붙어 아웅다웅하는 꼴 같구나."

소대일자가 말하였다. 옥저 아이가 소대일자와 함께 걸어가며 물었다.

"일자님께 여쭙습니다. 비록 이번에 지진이 있었다 하나, 일자님들의 집이 있는 곳에는 담벽에 흠집이 난 곳조차 하나 없었는데, 어찌 여기에는 이리도 다친 사람들이 많습니까?"

소대일자가 답하였다.

"그것은 우리의 영성실은 튼튼하였으나, 마구간의 소는 깔려 죽은 것과 같은 이치이다. 저들은 가난하여 집을 풀로 이어 엉성하게 지었으므로, 지진이 일어나 땅이 조금만 흔들려도 집이 무너진 것이다. 더욱이 이번에 지진이 일어났을 때는 천둥번개가 같이 떨어졌으므로, 이곳저곳에 번갯불이 붙는 곳이 많았고, 가난한 사람들은 바닥에 온돌을 깔아놓는 것도 정밀하지 못하기 때문에 집이 무너지면 바로 불이 나서 타죽는 일이 많은 것이다."

소대일자는 옥저 아이와 함께 무너진 집들과 다친 사람들 사이를 다니면서, 꽹과리를 나누어 주었다.

"이 꽹과리를 들고 있다가, 혹시 지진이 일어나면 이웃들이 자다가 깔려 죽지 않도록 지키는 사람이 요란하게 치는 것입니다."

소대일자와 옥저 아이가 직접 꽹과리를 치면서 요란하게 설명했으나, 다친 사람들이 아파하는 소리와 아직 무너지지 않은 집들이 넘어가는 소리가 자주 들렸으므로, 사람들이 알아듣게 하기가 쉽지 않았다.

그러다가, 집 지붕이 무너진 지푸라기를 밟고 길을 돌아나간 순간, 갑자기 한 여자가 튀어나왔다. 그 여자는 얼굴에 군데군데 상처가 있고, 머리가 헝클어지고 옷을 제대로 갖추어 입지 못하여 옷자락이 이리저리 흘러내리고 있었다. 그러나 옷은 금실과 은실로 빛나게 수가 놓인 매우 화려한 옷이었다. 여자는 갑자기 소대일자를 향해 말하였다.

"저는 본시 비류부沸流部의 대인大人이라 불리는 집안의 딸로, 넓은 마당과 높은 집에서 사는 사람이었습니다. 그런데, 갑자기 조정에서 궁전과 관청을 짓는다 하면서, 큰 집의 기와마다 세금을 내라고 하므로, 저희는 급하게 집을 옮기기도 전에 세금 낼 재물을 마련해야 했습니다.

세금 낼 재물이 없어서 저는 천손天孫이라 하는 자에게 재물을 급하게 빌렸는데, 그 급하게 빌린 이자를 감당할 수 없어 그만 재산을 모두 날려 없애고 이곳 달탄으로 오게 되었습니다. 이곳에서 사는 집은 예전에 사는 곳에서 기르던 개의 집보다도 못했는데, 이제 그나마 그 집이 갑자기 지진으로 무너졌습니다. 제 가족마저 모두 죽어버리고 말았습니다.

그리하여 남은 것이라고는 오직 죽어 무덤에 들어갈 때 입고 죽으려고 남겨둔 이 옷 한 벌뿐입니다. 지금 내가 그대의 의관을 보니, 차림새가 예사롭지 않은 것이 꼭 조정의 일을 맡아 하는 사람 같습니다. 조정은 나와 내 부모의 원수이니, 내가 지금 조정의 일을 하는 사람을 죽이지 않는다면, 이 꼴이 된 내가 옛날 내 강아지와 다른 줄 누가 분별하겠습니까?"

그러더니 여자는 품속에 넣고 있던 손에서 칼을 꺼내 들었다. 그리고 갑자기 깔깔거리고 웃으면서 칼을 휘둘러 소대일자를 찌르려 하였다. 소대일자는 놀라서 어쩔 줄을 몰라하였다. 그러자 옥저 아이가 소대일자를 돌아보고 다급히 말하였다.

"저 여자는 제정신이 아닌 것 같으니, 저의 말씨를 따라하여 같이 하십시오."

그리고 옥저 아이가 갑자기 한쪽 무릎을 땅에 꿇고 끌며 엎드렸다. 그리고 여자에게 옥저의 말씨를 심하게 섞어서 말하기로,

"저희는 옥저에서 온 천한 심부름꾼들입니다. 옥저의 천한 옷이 서울의 귀한 옷과 비슷해 보이는 까닭에 잘못 보신 것입니다."

하였다. 그러자, 소대일자도 겁을 먹고, 고개를 숙이며 그대로 옥저 아이를 따라하였다. 여자가 그 말을 듣자, 칼을 들고 춤을 추듯이 하며 외쳤다.

"내가 예전에 조정에서 옥저 사람들을 핍박했다 하는 일을 들었을 때에, 그때에는 왜 옥저 사람들이 가련한 줄을 몰랐던가!"

그 틈에 옥저 아이는 소대일자에게 손짓하여, 두 사람은 그곳을 피해 도망쳤다.

두 사람은 칼을 든 여자로부터 멀어져서 목숨을 구하고자 사람들이 많은 넓은 공터로 나갔다. 공터에 나와 두 사람은 숨이 차서 주저앉았다. 주저앉아 보니, 그곳에는 집을 잃거나 다친 사람들이 길게 줄을 서 있었다.

잠시 후, 숨을 돌린 옥저 아이가 물었다.

"이것은 무슨 까닭으로 모인 사람들입니까?"

그러자 소대일자가 답했다.

"아끼고 모으는 것을 잘하는 나의 아내가 알려준 것이 하나 있으니, 바로 까닭 없이 사람이 많이 모인 곳이 있거든, 바로 그곳에 공짜로 나눠 주는 것이 있다는 뜻이다."

답을 마친 소대일자는 일어서서 사람들이 줄을 선 끝으로 다

가가 보았다.

그곳에는 귀한 옷을 입은 젊은 여자가 있었다. 그 귀한 여자는 줄을 선 다친 사람들에게 먹을 것과 추울 때에 덮고 잘 거적때기 같은 것을 나눠 주고 있었다. 소대일자가 말했다.

"보아라, 사람들에게 공짜로 먹을 것과 덮을 것을 나눠 주고 있지 않으냐?"

한편 그 여자의 곁에는 국상의 깃발을 든 군사들이 지키고 있었다. 군사들은 사람들이 먹을 것을 받아 갈 때마다, 다음과 같이 크게 외치게 하였다.

"국상 겸 대주부께 감사합니다. 이것이 공구수성하는 뜻이오니, 반드시 스스로 마음을 다스려 기쁜 마음으로 재난을 헤쳐 나가고자 합니다."

그러니, 때로는 자식이 죽고 부모가 죽어 음식을 얻으러 왔다가 그러한 말을 외쳐야만 먹을 것을 준다는 것을 알고, 눈물을 흘리며 "국상 겸 대주부께 감사합니다." 하는 말을 따라 외치는 자도 있었다.

옥저 아이가 물었다.

"저것은 국상의 깃발이니, 저자는 국상의 부인입니까?"

소대일자가 답하였다.

"국상은 부인이 없고, 저 여자는 국상보다 훨씬 젊으니 국상과 혼인한 자는 아닐 것이다."

그러자 옥저 아이가 말하였다.

"시정市井에서 심부름하는 다른 아이들과 어울릴 때에, 국상이 혼인한 자는 아니나, 매일 밤 찾아가 어울리는 여자가 몇 있다고 들었는데, 바로 저 여자가 그중 하나인가 봅니다. 아이들끼리 이야기하기로, 세상을 벌벌 떨게 하는 권세 높은 국상이라 하기에 그 여자는 하늘에서 음악을 연주하는 여자처럼 아름다울 줄 알았더니, 그렇지는 않은 듯합니다.

저 정도라면, 옥저에 제가 살던 고을에서 피리 불던 낭자보다도 아름답지 않습니다."

옥저 아이는 옥저에 있던 피리 불던 낭자에 대해 길게 이야기하였으나, 소대일자는 그 말을 듣지 않고 그저 그 여자를 보았다.

소대일자가 보니, 여자는 다친 사람들에게도 물건을 나눠 주면서 측은한 표정을 짓는데, 그 표정에 어린아이가 제 부모가 떠날 때 슬퍼하는 것과 같이 순박한 데가 있어서, 사랑스러운 면이 있었다. 그러면서도 여자는 키가 크고 허리를 꼿꼿이 펴고 턱을 끌어당기고 있어서, 한눈에 보기에도 당당하고 까닭 없이 위세가 있어 보였다. 한편으로 여자는 살이 닿는 부분의 옷이 팽팽하게 당기어, 움직일 때마다 꼭 옷자락이 터질 듯하였다.

소대일자는 한참 동안이나 넋을 놓고 여자의 몸의 움직임을 보고 있었다.

"국상이라는 자는 왜 저런 아이와 혼인을 하지 않는 것인가? 저런 아이가 날마다 집에서 기다려주며, 밤마다 하루가 힘겨운 것을 위로하며 안아준다면, 그때의 감촉이 어떠할 것인가?"

소대일자가 중얼거렸다.

그때 한 사나이가 소리를 지르며 사람 사이를 뛰어 다녔다. 사나이는 머리를 풀어 헤치고, 수염을 길게 기르고, 온몸에 미역과 다시마 따위를 휘감고 있어서, 정상적인 사람의 모습이 아니었다. 사나이는 두루마리 하나를 들고 사람 사이를 뛰어다니며 소리쳤다.

"가한신可汗神께서 앞으로 일어날 일을 미리 알려주신 비기秘記를 써놓은 책이 있으니 이것을 읽고 따르십시오! 가한신께서 비기를 주셨습니다!"

사나이가 날뛰며 돌아다니다가 사람들에게 먹을 것을 나눠 주고 있는 여자 가까이로 다가오게 되었다. 그러자, 군사들은 말이 채찍질에 놀라 튀어나가는 것처럼 빠르게, 순식간에 사나이를 붙잡아 끌고 가버렸다.

주변이 소란하거나 말거나 소대일자는 계속해서 여자를 보고 있을 뿐이었다. 마침내 옥저 아이가 멀리 눈치를 보며 말하였다.

"귀한 분을 그토록 오래 바라보시니, 병사들이 공을 의심스럽게 쳐다봅니다. 공께서는 그만 자리를 피하십시오."

소대일자는 그 말을 듣고 곧 정신이 들어, 자리를 벗어났다.

두 사람은 얼마 지나지 않아 꽹과리를 모두 나눠 주었다. 옥저 아이는 발걸음을 옮겨 돌아가려는데, 소대일자는 자꾸 걸음을 늦추었다. 소대일자는 자꾸 하늘의 해를 보았다. 아직 해는 하늘 서쪽으로 조금 기울어진 모양으로 밤이 깊으려면 먼 시간이었다. 소대일자는 조용히 탄식하였다.

"지금 집에 돌아가면, 또 아내가 왜 이렇게 일찍 돌아왔느냐고 의심스럽게 생각할 것이다. 지진으로 다른 일자들은 모두가 바빠

밤을 새워 일을 하고 있는데, 홀로 심부름하는 옥저 아이와 꽹과리나 나눠 주고 왔다고 어떻게 말을 할 것인가?"

소대일자는 한참 서성거리며 고민하다가, 옥저 아이에게 물었다.

"너는 시정의 아이들과 많이 어울리지 않느냐? 너는 필시 밤이 깊도록 지낼 구경거리나 일거리들을 많이 알고 있을 것이다. 아는 것이 없느냐?"

옥저 아이가 답하였다.

"신라국에서 온, 신이한 술수를 부리는 사람이 있는데, 입호무 入壺舞꾼이라고 합니다. 입호무꾼은 항아리 두 개를 가져다 놓고 멀리 떨어지게 놓고는, 한 항아리로 들어가서 채찍을 휘두르는 사이에 갑자기 다른 항아리로 나오는 술수를 보여줍니다.

채찍을 휘둘러 사람을 나타나게 하고 사람을 사라지게 하는 재주가 매우 괴이한데, 몸 반쪽은 한 항아리에 담아두고, 다른 반쪽은 다른 항아리에 담아둔 뒤에 이리저리 옮겨 다니게 하면서 사람들 사이에 구경시켜주기도 하는 등, 온갖 솜씨가 끝이 없다 합니다. 이런 것을 구경하면 날이 새도록 잠이 오는 줄도 모르지 않겠습니까?"

소대일자가 웃으며 답하였다.

"너는 참 알 수 없도다. 그저 구경 한 번에 어찌 재물을 쓴단 말이냐? 항아리에 들어가서 다른 항아리로 나오는 재주를 나에게 가르쳐준다면 모를까, 구경 한 번 하는 데에 아까운 재물을 쓰느냐? 그런 신기한 것을 한 번 보고 나면 그 후에 대체 너에게 좋을 것이 무엇이 있다고 힘들게 모아놓은 재물을 써 없애느냐?"

옥저 아이가 뭐라고 말하려고 하는데, 소대일자가 이어서 말하였다.

"옳다. 내 오늘은 박견駮犬 가면놀이를 보리라. 박견 가면놀이는 개처럼 생긴 괴물 가면을 쓴 재주꾼이 웃긴 소리를 잔뜩 하는 것인데, 잘하는 재주꾼이 웃기기 시작하면 밤새도록 계속 웃을 수 있으니 이만한 것이 없다. 이것을 못 본 지 벌써 몇 해째인가?

또한, 똑똑한 놈, 벼슬 높은 놈들 욕을 실컷 하는데, 그 통쾌한 맛이 마치 내가 평소에 원한을 품었던 자들에게 원한을 대신 갚는 것과 같으니 이 또한 즐겁지 아니하겠는가?"

소대일자가 박견 가면놀이를 보러 간다 하자, 옥저 아이가 홀로 돌아가면서 말하였다.

"눈이 펑펑 쏟아질 때에 옷에 구멍이 뚫려도 덧댈 천 조각을 아끼느라 구멍에 맞는 헝겊 조각을 주울 때까지 기다리는 사람이, 어찌 오늘은 하룻밤 웃고 노는 일에 재물을 써 없애려 하는가?"

소대일자가 시정에 내려가 보니, 거리마다 사람들이 와자하였으며, 술 취한 자들과 길바닥에서 날뛰며 춤추는 자들이 몹시 많았다. 소대일자가 말하기를,

"내 오랜만에 저녁 무렵에 시정에 나왔기로, 이토록 야밤에 노니는 사람들이 많았던가?"

하면서, 주변에 물어 박견 가면놀이 하는 곳을 찾아가 보았다.

마침내 가면놀이 하는 곳에 가보니, 재주꾼들이 짐을 싸서 돌아가려 하고 있었다. 소대일자가 의아하여 물었다.

"박견 가면놀이를 하는 곳이 이곳이 아니오?"

나이 든 재주꾼이 답하였다.

"하는 곳은 맞으나, 하지는 않고 있으며, 곧 하는 사람도 없어질 것이오."

그러자 소대일자가 다시 물었다.

"길을 지나다니는 사람들이 이렇게 많은데, 어찌하여 짐을 싸서 가려 하시오?"

어린 재주꾼이 답하였다.

"국상 쪽으로부터 명령이 내려왔는데, 박견 가면놀이는 너무 비루하고 천박하여 요즘과 같이 힘든 일이 많은 시기에는 판을 벌여서는 안 된다고 하오. 또한 웃는 대목이 너무나 많기 때문에 작년의 흉작과 금년의 지진에 어울리지 않으므로 내년에도 해서는 안 된다고 하오.

본래 박견 가면놀이는 벼슬아치를 욕하는 내용이 많기 때문에 예로부터 높은 벼슬아치들이 금지시키려 하는 때가 많았소. 때문에 국상이 금지시키려고 하면 대주부大主簿에게 아뢰어 계속하게 했고, 대주부가 금지시키려고 하면 국상 쪽으로 아뢰어 계속하게 했소.

그런데 지금은 국상 한 사람이 대주부를 겸하고 있으니 그만두는 수밖에 없지 않겠소. 말이 통하는 부여로 건너가서 한번 일을 해보려 하오."

소대일자가 안타까워하였다.

"국상의 무리가 매섭다 하나, 박견 가면놀이의 통쾌한 뜻을 좋아하는 자들이 높은 벼슬아치들 중에도 많은데, 천박하다는 말을 한 번 듣고 그만두는 것은 옳지 않소."

어린 재주꾼이 하늘을 보고 소리쳤다.

"어찌 비루하고 많이 웃기는 것이 죄가 되겠소? 다만 욕을 듣는 것을 권세가 많은 자들이 두려워하는 것이 아니겠소?

내가 가면을 사 가는 높은 군후君侯의 부인을 붙잡고 긴히 애걸하였더니, 후에 이런 이야기를 들었소. 요즘의 시기에는 세상에 슬픈 일이 많으니, 조정에서 명령을 주기로, 박견 가면놀이를 하기는 하되, 다만 세 번만 웃으면 죄가 없는 것으로 하고, 만약 네 번보다 많이 웃게 되면 벌을 주겠다 하였소. 이런 말을 듣고 어찌 재주를 부리겠소?"

그리고 어린 재주꾼은 한참 말없이 짐을 쌌다. 그러다 말고, 문득 어린 재주꾼이 가면을 쓰고 하늘을 우러러 보더니, 갑자기 크게 세 번 웃었다. 그러자 문득 지나가던 사람들이 쳐다보고 실없이 웃었다.

그러자 어린 재주꾼이 말하기를,

"나는 죄가 있는 것인가, 없는 것인가?"

하니, 나이 든 재주꾼이 짐을 마저 싸서, 어린 재주꾼을 잡아 이끌고 떠나면서,

"이것이 웃자고 하는 것인가, 울자고 하는 것인가?"

하였다.

결국 소대일자는 박견 가면놀이를 못 보게 되었다. 소대일자는 할 일이 없어져서 이곳저곳을 기웃거렸다. 그러다가 옥저 아이가 한 말이 떠올라, 신라국에서 온 입호무꾼이라도 보러 가려 하였

다. 소대일자는 주위의 사람들에게 물어 물어, 입호무꾼이 있는 곳을 찾아갔다.

그런데 이번에는 입호무꾼이 있어야 할 곳에 입호문꾼은 없고 한 나이 든 여자가 구걸을 하고 있었다. 소대일자가 물었다.

"신라국에서 온 신이한 술수를 부리는 자는 어디에 있고, 부인이 구걸을 하고 있습니까?"

그러자 갑자기 그 나이 든 여자가 노래를 하기 시작했다. 여자는 원래 노래를 하는 여자는 아니었으므로 곡조가 맞지 않고 목소리는 매우 탁하여, 듣기가 괴로웠다. 노래 가사는 이러하였다.

구슬픈 노래가 아름답다 하나, 나의 사연보다 슬픈 사연이 또 있겠소.

슬픈 사연을 듣고 가슴이 아프시오면, 부디 무릎 꿇고 비옵나니, 한 푼만 줍쇼.

한 푼만 줍쇼.

신이한 재주를 부리는 사람이 있다는 이야기를 듣고, 여자의 몸으로 신라국까지 가서 보니,

과연 이와 같이 신기한 사람은 또 없는지라, 금은을 있는 양 주고 모셔 왔는데,

모셔 온 첫날 아침에 일어나 보니,

이 사람이 어딜 갔는지 없어진 것 아니겠소?

물어물어 찾아가 보니, 국상의 관리들이 붙잡아 가서는,

'이자는 얼굴이 국상 나리와 닮은 곳이 많으니, 불경하여, 사람이

많은 곳에서 재주를 부릴 수 없소.'

하는 것 아니겠소?

그리하여, 나는 울며불며 빌기도 하고, 또한 성내고 성상께 목을 걸고 아뢰겠다 따지기도 하면서, '이 사람도 나도 시정에 길가는 사람들은 국상 나리의 얼굴도 모르거니와, 얼굴이 닮은 것이 무슨 죄요?' 하여, 간신히 재주꾼을 모시고 나왔소.

돌아와 숨을 돌리고 항아리를 벌려두고, 해가 하늘 가운데 온 것을 보니

또 이 사람이 어딜 갔는지 없어진 것 아니겠소?

물어물어 찾아가 보니, 대주부의 관리들이 붙잡아 가서는,

'이자는 몸집이 대주부 나리와 비슷해 보이니, 불경하여, 사람이 많은 곳에서 재주를 부릴 수 없소.'

하는 것 아니겠소?

그리하여, 나는 울며불며 빌기도 하고, 또한 성내고 성상께 목을 걸고 아뢰겠다 따지기도 하면서, '이 사람도 나도 시정에 길가는 사람들은 대주부 나리를 만나 뵌 적도 없거니와, 몸집이 비슷한 것이 무슨 죄요?' 하여, 간신히 재주꾼을 모시고 나왔소.

돌아와 보니 벌써 해가 질 때가 된지라, 숨이 멎을 듯하여, 급히 다시 판을 차려두니,

죽겠구나, 아, 또, 이 사람이 어딜 갔는지 없어진 것 아니겠소?

물어물어 찾아가 보니, 병졸과 군사들이 몰려와 붙잡아 갔다 하기에,

울며불며 따지려 하니,

장군님 말씀하시기를,

'이자는 우리가 이미 날쌘 말등에 태워 나라 밖으로 보냈소.'

'이유를 묻는 것은 군율의 제도에 없소.'

하였소.

아이고, 이 사람아.

이 항아리로 들어가서 사라지고는 저 항아리에서 나오랬더니,

관청으로 들어가서 사라지더니 국경 밖에서 나오는구나.

신이한 술수로다.

재주꾼은 사라지고,

빚더미만 남았구나.

본 적 없는 사람과 얼굴이 닮은 재주꾼을 데려오는 바람에, 바닥
끝 밑둥치까지 망하여

오늘 저녁 바람 피할 곳, 내일 하루 요깃거리도 없는, 가련한 이 내
몸을 불쌍히 여기시면,

한 푼만 줍쇼.

한 푼만 줍쇼.

여자가 노래를 부르자, 그 가사를 듣고 지나가는 사람들이 저
마다 곡식 몇 줌이며, 조금씩 여자가 얻어 가질 것을 던져주었다.
소대일자는 슬며시 자리를 피하면서, 주위의 사람들에게 말하듯
이 중얼거리기로,

"저 부인의 사정은 딱하나, 나 또한 오늘 밤 긴긴 동안을 적은
재물로 보내야 하기에, 재물을 아낄 수밖에 없도다."

하였다.

소대일자는 이렇게 되자 갈 곳이 없게 되었다. 고개를 돌려 보니, 알록달록한 옷을 입은 여자들이 나와서 손짓을 하며, 등불을 밝힌 술집들은 많이 보였다. 소대일자는 어쩔 수 없이 술집에라도 가려다가,

"집에서 아내가 술을 빚어주면 맛은 열 배인데, 값은 백분의 일이라."

하고는 멈추었다.

소대일자는 시정 이곳저곳을 전전하면서, 이 사람 저 사람에게 물어보았다.

"저는 진귀한 것을 구경하러 나온 것이니, 집 안에서도 즐길 수 있는 술이나 음식보다는 보지 못했던 것을 보고 가려 합니다. 볼 것이 있습니까."

소대일자는 결국, 호선무胡旋舞라는 것을 한다는 곳으로 들어가게 되었다.

호선무를 하는 곳에 들어가 보니, 저마다 올라앉는 나무로 된 자리가 있고 앞에 길게 늘어서 춤을 추는 사람들이 춤을 추는 자리가 있었다. 북소리와 악기 소리가 점차 들려오는데, 소리가 크고 곡조는 빠르기에, 소대일자는 가슴이 쿵쿵 뛰는 듯하였다. 마침내, 무희들이 나타나 춤을 추기 시작하는데, 음악에 맞추어 몸을 빙글빙글 돌며 춤을 추었다.

돌면서 춤을 추던 무희들은 점차 움직여 자기 자리를 찾아 가

기 시작하였다. 소대일자의 가까이에도 한 무희가 자리를 잡았다. 소대일자는 깜짝 놀랐다. 까닭인즉, 소대일자의 앞에 자리 잡은 무희의 모습이 낮에 본 음식을 나누어 주던 귀한 여자와 비슷해 보였기 때문이다.

"어찌 이러한가?"

소대일자가 놀라서 다시 가만히 살펴보니, 사실 무희는 낮에 본 여자와는 많이 달랐다. 다만 이 여자도 키가 크고 몸집이 큰 편이며, 또한 살결이 옷에 닿는 모양이 비슷할 뿐이었다. 소대일자가 나직하게 탄식하였다.

"내가 낮에 그 여인을 짐짓 마음속 깊이 생각하고 있었으니, 다른 여인을 보아도 계속 떠오름이 이와 같구나."

음악이 점차 빨라지자, 무희의 동작도 같이 점점 빨라졌다. 곧 디디고 선 공 모양 바닥이 돌아가기 시작하니, 무희는 그것과 함께 돌면서 회오리처럼 빨리 움직이고, 깜짝깜짝 갑자기 놀라운 동작을 보여주기도 하였다. 소대일자는 그 모습을 쳐다보며 점차 무희의 춤에 깊게 빠지기 시작하였다. 소대일자는 빠른 동작에 따라 흔들리는 무희의 몸과 옷자락이 움직이는 것을 면밀히 보았다. 계속 보고 있으니, 그 몸이 음악에 맞추어 부드럽게 꺾이고 깊게 돌며 움직이는 박자에, 어느새 보고 있는 소대일자 또한 같이 올라타게 되었다.

이윽고, 음악이 끝나자 무희들은 자리에서 내려왔다. 소대일자는 손뼉을 치며 기뻐하였는데, 그 얼굴이 벌겋게 달아올라 있었다.

춤을 마친 무희들은 저마다 작은 솥을 꺼내 들었다. 무희 앞의 사람들은 춤을 춘 값으로 저마다 재물을 솥 안에 던져 넣어주었다. 소대일자가 보니, 아이들이나 남루한 옷차림을 한 사람들은 저마다 적당한 값을 쳐 주는 듯 보였다. 그러나 소대일자 좌우에 앉아 있던 두 사나이는 꽤나 많은 재물을 솥 안에 던져 넣는 것이었다. 소대일자는 좌우를 두리번거리고 눈치를 보면서,

"비록 가슴이 두근거리고 얼굴이 뜨거워지도록 아름다운 춤이었기는 하나, 어찌 한 번 보고 사라지는 춤에 이토록 많은 값을 치르는가."

하면서 망설였다. 소대일자는 그러다가 제 앞에서 솥을 들고 있던 무희의 얼굴을 보고 민망하여 더욱 얼굴을 붉혔다. 마침내, 소대일자는 황급히, 좌우에 있는 사나이들이 준 재물의 3분의 2 정도를 헤아려 솥에 춤을 본 값을 넣어주었다.

그러자, 무희가 소대일자 앞으로 더욱 가까이 다가왔다.

"이제 겨우 몇 번 춤을 추는 저와 같은 재주 적은 아이를 이처럼 사랑해주시니, 부끄러울 뿐입니다."

무희가 새침한 표정을 지어 보였다. 그 표정을 보고, 소대일자는 잠시 생각하기로, 낮에 본 여자의 모습과 비슷한 표정을 찾을 수도 있겠다는 생각을 해보았다. 소대일자는 무희에게 무엇이라 답을 해야 할지 몰라 머뭇거리면서, 다만 무희의 자태를 이곳저곳 살필 뿐이었다.

그러자, 무희가 다시 소대일자를 보고 말하였다.

"옷차림을 보니, 땅을 파 농사를 짓는 분이시거나, 시정에서 소리를 지르며 장사를 하시는 분은 아니신 듯한데, 혹 벼슬을 하는

분이신지요?"

소대일자가 답하였다.

"나는 일자요."

그러자 무희가 양손을 모으며, 눈을 동그랗게 뜨고 기뻐하며,

"하오면, 밤하늘의 별을 보시고, 하늘과 땅의 도리를 밝히시는 분이십니까?"

하고 물었다. 소대일자가 답을 하지 못하고 다만 얼굴을 붉히자, 무희가 다시 또 물었다.

"하늘에는 별이 많기도 하나, 그중에 저와 같은 미천한 무희를 나타내는 별도 있습니까?"

소대일자가 답했다.

"별에는 방향이 있고, 또한 별마다 그때가 항상 정해져 있으니, 그대의 태어난 곳과 태어난 때를 안다하면, 그대의 별도 알 수 있을 것이오."

그러자 무희가 소대일자의 손을 잡고 이끌었다.

"그러면, 나리께서 저의 별이 어떤 것인지 알려주십시오."

소대일자가 당황하여 끌려 나가면서 말하였다.

"저는 겨우 소대일자의 자리에 있으니, '나리'라 하는 것은 옳지 않고, 별의 때를 맞추어 보자면 언제 나가야 하는지 모르오만."

무희와 소대일자는 요란한 시정의 한가운데에 섰다. 이미 해가 기울었는데, 길바닥에는 술이 취한 사람들로 가득하였다. 술 취한 자 하나가 갑자기 길에 선 무희의 어깨를 붙잡더니,

"가한신께서 알려주신 비기를 써놓은 책에 나와 있기로, 이제

곧 계속 지진이 일어날 것입니다. 그러다가, 땅이 뒤집히고, 산이 모두 뽑혀서 날아가고, 하늘이 무너져 떨어져 내리며, 해가 꺼질 것이니, 그러면 세상이 모두 없어지고, 모두 다 죽어 없어질 것입니다.

그러니 그전에 귀한 음식을 마음껏 맛보고 좋은 술을 마음껏 즐겨야 합니다. 땀 흘려 모아놓은 재산이 뒤집힌 땅속에 파묻히면 무슨 소용입니까? 재산은 그전에 모두 써 없애고, 세상이 망하는 것을 모르는 멍청한 자들에게 빚을 얻어 더 놀아야 합니다.

나는 땅 한쪽, 내 몸 하나뿐인 가난뱅이나, 지금 가진 것을 다 팔고 있는 대로 빚을 얻어, 주머니에는 금은이 가득합니다. 그대는 무너지는 하늘에 묻히기에는 너무나 아름다우니, 세상이 없어지기 전에 나와 함께 즐기지 않겠습니까?"

하였다. 소대일자는 크게 놀랐으나, 무희는 말하기를,

"취해서는 저런 말을 하는 자들이 지진이 일어난 뒤에 적지 않습니다."

하였다.

소대일자는 자리를 피하여 무희와 함께 사람들이 적은 골목의 한 모퉁이에 섰다. 집과 길 사이로 하늘이 한쪽 보이고, 별이 총총 떠 있었다. 무희가 소대일자에게 자신이 태어난 곳과 때를 말하면서 물었다.

"제 별은 어떤 것입니까?"

소대일자는 기실 별을 보는 것을 많이 익히지 않았고 많이 알지도 못해서, 그 정도만 듣고 어느 별인지 짚어낼 수가 없었다. 소대일자는 대충 아무 별이나 짚어내어야겠다고 생각하고는 적당히 아는 별을 가리키면서 말했다.

"저 별이 그대의 별이오."

그러자 무희는 소대일자의 팔에 몸을 바짝 붙이고는, 얼굴을 맞대어 눈의 방향을 같이 하고는,

"어느 별을 말하는 것입니까?"

하였다. 소대일자는 무희가 숨을 쉬는 데 따라서 무희가 입은 옷 밖으로 그 몸이 움직이는 것이 느껴지자, 문득 다시 낮에 보았던 여자를 잠깐 생각하게 되었다. 소대일자는 다시 무희에게 별을 찬찬히 일러주었다.

그리하여, 소대일자는 무희와 함께 밤이 늦도록 같이 곁에 있다가, 등불을 구하여 들고, 집으로 돌아오게 되었다. 집에 오자, 오래간만에 새벽녘 늦은 때가 되어 돌아온 소대일자를 보고, 부인은 기뻐하였다. 부인이 달려와 말하였다.

"지진이 일어난 때문으로 이토록 일이 힘드셨으니, 지진이 저의 원수입니다. 하오나, 무릇 일자라는 일은 밤하늘의 별을 보며 하늘의 도리에 대한 큰 뜻을 가슴에 담아보는 것이 보람이 아니겠습니까?"

소대일자가 보니, 부인은 아침에 뜯어져 구멍이 난 낡은 옷을 그대로 입고 있었다. 소대일자는 그만 그 모습이 보기 싫어서 고개를 돌렸다. 그러고 나서 보니, 부인은 소대일자가 씻을 물을 데우고, 소대일자가 자리에 눕고 잠을 자려 하자, 한켠에서 소대일자가 벗어놓은 옷을 다림질하고 있었다.

소대일자가 늦게 온 까닭에 밤새 일을 하게 되는 부인을 보니 마음이 좋지 않았다. 그러므로 소대일자는 스스로 호선무를 보고 무희와 놀다 온 것을 속이는 것이 도리어 마음에 거슬렸다. 소대일자는 자리에 누운 채 기분 나빠하는 투로, 부인에게,

"그대가 별을 보는 것이 힘든지, 하늘의 도리가 무엇인지, 조그만큼이라도 알 수 있는가? 다시는 함부로 나에게 보람이니 어쩌니 하는 말을 하지 말라."

하였다. 그러자 아궁이 쪽 한켠에서 옷을 다림질하던 부인은 잠깐 놀라 말이 없었다. 그러나 부인은 오랜만에 소대일자가 제 몫을 다한 것이 기쁘기만 하였으므로, 곧 다시 웃음 띤 목소리로,

"공께서 하라는 대로 하겠습니다. 공께서 하시고자 하시는 대로 일이 잘되신다면, 저 또한 그것이 잘되는 일이니 무엇이 또 걱정입니까."

하였다.

소대일자는 눈을 감고 무희의 춤추던 모습을 생각하였으니, 부인이 일하는 가운데 언뜻 잠이 들어 잠꼬대로 문득 말하기를,

"빙빙 도는 모습이 곱고 고우니, 마치 큰 물결이 출렁출렁하는 듯 마음을 움직이는구나. 바다가 온통 큰 꽃잎이 되어 파도가 친다 하면 이러할 것인가."

하였다.

이튿날 아침, 소대일자가 집을 나서려다가 부인을 보니, 간밤에 늦도록 일을 한 까닭인지, 마르고 작은 몸이 더욱 허약해 보였

다. 또한 부인의 옷차림 역시 더욱 낡고 구김이 많아 보였다. 소대일자는 다시 늦도록 잠을 자다가 도망치듯이 집을 빠져나왔다.

소대일자가 좌영성실에 도착해 보니, 일자대형이 자리 한구석에 앉아 수염을 쓰다듬고 있었다. 그런데 소대일자가 온 것을 보자마자 화를 냈다.

"그대는 어찌 북극성을 새기는 일조차 제대로 하지 못하는가?"

소대일자가 놀라서 살펴보니, 어제 달탄에 꽹과리를 가져가기 전에 그렸던 북극성 그림 중에 정반대로 그린 것들이 있었다. 그리는 판을 무심코 반대로 돌려놓고 그림을 그렸던 까닭이었다. 소대일자는 고개를 숙이고 괴로워하였다.

"어찌, 이런 처음 들어온 어린 일자에게나 시키는 일을 시키느냐고 화가 나서 마음이 어지러워졌으니, 하기 싫은 일을 억지로 하다가, 제대로 보지도 않은 까닭에 잘못하고 말았다. 하고 싶지 않은 일을 자꾸만 하다가, 마음에 담아두지도 않은 까닭에 틀리게 하고 말았다."

소대일자가 그렇게 괴로워하고 있는데, 젊은 중대일자가 걸어 들어왔다.

"영성실의 창고를 열고, 다른 창고에서도 물건을 실어 와서, 다치고 집이 무너진 사람들에게 나눠 주어 도우려고 합니다. 사람들을 빨리 도와서 기운을 차리게 해야만, 이 사람들과 함께 흙더미와 돌 더미를 다지고, 다시 축대를 세우고 제방을 골라서 다음 지진을 대비할 수 있을 것입니다."

일자대형이 옳다 하였다. 이윽고 여러 일자들이 모두 들어오자, 일자대형이 말했다.

"모든 일자들은 들으라. 모든 일자들은 대가大加, 대인大人들을 돌아다니며 청하여, 지진에게 당한 달탄 사람들을 도울 재물을 얻기를 청할 방도를 세우라. 또한 옥저 아이는 재물이 구해지면 그것을 들고 가서 나누어 줄 수 있도록 천막을 치도록 하라."

노쇠한 일자소형이 끼어들었다.

"죽은 소가 살아나기란 쉽지 않을 텐데, 옥저 아이가 혼자 천막을 들고 가서 치는 것은 쉽겠는가?"

그러자 일자대형이 말했다.

"그렇다면 소대일자가 옥저 아이와 함께 가도록 하라."

그러자 소대일자는 풀이 죽어 고개를 숙인 채 느린 걸음으로 걸어 나가려 하였다. 그런데 젊은 중대일자가 말렸다.

"대형께 아룁니다. 비록 소대일자께서 북극성을 반대로 그리는 잘못을 했다 하나, 긴 나날 동안 일자의 일을 해온 분이십니다. 그런 분께 천막 치는 일이나 시키는 것은 가혹하지 않습니까? 또한 하늘의 이치를 밝히는 일자의 직분으로, 어찌 천한 심부름하는 아이와 함께하는 막일 따위를 하겠습니까?"

이에 일자대형이 수염을 쓰다듬으며 무어라고 말하려고 하는데, 그 답이 나오기 전에, 먼저 소대일자가 말했다.

"중대일자께서는 그와 같이 말씀하실 필요가 없습니다. 제가 잘못한 일이니, 저는 천막을 치러 가야 마땅합니다."

소대일자는 그렇게 말하면서, 바깥으로 나왔다.

옥저 아이가 보니, 소대일자는 나오면서 자신을 두둔하려 하였던 젊은 중대일자를 화가 난 눈으로 잔뜩 노려보고 있었다. 옥저 아이가 의아하여 물었다.

"소대일자를 탓하시고 꾸중하신 것은 일자대형 어르신이십니다. 그런데 어찌 소대일자께서는 일자대형 어르신이 아니라, 오히려 소대일자를 감싸주려고 하신 중대일자를 그토록 노려보십니까?"

그러자 소대일자가 답하였다.

"내가 잘못했으므로, 일자대형이 나를 탓한 것은 당연하다. 하지만 중대일자는 다른 여러 일자들이 있을 때, 괜히 나를 두둔한답시고 한 번 더 그 이야기를 하여 다른 여러 일자들이 모두 나의 잘못을 새겨 알고 오래 기억하도록 하였다. 이것은 나를 두둔하는 척하면서, 실은 내가 멍청한 잘못을 했음을 모두에게 알리며 놀림에 지나지 않는 것이다."

옥저 아이는 그것이 아닌 듯하다고 말하려 했으나, 소대일자는 그렇게 말하기 전에 혼잣말로 중얼거렸다.

"기왕 천막 치는 일을 하게 된 것, 오늘도 일찍 일은 끝날 것이며, 그렇다면 오늘 밤은 또 어떻게 밤이 깊어지도록 때를 기다릴 것인가."

소대일자가 그다음을 소리 내어 말은 하지 않았다. 그러나 말을 하지 않아도, 그날 밤에 호선무를 보러 가려고 그때부터 마음먹었다는 것은 분명하니, 밤하늘에 태양이 다시 떠오른다 한들 그보다 더 뚜렷할 수 있으랴.

三.

달탄의 무너진 집들 사이에서 소대일자와 옥저 아이는 천막 칠 곳을 찾았다. 마침 땅이 물렁물렁하고 구덩이가 적당히 있어서 천막 치기에 마땅한 곳이 있었다. 두 사람은 그곳에 천막을 치려 하였다.

그런데 갑자기 한 노인이 항아리를 들고 나타나더니,

"그곳은 내 자리다."

하면서, 두 사람을 멈추게 하였다. 그러더니, 손으로 땅을 좀 더 헤쳐 파내고는 구덩이 속에 들어가 주저앉았다. 소대일자가 의아하여 물었다.

"대체 무엇을 하기에 천막을 못 치도록 막으시고, 구덩이 속으로 들어가시는 것입니까?"

그러자 노인이 답하였다.

"가한신의 뜻이 세상을 모두 망하게 하는 것이라고 이미 가한신의 비기를 쓴 책에 나타나 있으며, 그 징험이 벌써 지진으로 나타났다. 그러므로 세상이 망할 날이 얼마 남지 않았으니, 나는 벌써 모든 재산을 다 써서 없애버렸으며 남은 것이라고는 아무것도 없고, 몸마저 상하였다.

이제 이대로 있으면 비참하게 굶주려서 바닥을 기다가 죽거나 혹은 남의 노비가 되어 힘든 일을 하다가 병들어 죽을 뿐 아니겠는가? 또한, 나뿐만 아니라 그대들도 이제 곧 세상이 망하면서 함께 없어질 것이다. 그런즉, 더 살아 무엇 하겠는가?

지금 이 항아리의 술은 칠일내성七日乃醒이라 하는 독한 술로,

한 항아리를 내리 다 들이켜 마시면 그대로 취해 쓰러져 자빠질 것이다. 그러면 요즘은 날씨가 추우니, 술이 깨기 전에 그대로 취해 자다가 얼어 죽지 않겠는가? 기분 좋게 술 취하여 잠을 자다가 세상을 떠나니, 이와 같은 좋은 수가 또 어디에 있겠는가?"

그러더니 노인은 주저앉은 채 항아리를 들었다. 노인은 그 모양대로 술을 마실까 말까 망설였다.

소대일자가 노인의 말을 듣고 주위를 둘러보니, 근처 곳곳의 구덩이에 여러 노인들이 들어가 눕거나 앉은 것이 보였다. 옥저 아이가 말하였다.

"이런 곳에서 사람을 살린다고 물건을 나눠 준다는 천막을 칠 수야 없지 않겠습니까?"

소대일자도 그 말이 맞다고 여기고, 두 사람은 천막을 들고 다른 곳으로 옮겨 가려고 하였다.

마땅히 천막을 칠 만한 공터가 없었으므로, 소대일자는 차라리 개울이 흐르는 길가 옆에 천막을 치기로 하였다. 소대일자가 천막을 칠 것들을 내려놓았다.

"이곳은 사람들이 사는 곳에서는 좀 떨어져 있어 불편할 것이나, 또한 길가에 있으니, 짐을 가져다 두기에는 편리한 점도 있을 것이다."

두 사람은 그곳에 천막을 치기 시작하였다. 얼마 후, 길을 따라 몇 대의 수레가 줄을 지어 나타나기 시작했다. 옥저 아이가 먼저 알아보고 말하였다.

"저것은 어제 먹을 것을 나눠 주던 여자 옆에 있던 깃발과 비슷

합니다. 그러니 국상이 보낸 사람들이 아닙니까?"

그러자, 소대일자가 놀라서, 옥저 아이에게 손짓하였다.

"저분들이 바로, 국상께서 우리들을 다스리기 전에 알아보러 보낸다는 국상의 사자들이다. 공손히 허리를 굽혀 인사하라."

그러고는 옥저 아이와 소대일자는 나란히 서서 수레를 향해 허리를 굽혔다.

수레는 지나가다 말고 멈추었다. 수레에서는 관복을 입은 세 사람이 내려섰는데, 옷을 보니 금은으로 장식되어 있는 모양이 국상이 보낸 사자가 옳은 듯하였다. 사자 중의 한 명이 소대일자 가 입은 일자의 옷을 알아보고 말하였다.

"그대가 이번에, 지진을 맞히지 못한 죄를 지은 일자의 무리 인가?"

그러자 소대일자가 허리를 더욱 숙이며 그렇다고 하고, 잘못을 빌었다. 사자는 천막을 왜 치고 있는지 물었다. 소대일자는 재물 을 풀어 지진에 다치고 굶주린 사람들을 구할 물건들을 이 천막 에 쌓아두고 나누어 줄 것이라고 답해주었다. 사자들은 멀리 산 골짜기에 가득히 다닥다닥 붙어 있는 집들과 그 집들이 처참하게 망가진 모습을 보고 얼굴을 찌푸렸다.

"어찌 저 꼴로 사람들이 살고 있는가."

그런데 그때 갑자기 몇 명의 젊은 사나이들이 무리 지어 길 옆 의 개울을 따라 나타났다. 사나이들은 웃옷을 벗어서 개울물 속 에 담갔다. 그러고는 옷을 다시 건지더니 길을 따라 다시 떠났다. 남루한 옷차림을 보니, 지진으로 피해를 입은 사람들인 듯싶었다. 그런데 자세히 보니 짐승을 잡는 활과 잡은 짐승을 자르는 칼을 차고 있었다.

그 모습을 보고 이상해하며 사자들이 놀라서 물었다.

"저 사람들은 누구인가?"

소대일자도 알 수가 없었으므로, 소대일자가 지나가는 사나이를 붙잡고 물었다. 그러자 답이 오기를,

"저희는 가한신의 비기가 쓰여 있는 책을 믿는 사람들입니다. 책에 나오는 일들이 모두 이루어졌으니, 이제 벌써 지진이 일어났고, 이제 곧 세상이 모두 없어질 것입니다. 이에 저희는 모든 재물을 다 써 없애버렸으며, 이제 한 톨의 좁쌀, 한 뼘의 땅도 남지 않았습니다.

그러므로 저희는 이제 먹고살 길이 없어 서울 성벽 안으로 들어가서 도둑질을 하고 잘사는 이들의 재물을 빼앗아 살려고 합니다. 도적질을 해본 적은 없으나, 혹여라도 많은 재물을 얻는다면 얼마 남지 않은 세상 더욱 즐겁게 살 수 있을 것이며, 도적질을 하다 화살을 맞아 죽는다면, 그 또한 겁내는 일 없이 세상을 잘 떠나는 방법 아니겠습니까?

이제 이곳을 떠나기로, 이 개울물이 바로 가한신의 뜻이 서려 있는 물이라고 합니다. 이곳에 옷을 담갔다가 건져 올리면 운수가 좋다고 하기 때문에 이곳을 들러서 떠나가는 것입니다."

하였다.

그러자 사자들이 크게 걱정하며 서로 말하였다.

"국상께서 조정의 일도, 사자의 일도, 모두 백성들의 마음에 달

린 것이라고 하셨거늘, 이 일을 어찌한단 말인가. 이와 같이 백성들이 비참한 꼴을 당하고, 믿을 것이 없어 도적 떼가 되어 죽는 것 또한 두렵지 않다 한다니, 어떠한 좋은 방법이 있을 것인가?

이제 얼마 후에 국상께서 차주부 어르신을 보내셨을 때, 차주부께서 길을 가시다가 이와 같은 꼴을 보시면, 크게 노하시어 우리를 모두 벌하실 것이다. 차주부께서, '국상께서 사자의 일도 백성의 마음에 달린 일이라 하셨는데 이것이 무슨 일인가.'하고 꾸중해 물으시면, 장차 우리는 무엇이라 답할 것인가?"

사자들이 한참 그러고 안절부절못하고 있는데, 문득 소대일자가 사자들에게 다가가 말하였다.

"제가 비록 일자의 일을 하고 있으나, 사자 나리의 걱정하시는 일을 도울 수 있는 방법이 있을 수 있다 하여 아룁니다."

사자들이 물었다.

"국상께서 차주부 어르신을 보내실 때에, 그분이 달탄의 괴로워하는 사람들을 보면, 백성들의 마음을 괴롭게 했다고 고래고래 소리를 지르면서, 국상의 이름으로 우리를 벌하실 터인데, 그대가 무슨 수가 있겠는가?"

소대일자가 답하였다.

"제가 지금 지진에 대한 일을 위하여 천막을 치고 있는데, 이 천막을 본 모양대로 치는 것이 아니라, 좌우로 길게 치게 되면, 길을 따라 길게 천을 늘어뜨리며 천막을 세울 수 있습니다. 이렇게 길을 따라 길게 천막을 치면, 천막이 길을 따라 모두 가리게 될 것입니다.

이렇게 천막을 길을 따라 쳐서 가리도록 하면, 수레나 말을 타고 지나간다 하여도, 천막 건너편이 보이지 않을 것입니다. 그렇게 하면, 차주부 어르신이 나중에 지나가실 때에도, 달탄 땅과 재산을 없애고 칼을 들고 도적이 되어 떠나는 젊은이들의 모습은 보이지 않을 것입니다."

소대일자의 말을 듣자, 사자들은 잠시 말이 없었다. 그러나, 이내 서로 쳐다보며, 고개를 끄덕이더니,

"그 또한, 지금은 한 가지 방책이다."

하였다. 사자들은 소대일자에게 당부하여, 길을 따라 길게 천막을 쳐서 가리고, 그리하여 길을 지나가면서 지진 탓에 도적으로 변한 달탄 사람들의 모습을 보이지 않게 막도록 하였다.

사자들은 다시 수레를 타고 가던 길을 떠났다. 소대일자가 다시 천막을 치려고 보니, 옥저 아이가 옷을 개울에 집어넣고 있었다. 소대일자가 왜 그러는지 묻자, 옥저 아이가 말하였다.

"비록 가한신이 세상을 없애려고 하고, 그 비기가 맞는지는 모르겠으나, 사자들이 말하는 꼴을 보니 나도 문득 도적이나 되어볼까 하여 이와 같이 하고 있습니다."

소대일자는 옥저 아이를 잡아끌어 재촉하여 천막 치는 일을 계속하였다.

천막 치기도 낮에 다 끝이 났으므로, 소대일자는 밤이 깊도록 호선무를 보리라 생각하였다. 소대일자가 호선무를 보는 곳에 갔더니, 어제 보았던 무희가 그날도 있었다. 소대일자는 기뻐하며 그 앞에 앉아, 무희가 춤추는 모습을 꼼짝 않고 빤히 쳐다보았다.

"오늘은 내 춤 값을 아까워하지 않으리라."

이윽고 무희의 춤이 끝나자, 과연 소대일자는 어제 좌우의 사나이들이 내어놓았던 재물보다 오히려 더 많은 재물을 솥 안에 넣어주었다.

"어제 적은 값에도 그토록 기뻐한 여인이니, 오늘 이 값에는 혹여 눈물이라도 흘리는 것이 아니겠는가?"

소대일자가 빙그레 웃으며 중얼거렸다.

그런데, 무희는 솥을 들고 사람들이 주는 값을 받고 나자, 오늘은 바쁘게 다른 곳으로 사라졌다. 소대일자는 어제처럼 무희와 곁에 앉아 있을 것을 생각하였다가, 크게 실망하였다. 실망한 소대일자는 일어나서 혹여 무희가 자신을 못 본 것은 아닌가 하여 일어나서 기웃거리며 두리번거렸다.

이윽고, 무희가 나타나지 않자, 소대일자는 크게 실망하여 주저앉아 탄식하였다.

"아아, 일자대형의 말이 옳도다. 나와 같이 아둔한 자가 어디 있겠는가. 저와 같이 젊고 아름다운 여인이 어이하여 나와 같이 볼품없는 자 따위를 따르겠는가."

소대일자는 문득 솥에 던져 넣은 재물이 아까워 그대로 자리를 떠나지 못하고 머뭇거렸다. 소대일자는 계속 머뭇거리다가 또 다른 춤추는 사람들이 나타나 춤을 추고 가도록 계속 그 자리에 한참 가만히 앉아 있었다. 나머지 다른 춤을 추는 것을 보아도 재미가 없고 지루하였으니, 소대일자는 마음이 괴로웠다.

오래도록 지나, 마침내 새벽이 깊었다. 소대일자는 돌아갈 때가 되었다 생각하게 되었다. 소대일자가 집으로 돌아가려 하는데, 그런 소대일자 곁으로 한 나이 든 여자가 나타났다. 여자는 요염한 옷을 입고 소대일자 곁으로 바짝 붙어 앉았다. 여자가 소대일자를 보고 말하였다.

　"저는 이곳의 주인으로, 공께서 누구이신지는 공의 앞에서 춤을 추었던 무희에게 전해 들었습니다. 공께서는 하늘의 별을 따지시는 고귀한 일을 하시는 분이시니, 과연 멀리서 그 옷과 풍채만 보고도 바로 알아볼 수 있었습니다."

　소대일자가 의아하여, 주인이라는 여자를 쳐다보았다. 주인이 눈웃음을 웃었다.

　"그 무희가 공을 알게 되었다 하고 얼마나 좋아했는지 모릅니다. 공께서 하늘에 있는 자기 별을 알려주셨다 하고, 어젯밤, 오늘 내내 저에게 자랑을 하면서 하루 종일 공에 대한 이야기만을 하였습니다. 철없는 어린 여자아이라 하여 남자에게 마음이 급하게 이는 것이 잔물결이 오고가는 것과 같이 빠르다 하지만, 그리 설레어 날뛰는 것은 또 보지 못하였습니다.

　아쉽게도 오늘 무희가 춤을 출 때 손에 덧대는 덧소매가 뜯어져 그것을 꿰매야 하는지라 공께 나타나 같이 즐기지 못하였으니, 무희는 안타까워서 지금 눈물을 흘리며 울고 있을 것입니다. 덧소매가 뜯어지면 춤을 추지 못하니, 제가 다른 곳에 가지 말고 밤새 꿰매어놓으라고 한 것이니, 제가 이렇게 무희 대신에 와서 공께 죄송스럽다고 말씀을 올리는 것입니다."

그 말을 듣고 소대일자는 갑자기 얼굴에 화색이 돌았다. 소대일자는 크게 기뻐하며 다시 묻기로,

"그 말이 정녕 참입니까?"

하니, 주인이 다시 웃고는 답하였다.

"무희가 밤새 일을 하다 말고, 문득 바깥에 나가는 때가 있었습니다. 왜 그러느냐고 물으니, 공께서 자기의 별을 가르쳐주었으니, 그것이 뜨고 지는 것을 보아야 한다는 것이었습니다. 무희가 말하기를 공께서 별을 가르쳐주며 몸에 기대어 손가락을 내밀던 그 몸짓을 어찌 잊겠냐고 하며 눈물을 글썽이는데, 어찌 그 마음이 곱지 않다 하겠습니까."

그러자, 소대일자는 고개를 끄덕이며 좋아하였다.

"내가 이럴 줄 알았다. 어찌, 세상의 이치가 한쪽이 자라나면서 다른 쪽은 자라나지 않겠는가? 이른바 해와 달은 번갈아 뜨고, 겨울과 여름은 일년에 같이 지나가는 것이니, 남자의 마음이 있으면, 여자의 마음도 있는 것이라. 내가 무희를 그토록 생각했으니 그 무희도 나를 이토록 생각함이 지금 생각해보면 또한 당연하지 아니한가?

내가 가르쳐준 별이 뜨고 지는 것을 보러 밤새 오락가락하며 기다렸다니, 이처럼 애틋한 일이 어디 있겠는가?"

소대일자는 기뻐하며 하늘을 보고 소리 내어 껄껄 웃었다. 마침 다시 춤을 추고 춤을 춘 사람들이 솥을 들고 춤 값을 받으러 다니니, 소대일자는 기분이 좋아, 춤값을 가득가득 넣어주었다.

소대일자는 무희 생각에 설레어 잠을 제대로 이루지 못하였다.

부인이 국상이 보낸 사자에 대하여 이런저런 말을 하며 걱정하였으나, 그런 일은 조금도 생각이 나지 않았으므로, 화를 내어 말하지 못하도록 멈추었다.

잠을 설친 소대일자가 이튿날이 되어 좌영성실에 나가 보니, 어제 본 사자들이 일자들과 함께 나와 있었다. 사자들이 평소 일자대형이 앉는 가장 높은 자리에 앉아 있었고, 일자대형은 그 바로 아래자리에 앉아 있었다. 때문에 자리가 모자랐으므로, 몇몇 일자들은 집 밖에 서서 있었다. 소대일자는 그래도 가장 낮은 곳에나마 자리 위에 앉았다.

사자가 말했다.

"공들은 일자라 하면서, 이와 같은 때에 지진을 맞히지 못하였습니다. 이제 어떻게 할 것입니까? 왜 지진을 맞히지 못한 것이며, 앞으로는 어떻게 지진을 맞힐 것인지 방책이 있습니까? 만약 국상께서 차주부를 보내실 때까지도 좋은 방책을 만들지 못하신다면, 큰일을 당하실 것입니다."

일자대형이 말하였다.

"사자께 아룁니다. 지진을 밝힌다 하는 것은 별을 보고 하늘의 이치를 따진다 하여도 쉬운 일이 아닌 까닭에, 여러 다른 말이 많습니다. 저희는 지금껏 동서남북 각 방향의 영성들에 지진이 일어나는 것이 달려 있다는 설을 따랐습니다.

그러나, 그 방향을 반대로 보고 따져야 한다는 설이 있기도 하고, 중앙의 황룡이 머무는 별들에 지진이 일어나는 것이 달려 있다는 설이 있는가 하면, 지진이 일어나는 것은 후토의 지신이 머무는 별들에 달려 있다는 설도 있고, 황천의 천왕이 머무는 별들에 달려 있다는 설이 있기도 합니다."

일자대형이 공손히 말을 마쳤다. 그러자 여러 일자들이 돌아가면서, 지진에 관련한 별을 보는 각각의 방식에 대하여 여러 가지로 설명을 하였다. 한참 동안 온갖 별에 대해서 설명이 이어졌으니, 사자는 한참 동안 듣고 있었다. 그러나 사자들은 별을 보는 일을 잘 알지 못했으므로, 그 말들을 잘 알아듣지 못하고 몹시 지루해하였다.

결국 사자 중 하나가 답답해하며 소리치기를,

"알아듣지 못하겠습니다. 공들은 어렵고 요란한 말로, 감히 국상의 명을 받고 온 우리를 놀려서 공들 스스로 아무 죄가 없다고 속이려 하는 것입니까?"

하였다.

그러자, 일자대형이 무릎을 꿇고 허리를 숙이며 그런 것이 아니라고 빌었다. 곧 중대일자가 말했다.

"사자께서 하시는 말씀이 틀린 것이 아닙니다. 또한 저희들이 아뢴 말씀 역시 속이려 하는 것도 아닙니다. 지진을 밝히는 일은 어려우며, 지금도 세상 사람들이 아는 것이 많지 않습니다.

그러므로, 저희들은 지진에 대하여, 별을 보고 해를 보는 것보다, 오히려 위험한 흙무더기와 산사태가 일어날 만한 돌무더기를 미리 피하는 일을 하려고 하는 것입니다. 또한, 다시 지진이 일어나면 곧 죽을 사람들을 구해내어 살려놓고, 갈 곳이 없고 잘 곳이

없는 사람들을 구하고자 창고를 열어 사람들을 구하면서 일자의
일을 다하려고 하는 것입니다."

사자들이 고개를 흔들었다.

"그런 일은 누구나 할 수 있다. 일자라 하면서 지진에 대해 아
는 것이 그렇게 없는가."

그때까지도, 소대일자는 역시 한 마디도 하지 않고 가만히 있
었다. 사자 하나가 어제 천막을 칠 때 소대일자를 만난 것을 생각
해내었다. 그 사자가 소대일자를 알아보고 물었다.

"그대는 옛부터 내려오는 고루한 생각이 아니라, 국상의 뜻을
잘 아는 듯 보인다. 그대가 지진에 대하여 생각하고 있는 것은 무
엇인가?"

소대일자는 깜짝 놀랐다. 소대일자는 무엇이라고 답해야 할지
몰라서 머뭇거리고 있었다. 마침내 소대일자는 할 말이 없고 모
른다고 하려는데, 문득 일자대형의 얼굴을 보니 사자 앞에서 그
러한 말을 하면 매우 위험하다는 듯이 보였다.

이윽고, 소대일자가 어제 사자들이 한 말을 떠올려 그 자리에
서 지어내어 답하였다.

"저는 지진이란 백성들의 마음에 달려 있다고 생각합니다."

그 말을 듣자, 좌중에 있는 사람들이 모두 깜짝 놀라 소대일자
를 바라보았다. 사자 역시 놀라며 다시 물었다.

"어찌 그리 생각하는가?"

소대일자가 떨리는 목소리로 답하였다.

"조정의 일도 백성의 마음에 달려 있는 것이고, 일자의 일도 백

성의 마음에 달려 있는 것입니다. 그러하오니, 지진 역시 백성의 마음에 달려 있는 것 아니겠습니까?"

다른 사자가 소대일자에게 물었다.

"그렇다면, 백성의 마음이 괴로운 곳에 하늘이 지진과 같은 변고를 내린다는 것인가?"

소대일자가 덜컥 겁을 먹어 말을 못하고 멈추었다. 그러나, 소대일자는 기왕에 말을 꺼낸 것, 어떻게든 말을 끝내야만 벌을 받지는 않을 것이라 생각하고, 도리어 힘을 내기 위하여 큰 소리로 외쳤다.

"진정코, 저의 생각이 바로 그러합니다.

만약 백성들이 마음이 기쁘고 즐겁고 웃음이 그치지 않으면 지진 또한 멈추어 도망가는 것이고, 백성들이 슬프고 괴롭고 눈물을 흘리면 점차 그 기운에 지진과 같은 악한 것이 고여서 하늘이 땅을 떨게 하고 산을 뒤엎는 것이 아니겠습니까?"

그 말을 듣자, 갑자기 한 사자가 길게 소리를 내며 크게 감탄하였다.

"과연 그 답이 절묘하다. 이것이 바로 진정으로 국상의 뜻을 알고, 국상께서 공구수성이라 하신 말씀을 아는 사람의 생각이 아닌가. 지진 또한 백성의 마음에 달렸다는 말이 매우 그럴듯하니 반드시 알아보아야 할 것이다."

그렇게 말하고는 사자들은 자리에서 일어나 소대일자를 크게 치하하며 나갔다.

소대일자는 일자대형도 두려워하는 사자들이 자신을 칭찬하자 우쭐하여, 싱글벙글하였다. 그러나 오히려 일자대형은 근심하는 얼굴이었으므로, 애써 고개를 숙이고 표정을 감추었다.

일자대형이 좌중을 향해 말하였다.

"국상이 지금 그 자리에 머무르는 제도를 종신으로 하였으며 또한 대주부의 힘 또한 겸하여 갖고 있다. 그러니, 저들 사자들이 말한 바를 따르지 않으면, 곧 차주부가 판결을 내릴 때에는 무슨 일을 당할지 모르는 것은 모두가 알고 있으리라 생각한다.

이제, 사자들이 백성의 마음에 지진이 일어나는 것이 달려 있다는 것을 알아보라 하였으니, 우리가 그 말을 가벼이 여길 수 없다. 이것을 누가 알아볼 것인가?"

노쇠한 일자소형이 일자대형에게 말하였다.

"지금, 모든 일자들이 밤에는 별을 보며 어떻게든 조금이라도 지진에 대해 알아내기 위하여 애쓰는지라 잠깐 눈을 붙일 겨를이 없습니다. 또한 낮에는 지진에 당한 사람들을 구하기 위한 재물을 모으느라 이곳저곳 찾아다니느라 역시 너무도 힘에 겹습니다.

그런데, 누가 갑자기 고금에 없는 엉뚱하고 새로운 일을 맡아 하겠습니까?"

일자대형은 수염을 쓰다듬으며 골똘히 생각하고 있었다. 마침내 일자대형이 말하였다.

"이는 소대일자가 해야 할 일이다. 어차피 이는 답이 나올 수 있는 일이 아니니, 소대일자는 힘을 다할 뿐, 답을 내는 일에 애를 쓰지 말라."

소대일자는 그 말을 듣고 고개를 숙여, 그리하겠다는 뜻을 밝했다.

저마다 일을 하러 이곳저곳으로 떠나가 흩어지자, 옥저 아이가 소대일자 곁에 다가와 물었다.

"오늘은 또 무슨 일을 맡으셨습니까?"

소대일자가 한숨을 쉬었다.

"오늘도 아무도 하고 싶어 하지 않는 값 없는 일을 맡았다."

소대일자는 스스로 부끄럽고, 자신이 재주가 없다고 여기는 다른 일자들을 원망스럽게 생각하였다. 그러나 한편으로는 이리하여, 며칠 동안 이 일을 핑계로 하여 일찍 일을 마칠 수 있고, 그리하면 또한 밤에는 호선무를 보러 갈 수 있음을 알아 기뻐하였다.

四.

소대일자는,

"백성의 마음을 알기 위하여, 집집이 묻고 다니는 것 외에 다른 방책이 있겠는가?"

하고는, 이 집 저 집을 다니면서,

"그대의 집에는 웃는 일이 많습니까? 그대의 집에는 우는 일이 많습니까? 그대는 지진을 얼마나 크게 겪었습니까?"

하고 묻고 다녔다.

그렇게 해가 질 무렵까지 묻고 다니다가, 소대일자는 지루해지고 힘들기도 하여, 곧바로 호선무를 보러 갔다. 이번에는 무희가 크게 기뻐하며, 소대일자의 한 팔을 감싸 안으며, 맞아주었다.

무희는,

"공께서 배가 고프실 것이니, 주인에게 술과 국을 내어오게 하겠습니다."

하고는, 손짓하여, 자리에 국과 술을 가져오게 하였다. 주인이 국을 가져오면서 그 값을 받으려 하였는데, 그 값이 비쌌으므로 소대일자가 깜짝 놀라서 말하였다.

"이 값이면, 집에서 아내가 해줄 때 드는 값의 열 곱절이 넘지 않는가?"

그러나 이내 무희가 기쁘게 웃으며, 국을 숟가락에 한 술 떠서 입에 넣어주므로, 소대일자는 웃으면서 받아먹었다.

무희가 춤을 출 때가 되어 무희는 나아가 몸을 움직이기 시작하였다. 이번에는 손에 덧소매를 끼우고 춤을 추기 시작하였는데, 역시나 아름다웠다. 무희는 여러 번 쉬어가면서 밤새도록 여러 곡에 맞추어 춤을 계속 추었으므로, 소대일자는 한 자리에 앉아 계속 그 모습을 보았다.

소대일자가 한참 구경을 하다가 문득 주위를 보니, 좌중에 있는 다른 사람들 중에도 무희를 보고 있는 사람들이 많았다. 개중에는 무희의 모습을 구석구석 쳐다보면서, 안절부절못하는 듯이 푹 빠져 있는 사람도 있었으며, 어떤 사람은 소대일자 자신보다 몹시 풍채가 좋고 부유해 보이는 자도 있었다. 무희는 즐겁게 웃으며 신나게 춤추면서 힐끗힐끗 구경하는 사람들을 쳐다보는데, 소대일자가 보니, 그러다가 앉아 있는 사람들과 문득문득 눈빛이 맞는 듯하기도 하였다.

무희가 춤을 추는 것을 마치자, 소대일자는 밤새 무희와 함께 즐겼다. 소대일자는 극히 황홀하여, 나중에 옥저 아이에게 말하기로,

"내가 일전에 너와 함께 국상의 깃발을 세워두고 먹을 것을 나누어 주는 아름다운 여인을 두고, 저와 같은 이와 함께 어울릴 수 있다면 꿈과 같지 않겠는가 하였건만, 이제 내가 꿈속에 또 들어온 것은 아닌지 모르겠구나."

하였다.

헤어질 때에, 무희가

"춤을 많이 추었더니 지칩니다."

하고 말하면서, 소대일자의 등에 몸을 붙이며 기대었다. 소대일자가,

"산은 지진이 일어나면 흔들릴 수 있으나, 내 다리는 산보다도 튼튼한 것인지, 만약 그대가 기댄다면 결코 넘어지지 않도록 버티고 있을 수 있으니, 마음 놓고 기대고 계시오."

하고 말하고는, 웃으며 즐거워하였다.

무희가 말하였다.

"공과 제가 춤을 추어 알게 되었고 또한 별을 보다가 알게 되었으니, 공께서 별을 그린 덧소매를 하나 사주시면, 제가 춤을 출 때마다 공을 생각하며 모든 춤을 공을 위해 추지 않겠습니까?"

그 말을 듣자, 소대일자는 그날 보았던 무희를 보던 많은 사람들이 생각나기에 서슴없이,

"그렇게 하도록 하시오."

하였다.

그리하여, 며칠 동안 계속 낮에는 이 집 저 집을 다니며 지진에 대해 묻고 다녔고, 밤에는 호선무를 보러 가서 무희를 만났다. 춤을 출 때 쓰는 덧소매를 사려고 했더니, 무희가 주인에게 물어보라고 하였기에, 소대일자는 주인에게 덧소매를 샀다. 그런데 그 값이 매우 비싸서 소대일자는 극히 놀랐다.

그러나 선물이라 하면서 줄 때에 무희가 몹시 기뻐하여, 팔짝팔짝 뛰면서 어린아이처럼 좋아하였으므로, 그 모습을 보고 소대일자는 마음이 흡족하였다.

또한, 과연 그날 밤에 그 덧소매를 손에 끼우고 춤을 추니 더욱 황홀하여, 소대일자는,

"마치 함께 엉켜 날아올라 같이 춤을 추는 듯하구나."

하였다.

그러나 다음 날부터는 그 덧소매를 쓰지 않기에, 소대일자가 의아하게 생각하고 왜 사준 덧소매를 쓰지 않느냐고 물었다. 그러자, 무희가 답하기를,

"여러 가지 옷을 입고 화려하게 춤을 추어야 하는 것이 춤을 추는 사람의 본래 뜻입니다. 비록 공께서 사주신 덧소매가 가장 귀하고 좋은 것이나, 어찌 매일 하나만 쓰겠습니까. 몇을 더 사주신다면 바꾸어가며 쓸 것입니다."

하였다. 그리하여, 소대일자는 덧소매 몇 개를 더 사주었다.

그리고 나서부터는 이제 소대일자는 호선무를 보러 가서 무희

를 만나는 것이 일이고, 일자의 일이 놀이인 양 하게 되었다. 소대일자는 밤마다 무희와 더불어 즐겼으며, 언제나 호선무를 보러 가서 솥에 가득 재물을 집어넣고, 비싼 값을 치르고 질 나쁜 술과 음식을 잔뜩 먹었다. 그리고 낮이 밝으면 몇 집을 돌아다니며 지진에 대해 묻고 다니다가, 해가 저물 즈음이 되면 다시 급히 호선무를 보러 뛰어가곤 했다.

소대일자를 보고, 옥저 아이가 눈치를 채어 묻기로,

"호선무를 보러 너무 자주 드나드시는 것 아닙니까?"

하였다. 그랬더니, 소대일자가 답하기로,

"그곳의 무희가 입고 있는 덧소매와 장신구들 중에 내 주머니에서 나온 것이 절반이니, 내가 들인 재물을 아깝게 하지 않으려면 오히려 그곳에 자주 가는 것이 옳은 일이다."

하였다.

무희는 더욱 소대일자를 극진히 대접하며, 소대일자가 즐기고 좋아하는 것들을 마음껏 베풀었다. 소대일자는 밤이 어떻게 새는지도 모르도록 무희를 만났다. 그랬으므로, 가끔 호선무를 보러 갔으나 무희가 없는 날에는 매우 서운하였다. 주인에게 무희가 어디에 갔는지 물어보면, 주인은,

"옷을 고쳐야 한다 합니다."

하기도 하고, 혹은, 아파서 누워 있다거나, 머리를 자를 가위를 사러 갔다 하기도 하였다.

그러자, 소대일자는 무희에게 그 전날, 다음 날 나타날 것인지 안 나타날 것인지 미리 약조를 하고 보자고 하였다.

"그러나, 하루하루 급하게 살아가는 저와 같은 춤을 추는 사람이, 어찌 내일의 일을 오늘 다 알겠습니까."

그러나 소대일자가 굳이 다그쳐 따져 묻는 날에는 그래도,

"내일은 제가 춤을 출 것이니, 반드시 오셔서 보십시오."

하며 약조를 하는 날이 있었다. 그러나, 그러고도 또 갑자기 무희가 나타나지 않을 때도 있었다. 그러면, 소대일자는 극히 마음이 상하여,

"내가 부질없이 한바탕 치마저고리 휘휘 돌아가는 바람 속에 없애버린 재물이 도대체 얼마인가?"

하면서, 곧 이제 호선무를 보러 가지 않으리라 결심하기도 하였다.

그러나, 그런 날일수록 주인이 나타나,

"무희가 오늘 반드시 공을 만나고자 하였는데, 강을 건너 옷감을 구하러 갔다가 뱃사공을 놓쳐서 강을 건너지 못하여, 오늘 오지 못하였습니다. 오늘 낯선 곳에서 홀로 자면서 공을 그리워하며 두려워 울고 있을 것이니 불쌍하지 않습니까?"

하니, 곧 소대일자는 마음이 약하여, 다음 날 또 찾아왔다. 그때 무희가 찾아와 소대일자의 품에 안겨 눈물을 흘리면, 그만 애처로운 표정을 지으면서도 속으로 유쾌해하는 것이었다.

그러나 다만 소대일자가 참기 어려운 것이 있었으니, 그것은 무희가 춤을 보러 온 다른 사나이들과도 함께 웃고 떠들며, 같이 술과 음식을 나눈다는 것이었다. 하루는, 솥에 많은 재물을 집어넣어준 한 농사꾼에게 붙어 웃는 모습이 너무 다정해 보였다. 그

리하여, 소대일자가 굳은 얼굴로 새벽이 될 때 따졌다.

"어찌 그 농사꾼과는 그리도 다정하였소?"

그러자, 무희가 한 번 웃었다. 그리고 답하였다.

"저는 춤을 추는 사람이지, 시집을 갈 때에 돈을 받고 처녀를 넘기는 옥저의 천한 여자가 아닙니다. 어찌 춤을 보러 온 사람과 즐겁게 지내는 것에 마음을 상하십니까?

사람들이 잘 모르는 것이 하나 있습니다. 바로 춤이라는 것이 손동작과 발놀림이 전부가 아니라 하는 것입니다. 춤이라 하는 것은 보는 사람의 마음에 흥을 나게 하는 것이고, 보는 사람의 기분을 돋우는 것이니, 곧 사람의 마음을 움직이는 것이 가장 중요한 것입니다. 그러므로 춤에서 중요한 것은 춤을 보는 사람을 어떻게 보고, 어떻게 모시고, 어떻게 대하느냐 하는 것입니다."

무희가 장황하게 말하였으나, 소대일자는 여전히 무희를 쳐다보지 않았다. 그러자 무희가 소대일자의 신발을 벗겨 발을 품에 안으며 말하였다.

"공께서 가르쳐주신 저의 별이 하늘에서 빛을 잃지 않고 빛나고 있어서, 하늘도 알고 있는데, 제 마음이 어찌 공의 곁에서 벗어나겠습니까?"

소대일자는 그제야 한 번 따라 웃었다.

그러나 바로 그 다음 날 보니, 무희가 떠나가려는 한 젊은 사나이와 손을 부여잡고 웃으며 말하고 있었다. 젊은 사나이는 얼굴이 거칠었으나 소락해 보이지 않았으며, 무희는 웃으며 말하고 있었으나 젊은 사나이는 웃지 않고 있었다. 대개 다른 이들과 말을 할 때에 무희는 소리 내어 웃으며 크게 떠들었으나, 이번에는 소곤거리듯이 조용히 말하고 있었다. 소대일자가 자세히 살펴보니 그 젊은 사나이는 말을 사고 파는 말장수인 것 같았다.

"저자는 가끔 말을 타고 나타나 말을 탄 채로 춤을 구경하던 자가 아닌가?"

말을 탄 채로 춤을 구경하게 해주는 것은 좋은 대접이었으므로, 소대일자는 곧 말장수의 얼굴을 떠올렸다. 곧 말장수가 떠나려 하자, 무희는 지체 없이 말 앞에 넙죽이 몸을 보이며 엎드렸다. 그리하여 말장수가 무희를 밟고 말에 올라갈 수 있도록 몸으로 받쳐주었다.

소대일자가 그 모습을 보고 깜짝 놀라서 무희에게 다가가려 하자, 무희가 곧 다른 곳으로 사라졌다. 곧이어 무희 대신에 주인이 나타났다. 주인이 무심히 지나치려 하자, 소대일자가 주인을 붙잡고 캐물었다. 그러자 주인이 답하기로,

"저 말장수는 특히 춤을 추는 자들에게 베푸는 것들이 많으니 우리 춤꾼들이 마치 군후君侯와 같이 극히 높게 모시는 날도 있습니다."

하였다.

그러나, 소대일자는 너무도 이상하여, 무희를 끝끝내 좇아가 따졌다. 그러자 무희가 소대일자를 쓰다듬으며 배시시 웃고는 말하기를,

"공께서 이토록 저를 아끼시니, 저는 비록 공의 의심을 사고 있으나, 너무도 기쁩니다.

공께서 그렇게 의심이 나시거든 공께서 제가 춤출 때 입을 옷과 속옷을 마련해주면 어떠하시겠습니까? 그리하면, 제가 어디에 가서 누구와 함께 있거나, 항상 공께서 주신 것을 온몸 구석구석에 두르고 있는 것 아닙니까? 그리하면 어찌 제가 잠시라도 공을 잊겠습니까? 어찌 제가 잠시라도 공과 떨어져 있는 것과 같을 수 있겠습니까?"

하였다.

소대일자는 그 말을 옳게 여겼다. 그러나 무희의 옷을 구해다 주는 주인에게 물어보았더니 여러 벌의 옷과 속옷을 마련하기에는 너무나 많은 재물이 필요하였다. 밤낮으로 고민하고 있는 소대일자에게 옥저 아이가 묻기를,

"무엇을 그리 고민하십니까?"

하니, 소대일자가 갑자기 답하기로,

"굳게 닫힌 성문을 무서운 장수가 지키고 있다면, 옛날 부분노 扶芬奴와 같은 좋은 계책을 떠올려야만 깨뜨릴 수 있을 것이 아닌가?"

하였다. 옥저 아이는 무슨 말인지 몰라 다시 물었으나, 고민하는 소대일자는 더는 답이 없었다.

기실, 소대일자는 그동안 호선무를 보러 다니고, 무희에게 이것저것을 사다 주느라, 가지고 다니던 재물들을 거의 다 써서 없애버렸다. 그러므로 무희에게 옷과 속옷을 사주려면 다른 곳에서 재물을 마련해 와야 했다. 때문에 소대일자는 그동안 아껴서 모

아놓은 재물로 숨겨둔 황금천과 백은천을 쓰기로 결심하였다.

소대일자가 집에 들어와 보니, 마루 깊숙한 곳에 황금천과 백은천을 넣어둔 궤짝이 들어 있고, 그 위에 부인이 앉아 있었다. 부인은 보통 궤짝을 깔고 앉아 있었으며, 집을 멀리 떠나지도 않았다. 밤늦게 돌아온 소대일자가 부인에게 묻기로,

"부인은 어찌 엉덩이가 불편하도록 그와 같은 자리에 항상 앉아 있소?"

하였다. 소대일자가 빤히 그곳을 쳐다보자 부인이 답하기로,

"이것은 공께서 긴 세월 밤새워 별을 헤아리며 고생해 모은 재물을 숨겨둔 것이오. 어찌 힘써 지키지 않겠소.

또한 만약 도적이 몰래 집을 엿본다 하여도 내가 치마로 덮고 이곳에 앉아 있으며, 이 밑에 황금천을 넣은 궤짝을 둔 줄 모를 것이니, 도둑의 눈을 피할 수 있지 않겠소?"

하였다.

그리하여 소대일자는 날이 새도록 부인의 자리 아래를 쳐다보았으나, 몰래 황금천을 꺼낼 틈이 보이지 않았다. 그러고 있으니, 부인이 문득 소대일자 옆으로 가까이 다가와 껴안으며 말하기를,

"내가 요즘 밤을 새우는 일이 잦아 몸에서 살이 빠지는 듯하였기는 하나, 공께서 내 엉덩이 아픈 것을 걱정해줄 줄은 몰랐소. 공께서 나를 생각하는 것이 이러한 줄 어찌 알았겠소?"

하였다.

소대일자는 한숨을 쉬며 아무 말 없이 있다가 부인에게 다시

물었다.

"부인은 이제 날씨가 더 추워지면 나다니기도 어려울 텐데, 어디 멀리 다닐 일이 있다면 지금 가보는 것은 어떠한가? 혹여 구경을 가거나, 만나러 갈 옛 벗이라도 없는가?"

그러자 부인이 웃으며 부끄러워하였다.

"공께서는 내가 살이 빠진다고 말했다 하여, 그와 같이 마음을 써주실 필요는 없소. 공께서 요즘 지진으로 일이 많아, 밤마다 늦도록 별을 보시며 지새우시는데, 내가 어찌 함부로 놀며 나다니겠소. 나는 또한 집을 지키며 내 일을 다할 것이오."

소대일자는 다시 근심스러운 얼굴로 눈을 감았으니, 날이 밝도록 자기가 사준 옷을 무희가 갖가지로 갈아입는 온갖 모습들만 끊임없이 떠올릴 뿐이었다.

이윽고, 아침이 되자, 소대일자가 부인에게 말하였다.

"내가 말하기 부끄러우나, 부인에게 부탁할 것이 있소. 내가 하는 일이 힘들어 몸이 망가져가는 듯하여, 약을 구하고자 하오. 부인께서 일전에 말한 바와 같이 인삼을 구할 수 있겠소?"

그러자 부인이 안타까운 표정을 지었다.

"내가 살이 빠지는 것을 걱정하고, 내가 밤을 지새우며 공을 기다리는 것을 괴로워하였으나, 막상 지진을 걱정하며 국상의 두려운 뜻을 근심하는 공이 얼마나 더 괴로울지는 잊고 있었소. 이와 같이 마음 씀씀이가 모진 사람과 같이 살고 있으니, 공에게 죄라고 할 뿐이오.

나의 아비와 어미가 산에서 풀뿌리를 캐며 살고 있으니, 비록 그 두 분이 곰과 오소리보다 가진 것이 없이 살고 있다고는 하나, 인삼은 가진 것이 있을 것이오. 내가 급히 달려가서 한 뿌리를 받아 공께 바쳐 올리겠소."

소대일자는 부인의 그 모습을 보고 다음과 같이 말하며 집을 나섰다.

"부인은 살이 적고 말랐으며, 기운이 없어 보이는데, 옷차림마저 떨어지고 남루하니, 그와 같이 찡그린 표정을 지으면 참으로 볼품이 없나니."

소대일자는 마침내 부인이 자신에게 줄 인삼을 구하러 그 부모를 만나러 간 틈을 타서, 숨겨둔 궤짝에서 황금천을 꺼냈다. 황금천은 금으로 만든 팔찌였으므로, 귀하게 여겨 여러 물건을 사는 데 요긴하게 쓸 수 있었다. 소대일자는 황금천을 호선무를 보는 곳에 가져가 주인에게 주고, 무희의 옷과 속옷을 만들어주었다.

무희는 옷이 만들어지자, 소대일자가 보는 앞에서 바로 갈아입어 보이며, 환하게 웃었다.

"이제 공에게 말씀드린 대로, 공께서 언제나 저를 함께 휘감고 계시는 것입니다."

소대일자는 또한 부인이 인삼을 구해오자, 그 인삼도 자신이 먹었다고 하고는 다른 재물로 바꾸었다. 소대일자는 그 재물도 호선무를 보는 데에 모두 써 없앴다.

五.

한편, 인삼을 팔아 없앤 재물도 모두 없앴을 즈음하여, 사자들이 다시 일자들을 모아놓고 물었다.

"이제 국상의 명이 떨어졌으니, 내일이면 차주부께서 판결을 내리기 위해 도성에서부터 짐을 꾸리실 것입니다.

공들은 그간에 아뢸 일들을 대비하여둔 것을 밝혀보십시오."

일자대형이 지시하자, 여러 일자들이 돌아가면서 이야기하였다. 먼저 두 일자가 이야기하였으나, 특별히 나아진 바가 없었으므로, 사자들은 탐탁지 않아 하였다. 다음으로 중대일자가 이야기하였다.

"산사태가 일어날 곳을 보아두었으며, 산사태가 일어난 후에 그곳을 고칠 재물도 마련해두었습니다. 또한 다시 지진이 일어나면 무너질 집들을 보아두었으며, 이 집들을 고칠 방법도 마련해두었습니다.

지금 다쳐 쓰러진 사람들을 구하기 위한 재물들을 모아두었으며, 집을 잃은 달탄 사람들이 추운 겨울밤을 버티기 위해 덮을 거적때기, 짐승가죽을 살 재물도 마련해두었습니다. 이제 이것을 사람을 구하는 데에 쓴다면, 비록 하늘을 읽어 지진을 세밀히 꿰뚫어보는 일은 못한다 하여도, 일자라 하는 사람으로서 도리는 다할 수 있을 것입니다."

중대일자가 자못 비장한 목소리로 힘을 주어 말하였다. 그리고 그 뒤를 이어 소개하는 이야기들 또한 뜻이 옳고, 말이 정교하였으므로, 일자들과 사자들이 모두 감탄하여 고개를 끄덕였다.

중대일자가 말을 마치자, 한 사자가 말하였다.

"이번에는 지진이 백성의 마음에 달려 있다고 말한 일자가 아뢰어보라."

그러자, 소대일자가 앞으로 나아가 말하였다.

"제가 직접 집집이 물어보며 살펴보니, 작년 가을에 서리와 우박으로 곡식을 해친 일이 있었으므로, 백성들 중에 고생을 한 사람들이 많았습니다. 그러므로, 백성들 중에 슬픈 날을 보내고 괴로워하며 울고 지낸 때가 많은 집이 적지 않았습니다.

그런데, 제가 놀란 것인즉, 슬프고 괴롭고 울고 지낸 백성의 집에서 지진 또한 크게 겪어, 집이 무너져 지붕에 깔려 죽은 자가 있고, 온돌이 무너져 불에 타 죽은 자가 있었으며, 반대로 기쁘고 즐겁고 웃고 지낸 백성의 집에서는 지진 또한 작게 겪어 별 탈이 없었습니다.

이러하온즉, 지진이라 하는 것은 동서남북의 영성이나 신이한 것이 머무는 별에 달려 있는 것이 아니라, 오직 백성의 마음에 달려 있는 것입니다."

소대일자가 말을 마치자, 사자들이 극히 놀라며, 소리를 내어 탄복하였다.

"이러한 놀라운 일이 있는가. 이것이 바로, 국상께서 말씀하신 백성의 마음을 따라 하늘이 움직이고 하늘을 따라 백성의 마음이 움직인다는 것을 그대로 밝히는 것 아닌가? 이와 같이 놀라운 일이 있는가?

그대야말로, 우리가 스승으로 모셔야 하는 사람 아닌가?"

그러고는 사자들이 소대일자에게 다가와 무릎을 꿇고 절을 하였다. 소대일자는 당황하였으나, 이내 우쭐하여 소리 없이 몰래 웃었다.

소대일자가 다시 말했다.

"이렇게 백성의 마음에 따라 지진이 일어나는 것이니, 지진이 또 일어날지 모르는 달탄에 지진을 막으려거든, 달탄에서 백성이 울고 괴로워하는 일이 없고 웃고 즐겁게 하기만 하면 지진은 저절로 물러갈 것입니다.

그러니 차주부께서 오시는 날에 달탄에 재물을 풀어 술과 고기를 사서 쌓아 놓고, 무릇 달탄 사람들에게 모두 밤새 춤을 추며 노래하라고 시키면, 차주부께서는 그 모습을 보시고 과연 지진을 막을 좋은 방책이라 여기실 것입니다."

사자들이 그 말을 듣더니, 감격하여 소대일자의 손을 잡았다.

"그대가 우리를 살리고 무릇 일자들을 살렸다. 그대의 말이 참으로 옳다. 백성의 마음에 따라 지진이 일어나는 것이 틀림이 없고, 지금 집집이 물어본 것도 이와 꼭 맞아든다. 그러니 지진으로 위험한 곳에서 백성들이 웃으며 놀게 하면, 지진이 물러날 것이다. 이것이야말로 국상의 뜻에 꼭 맞는 일이다. 이와 같이 아뢰면서 빌면, 비록 이번 지진은 못 맞혔다 할지라도, 차주부께서 용서하시는 마음을 가질 것이다."

그러자 중대일자가 사자들에게 물었다.

"중대일자가 사자들에게 여쭙습니다. 달탄에는 좁은 골짜기에 수없이 많은 백성들이 지푸라기와 나무판자와 흙더미로 집을 만들어 살고 있으니, 이 사람들에게 술을 나눠 주고 춤을 추게 하려면 매우 많은 재물이 들 것입니다. 그 재물을 어디에서 구해야 합니까?"

그러자 한 사자가 답하였다.

"그대가 알기로, 산사태를 막고 추운 날 덮을 거적때기를 구하기 위하여 많은 재물을 모아놓지 않았나? 지금 이와 같이 좋은 계책이 생겼으니, 그대가 말한 방책은 멈추고, 그 재물을 모두 써서 달탄 사람들에게 술을 나누어 주고 춤꾼을 보내어 모두 밤새 춤추게 하면 될 것이다."

그러자 노쇠한 일자소형이 자리에서 일어나 소리를 질렀다.

"이것이 무슨 짓인가?

지금 해와 달을 보는 일자라 하는 사람으로, 지진이 일어나는 곳에서 술잔치를 벌여 지진을 막자는 말을 따르려 하는가?

지금 말하는 것이, 즐겁게 사는 집에서 지진을 작게 겪고, 괴롭게 사는 집에서 지진을 크게 겪었다 한다. 그러나 그것은, 다른 것이 아니라, 그저 즐겁게 사는 집은 곧 부유한 집이 많으니, 집이 튼튼하여 지진에 무사하였고, 괴롭게 사는 집은 가난한 집이 많으니, 집이 약하여 지진에 무너져 다친 사람들이 많았을 뿐인 것이다. 그것을 두고, 무슨 백성의 마음과 지진이 따르는가, 마는가 하는 헛된 소리를 말하는가?"

노쇠한 일자소형이 소리치자 일자대형이 말리려 하였다. 한 사자가 그를 꾸짖었다.

"공께서는 어찌 감히 국상께서 세우신 높은 뜻을 거스르는 소리를 떠드는가? 공은 이제 일자 일을 그만두고 길바닥에서 구걸을 하며 먹고살려고 하시오?"

일자소형이 자리를 박차고 나가면서 소리쳤다.

"그 말이 옳다. 일자의 일을 그만두고 나갈 것이다. 내가 오늘부터 일자가 아니다.

늙은이는 먹는 것이 적고, 살날은 많지 않으니, 목숨을 지키는 것이 무엇이 그리 어렵겠는가? 먹고살 길이 막막하다 하여 어찌 일자란 자가 하늘을 속이겠는가?"

곧 많은 일자들이 노쇠한 일자소형에게 달라붙어 말리려 하였으므로, 크게 소란하였다.

이후에, 다들 어두운 표정으로 나서는데, 소대일자만 얼굴 표정이 밝았으므로, 옥저 아이가 소대일자에게 물었다.

"어찌 소대일자께서는 또 홀로 기쁘십니까?"

그러자 소대일자가 답하였다.

"나에게 밤하늘에 얼룩덜룩 잘 눈에 뜨이지도 않는 별을 따지는 것이 서툴다 하여 꾸짖던 무리들이 우습지 아니한가. 저들이 그토록 벌벌 떠는 국상의 사자들이 도리어 나를 스승으로 모신다고 한다. 일자의 일이라 하더라도, 중한 것은 별과 달이 아니라, 사람의 마음이 중요한 것이고, 백성의 마음을 헤아릴 줄 아는 것이 참된 것이다.

그것을 모르니, 저 일자들은 저와 같이 쩔쩔 매는 것이다."

소대일자는 이제 사자들에게 칭송을 들었으므로, 더욱 힘이 나서 평소보다 훨씬 더 힘을 기울여 여러 집들을 찾아 다녔다. 그리하여 보통 때보다 더 많은 집을 찾아갔으니, 그러다가 꽤 먼 곳까지 도달하고 말았다. 소대일자는 그러다 길에서 언뜻 한 말장수를 보았다. 가만히 보니, 예전에 무희와 함께 있는 것을 보았던 그 말장수였다.

소대일자는 바로 따라가려다가 얼핏 보니, 말장수 곁에 여러 사람이 있는 듯하여, 잠시 떨어져 어느 집의 담 옆으로 몸을 숨겼다. 그리고 다시 가서 보니, 말장수 옆에 가까이 있던 한 여자가 말장수로부터 떨어져 떠나가는데, 꼭 그 모습이 무희와 같아 보였다. 소대일자는 놀라서 갑자기 뛰쳐나가려다가, 스스로 마음을 다스리며 혼자 말하기로,

"이는, 내가 무희를 항상 마음에 두고 있기에, 비슷한 사람을 보면 항상 무희부터 떠올리기 때문이다. 일전에도 이 때문에 무희를 보고 국상이 함께 노닌다는 여자를 떠올리지 않았던가."

하였다.

그러고는, 잠시 기다려 말장수를 몰래 따라가보기로 하였다. 따라가면서 보니, 말장수는 분명히 그때의 말장수임에 분명하였다. 소대일자가 계속 쫓아가니 말장수는 한 집으로 들어가므로, 소대일자는 짐짓 우연히 만난 듯이 하고는 말장수가 들어간 집의 문을 두드렸다.

말장수가 나타나자 소대일자가 말했다.

"저는 일자로, 지진에 대해 알아보고, 국상 어르신의 뜻을 받들고자, 여러 사람들께 이런저런 것을 묻고 다니고 있습니다. 공께서도 잠깐 제가 묻는 말에 답을 해주시지 않겠습니까."

말장수는 굳은 표정으로 말이 없었다.

소대일자는 말장수의 답을 듣기도 전에, 말장수의 집 안으로 들어가면서, 말장수에게 물어보았다.

"공께서는 괴롭고 울며 사십니까? 혹은 즐겁고 웃으며 사십니까?"

말장수는 무뚝뚝하였다.

"여름날 매미나 비온 뒤의 개구리가 아니라면 어찌 항상 울기만 할 것이며, 미친 사람이 아니라면 어찌 항상 웃기만 하겠소?"

소대일자는 그 답을 듣지도 않고 말장수의 집을 이리저리 두리번거렸다. 그런데 말장수의 집 한쪽 구석에, 소대일자가 무희에게 사주었던 덧소매가 하나 떨어져 있었다. 소대일자가 놀라서 말장수에게 갑자기 따졌다.

"공께서는 여자와 함께 사십니까?"

말장수가 답했다.

"말을 팔고 사는 것이 나의 일인데, 남녀가 함께 사는 것이 이치인 줄 모르겠소?"

그러자, 소대일자가 분하여 소리쳤다.

"공과 함께 사는 여자는 무엇을 하는 사람입니까?"

소대일자가 소리치자, 말장수가 문득 의아하여 소대일자를 노려보았다. 소대일자가 보니, 말장수의 몸집이 건장하고 힘이 세어 보였으므로, 소대일자는 함부로 행패를 부리다가는 도리어 화를 당하겠다 생각하고는,

"원통하구나! 원통하구나! 이와 같이 내가 속았구나!"

하고 소리치면서, 바람과 같이 달려 그 집에서 도망쳐 나왔다.

소대일자는 그대로 뛰어나가 즉시 무희를 찾아갔다. 무희가 춤을 출 때가 멀었으므로, 주인이 나타나자, 소대일자는 짐짓 모르는 체하고,

"오늘은 배가 고파 일찍 왔으니, 주인이 잘 구해다주는, 호랑이 뼈와 같은 값을 치르고 먹는 생선가시 끓인 상한 냄새가 나는 더러운 국을 주십시오."

하였다. 주인이 웃어 보이고는,

"공께서 하는 우스갯소리는 항상 재미가 있습니다."

하며, 국을 내어주었다.

이윽고 무희가 나타나자, 소대일자는 무희의 손을 붙잡고는 강하게 밖으로 끌어내었다. 소대일자가 순식간에 움직였으므로, 다른 사람이 보고 말리는 사람이 없었다. 소대일자가 성난 얼굴로 소리치며 말하자, 무희는 한참 말이 없었다.

한참을 더 소대일자가 이것저것을 더 들어 밝혀 말하며 소리를 지르자, 무희는 갑자기 푹 주저앉으며, 한동안 소리 내어 울기 시작하였다. 한참을 소리 내어 우는 모습을 보고 있자니, 소대일자는 그 모습이 측은해 보였다. 그러나 그동안 없앤 여러 재물들을 속으로 줄줄이 읊으면서 마음을 다잡고는, 다시 소리쳐 무희를 꾸짖었다.

"이와 같이 많은 사정이 분명하니, 그대는 이제 다른 여러 말로 그 말장수와 그대가 같이 사는 것이 아니라 하지 못할 것이오."

마침내, 무희가 우는 가운데에서 말을 하기 시작하였다.

"저는 가난한 몸으로 달탄의 누추한 집에서 살고 있었으나, 이제 지진으로 그 살 집을 잃었습니다. 제가 비록 춤을 잘 춘다 한들, 옛날 부정매負鼎妹와 같이 물가에서 춤을 추면 지나가는 군사들이 모두 멈출 지경이야 되겠습니까? 그렇지 않으니 고작 춤추는 재주로 집을 잃고 이 추운 겨울에 살기가 어찌 쉽겠습니까.

그리하여 살 집이 없으니, 이곳의 춤을 좋아하는 말장수에게 빌어 그의 집에 잠깐 자리를 빌려 지내는 것뿐입니다.

제가 공과 같이 귀한 분과 함께 노닐면서, 이와 같은 것이 어찌 흠이 되고 죄가 되는 것인 줄 몰랐겠습니까? 하오나 제가 이를 미리 말하지 않은 것은, 공을 속여서 공께 벌을 받아 공으로부터 멀어지려 한 것이 아니라, 오히려 반대로 공으로부터 사랑을 받아 공의 곁에 가까이 있고자 했기 때문입니다.

공께는 제가 큰 죄를 지었으니, 이제부터는 공의 곁에는 감히 제가 멀리서도 깃들지 않겠거니와, 공께서 다시 저를 찾지 않는다 하여도, 죽어서 없어지고 난 뒤에까지라도 원망하지 않겠습니다."

무희는 말을 마치고 계속 소리를 내어 울었다.

그렇게 되자, 소대일자는 이제 무희가 진정으로 불쌍해 보이기 시작했다. 또한 속으로 드는 생각이, 지금 이와 같이 되어 그대로 무희와 멀어진다 하면, 그동안 무희에게 준 그 많은 재물과 옷과 장신구들은 그대로 다 무희의 것이 되어 같이 떨어져 나가고 버리는 것이 아닌가 하는 생각도 들었다. 그러자 몹시 아까운 생각이 들어, 무희에게 말하였다.

"지금 그대가 당장 그 말장수의 집에서 나온다면, 내 그대를 용서해줄 것이오."

그러자 무희가 다시 서럽게 울면서 계속 말하였다.

"공께서는 제가 아는 가장 고귀한 분으로, 저를 별과 같이 일컬어주신 분입니다. 하오니, 저는 오직 공의 뜻만을 따를 뿐입니다. 저는 항상 공께 바치는 몸짓만을 생각하며 살고 있으니, 말 한마디를 하고 걸음을 한 걸음 내디딜 때마다 공께서 바라는 것만을 하고 싶어 마음이 달아 있습니다.

그러나 이 추운 겨울에 갑자기 집에서 나오면 저는 어디에서 살겠습니까? 또한 가끔 말장수가 집에서 집어다 주는 양식이 없으면, 저는 발을 삐어 춤을 출 수 없는 밤에 무엇을 먹고 지내겠습니까?"

소대일자가 그 말에 답을 못하고 난감해하였다. 그러자 무희가 눈물과 콧물로 범벅이 된 얼굴을 소대일자의 얼굴에 부볐다.

"공께서 저에게 다만 순금 몇 근만 마련해주신다면, 저는 이제 제 집을 짓고 오직 공만을 맞으며 살 것입니다. 또한 순금 몇 근을 더 마련해주신다면, 공께서 제가 춤추는 것을 여러 사람이 바라보는 것이 싫다 하시니 춤을 추는 것 또한 그만두고자 합니다."

그 말을 듣자, 소대일자는 생각도 하기 전에, 곧바로 말이 먼저 튀어나왔다.

"순금 몇 근이라는 재물을 내가 어찌 구하겠는가?"

무희가 훌쩍이며 말을 이어 하였다.

"공께서 집을 만들어주시고, 부유하게 갖추어준다 하시면, 설령 제가 그 말장수와 자식 셋을 낳아 같이 기르고 있다 한들, 고작 달탄을 떠도는 말장수보다야 고귀하고 믿음직한 공을 따르려 하지 않겠습니까?

정녕 황금 몇 근을 얻어 제가 머물 곳을 구할 길이 없겠습니까? 저는 공의 곁에서 공에게 안기고 따르며 지내는 것만 바라고 있으니, 이는 오직 남녀의 정분밖에 모르는 멍청한 어린 여자의 마음입니다."

소대일자는 그 말을 듣고 보니 정말로 그럴 법하다는 생각이 들었다.

무희가 춤을 추러 나가자, 소대일자는 마음이 울적하였다. 소대일자는 주인에게 칠일내성이라 불리는 술을 가져오라 하였다.

"무희가 권하지도 않았는데 술을 내어오도록 하는 것은 이번이 처음인데, 참으로 이곳에서 먹는 술은 그 술값이 과연 세상이 망해 없어질 때라 할 만하구나."

소대일자는 밤새 홀로 술을 마셨다. 술에 취한 소대일자는 혹시 무희가 나와서 돌며 춤을 추지는 않을까 기대도 하였다. 그러나 밤이 새어 아침이 밝도록 무희는 나오지 않았다.

소대일자가 집에 들어가 보니, 집 앞 길에 부인이 나와서 기다리고 있었다. 부인이 걱정스러운 얼굴을 하고 있었다. 부인은 소대일자를 보자 스스로 걱정스러운 얼굴을 한 것을 생각하여,

"공께서 얼굴을 찡그리지 말라 한 것을 잊었소."

하며 사과하고는 곧 다시 웃는 낯으로 바꾸었다. 부인이 소대일자에게 말하기로,

"어찌 오늘은 아침이 다 밝도록 일을 하다 오시오? 눈이 아프

고 잠이 오는 것이 심하지 않으시오?"

하였다. 소대일자가 부인에게 물었다.

"밤새 나와서 기다린 것이오?"

부인이 답하기를,

"저는 추울 때마다 방 안에 들어가서 몸이라도 녹일 수 있겠지만, 택상석 위에 앉아 바람을 맞으며 밤새 하늘을 보는 공께서는 얼마나 더 추우셨겠소."

하였다.

그때, 소대일자의 뒤에서 인기척이 들렸으니, 바로 중대일자였다. 중대일자가 나타나니, 길 한켠에서 중대일자의 부인이 나타났다. 중대일자의 부인이 나타나자, 소대일자의 부인은 몸을 숙이더니 한쪽 무릎을 꿇어 땅에 끌면서 고개를 푹 숙였다.

소대일자가 보니, 중대일자의 부인은 중대일자보다도 더욱더 나이가 어려, 차라리 소녀와 같은 기색이 있었다. 중대일자가 그 부인에게 말했다.

"오늘 국상의 뜻을 받들어야 한다는 자들이 너무나 얼토당토 않은 일을 내세우므로, 혹시나 다른 방도가 있을까 하여 궁리하느라 밤을 새우다 들어왔소."

그리고 중대일자와 그 부인이 다 들어가고 난 다음에야, 소대일자의 부인은 자리에서 일어났다. 그러자 소대일자가 부인에게 물었다.

"비록 저자가 나보다 높은 중대일자이기는 하나, 그대와 내가 모두 저자와 저자의 부인보다 나이가 많고, 또한 내가 저자보다

일자가 된 지 오래되었소. 어찌 그대는 저자의 부인 따위를 두려워하며, 그와 같이 무릎을 꿇어 옥저에서 온 종 같이 인사하였소?"

그러자 부인이 답하기를,

"나는 본시 미천한 출신이라, 자리가 높아지기 전에는 이와 같이 할 수밖에 없소."

하였다. 그러자, 소대일자가 아직 술이 덜 깨었으므로, 하늘을 보고 욕을 하였다.

"저자는 어린 나이에 중대일자가 되어 매양 나이가 들어서도 소대일자에 머물러 있는 나를 마치 쏟아지는 폭포가 말발굽에 튀는 구정물을 생각하듯 하니, 내가 저자를 예로부터 미워하였다."

부인이 소대일자를 달래며 말하였다.

"그러나 저자와 같이 인물이 좋으면, 주위에 사모하는 여자들이 많으니 부인이 애가 끓을 것이오. 부러워할 것이 없소."

그 말을 들으니, 소대일자는 또한 중대일자는 인물이 좋은데 자신은 인물이 좋지 않다는 말인가 싶기도 하고, 또 한편으로는 무희의 일이 떠오르기도 하여, 갑자기 온갖 이상한 생각이 몰려와 아무 말도 못하고 가만히 길을 걸어갔다. 갑자기 말이 없어진 채 고요히 한참을 걸어가고 있으니, 조용한 가운데 부인이 한숨을 쉬고는 들릴 듯 말 듯이 말하였다.

"어릴 적에 산속에서 한 사람이 하는 말을 들었는데, 사람이 귀하게 여기는 것이 셋이 있으니, 하나는 좋은 짝이요, 또 하나는 재물이요, 다른 하나는 높은 자리라 하였던 것을 기억하오.

그런데, 내가 산속에서 살며 얼굴에 흙먼지가 묻고 손마디로 나무뿌리만 만지던 사람으로, 공과 같이 별의 역수歷數를 따져 밝히는 분을 만나, 지금껏 이처럼 잘 지내고 있으니, 좋은 짝은 하늘이 도와준 까닭으로 오래전에 이미 벌써 구했다 할 것이오.

또한, 많은 재물을 쓰지 않고 모으고 아끼며 살아왔으니, 어느새 궤짝 안에 금과 은으로 빚은 황금천, 백은천이 있으므로, 비록 수정으로 성을 쌓을 만한 재물은 아닐지언정, 내 살면서 넉넉히 여길 만한 재물도 구했다고 할 것이오.

다만, 아직도 여전히 그저 이 사람, 저 사람이라 불릴 뿐이니, 그것이 내 큰 아쉬움이오. 비록 형兄의 자리에 오른 사람의 부인으로 받들어지는 것은 까마득하여 바라보지도 못할 것이나, 다만 까불거리며 노는 심부름하는 아이 따위가 '대부인大夫人'이라고 부르는 사람이 한번 되어보았으면, 그만하면 내 무슨 더 부러울 것이 있겠소?"

소대일자가 그 말이 들렸으므로, 문득 돌아보았다. 그러자 부인이 고개를 숙이며 말하였다.

"일전에 지진이 일어나고 얼마 지나지 않아 공께서 아침에 집을 나서면서, 저에게 탓하기를, 지체를 탐내는 것이 아니냐고 하였소. 내가 그날 아니라 하며 미안하다고 빌었는데, 사실 그날 그토록 미안해한 까닭인즉슨, 높은 자리를 탐내는 것이 사실은 내 참마음이었기 때문이오.

이제 공께서도 일자의 일을 하면서 벌써 지나간 햇수가 넉넉한데, 아직도 거느리는 사람이 없고 받들어주는 사람이 없으니 내가 아쉬워 그날 공에게 그만 그와 같은 말을 하며 어리광을 부린 것이오. 내가 자리를 탐내는 것이 이와 같이 나쁜 버릇으로 가시지를 않고 있으니, 그날 공에게 그와 같이 투정 부린 것은 참으로 잘못이오."

소대일자가 부인의 얼굴을 쳐다보니, 이른 아침빛이 밝지 않아 잘 보이지는 않았으나, 그 눈에 눈물이 있는 것 같았다.

六.

이튿날 채 술이 깨지 않고, 잠이 깨지 않은 채로, 소대일자는 일자들과 사자들이 모인 곳에 나아갔다. 중대일자가 사자들 앞에 나아가 앉아 있었다. 중대일자는 밤새 잠을 이루지 못하였는지 눈에 핏발이 가득하였다. 중대일자가 말하였다.

"사자께 중대일자가 마지막으로 아룁니다. 제가 비록 별을 보는 일만 알기에 국상의 뜻은 알지 못합니다. 그러나 지진이 난 곳에서 술을 마시게 하고 춤을 추게 하여 지진을 쫓는다는 말은 아무래도 알지 못하겠습니다.

또한, 제가 어제 밤새 살펴보니, 달탄의 사람들에게 술을 돌리고, 춤추는 사람들을 풀어놓게 하려면 재물이 매우 많이 필요합니다. 지금껏 산사태를 막고, 먹을 것을 사기 위해 모아놓은 재물을 모두 쓴다고 하여도 모자라니, 이는 할 수 없는 일입니다. 부디 멈추어주십시오."

그러자 사자가 걱정하였다.

"백성의 마음에 모든 것이 달려 있다 하는 것이 국상의 뜻이며, 이러니 백성이 즐거워하면 지진도 물러간다는 것이 당연한 이치라는데 그것이 무엇이 어려운가? 그것은 너무도 분명하여 어려울 것이 없으나, 재물이 부족하다면 일을 벌일 수가 없으니, 그것은 과연 큰일이다. 그렇다면, 곧 옛 방책으로 돌아갈 것을 생각해 봐야 할 것인가?"

사자가 근심하여 좌우를 둘러보며 속삭였다. 소대일자는 중대일자를 한 번 노려보더니, 갑자기 중대일자를 꾸짖듯이 말하였다.

"공께서는 국상의 뜻을 모르십니까? 어찌 이 중요한 일을 그르치려 하십니까.

재물이 부족하다 하시면, 저에게 좋은 수가 있습니다. 수인즉슨, 이러합니다. 지진이 일어나면 잠자다가 사람이 깔리지 않도록 꽹과리를 쳐서 깨우기 위하여, 달탄 사람들에게 꽹과리를 나누어 준 적이 있습니다. 이제 지진을 쫓아버리면, 꽹과리가 필요 없지 않겠습니까?

하오니, 그 사람들에게 다시 꽹과리를 걷어 온 뒤에, 그 꽹과리를 팔아서 부족한 재물을 마련하면 될 것입니다."

그 말을 듣고, 사자들이 감탄하였다.

"과연 좋은 방책이다. 백성이 즐거워하여 지진이 사라지면, 꽹과리가 다 무슨 필요겠는가?"

그러나 중대일자는 지지 않고 따졌다.

"그러나 꽹과리의 값으로도 충분하지는 못할 것입니다."

소대일자는 잠시 골똘히 생각하였다. 그러더니 소대일자가 답을 말하였다.

"하오면, 사자들께서 가져오신 국상의 깃발을 높이 걸고, 부유한 자들의 집을 돌아다니시면서 재물을 주고 싶은 만큼 주라고 하면 될 것입니다. 국상의 깃발을 앞세우면, 요즘과 같은 때에 제 몸을 아끼는 부유한 자로 겁을 먹는 자가 많을 것이니, 반드시 재물을 모으기 어렵지 않을 것입니다."

다시 중대일자가 소리를 높여 따졌다.

"사자께 중대일자가 다시 아룁니다. 재물을 써서 국상의 뜻대로 지진을 막으려 할 수도 있고, 그렇게 하는 것이 옳을 수도 있다고는 하나, 지진을 막는다는 것은 쉬운 일이 아닙니다. 오직 그 한 가지 방책으로 모든 것을 막을 수 있을 리가 있겠습니까.

제가 알기로 국상이 보내는 차주부는 높은 자리의 현명한 분이라고 들었습니다. 이제 지금 쓰려는 방책은 어제 오늘 사이에 새롭게 만든 것입니다. 그런즉, 만약 그분이 우리가 쓰는 다만 한 가지 방책을 크게 믿지 못하면, 우리는 어찌하겠습니까? 지난날 지진을 맞히지 못한 죄와, 앞으로 지진을 대비할 방법을 찾지 못한 죄에 대하여 오직 한 가지 대답만 마련해놓는 것이 위험하지 않다 할 수 있겠습니까?"

이번에는 틈도 주지 않고 소대일자가 바로 뒤따라 말하였다.

"하오니, 저에게 또다시 계책이 있습니다.

우리들은 크게는 일대의 천문과 역수를 따지고, 작게는 달탄의 지진을 다루기 때문에, 수천, 수만의 사람과 수백 리의 땅덩어리, 수십의 산과 강이 우리 손에 달려 있습니다.

그러나, 우리를 다스리는 사람은 누구인가 하니, 오직 차주부 한 분뿐이십니다. 그러므로 수천 수만의 일을 다루는 것이라 하지만, 사실 차주부 한 분만 잘 움직일 수 있다 하면, 우리는 아무 걱정이 없는 것입니다.

때문에, 우리는 적당히 정성을 들여 차주부 어른께 대접을 극진히 하여야 합니다. 좋은 음식을 바치고, 호사스러운 자리를 마련해 주무시게 하면서, 저희 잘못을 용서해줄 것을 빌고, 앞으로 나아갈 길을 찾아줄 것을 도와달라고 또 빌면, 어찌 틀림이 있겠습니까?

춤을 추는 여자 또한 수백의 사람 사이에서 몸을 움직일 때에 모든 사람의 눈길을 다 보는 것이 아니라, 그중에 눈이 마주친 하나 둘의 사람과 마음을 맞추고 애틋함을 통하여, 뜻을 이루는 것입니다. 바로 많은 정성을 기울여 차주부를 대접하며 빌고 또 비는 것이야말로, 한두 사람을 움직여, 여러 사람의 일을 구하는 계책이 아니겠습니까?

사람들이 모르는 것이 있으니 바로, 일자라 하더라도 별을 보는 것이 전부가 아니라 사람의 마음을 다루는 것을 알아야 한다는 것입니다. 우리가 재물을 아까워하지 않고 정성을 다하여 차주부의 마음을 움직이려 한다면 반드시 이룰 수 있을 것입니다. 우리는 곧 차주부가 오시면 차주부를 군후와 같이 극히 높게 모시도록 해야 할 것입니다."

소대일자가 말을 마치자, 소대일자 스스로도 자기 말에 뿌듯해 하였다. 사자들 역시 감탄을 거듭하였다. 이윽고, 세 사자들이 서로 속삭이며 의논하더니, 좌중을 향하여 말하였다.

"지금 이 소대일자는 국상의 뜻을 높이 받들어, 백성의 마음을 움직여 지진을 물리친다는 대단한 방책을 만들었으며, 또한 기이한 술수로 많은 어려움을 풀었습니다. 이와 같이 큰 공을 세운 사람에게 어찌 상이 없을 수 있겠습니까?"

그리고 한 사자가 소대일자를 향하여 물었다.

"소대일자는 마음을 정하는 대로 말을 하시오. 그대가 바라는 것이 황금이면 수 근을 갖게 해주거니와, 자리를 바란다면, 마침 흉흉한 소리를 하며 스스로 자리를 박차고 나간 일자소형의 자리가 비었으니, 그대는 일자소형이 될 수도 있을 것이오."

소대일자는 크게 놀라서 엎드려 절을 하며,

"국상 겸 대주부께 감사하며, 사자께 감사드립니다."

하였다.

사자들이 나가자, 일자대형이 굳은 얼굴로 좌중을 향해 물었다.

"달탄에 가서 꽹과리를 다시 걷어 와야 하는데, 누가 가겠는가?"

몇몇 일자들이 소대일자를 힐끗힐끗 보았다. 그러자, 중대일자가 나서서 말했다.

"제가 집에 있는 수레를 갖고 가겠습니다. 술판과 춤판으로 없애버릴 재물이니, 무엇인가 조금이라도 남으려거든 팔아버리는 꽹과리 값이라도 제대로 받아야 하지 않겠습니까?"

중대일자는 화를 내며 자리에서 일어나 나갔다.

이윽고, 모든 일자들이 흩어질 때가 되자, 일자대형이 가만히 소대일자를 불렀다. 소대일자는 일자대형이 자신을 또 무슨 나쁜

말로 꾸짖을까 하여 걱정했다. 그러나 일자대형은 가만히 수염을 쓰다듬을 뿐으로, 화를 내지 않았다.

"이제, 그대가 한 말이 국상의 뜻과 같다 하여 지진을 다스리는 법으로 뽑히게 되었다. 언제까지가 될지는 모르겠으나, 한동안 그대의 말을 따라 세상에서 지진을 따질지도 모르니, 그대가 어찌 중한 책임을 맡았다 하지 않겠는가?

그러나 그대가 지금껏 일자라고 하면서, 별에 대해 아는 것이 많지 않으니, 내가 그것이 걱정이다. 비록 그대가 말한 지진에 대한 방책이 별이나 달이나 해와는 아무런 관계가 없으나, 또한 일자들 사이에서 이와 같이 큰일을 하려거든 아는 것이 없어서야 되겠는가.

하여, 내가 직접 그려놓은 지도와 직접 짜놓은 자를 주겠다. 이것은 내가 정밀히 만들어놓은 것이니, 사용하기가 편하고 따지기가 어렵지 않을 것이다. 부디 부지런히 익혀, 누가 새로 지진을 다스리는 법을 만든 사람이 누구인가 하고 찾아와 이런저런 일을 묻는다 하더라도 부끄럽지 않도록 하라."

일자대형은 그리 말하고 소대일자에게 석판 하나와 나무에 눈금이 이리저리 새겨진 자 하나를 주었다.

"대형께서 이와 같은 것을 직접 내리시는 것은 한 번도 보지 못했습니다. 어찌 감사를 드려야 하겠습니까."

소대일자가 감격하여 무릎을 꿇고 일자대형이 주는 것을 받아 들었다. 그러나 일자대형은 한숨을 한 번 푹 길게 쉬더니, 천천히 밖으로 걸어 나갔다.

소대일자는 느끼는 바가 있어서, 부지런히 석판에 새겨진 별과 해의 지도를 읽고, 자를 대어 보면서, 별을 보는 것을 익혔다. 그런데, 아무래도 워낙에 틀리는 일이 잦았던지라, 잘 알 수가 없었다. 자연히, 다른 생각을 하게 되었으니, 곧 사자들에게 황금을 상으로 달라고 할지, 일자소형의 자리를 상으로 달라고 할지 그것을 근심하게 되었다.

처음에는 일자소형의 자리를 상으로 달라고 할 생각이 먼저 들었다. 고민을 하고 있으니, 옥저 아이가 지나가며 묻기로,

"오늘 꽹과리를 가지러 중대일자께서 혼자 가셨으므로, 저는 일이 없어 기쁩니다. 그런데, 여느 때에 항상 즐거이 웃으시던 소대일자께서 오늘은 왜 이리 근심스러운 얼굴이십니까?"

하였다. 그러자, 소대일자는 이렇게 답하였다.

"사람이 이루어야 하는 것이 좋은 짝과, 많은 재물과, 높은 자리라고 하더라.

이제 좋은 짝을 이루었다고 생각하고 있으나 사실 여기저기 다니며 발을 옮기며 손을 휘젓는 맹수가 짝을 삼켰으며,

재물을 모아서 궤짝 속에 꼭꼭 숨겨놓았다고 생각하고 있으나, 사실 불도 때지 않는 솥 속에다가 집어넣어 다 태워 없애는 도적에게 모두 도둑맞아버렸다.

이제 이루지 못한 것이라고 생각하는 것이 하나 있어서 높은 자리인데, 오늘 이것 하나를 건져가야 하는 것이겠느냐?"

그리하여 소대일자가 생각해보니, 만약 일자소형의 자리에까지 오른다면, 자신과 부인이 굽신거렸던 중대일자보다도 훨씬 더

높은 자리였다. 뿐만 아니라, 일자대형의 바로 아래에 있는 자리였으니, 근방 일자들 사이에서는 부러울 것이 없었다. 과연, 부인이 높은 자리로는 아쉬울 것이 없다고 생각할 만하였다.

그러나, 해가 지고, 밤이 되어, 별이 뜨자, 또다시 소대일자의 생각은 바뀌기 시작하였다.

밤이 되자, 소대일자는 별을 보기 위해 배를 저어 연못 가운데에 있는 택상석에 가서 올라앉았다. 소대일자는 처음에는 부지런히 하늘 이곳저곳을 보았다. 그러나 호선무를 보러 가던 때에 이르게 되자, 소대일자는 자기도 모르게 흥얼흥얼 호선무의 음악 곡조를 떠올리기 시작하였다. 그러하니, 빙빙 돌며 빠르게 온몸을 움직이며 격하고 또한 급하게 춤을 추는 무희의 모습이 생생히 생각났다. 이내 하늘에 별이 하나둘 떠오르니, 밤하늘이 가득 무희의 몸동작처럼 보여서, 이 별과 저 별로 무희가 옮겨가며 움직이면서 춤을 추는 듯하였다.

소대일자는 듣는 사람도 없는데, 스스로 읊기를,

"그 몸이 움직이는 모습과, 그 얼굴이 방긋 웃는 모습과, 들으면 유쾌하게 웃을 수 있는 이야기를 하는 소리와, 또한 큼직큼직한 몸집이 멀리서부터 내가 허리를 굽혀야 할 만큼 귀하게 보이는 시원한 빛을 어찌 버리겠느냐? 그와 같이 아름다운 여인이 언제 또 있어서 이와 같이 나를 믿고 귀한 일자라 하며, 내가 조금만 성을 내어도 그때마다 애처롭게 슬퍼하고 안타까워하며, 매양 나를 따르겠는가?"

하였다.

그리하여, 자꾸 무희의 생각이 나기 시작하니, 무희와 함께 지냈던 밤들이 나날이 떠올랐으며, 또한 그때마다 반가워하던 마음과 애가 타던 마음이 속속들이 다시 샘솟았다. 이윽고 밤하늘 한 켠을 보니, 아무것도 없는 밤하늘의 별빛 한 사이로, 무희가 나타나 눈물을 뚝뚝 흘리면서 자신을 보고 싶어 하며 울고 있는 듯하였다.

"이제 나의 뜻대로 지진을 말하게 되지 않았는가? 비록 지금 내가 높은 자리에 오르지 못한다 한들, 국상의 뜻을 내가 말하고 있으니 자리가 높아지지 못하겠는가. 그러니 자리를 굳이 급하게 바랄 필요가 있겠는가?

그러나, 지금 내가 황금 몇 근을 얻어 무희를 내 곁에 들인다면, 낮과 밤을 가리지 않고 무희와 함께 있을 수 있지 않겠는가? 재물은 무엇에 쓰며, 높은 자리에 오른들 무슨 영화를 보겠는가. 무희가 지금도 애타게 나를 보고 싶어 하며 그리워하거늘, 어찌 그것을 그대로 이루어주지 못하겠는가."

곧 소대일자는 무희가 보고 싶은 마음이 가슴이 터지도록 일어나 견딜 수 없을 듯하였다.

"무희가 버릇이 그러하게 되어 비록 내가 답답할 때가 있다 하나, 본심은 오직 믿고 따르는 것이 나뿐이거늘, 어찌 그것을 모르고, 지진으로 집을 잃고 밤을 지새워 춤을 추어 끼니를 잇는 아이가 나에게만 기대고 있는 것을 실망시킨단 말인가?"

소대일자는 속이 뜨거워져서 길게 소리를 내며 자리에서 일어났다 앉았다 하였다.

그런데, 잠을 자러 들어가던 옥저 아이가 그 모습을 보고 우습다 생각하여, 소리 쳐서 물었다.

"일자대형께서 조금이라도 별 보는 것을 익히라 하였는데, 어찌 그와 같이 다른 생각에 빠지다 못하여 다른 생각 속에 가라앉아 계십니까?"

그러자 소대일자는 문득 갑자기 일어서서 하늘 한쪽을 보며 짐짓 아닌 척하며 소리쳤다.

"무슨 소리를 하느냐, 나는 별을 보는 일만 생각하고 있었다."

그리하여, 소대일자는 하늘 저 끝을 보며 유심히 별을 보는 흉내를 내었다. 그런데, 그때 소대일자는 갑자기 크게 깨닫는 것이 있었다. 소대일자는 깨달은 바에 놀라서 그만 중심을 잃고 기우뚱거리다가, 택상석에서 넘어져 연못에 빠져버렸다.

그 모습을 보고, 옥저 아이가 혀를 찼다.

"생각만 엉뚱한 것에 빠진 것이 아니라, 이제는 몸까지 엉뚱한 곳에 빠졌구나."

七.

소대일자는 연못물에서 빠져나오자마자, 급히 호선무를 보는 곳으로 달려갔다. 온몸이 물에 젖어 옷에서 물줄기가 줄줄 흘러내렸다. 그러나 소대일자는 갖가지 치솟아 오르는 생각에, 옷을 갈아입을 생각조차 하지 않고 달렸다.

소대일자가 호선무를 보는 곳에 와보니, 무희는 없었다. 그러나 다른 이들이 어지러이 춤을 추고 있었으며, 빠른 음악이 요란하게 울려 퍼지고 있었다. 이곳저곳을 둘러본즉, 한켠에 주인이 있었다. 주인은 한 자리에서 국과 술을 가져다 두고 먹는 중이었다. 소대일자는 주인 곁으로 성큼성큼 다가갔다.

주인이 소대일자를 알아보고 먼저 인사하였다.

"오늘은 무희가 공께서 서운한 말을 하셨다 하여 얼굴을 보기 괴롭다 하였습니다. 그런데, 공께서는 왜 이토록 온몸이 젖으셨습니까?"

소대일자는 그에는 답도 하지 않고, 성을 내며 소리쳤다.

"주인께서 저를 처음 본 날부터 말씀하시기로, 무희는 밤마다 제가 가르쳐준 무희의 별이 뜨고 지는 것을 보기 위하여 그때마다 밖에 나가 밤하늘을 본다고 하지 않았습니까?"

그러자 주인이 무엇인가 이상한 낌새를 느껴 목소리가 가늘어졌다. 그래도 주인은 여전히 웃음을 잃지 않고, 젖은 소대일자의 몸 곁으로 가까이 다가가 붙으려 하였다.

"그 말씀이 맞습니다. 무희가 공을 생각하는 진실한 마음이 그처럼 바뀌는 것이 없으며, 질박하여 도리어 맑은 것이 귀해 보이는 것이라 할 수 있겠습니다."

소대일자는 그 말을 듣고 잠시 말을 하지 않고, 노려보며 숨소리만 고르고 있었다. 소대일자가 다시 주인에게 외쳤다.

"그러나, 제가 무희에게 가르쳐준 별은 사실은 무희와는 아무 관계 없이 그냥 제 마음대로 고른 별입니다. 그러니 그 별은 제가 잘 아는 별인즉, 바로 북극성입니다. 제가 별을 보는 일자라 하면서, 옷이라 하면서 걸레라고 하고, 무기라고 하면서 바늘이라고 하는 것과 비슷하다 합니다만, 그래도 북극성을 모르겠습니까?

북극성은 하늘 가운데에서 움직이지 않는 별이니, 때가 가고 밤이 가고 달이 간다 한들, 한 자리에 그대로 있을 뿐입니다. 그런데, 어찌 뜨고 지는 일이 있겠습니까?"

주인의 얼굴에서 웃음이 없어지더니, 곧 표정이 굳어졌다. 소대일자가 말을 다시 계속하였다.

"그런데, 주인께서는 무희가 제가 가르쳐준 별이 뜨고 지는 것을 보며 좋아한다 하였으니, 이는 있지 않은 일을 지어낸 거짓말입니다. 그러니 주인과 무희가 함께 짜고 저를 혹하게 하려고 지어낸 것이 아닙니까? 그리하여, 무희가 저에게 기대어 이런저런 것을 얻어가게 하고, 매양 이곳에 찾아와 많은 재물을 쓰게 하려고 같이 속인 것 아닙니까?

무희가 이곳에서 항상 덧소매를 사고 장신구를 사고 옷을 산 것이 그토록 비싼 까닭은 그 값을 주인과 무희가 뒤에서 함께 나누어 쌓아놓기 때문이 아닙니까? 무희가 몰래 말장수 소장수 개장수 돼지장수 양장수 새장수 뱀장수를 만날 때에 바로 그대와 함께 짜고 거짓말을 맞추어 나를 속인 것 아닙니까?"

주인이 머뭇거리며 물러나려 하자, 소대일자는 곧 국그릇과 술이 놓여 있는 상을 들어 엎어버렸다. 상이 엎어지면서 큰 소리가 났다. 그러자 사람들이 모두 쳐다보았으며, 춤을 추는 사람 중에는 소리를 지르며 도망치는 사람도 있었다.

음악 소리가 멈추고, 사람들의 눈길이 향하자, 온몸이 젖어 물을 뚝뚝 흘리던 소대일자가 갑자기 크게 웃으며 말하였다.

"옛날 산상태후山上太后가 태자를 미워할 때 국을 엎어버린 일이 있었던 후에, 사람들이 매양 울분이 쌓이고 속이 터지면 엎어버린다, 엎어버린다 하더니만, 과연 이렇게 확 엎어버리니 기분이 가히 통쾌하구나."

그때 두 사나이가 나타나 소대일자의 양팔을 붙잡았다. 소대일자는 그것을 뿌리치려 하였으나, 자세히 보니 한 사나이의 소매 안에 조그마한 쇠뇌 장치가 있어서 작은 화살을 발사할 수 있도록 되어 있었다. 그 사나이가 소매를 가까이 하여 소대일자의 가슴팍을 향해 화살촉을 가까이 대었다. 그러자 소대일자가 겁을 먹고 움직이는 것을 멈추었다.

두 사나이는 소대일자를 끌고 나가서 행인들이 보이지 않는 달탄의 외지고 깊숙한 곳까지 데리고 갔다. 작은 집들이 어지러이 모여 있고, 걸인과 불치병에 걸린 자들이 보는 이 없이 죽어가는 으슥한 곳이었으니, 만약 두 사나이가 소대일자를 죽인다 하여도 눈에 뜨이지 않고 알려질 길이 없는 곳이었다.

소대일자가 가만히 보니, 두 사나이는 처음 소대일자가 호선무를 보러 왔을 때, 소대일자 양옆에 앉았던 사람들이었다. 소대일자가 알아보고 다급히 말하기를,

"그대들은 나와 옆에 앉아 춤을 보았던 분들이 아니오? 나는 도적이 아니라 그대와 같은 처지로 주인에게 속은 사람이오. 그러니, 그대들은 나를 해하지 말고 주인을 탓해야 하오."

하였다. 그랬더니, 두 사나이들이 낄낄거리며 웃었다.

"이자는 일자로서 꽹과리를 지고 다니는 심부름이나 한다 하더니, 과연 바보가 아닌가? 우리야말로 주인의 부하이다.

처음 호선무를 보러 온 사람은 솥 안에 춤값을 조금만 낼지도 모르기 때문에 우리가 그 곁에서 먼저 많은 재물을 듬뿍 집어넣는 것이다. 그러면 처음 온 사람은 눈치를 보다가 우리가 낸 만큼 내게 되는데, 그를 위하여 주인이 우리에게 재물을 주고, 항상 처음 찾아온 사람만 골라서 그 곁에서 춤값을 크게 던져놓도록 우리에게 시키는 것이다."

소대일자가 그 말을 듣고 분하여 바둥거렸다. 그러자 사나이가 소매에 숨긴 쇠뇌를 겨누었다.

그런데 그때 마침 갑자기 울부짖는 듯한 이상한 사람 소리가 잔뜩 들려오더니, 곧이어 사람들이 여럿 몰려들었다. 더러운 옷을 입은 남녀 수십이 있었는데, 이들은 짐승 잡는 활과 낫, 몽둥이 따위를 들고 있었다. 그중 하나가 말하였다.

"우리는 가한신의 비기를 기록해 놓은 책을 믿고 따르나니, 이제 세상은 곧 없어질 것이다. 우리가 먹고 즐길 재물을 다 쓰고 이제 이러한 방법으로 너희들의 재물을 빼앗아 더 즐기려고 한다. 그런즉 너희들은 너무 아쉬워하지 말거라. 어차피 세상이 없어질 때 없어질 것들이 조금 더 빨리 없어진다 생각하면 되지 않겠는가?"

이들은 그러고는 소대일자와 소대일자를 붙들고 있던 사나이 둘을 일제히 때리기 시작하였다.

마침내 소대일자는 갖고 있던 모든 재물을 다 빼앗기고 신발과 머리에 쓴 관까지 빼앗겼으며, 온몸에 피멍이 든 채로 뒹굴고 있게 되었다. 또, 소대일자를 붙들고 있던 두 사나이는 좀 더 많은 재물을 들고 있었으며, 수박치기 솜씨를 쓰고, 쇠뇌를 사용하여 싸우려 하였으므로 더욱더 많이 두들겨 맞았다. 소대일자는 좀 덜 맞은 덕분에 먼저 깨어났으므로, 급히 일어나 덜덜 떨면서 맨발로 뛰어 허겁지겁 좌영성실로 뛰어 들어갔다.

소대일자는 자고 있는 옥저 아이를 깨워,

"너는 혹시 제사를 지낼 때 입는 옷과 모자를 둔 것이 있느냐?"

하고 물었다. 옥저 아이가 온몸을 다친 소대일자의 몰골을 보고 깜짝 놀랐다.

"갖은 많은 일을 겪는 분인지 알고는 있었습니다마는, 이것은 또 무슨 일입니까? 오랜만에 보시지도 않은 별을 보라 하였다고 별에 사는 황룡을 만나기라도 하신 것입니까?"

옥저 아이는 그렇게 말하고는 급히 옷을 내어 왔다. 소대일자는 마침내 힘이 다하였으므로, 물을 마시며 쉬면서, 옥저 아이가 쉬는 머슴과 일꾼들의 자리에서 날이 밝도록 졸고 있다가, 날이 샐 때가 되어서야 집에 돌아갔다.

아침이 밝아오자, 소대일자는 곧 사자들을 찾아가 인사를 올렸다. 사자들이 물었다.

"그대는 그대가 받고 싶은 상을 정했느냐?"

소대일자는 망설임 없이 답하였다.

"저는 일자소형의 자리에 오르기를 원합니다."

그러자, 한 사자가 지도를 살펴보고는 말하였다.

"그렇다면, 그대는 그대가 밝히고 따졌던 달탄 땅을 다스리는 일자로서, 일자소형의 자리를 맡도록 하라."

소대일자가 다시 한 번 절을 올리며 감사하였다.

"국상 겸 대주부께 감사하며, 사자께 감사드립니다."

소대일자는 자리에서 물러나게 되자, 곧바로 다른 모든 일을 젖혀두고 집으로 달려갔다. 집에 달려가는 길에 보니, 옥저 아이가 차주부를 맞을 채비를 하느라 길에 난 잡초를 뽑고 있었다. 소대일자는 옥저 아이에게,

"나와 같이 잠깐 집에 가자."

하고는 옥저 아이를 데리고 집으로 갔다.

집에 가보니, 부인이 이제 텅 비어 있는 궤짝 위에 아무것도 모른 채 꼼짝 않고 그대로 올라앉아서는, 예전에 자신이 뿌리칠 때 뜯어졌던 옷을 꿰매고 있었다. 부인이 갑자기 다시 돌아온 소대일자를 보고 깜짝 놀라 물었다.

"공께서 새벽에 돌아올 때에 내 자세히 묻지는 못하였으나, 옷차림이 어제와 달랐으며 얼굴과 손등에 상처가 보였으므로 걱정이 많았소. 이것이 도대체 무슨 일이오? 설혹 무슨 큰일을 당하신 것이 아니오?"

허약하고 파리한 부인의 얼굴이 하얗게 질리자, 소대일자는 싱긋이 웃었다. 부인이 영문을 몰라 이리저리 살피는데, 옆에 있는 옥저 아이가 부인을 보고 인사를 하였다.

"대부인, 잘 주무셨습니까?"

부인이 대부인이라는 말을 듣고 어리둥절하여, 잠시 소대일자의 얼굴을 보더니, 곧 얼굴이 환하여 기뻐하였다. 소대일자가 부인에게 말하였다.

"내가 공을 세워 자리가 높아졌으니, 이제 저 중대일자의 부인이라 하는 어린아이에게 허리 숙일 필요가 없소."

부인이 물었다.

"하오면, 공께서 태대일자가 된 것이오?"

소대일자가 고개를 저으며 웃었다.

"그것이 아니라, 달탄 땅의 별과 해와 달에 대해 모두 다스리는 일자소형이 되었소."

그러자, 부인이 크게 감탄하더니, 곧 소대일자를 두 팔로 안고는 말없이 한참 있었다. 그리고 울먹이는 소리를 내었다. 부인이 소대일자에게 하는 말이,

"일전에 공께서 인삼을 구해 오라 하였을 때, 내가 오랜만에 내 아비와 어미를 보러 산에 갔소. 그랬더니 두 사람이 늙도록 산에만 있어 가난한 몰골이 더욱 보기 측은하였소.

아비가 캐어놓은 인삼이 있기는 하였으나, 그것을 주는 것을 어미가 말렸소. 그러면서 하는 말이, 두 사람이 이미 늙었으므로 산에서 풀뿌리를 캐어 먹고 사는 것이 힘든지라, 만일 둘 중에 한 사람이 병들어 눕기라도 하면, 그 인삼을 팔아서 죽이라도 쑤어 끼니라도 이어야 한다는 것이었소.

그러나, 내 아비가 말하기로, 우리는 깊은 산속에서 흙을 파며 뿌리나 뒤지는 사람이니 개미의 무리와 다를 바가 없고, 사위인

공께서는 하늘을 보며 이치를 따지는 사람이니 용과 같다 하였으므로, 딸이 그대에게 있는 것이 다만 복인 줄 알고, 인삼이라 한즉 겨우 풀뿌리이니, 이런 것을 아까워하지 말라 하였소.

내가 그때 인삼을 얻어 올 때에, 비록 공께 드리러 얻어 온다고는 하나, 눈물짓는 내 어미의 얼굴을 보고 마음이 슬픈 것을 지울 수가 없었소. 그러나 그때 그 인삼을 드시고, 공께서 기운을 얻어 밤하늘을 잘 보시고, 일을 또 잘하시어 이와 같은 큰일을 하셨으니, 이제, 어미와 아비가 힘들여 캔 인삼이 보람이 있으므로 나는 효도를 하였소."

하였다.

부인이 눈물을 흘리며 하는 그 말을 듣자, 소대일자는 갑자기 속아서 없애고 날려버린 이런저런 것들이 온통 북받쳐 오르고, 스스로 지은 죄들이 겹겹이 가슴속에 차올라, 통곡을 하고 말았다.

소대일자가 울며 부인을 당겨 안으니, 마른 부인의 등이 손에 잡히어 그 등과 어깻죽지의 뼈가 마디마디 와 닿았다. 소대일자가 부인에게 입을 맞추고 또 작은 체구인 부인의 얼굴을 가슴에 묻기를 반복하며 말하기를,

"비록 가난한 곳이나, 또한 한 무리를 이루고 있는 달탄의 기운을 이제부터 내가 모두 살펴볼 것이오.

다른 사람들은 장가를 들면 데릴사위로 살며 아내를 데려오는 값을 치르고 혼인을 한다 하나, 나는 산에서 부인을 데려올 때 일자라 하는 좋은 이름만 가지고 그저 손목을 잡고 이끌어, 시정 장사꾼 소리와 담 너머 개 떼 소리가 시끄러운 곳으로 부인을 데려

오게 되었소.

이제 곧 국상의 차주부가 찾아와 마지막으로 판결을 내릴 터인데, 지난 지진을 맞히지 못한 죄가 조금은 남을 것이니 분명히 힘겨운 일이 없지는 않을 것이오. 그러나, 내 이제부터 나날이 밤을 새우고, 목이 꺾이도록 하늘을 본다 한들, 어찌 달탄을 맡은 일자소형으로서 맡은 바를 다하도록 배우고 익히는 데 게을리 함이 있겠소."

하였다.

얼마 후, 국상이 보낸 차주부는 여러 사람이 기대하던 바와 같이 화려하고 장대하게 꾸미고 나타났다. 차주부가 말에서 내리려고 하자, 좌영성실에서는 극진히 대접하기 위하여, 특별히 고용한 아름다운 여자를 보냈다. 여자는 차주부의 말 아래에 엎드려서 차주부가 그 몸을 밟고 땅에 내려설 수 있도록 하였다.

"이렇게 하도록 이미 정해졌으니 어쩔 수 없는 것이다."

일자대형은 괴로워하면서도, 사자들과 함께 차주부를 호사스럽게 대접하기로 약속하였으므로 그렇게 말하였다. 그리하여, 일자대형은 차주부의 곁을 하인처럼 지키면서 시중들었고, 차주부가 그가 구할 수 있는 가장 좋은 고기를 먹고 가장 좋은 술을 마실 수 있도록 하였다.

첫째 날이 그와 같이 놀면서 지나갔다. 둘째 날 아침에 차주부가 웃으면서 말하였다.

"잠자리에 그와 같은 것이 있는 줄은 몰랐습니다."

차주부를 화려하게 대접하기 위하여 귀한 잠자리를 베풀고자,

아름다운 유녀遊女들을 몇 명 구하여, 차주부가 잘 때 바닥 대신에 사람을 깔고 자도록 나란히 눕혀놓은 것이다. 일자대형은 떨떠름한 표정이었으나, 애써 웃으며 말하기를,

"그것은 두로杜魯의 반정이 일어나기 전에는 사치스러운 잠자리를 꾸밀 때에 많이 쓰던 것입니다."

하였다.

둘째 날, 일자대형은 차주부에게 지진에 대해 이런저런 학문을 설명하였다. 일자대형은 예전의 일들이 어떻게 틀렸는지 설명한 후에, 옛 소대일자가 말한 바에 따라,

"이와 같이 이제 국상의 뜻과 같이 백성의 마음에 모든 것이 달려 있다 하는 말이 옳다고 여기게 되었습니다. 그러므로, 백성의 마음이 기쁘면 지진도 없고, 백성이 마음이 슬프면 지진이 있는 것입니다."

하였다. 일자대형은 성심을 다해 자세히 말을 한 뒤에 가만히 차주부의 눈치를 살폈다. 그러나 차주부는 그 말이 듣기 좋은지 나쁜지 기색을 알 수 없이, 그저 표정 없는 얼굴로 고개를 끄덕일 뿐이었다.

이윽고 밤이 되자, 차주부와 일자대형은 지진으로 많은 일을 당한 달탄에 가보게 되었다. 달탄에 가보니, 과연 온통 사람들에게 술을 나누어 주고, 춤추는 사람들을 이곳저곳에 풀어놓아서, 무너진 집과 불타는 연기 사이로 사람들이 마구 웃으며 정신없이 춤을 추고 있었다. 이는 국상의 깃발을 앞세워 부유한 집에서 재물을 거두어서 술과 음식을 사고, 가난한 사람들에게 밤새 술을

마시고 노래하며 춤을 추지 않으면 음식을 주지 않겠다고 으름장을 놓아 그렇게 억지로 웃고 좋아하도록 꾸민 것이었다.

그리하여, 그중에는 쓰러져 죽은 시체 사이에서 술을 마시며 춤을 추는 자도 있었고, 아파서 쓰러져 울다가도 억지로 웃으면서 노래하는 자도 있었으며, 술에 취해 비틀거리며 걷다가 지진으로 무너진 길과 집을 잘못 디뎌서 구르고 넘어지는 자들이 끝없이 많았고, 한편으로 춤꾼들이 흥에 겨워, 넘어진 사람의 더미와 쌓여 있는 옷가지와 가축 위로 뛰어 올라갔다 내려갔다 하는 등, 그 모습이 멀리서 보니 극히 괴이하였다.

그 모습을 보며, 일자대형이 차주부에게 설명하였다.

"이곳은 곧 지진이 일어났던 곳으로, 지진이 한 번 일어난 곳은 지진이 뒤따라 일어나기 쉬우며, 이곳은 집이 약하고 산사태가 많은 곳이므로, 지진의 위험이 큰 곳입니다.

때문에 이와 같이 국상의 뜻에 따라 백성의 마음이 즐거우면 지진도 없어진다는 것을 이용하여, 백성의 마음을 즐겁게 하여 지진을 없애고 있는 것입니다."

그러자 차주부는 깊게 관심을 갖고 그 말을 곰곰이 새겨들었다. 그리고 달탄 사람들의 그 모습을 보면서,

"참으로 장한 광경이오."

하였다.

이때 달탄 사람들이 밤새 춤을 추며 부른 노래 중에 한 가지 알려진 것이 있으니, 다음과 같다. 이 노래는 떠나려던 가면놀이 하는 사람들이 부여로 가다가 달탄에 머무를 때에 부른 것이라고

도 하고, 혹은 신라국의 입호무하는 재주꾼이 신라의 항아리 속
으로 들어가서 달탄에 있는 한 항아리로 튀어나와 부른 노래라고
도 한다.

사람이 죽었는데 나는 춤을 추고 있고,
집이 무너졌는데 그대는 노래를 부르며,
굶고 있는데 우리는 술만 퍼마시고 있구나

가난한 이들은 웃으며 뛰어 나와 놀고 있고,
부유한 이들은 욕하며 들어앉아 있으니

가한신의 비기가 적혀 있다는 책에
땅이 뒤집히고 하늘이 엎어진다 했다던데

이제 보니, 오늘 밤에 벌써 그렇게 된 것 아니던가?

다음 날이 밝아, 차주부는 모든 일을 마치고 이제 판결을 남기
고 다시 도성 안으로 돌아갈 때가 되었다. 일자대형이 돌아갈 채
비를 마친 차주부 앞에 바짝 다가가 무릎을 꿇고 간곡하게 말하
였다.

"저희가 비록 재주가 많지는 않으나, 여러 일자들이 온 힘을 다
하여 그저 애쓰고 있습니다. 부디 저희를 불쌍하게 여기시고 도
와주십시오. 여기에 있는 많은 일자들은 오직 이것이 일이니, 이

제 좌영성실이 없어지게 되면, 하늘을 본다 하는 일자에서, 땅바닥을 기는 걸인이 되어야 합니다."

그러자, 차주부가 웃으면서 일자대형의 손을 붙잡았다.

"융숭한 대접을 받았고, 잘 쌓아놓은 학문도 잘 들었소이다. 또한 앞으로 지진을 준비한 것도 이와 같이 튼튼하니 어찌 큰일이 있겠소이까. 걱정 마시오. 좌영성실은 아무 문제 없이 있을 것이오.

다만, 저 역시도 이번에 지진이 일어나 여러 사람이 죽은 것을 맞히지 못한 죄를 책임진 사람은 누구라고 밝혀 국상께 아뢸 수는 있어야 하오. 그러니 그저 딱 한 사람의 죄만을 묻고 덮으려 하오. 무엇보다 사람이 많이 죽은 달탄 땅의 일을 책임질 사람이 있어야 하니, 달탄 땅의 일을 맡고 있는 자리가 있다면 그 자리에 있는 사람 한 사람만 처벌하여 죄를 묻도록 하겠소."

그리고 차주부는 떠나갔다.

이튿날, 철로 된 채찍과 도끼를 든 군사들이 나타나 옛 소대일자를 끌어냈다. 군사들이 말했다.

"그대는 달탄을 맡은 일자소형으로, 차주부께서 판결하셨으므로, 국상께서 벌을 내리실 것이니, 저희와 함께 가셔야 합니다."

그러자 옛 소대일자는 겁을 집어먹고 크게 놀라 군사들을 붙잡고 떨면서 물었다.

"벌을 내린다니, 그렇다면 저는 일자의 자리에서 쫓겨나는 것입니까?"

그러자, 군사들이 크게 웃고는,

"자리에서 쫓겨나다니 그것이 무슨 명절에 즐겁게 인사하는 것과 같은 소리입니까? 국상께서 벌을 내리신다 하였으니, 그대는 아마 목이 잘리거나, 혹은 잘해야 노비가 될 것이오."

하였다. 옛 소대일자가 정신이 아득하여 멍하니 있었다. 군사들이 붙잡아서 기둥에 묶으려 하자, 그제야 갑자기 번쩍 마음이 치밀어 올라 다급하게 소리치기로,

"저는 억울합니다. 저는 억울합니다."

하였다. 그랬더니, 한 군사가 돌아서면서 중얼거리기를,

"엊그제 아침에 우리는 말안장 위에 엎어져 있는 한 아름다운 여자의 시체를 보러 가게 되었소. 그 여자가 국상이 옛날에 더불어 즐기던 미인美人이라는 말이 있소.

그 여자가 국상과는 어떠한지 모르겠으나, 그 여자를 살펴본즉, 혼인은 하지 않은 여자이며 홀로 사는 여자이나 또한 몰래 아이를 낳아 기르고 있었다 어떻다 하는 말이 있었소. 그러나 누가 왜 죽였는지도 모르고, 또한 살아 있을 때에 무엇으로 끼니를 잇고 무엇으로 좋은 옷을 입고 무엇으로 좋은 말을 타고 살았는지 모른다고 하오. 그러니 억울한 것이 어디 있겠소?"

하였다.

그 후, 옛 소대일자는 처분을 기다리며 갇혀 있었는데, 그러다가 다음 달인 경신庚申년(서기 300년) 음력 정월, 다시 달탄 땅에 지진이 일어났다. 세상이 모두 가소롭게 여기기 좋도록, 춤을 추고 노래한 것은 아무런 소용이 없음은 그때에도 알고 후세에도

잘 알 것이다.

옛 소대일자가 그 이후에 어떻게 되었는지에 대해서는 알려진 바가 없다. 그때의 지진으로, 갇힌 곳이 무너지는 바람에 깔려 죽었다는 이야기도 있고, 그 틈을 타서 부인이 이끄는 대로 도망쳐서 함께 깊은 산에 들어가서 풀뿌리를 캐면서 살았다는 이야기도 있다.

이 이야기는 옥저 아이가 나중에 사람들에게 들려주게 되어 전해진 것이다.

— 2010년 양천향교에서

주석

『삼국사기』에는 상부가 임금의 자리에 있던 292년에서 300년 사이에 총 세 번의 지진이 일어난 것이 기록되어 있다. 그러면서 "객성이 달을 범했다"라는 천문학적인 흉한 징조도 같이 나와 있다. 또 『삼국사기』에는 고구려에 "일자"라는 사람이 있어서 별을 보고 운이 좋은 일인지 나쁜 일인지 예측하는 일을 맡았다고 되어 있기도 하다.

그래서 당시 지진에 대한 이야기들을 일자들의 관점에서 엮어서 본 것이 이 이야기이다. 조선시대의 학자 이복휴는 저서 『해동악부』에 써놓은 시에서 당시의 자연재해에 대하여,

하늘이 어둡고 비가 내리지 않는 것은 누군가의 일을 알고 있는 것일지니

天陰不雨知爲誰

라고 다소 애매하게 시를 지어 읊었다. 그리고 뒤이어 평론을 덧붙이면서, 당시 임금이었던 상부의 폭정은 옳지 않았으며, 여기에 대해 반대하여 백성을 위한다는 명분을 내세우며 혁명을 일으키려고 했던 국상 창조리는 옳다고 주장했다. 다만, 국상 창조리의 혁명과 반란에도 문제점이 있어 완전히 칭송할 수는 없는 것이므로 수준은 낮다고 평가했다.

(이후의 주석에서 사진이나 그림자료는 수월하게 살펴볼 수 있도록, 〈동북아역사재단〉에서 공개한 『고구려의 문화와 사상』이라는 자료를 인용하였다.)

❖ 상부가 즉위한 지 8년이 지난 때의 겨울 12월, 지진이 일어난다. 이때 서울의 집들이나 대부분의 거물에는 별다른 피해가 없었으나, 빈민가의 부실한 집들이 무너져서 별 관심을 받지 못하는 서울 밖의 가난한 사람들만이 피해를 당하였다.

『삼국사기』에는 봉상왕의 본명이 상부로 기록되어 있다. 봉상왕 8년 12월 우뢰가 있고 지진이 있었다고 되어 있다. 한편 『삼국사기』 문자명왕 11년에는 지진이 일어나서 집이 무너지고 죽은 사람도 있었다고, 피해 상황도 구체적으로 기록되어 있다.

❖ 달탄達呑은 산골짜기에 있는 빈민가의 이름이다.

『고구려의 문화와 사상』에 실린 고구려의 단어 표기 방식을 보면, 달達이라는 표기는 산山이라는 뜻이며, 탄呑이라는 표기는 골짜기谷라는 뜻이다.

❖ 일자日者라고 불리는 사람들이 하늘의 별과 재해에 대해 살펴보는 사람들이다. 일자들은 무척 활발히 활동하며 사람들에게 널리 존경을 받는 사람들이다. 하지만 일자들은 도성 밖에서 작은 조직을 갖고, 정식 관료 조직과는 별개의 체계를 갖고 있으며, 대체로 중앙에서 파견하는 관리들에 비해서는 무척 낮은 대접을 받는 사람들이다.

『삼국사기』에는 차대왕 때의 기록에 '일자'라는 사람이 있어서 다섯 행성이 모이는 것을 보고 그것의 뜻을 해석하여 왕에게 보고하였다는 기록이 있다. 같은 일을 하는 사람을 백제에서는 '일관官'이라고 불렀다고 『삼국사기』에 기록되어 있다. 『고구려의 문화와 사상』에 실린 김일권 교수의 연구에 의하면, 고구려의 벽화에는 방대한 양의 정교한 천문도 자료가 나타나고 있으며, 이것은 비슷한 시기 주변의 다른 나라에 비해서도 그 양이 매우 풍성한 편이라고 한다. 반면, 일자라는 구체적인 명칭이나 설명이 문헌으로 나타난 경우는 차대왕 때, 단 한 번밖에 없다.

❖ 일자들은 "영성靈星"이라고 하면서 하늘의 별을 열심히 살펴보고 있다.
『삼국지』에는 고구려 사람들은 "영성"을 섬기는 제사를 지냈다는 기록이 있다.

❖ 일자들이 모여서 일하는 곳은 "좌영성실左靈星室"이다.
『삼국지』에는 고구려 사람들이 영성이나 귀신 등을 섬기는 제사를 지내기 위하여 실室을 각기 좌우左右에 건설하여 놓았다고 기록되어 있다.

❖ 일자의 직급으로는 각각 '태대' '중대' '소대' 등의 접두어와, '대형' '소형' 등의 접미어를 붙인 이름을 사용한다.
『삼국사기』에는 태대사자, 소사자, 대형, 소형 등의 고구려 관직 이름이 소개되어 있고, 덕흥리 고분 유적에 남아 있는 글씨에는 소대형 등의 관직 이름이 표시되어 있다.

❖ 당시 창조리는 유일무이한 국상 겸 대주부로 올라 있는 것으로 되어 있다.
『삼국사기』에는 창조리가 봉상왕 3년에 국상이 되었으며, 작위가 대주부로 올라가게 되었다고 기록되어 있다. 국상으로 대주부를 겸한 사례는 창조리가 유일하며, 기록되어 있는 대주부 역시 두 명밖에 없다.

❖ 국상은 당시의 시국이 무서워하고 두려워하고 닦고 돌이켜볼 때라고 하면서 공구수성恐懼修省할 때라는 이야기를 내세우고 있다.

『삼국사기』 봉상왕 9년에는, 창조리가 임금에게 요즘 시국을 일컬어, 공구수성恐懼修省할 때라는 이야기를 한다.

❖ 소대일자와 부인은 높은 값어치의 재물을 모아둘 때에 황금천이라는 것으로 바꾸어 숨겨두었다.

천釧은 팔찌라는 뜻으로 쓰이는 말이다. 『삼국사기』에는 온달열전에 나오는데, 고구려의 평강공주가 궁전에서 갖고 나온 천을 이용하여 살림살이를 모두 구입했다는 기록이 있다.

❖ 부인의 친정어머니, 아버지는 산속에서 풀뿌리를 캐는 사람으로, 가끔 인삼을 캐기도한다. 또한 다른 사람들도 모두 인삼은 귀하게 여기고 있다.

고구려의 「인삼찬人蔘讚」이라는 시에서는 인삼이 어떻게 생겼으며 어떻게 찾아서 캐낼 수 있는지 묘사하여 노래하고 있다.

❖ 좌영성실에서는 마구간과 건물이 분리되어 있고, 마구간이 무너져 안에 있던 소가 죽게 된다.

『동명왕편』에는 마한馬閑이라는 표현으로 마구간이 나타나며, 고구려의 여러 벽화에도 마구간이 별개의 건물로 묘사되어 있다.

❖ 일자들은 별을 관찰할 때에 물 한가운데에 있는 택상석이라는 돌로 된 곳에 앉은 채, 물에 비치는 닭은 모양을 보면서, 하늘을 보거나, 제사를 지내고, 여러 가지 신성하고 중요한 일을 한다.

『삼국사기』 유리명왕 21년의 기록에는 임금이, 땅 모양을 관찰하고 오는 길에 택상석(연못 가운데의 돌)에 앉아 있는 사람을 보는데, 이 앉아 있는 사람이 임금을 보고 임금을 향하여 신하가 되고 싶다고 말한다. 그러자 임금이 신하를 삼고, 위位라는 말을 성으로 내려주는 것으로 되어 있다. 『삼국사기』 산상왕 때의 이야기를 보면 '위'라는 말은 고구려 표기로 '서로 비슷하다'라는 뜻이다.

❖ 젊은 일자 한 명은 자신이 지진을 맞히지 못한 것에 대하여 책임을 지겠다고 한다. 그러면서 자신과 가족을 노비로 팔아서 그 재물로 사람들이 땅을 사서 생계를 잇도록 하겠다고 한다.

『북사』의 고구려 혼인제도에 대한 기록을 보면 고구려에서는 자식을 종으로 매매하는 것이 가능하며, 이것을 비참하게 여긴다고 생각한다는 것이 표현되어 있다.

❖ 일자들은 지진이 일어나는 것을 따질 때에, 기본적으로 동서남북의 방향으로 영성이라고 하는 주요한 별들의 균형과 위치를 따지면서 지진에 대해 살피는 이론 체계를 갖고 있다.

『고구려의 문화와 사상』에 실린 김일권 교수의 연구에 따르면, 고구려의 고분 벽화에 표현된 천문도는 동서남북 네 방향에 따라 별들을 관념적으로 엄격하게 분할하는 것이, 비슷한 시기 다른 나라의 천문 관념과 구분되는 강한 특색이라고 한다.

❖ 일자들은 지진에 대해 별을 보는 방법을 해석할 때에, 동서남북 방향을 바로 보는 방법과 반대로 보는 방법을 서로 바꾸어가면서 이론에 혼란이 있었다.

『고구려의 문화와 사상』에 실린 김일권 교수의 연구에 따르면, 고구려의 고분 벽화에 표현된 천문도는 그 역사 시기에 따라 동서남북 표현 방식이 완전히 반대로 뒤집히는 시기가 나타나는 경우가 있다.

❖ 일자들이 별과 지진에 대해 의논할 때에, 하늘을 다스리는 절대적인 존재로 "천제"라는 명칭의 존재가 모든 재앙에 관여하는 것으로 보고 있다.

『삼국사기』 동명성왕 때의 기록을 보면, 해모수가 스스로 천제의 아들이라고 하면서 나라를 세운다.

❖ 일자들의 대화 중에 8년 전에 지진이 일어났다는 이야기가 나타난다.

『삼국사기』에는 8년 전인 봉상왕 원년 가을 9월에도 지진 기록이 있다.

❖ 일자들이 지진에 대한 이론을 논의하는 도중에, 하늘에 있는 황룡에 대한 의견이 나오는데, 황룡은 세상의 중앙 방향을 상징하는 것이다.

「광개토대왕릉비」에는 하늘이 황룡을 내려보내어 고구려의 건국자를 데려갔다는 이야기가 실려 있다. 또한 황룡의 모습은 강서대묘에 중앙의 방위를 상징하는 벽화로 그려져 있다.『고구려의 문화와 사상』에 소개되어 있다.

❖ 일자들이 지진에 대한 이론을 논의하는 도중에, 땅을 다스리는 신에 대하여, "후토의 지신"이라는 말을 하며, 또 다른 일자는 하늘에 대한 신에 대하여, "황천의 천왕"이라는 말을 한다.

『동명왕편』에서 주몽이 물가에서 길이 막혔을 때, "황천과 후토"에게 빌면서 살아날 길을 구한다. 한편, 천왕지신총의 벽화에는 천왕과 지신이 각각 그 명칭과 함께 그려져 있는데,『고구려의 문화와 사상』에 소개되어 있다.

❖ 소대일자가 일자들이 이야기하는 도중에 졸고 있자, 일자대형은 천상지도에다가 북극성을 그리는 일을 시킨다.

조선 초기에 〈천상열차분야지도〉라는 천문도가 제작되었는데,『양촌집』에는 이것은 평양에서 오랜 옛날에 제작되었다가 전쟁으로 없어졌던, 돌에 새겨진 천문도를 과거에 본떠서 보존한 것을 기초로 하여 개발되었다는 경위가 나타나 있다.

❖ 소대일자는 일자대형이 시키는 까닭으로 원 세 개와 선 세 개를 그려서 북극성을 표시하는 지루한 일을 하게 된다.

『고구려의 문화와 사상』에 실린 김일권 교수의 연구에 따르면, 세 개의 별로 북극성을 표시하는 방식은 주변 다른 나라와 구분되는 고구려의 독특한 체계라고 한다.『고구려의 문화와 사상』에 씨름무덤에 그려진 북극성을 나타내는 세 개의 별그림 표시가 소개되어 있다.

❖ 중대일자는 지진에 대한 대비를 하기 위해 꽹과리를 어렵게 구해 온다. 나중에 재물이 더 필요하자 이 꽹과리는 다시 거두어서 팔아서 쓴다.

『일본서기』흠명천황 14년 10월에 고구려군과의 전투 장면을 전하면서 징을 높이 쳐들고 소리를 쳐서 신호를 보내고 사람들에게 알리는 모습이 나와 있다.

❖ 옥저 아이는 일자들의 허드렛일을 하는 천한 심부름꾼 아이이다.

『삼국지』에는 옥저가 고구려에 복속되어 있는 지역으로, 고구려인들에게 물고기, 소금과 미녀 등을 바치면서 살았다고 기록되어 있다.

❖ 달탄은 사람들이 가난하게 산골짜기에서 초가집을 짓고 사는 빈민촌이며, 온돌을 파고 불을 지펴 화재의 피해도 많은 곳으로 되어 있다.

『구당서』에는 고구려에서, 산과 골짜기에 의지하여 풀을 이어 지붕을 만들고, 빈곤하여 초췌하게 사는 자가 많으며, 긴 구덩이를 만들고 그 아래로 숯불을 지펴 방을 따뜻하게 한다는 묘사가 기록되어 있다.

❖ 소대일자와 옥저 아이는 달탄에서 망하는 바람에 미친 여자를 만난다. 미친 여자는 금실과 은실로 꾸민 아주 좋은 옷을 입고 있었다.

『삼국지』에 고구려에서 공복은 비단을 사용하고 금은으로 꾸민다는 기록이 있다.

❖ 미친 여자는 비류부 출신으로 부유하게 살았다. 그러나 어느 날 갑자기 궁전을 짓는 공사를 위한 세금 때문에 망하였다.

『삼국사기』의 기록에 따르면, 창조리가 국상이 되기 전에는, 254년에서 294년까지 무려 40년에 걸쳐 비류부 출신의 음우와 상루가 대를 이어서 국상 자리를 연달아 차지하고 있었다. 그러나 지진이 일어나기 5년 전에 새롭게 국상이 된 창조리는 남부 출신인 것으로 기록되어 있다. 창조리가 국상이 된 이후에 임금은 궁전을 짓는 공사를 하는데, 이 때문에 백성들이 매우 괴로워하였고, 반대하는 신하들도 많았다고 되어 있다. 단, 창조리 스스로도 이후에 공사에 반대한다.

❖ 미친 여자는 훌륭한 개를 기르고 있었다.

『고구려의 문화와 사상』에는 무용총에 벽화로 그려진 잘 길들여진 커다란 사냥개의 그림이 소개되어 있다.

❖ 미친 여자는 천손에게 빚을 졌다가 재물을 크게 잃었다.

『삼국사기』 고국천왕 16년에는 곡식을 빌려주었다가 갚는 제도가 임금의 명령으로 정착되었다는 기록이 있다. 또 「광개토대왕릉비」에는 임금의 자손/친척을 "천손"이라는 표현으로 묘사하고 있다.

❖ 소대일자와 옥저 아이는 달탄에서 국상의 애인이 지진에 피해를 당한 사람들에게 음식과 추울 때 덮을 것을 나눠 주는 것을 본다.

『삼국사기』 태조왕 66년 등에는 스스로 살 능력이 없는 사람에게 입을 것과 먹을 것을 나누어 주는 조치를 취했다는 기록이 있다.

❖ 국상의 애인을 보호하고 있는 병사들은 국상의 깃발을 사용하고 있다.

『고구려의 문화와 사상』에는 약수리 벽화고분 행렬도의 모식도가 소개되어 있는데, 긴 창을 깃대로 사용하여 말 탄 병사들이 깃발을 활용하는 모습이 묘사되어 있다.

❖ 옥저 아이는 시정에서 심부름하는 다른 아이들과 어울릴 때 국상의 애인에 대한 소문을 들었다고 한다.

『삼국사기』 온달열전에는 온달이 시정을 돌아다니며 밥을 얻어먹으며 살고 있다고 되어 있고, 『삼국사기』 미천왕 즉위년의 기록을 보면 잡일을 하며 고용살이를 하며 얹혀사는 가난한 사람들이 묘사되어 있다.

❖ 달탄에서는 온몸에 미역과 다시마를 휘감은 사람이 세상이 망한다는 말을 떠들며 뛰어다닌다.

『삼국사기』 동명성왕 즉위년에는 묵거라는 사람이 물풀로 되어 있는 옷을 입고 나타났는데, 주몽은 이 사람의 일행을 현인이라고 부르며, 하늘이 내려주신 분이라고 말했다고 기록되어 있다.

❖ 달탄에서 세상이 망한다는 말을 한다는 사람은 가한신의 『비기』에 그런 말이 나와 있다고 한다.

『삼국사기』 보장왕 27년에는 "구백년이 되기 전에 80대장이 있어 고구려를 멸망시킨다"라는 고구려의 비기에 대한 뜬소문이 돌고 있다는 말이 하나 인용되어 있다. 또 『구당서』에는 고구려에서 가한신을 섬긴다는 기록이 있다.

❖ 옥저 아이는 신라에서 온 재주꾼이 항아리를 이동하는 요술을 부리는 것을 구경하라고 소개해준다. 하지만 이 재주꾼은 고구려 밖으로 쫓겨나게 되어 결국 한 번도 재주를 보여 주지 못한다.

후대 일본의 문헌인 『신서고악도』에는 〈신라악 입호무〉라는 제목이 있는 그림 한 장이 실려 있는데, 한쪽 항아리로 들어가서, 다른 쪽 항아리로 순간 이동하여 나오는 장면을 묘사하고 있다. 그런데 그 외에는 자세한 기록이 매우 부족하며, 다른 문헌에 신라 사람이 비슷한 형태의 마술 공연을 보여주었다는 묘사는 자주 관찰되지 않는 편 이다.

❖ 소대일자는 밤이 깊도록 시간을 보내기 위하여 박견 가면놀이를 보려고 한다. 그러나 박견 가면놀이 하는 사람들도 곧 놀이를 멈추고 짐을 싸서 떠나간다.

후대 일본의 문헌인 『악가록』 등에는 〈고려악〉이라는 제목으로 삼국에서 유래하 여 변형된 여러 음악과 무용이 전해 내려오는데, 그중에 박견이 고구려 계통의 사자춤 과 비슷한 점이 많아 보이는 가면놀이이다. 그러나 사자춤과 같은 부류의 가면놀이는 고구려 고분 벽화에서 명확하지 않으며, 고구려의 춤을 받아들여 기록한 『수서』 『신당 서』 『구당서』 등에도 사자춤과 같은 부류의 가면놀이는 없다.

❖ 소대일자는 밤새 춤을 추는 것을 보며 시간을 보내게 되고, 시정에서는 밤이 깊도록 술 을 마시고 춤추는 것을 보면서 노는 사람들이 많다.

『삼국지』에는 고구려에 대하여 그 백성들이 노래하고 춤추는 것을 좋아하여 읍락 에서 밤이 되면 남녀가 무리지어 모여들어 서로 따르면서 노래하고 춤춘다고 기록되 어 있다.

❖ 박견 가면놀이를 하는 재주꾼은 떠나가면서, 작년의 흉년과 올해의 지진으로 놀고 웃 는 박견 가면놀이는 할 수 없게 되었다는 말을 들었다고 한다.

『삼국사기』에는 1년 전에 서리와 우박 때문에 곡식을 해쳐서 백성들이 굶주렸다고 기록되어 있다. 한편, 훗날인 봉상왕 9년에는 국상이 임금에게 자연재해와 흉작이 심하니 근신하고 반성해야 한다는 주장을 강하게 내세웠다는 기록이 있다.

❖ 높은 작위를 가지고 다스리는 영토나 성이 있는 사람을 일컬을 때에 "군후"라는 말을 사용하고 있다.

『삼국사기』에는 일정한 영토를 다스리는 직위 또는 명예 칭호로, "안국군" 등의 "군" 계통의 호칭과 "다물후" 등의 "후" 계통의 호칭이 모두 기록되어 있다.

❖ 소대일자는 술집에서 좋은 옷을 입고 손짓하는 여자들을 많이 보지만, 가려 하지 않는다.

『북사』에는 고구려의 풍속에 "유녀遊女"가 많은데 일정한 사람을 남편으로 삼지 않고, 밤이 되면 남녀가 무리지어 노는데, 귀천의 절도가 없다고 기록되어 있다. 또『주서』에는 고구려의 풍속이 음란한 것을 좋아하며 이것을 부끄러이 여기지 않는다고 기록되어 있다.

❖ 소대일자는 호선무를 보러 가는데, 호선무는 빠르게 빙글빙글 돌며 추는 춤이다.

『신당서』에는 고구려의 놀이로 바람처럼 빠르게 돌면서 춤을 추는 호선무가 기록되어 있다. 다만, 호선무는 인도, 서역 계통의 문화가 본격적으로 전파된 영향을 받아 고구려에 정착된 춤으로 보는 것이 일반적인 해석이라고 볼 것이다. 따라서 일상화된 호선무는 광개토대왕 이후의 시기에 완성되는 것이 더 그럴듯할 것이다.『삼국유사』에는 요동성육왕탑에 대한 전설을 소개하면서 기원전후 무렵에 인도의 산스크리트어를 알아볼 수 있는 신하가 있었다는 전설을 싣고 있는 등, 특수한 사례는 재미 삼아 소개되고 있다.

❖ 호선무를 추는 무희들은 춤을 다 추고 나면 솥을 꺼내 놓는다. 그러면 사람들은 저마다 그 솥 속에 곡식 등의 재물을 집어넣는다.

『삼국사기』 대무신왕 4년에는 이런 기록이 있다. 임금이 군사를 이끌고 가는 도중에 물가에서 여인이 솥을 들고 희롱하는 듯한 모습을 보고 가까이 가 본다. 그래서 솥 안에 쌀을 집어넣어보았더니 불을 때기도 전에 저절로 뜨거워져서 밥이 되었다. 이 여인의 오빠는 성姓을 임금에게 하사받고 신하로서 따르게 된다.

이와 같은 신화적인 기록은 위 이야기로부터 약 300년 전에 일어난 일이다. 위 이야기에서는 그때의 일에 유래하여 사람들이 그 일을 기념하여 춤값을 주는 방식을 정하였다고 보고 있다.

❖ 소대일자는 처음 무희와 만나 시간을 보낸 뒤에 매우 좋아하다가 등불을 들고 밤길을 걸어서 집에 온다. 이는 소대일자가 자기 흥에 취하여 계획성 없이 괜히 충동적으로 사치를 부린 것을 암시하는 대목으로 나타나고 있다.

쌍영총의 벽화에는 고배형 등잔이 그려져 있는 것으로 보고되고 있다. 그러나 고구려의 등잔에 대한 기록과 유물, 유적은 부족한 편이다.

❖ 소대일자와 옥저 아이는 사람들에게 일자들이 물건을 나눠 주기 위한 근거지를 만들기 위해 천막을 치러 간다.

고구려의 고분 벽화에는 천막이나 휘장이 많이 보인다. 『고구려의 문화와 사상』에는 무용총에 있는 천막/휘장의 벽화가 소개되어 있다.

❖ 소대일자와 옥저 아이는 달탄의 빈민가에서 세상이 멸망한다고 생각하고 삶을 포기하여, 구덩이에서 그대로 자결하려는 노인들과 그곳을 떠나 떠돌아다니며 도적이 되는 젊은 남녀들을 차례로 마주친다.

『삼국사기』 봉상왕 9년에 국상이 혼란한 나라의 상황을 설명하면서, "젊은이들은 사방으로 흘러 다니며 떠나가고, 노약자들은 구렁텅이에서 헤매고 있다 壯者流離四方, 老幼轉乎溝壑"라는 표현을 사용했다는 기록이 있다. 단 이것은 문학적인 서술로 보아야 한다.

❖ 소대일자가 만난, 삶을 포기하여 자결하려는 노인은 "칠일내성"이라는 별명으로 불리는 술을 마시면서 술에 취하여 얼어 죽으려고 한다.

『동명왕편』에는 "칠일이 지나야 술이 깬다"라는 표현으로 하백이 해모수를 잠재우기 위해 먹인 술을 묘사하고 있다.

❖ 소대일자가 만난 삶을 포기하여 떠돌이 도적이 되려는 젊은이들은 개울물에 옷을 담갔

다가 건지면서 행운을 빈다.

『수서』에는 고구려의 행사로 매년 초에 왕이 물속에 옷을 던져 놓으면, 사람들이 두 편으로 나뉘어서 서로 물에서 돌을 던지고 고함치며 떠들썩하게 쫓고 쫓기기를 하는 놀이를 한다는 기록이 있다.

❖ 소대일자는 큰길가를 지나는 사자들의 수레 행렬을 보고 처음으로 사자들을 만나게 된다.

고구려 고분 벽화에는 다양한 고구려의 수레가 묘사되어 있다.「고구려의 문화와 사상」에는 약수리 벽화 고분 행렬도에 나타난 수레의 행렬이 소개되어 있다.

❖ 무희는 소대일자에게 춤을 출 때 사용하는 덧소매를 사달라고 조른다.

『통전』에는 고구려의 춤을 출 때에 아주 긴 소매를 이용해서 춤을 춘다는 기록이 있고, 무용총 벽화에도 생생하게 묘사되어 있다. 『고구려의 문화와 사상』에 무용총의 벽화가 소개되어 있다.

❖ 소대일자는 하늘이 일으킨다고 하는 지진이 백성의 마음에 달린 것이라고 주장하는데, 사자들이 이것이 국상의 뜻이라며 감탄한다.

『삼국사기』 봉산왕 9년에 국상이 임금에게 조언을 하면서 자연재해가 극심한 것을 문제 삼고 "하늘을 겁내고 백성을 걱정하라"라는 표현을 쓰면서, 근신하고 두려워하고 반성해야 한다고 주장한다.

❖ 무희에게 재물을 탐한다는 듯이 소대일자가 불평하자, 무희는 옥저의 천한 여자나 재물을 탐하는 것이라는 식으로 잡아떼며 변명한다.

『삼국지』에는 옥저에서는 혼인할 때 여자 집에서 남자 집에 돈을 요구한다고 기록되어 있다. 반면, 『북사』에는 고구려에서는 혼인할 때 재물을 주고받지 않는 것이 예의로, 재물을 주고받으면 여자를 여자 종으로 팔아먹은 것이라고 욕하며 부끄럽게 여겼다고 기록되어 있다.

❖ 무희와 각별한 관계인 것으로 의심되는 말장수는 말을 탄 채로 그대로 춤을 구경하는 것으로 되어 있다.

무용총의 벽화를 보면 크게 그려진 말을 탄 관찰자가 말을 탄 채로 춤을 추는 모습을 보고 있다. 『고구려의 문화와 사상』에 무용총의 벽화가 소개되어 있다.

❖ 무희는 말장수에게 존경을 표현하기 위하여 자신의 몸을 딛고 말에 오르게 한다.

『삼국사기』 모본왕 4년에 왕이 앉을 때 사람을 깔고 앉고는 했다는 묘사가 기록되어 있으며, 『삼국사기』 연개소문열전에는 연개소문이 말을 타고 오르내릴 때에 일부러 귀한 사람을 엎드리게 한 뒤에 발판으로 사용했다는 기록이 있다.

❖ 소대일자는 부인이 지키고 있는 황금천을 빼내오기 위한 방법을 궁리하면서 "성을 깨뜨리는 부분노의 계책"이 필요하다는 표현을 사용한다.

『삼국사기』 유리명왕의 기록에 부분노가 계책을 내어 전쟁에서 승리할 수 있도록 활약하는 묘사가 기록되어 있다.

❖ 무희는 자신이 지진으로 혼란한 상황에서 춤으로만은 생계를 이어나가기 어렵다는 말을 설명할 때, "부정매"라는 사람을 옛날 춤으로 성공했던 사람의 예로 언급한다.

『삼국사기』 대무신왕 4년에는 "부정" 씨를 가진 남매가 나오는데, 그중 여동생妹이 솥을 들고 유희하며 임금의 눈을 끌었다가, 솥을 잃어버렸는데, 임금이 이것을 보고 찾아와 이 가문은 부정 씨라는 성을 받고 신하가 될 수 있었다.

❖ 소대일자의 부인은 중대일자의 부인이 나타나자 한쪽 다리를 끌면서 무릎을 꿇어 인사한다.

『삼국지』에는 고구려에서는 꿇어 엎드려 절할 때에 다리 하나를 뻗는데, 부여와는 이것이 다르다는 기록이 있다.

❖ 역수

『삼국사기』 태조왕 94년에는 하늘이 내린 운명이 그렇다고 하면서 왕위를 차대왕에게 물려주었다는 기록이 있는데, 이때 하늘이 내린 운명이라는 뜻으로 사용하는 표현이 역수曆數이다.

❖ 소대일자의 말을 사자들이 모두 받아들이는 것을 보자, 일자대형은 소대일자를 불러서 최소한의 천문을 익히라고 하면서, 천문도를 보고 별을 따질 때 쓰는 자를 준다.

흔히 "이성산성 출토 고구려척"이라고 불리는 유물은, 자와 같은 모양으로 3단계로 구분된 눈금이 3중으로 표시된 형태로 되어 있는, 고구려 시대의 것이다.

❖ 소대일자는 속은 것을 알고 흥분하여 주인의 자리를 엎어버리면서, "산상태후" 이후로 엎어버리는 것을 통쾌하게 여기더니, 과연 엎어버리니 통쾌하다고 중얼거린다.

후에 태후로 죽을 때에 산상왕의 무덤에 합장되는 우于 씨는 『삼국사기』 동천왕 즉위에 나와 있는 기록에서, 후궁인 소후의 아들인 태자를 미워하여, 태자에게 국그릇을 들고 갈 때 국그릇을 일부러 엎질러버렸다는 기록이 있다.

❖ 소대일자가 주인 앞에서 따지자, 주인의 부하 중에 하나가 옷 속에 숨긴 작은 쇠뇌 장치로 소대일자를 위협하여 소대일자를 몰아간다.

『삼국유사』의 「보장봉로 보덕이암」 대목에는 한 사신이 품속에 작은 쇠뇌 장치小弩를 숨기고 수양제를 몰래 따라가서 수양제가 글을 읽고 있을 때 갑자기 쏘아 저격했다는 전설이 소개되어 있다.

❖ 소대일자가 부인에게 잘못을 이야기할 때에, 다른 사람들은 데릴사위로 지내면서 처가에도 일을 많이 해주는데, 자기는 폐만 끼쳤다고 뉘우치는 이야기를 한다.

『삼국지』에는 고구려에 데릴사위 풍습이 있다고 기록되어 있다.

❖ 차주부가 왔을 때, 차주부를 후하게 대접하기 위하여 유녀들을 침대 대신에 바닥에 깔아놓고 누워서 자도록 하는 일을 하는데, 이것이 두로의 반정 이전에는 자주 있던 일이라고 언급된다.

『삼국사기』 모본왕 4년에는 모본왕이 누울 때 사람들을 깔고 누웠다고 기록되어 있다. 두로는 포악한 왕을 반대하여 왕을 칼로 찔러 죽인 사람으로 기록되어 있다.

❖ 소대일자가 군사들에게 잡혀 갈 때에, 한 군사는 철로 된 채찍을 들고 있다.

『고구려의 문화와 사상』에는 국내성에서 출토된 고구려 유물로 추가 달린 철로 된 채찍 유물이 소개되어 있다.

❖ 소대일자가 군사들에게 잡혀 갈 때에, 군사들은 도끼를 무기로 사용하고 있다.

고구려의 약수리 벽화고분 행렬도에는 상당수의 병사들이 도끼를 들고 있고, 오녀
산성 등에서는 출토된 당시의 유물도 있다. 『고구려의 문화와 사상』에 약수리 벽화고
분 행렬도가 소개되어 있고, 출토된 도끼 유물도 소개되어 있다.

❖ 군사들은 소대일자를 붙잡아 가면서, 벌이 엄하기 때문에 잘못을 저지르면 죽을 가능
성이 높다고 이야기하고 있다.

『구당서』에는 고구려는 법을 준엄하게 적용하므로 범하는 자가 적다는 기록이 있다.

❖ 군사들은 소대일자를 붙잡아 갈 때 기둥에 묶어서 데려가려고 한다.

『북사』에서는 배반하거나 모반한 자는 먼저 기둥에 묶어놓고 묶은 채로 죽이는 것
으로 묘사가 기록되어 있다.

❖ 달탄에서 사람들이 술판과 춤판을 크게 벌리고 소대일자가 붙잡혀 간 뒤, 바로 다음 달
에 다시 지진이 일어난다.

『삼국사기』에는 봉상왕 8년 겨울 12월에 우레와 지진이 일어났었다는 기록 이후
에, 9년 정월에 바로 또다시 지진이 있었다는 기록이 있다.

2010년 초에 한 출판사에서 『독재자』라는 제목의 단편집을 만든다며 원고를 줄 수 있겠느냐는 연락을 받은 적이 있었다. 그래서 "독재자"를 소재로 하는 이야기들을 만들어보려고 했다. "독재자"가 소재라고 하는데, "그 반의 반장이 어린이 독재자 같았다"같이 빙빙 돌아가는 이야기 말고, 그냥 말 그대로 한 나라의 정치 이야기에서 독재자가 분명하게 나오는 내용을 만들고 싶었다.

그렇게 해서 처음 만든 이야기는 「모살기」였다. 그러나 처음 썼던 「모살기」는 단편집에 실리기에는 분량이 너무 많았고, 더 짧은 이야기로 꾸며보려고 이야기를 하나 새로 더 써본 것이, 바로 이 「지진기」였다. 그렇기 때문에 「모살기」를 쓰면서 준비해둔 시대 배경과 정치 상황을 한 번 더 사용했고 두 이야기는 어느 정도 거리를 두고 배경이 이어지는 모양처럼 되었다.

그래서 「지진기」는 짧은 이야기로 만들고 빨리 결말 짓는 것을 목표로, 최대한 빨리 써서 목요일, 금요일 밤 시간을 이용해서 이틀 만에 모두 쓴 이야기이다. 하지만 다 써두고 보니 아쉽게도 「지진기」 역시 중편 이상의 분량이 되어버려서 둘 다 『독재자』에는 신지 못했다. 결국 『독재자』에는 예전에 써두었던 「낙하산」을 신게 되었다.

온우주
단편선

모 살 기 謀 殺 記

모 살 기 謀 殺 記

一.

고구려의 임금으로 상부相夫가 즉위하던 임자王子년(서기 292년) 겨울, 깊은 밤에 어느 사나이가 궤짝 하나를 들고 성문을 지나려 하고 있었다. 이때, 고구려 도성의 성문을 지키던 자는 조의皂衣 벼슬을 사는 우랑于郞이었다. 우랑은 성문을 들어가려는 사나이를 막아섰다.

우랑이 말했다.

"해가 지고 도성 문이 닫히고 나면 함부로 지나다닐 수 없다. 이것이 졸본에 도읍을 정한 후로부터 내려오는 법인데, 너는 이 깊은 밤에 어찌 몰래 들어오려 하느냐?"

과연 높은 성벽으로 둘러싸인 통로에는 성 안으로 들어가지 못하고 기다리는 사람들이 있었다. 이들은 안쪽 성문이 닫히기 전에 미처 들어가지 못한 장사치들이나 사냥꾼 등이었는데, 여럿이 모여 밤이 지나가고 성문이 열릴 때까지 성문 앞에 머물러야 했다. 밤이 깊어가고 있었으므로 다들 이리저리 성벽에 기대어 땅에 앉아 웅크리고 잠을 자고 있었다.

궤짝을 든 사나이는 길이 막히자 잠시 망설였다. 그러나 곧 사나이는 우랑에게 다가가 귓속말을 하였다.

"지금 극히 귀하신 분께서 병이 드셔서 몹시 위급하다고 하십니다. 저는 지금 그 귀한 분께 올릴 약재를 들고 가는 길입니다. 그러하므로 꼭 즉시 성문 안으로 들어가야 합니다. 부디 공께서는 문을 열어주십시오."

우랑은 그 말을 듣고 사나이를 다시 쳐다보았다. 궤짝을 든 사나이는 체구가 크고 팔과 어깨가 힘 있어 보였으며 얼굴에 검댕이 묻어 있었다. 그러나 당당한 표정에는 귀한 것을 두려워하지 않는 기색이 있었다. 우랑은 고개를 숙이고 입 언저리를 쓰다듬으며 잠시 골똘히 생각했다. 이윽고 우랑은 웃으며 말하였다.

"네가 나를 속이려는 말을 하려 한다면 다른 말을 하는 것이 어떠냐? 너는 약재를 캐는 사람이나 의원인 척해서는 안 되었다. 차라리, 네가 성상聖上께서 기르시는 백마가 병들었기에 급히 치료하러 간다든가, 또는 선대 조정에서 물려준 낙타가 새끼를 낳으려 하기에 그것을 돌보려고 간다고 했다면 더욱 그럴듯하게 들리지 않았겠는가?"

그 말을 듣자 궤짝을 든 사나이가 놀라며 되물었다.

"어찌 그와 같이 당치 않은 말씀을 하십니까? 성상께서 어머니로 모시고 계시는 소태후小太后께서 지금 위중하시어 급히 약을 찾고 계십니다. 저는 오직 그 때문에 이와 같이 밤길을 달려가고 있는 것입니다. 그런데 공께서는 무엇 때문에 의심하여 지금 제가 속이려고 거짓을 말한다고 하십니까? 나중에 이 일로 공께서 소태후로부터 꾸지람을 듣고 죄를 물어 벌을 받으실 것이 두렵지도 않으십니까?"

우랑은 다시 웃으며,

"제법 윗사람의 위세를 빌려 겁을 줄 줄 아는구나."

하더니, 이어서 답하였다.

"너는 손이 두껍고 얼굴에 더러운 것을 칠하고 있으니, 이는 섬세하게 침을 쓰고 정결한 약을 가려야 하는 의원의 모습이 결코 아니다. 오히려 너는 쇳물을 녹이기 위해 불을 지피고 뜨겁고 거친 일을 하는 자라 하면 어울리지 않겠는가? 아마도 너는 금은을 다루는 자임에 틀림이 없을 것이다."

말을 끝내자마자 우랑은 빠르게 손을 움직여 사나이의 궤짝을 강제로 열어보았다. 사나이는 빼앗기지 않으려 했으나 우랑의 손놀림이 빠르고 그 힘이 세었으므로 궤짝을 놓쳤다. 과연 사나이의 궤짝 안에는 금으로 만든 개구리 하나가 들어 있었다. 우랑이 다시 말하였다.

"지금 성상께서 즉위하시기 전, 선대 시절에 소태후께서는 위세가 높은 후궁이셨으므로, 높은 권세로 갖은 사치를 누리며 사셨다. 그리하여 예전의 소태후께서 넓은 물속에서 목욕을 하며 노니실 때에는 재물을 풀어 사방 몇십 리의 사람들을 모두 멀리 떠나게 하시고는, 홀로 고요히 즐기는 것을 좋아하셨는데, 그러한 일을 도성에서 살던 사람으로 모르는 자가 어디 있느냐?

그러나 지금 성상께서 즉위하시고 난 후에는 소태후께서 성상의 친어머니가 아니시므로 그 힘이 크게 줄게 되셨다. 이리하여 소태후께서는 이제 옛날과 같이 지내실 수 없게 되셨으므로, 아마도 요즘 소태후께서는 필시 재물이 궁하여 좋은 보물과 귀한 음식을 그리워하실 것이다.

너는 바로 그러한 소태후께 뇌물을 바치면 큰 득이 있을 것이라고 생각하여, 소태후의 부하를 몰래 찾아가 보화를 바치고자 깊은 밤에 이와 같이 금은을 숨겨서 들어가는 것이 아니냐?"

그러자 궤짝을 든 사나이가 안색을 바꾸었다. 굽실거리던 것이 이제 꼿꼿이 서서 말소리를 높였다. 사나이가 말하기를,

"그렇다면 그대는 내가 소태후를 위하여 성문 안에 들어가려 하는 것을 알고 있소. 그런데, 어찌 감히 막아서고 멈추게 하시오? 설마 그대는 소태후께서 노하시는 것을 보려는 것이오? 다 안다고 하면서 이것이 무슨 짓이오?"

하였다.

그러자, 우랑은 다음과 같이 말하며 그 사나이를 돌려보냈다.

"오직 성문이 닫히기 전에 명을 받아 미리 아뢴 자만이 성문을 통과할 수 있다는 것이, 졸본에 도읍을 정한 때부터 줄곧 내려오는 법이다. 내가 그 말고 또 무엇을 알아야 하느냐?"

그런데 다음 날 이른 아침 동이 트자마자, 우랑은 그의 윗자리

에 있는 동부대형東部大兄으로부터 찾아오라는 이야기를 듣게 되었다. 우랑은 대형의 집으로 찾아갔다.

이른 아침 대형의 커다란 집에 도착하여 그의 방으로 들어서면서 보니, 대형은 이제야 막 자리에서 일어난 듯하였다. 대형의 하인들 여럿이 흰 잠옷을 입은 대형의 옆에 달라붙어 시중을 들고 있었다. 하인들은 대형의 수염을 가위로 손질하고, 또 대형이 옷을 걸치기 쉽도록 옷을 들고 따라다니고 있었다.

"네가 어젯밤에도 또 소태후의 사람이 성문을 지나는 것을 막았다는 말을 들었다. 왜 그런 일을 하였느냐?"

대형이 물었다. 우랑은 공손히 손을 모으고 고개를 숙인 채 대형 앞에 엎드렸다. 우랑이 엎드린 채 답하였다.

"밤이 되어 내성문內城門이 닫히고 나면, 외성문外城門과 내성문 사이까지만 들어올 수 있으며, 누구도 내성문 안으로는 들어올 수 없습니다. 오직 성문이 닫히기 전에 명을 받아 미리 아뢴 자와, 태대형太大兄 또는 성상께서 직접 명을 내린 자만이 통과할 수 있습니다. 이것이 졸본에 도읍을 정한 때부터 줄곧 내려오는 법인 줄로 압니다. 어제 그자의 일은 둘 중 어느 것도 아니었으므로 내성문 안으로 들일 수 없었습니다."

우랑의 답을 듣더니 대형은 한숨을 쉬었다.

"소태후의 부하들과 그 무리들은 우리와 같은 편의 사람들이다. 그러므로 우리가 문을 드나드는 것을 막을 필요가 없다. 너는 이러한 일을 모르느냐?"

"깊은 밤 몰래 성문을 드나들어야만 하는 무리라면, 이들은 도적이 아니면 몰래 높은 벼슬아치를 만나 금은보화를 바치고 사람을 꾀어 속임수를 쓰는 자들뿐입니다. 그렇다면 이 또한 큰 도적이라 할 수 있을 것입니다. 소태후의 부하라 하는 분들은 조정의 높은 대신이며, 온 나라를 다스리는 일을 하시는 이름 높은 분들이십니다. 그러므로 그분들이 우리와 같은 편의 사람들이라면, 더더욱 뇌물을 바치는 자들 따위가 찾아가는 일은 막아야 할 것입니다. 그와 같은 분들이 도적 떼 따위와 어울려 지낸다는 소문이 장차 나도록 두어서야 되겠습니까?"

대형은 우랑의 답을 듣고 다시 한숨을 쉬었다. 대형은 잠시 생각을 하고 나서, 뒤이어 이렇게 말했다.

"너는 이와 같이 네 마음먹은 것만 따르느라 큰 뜻을 어기기를 벌써 여러 번이다. 그리하여 이미 소태후와 가까운 그 큰 신하들 중에서 화를 내어 우리를 괘씸하게 여기고 벌주려고 마음먹은 분이 계시지 않겠느냐? 네가 홀로 옹색하게 고집을 부린 탓에 일이 이 지경이 되었으니, 앞으로 소태후의 신하에게 우리가 죄를 받아 같이 문을 지키던 너의 부하들은 모두 매를 맞고, 너를 부리고 있는 나까지 자리를 잃으면 우리는 모두 길바닥에서 구걸을 하며 끼니를 잇게 될지도 모를 일이다. 일이 그와 같이 되면, 네가 어찌 막을 수 있겠느냐?

이는 모두 네가 억지로 고집을 부린 것 때문이니, 너는 더 이상 화가 미치지 않도록 도성을 떠나서 먼 곳으로 가도록 하라."

대형이 잠깐 말을 멈추었다. 우랑은 말없이 고개를 숙이고만 있었다. 대형은 우랑을 보고 있다가, 고개를 돌리며 옷 갖춤을 마무리하였다. 대형이 다시 말했다.

"멀리 단로성檀盧城이라는 곳이 있으니, 도성으로부터 동북으로 이천 리 떨어진 곳이다. 단로성은 얼마 전까지 숙신족肅愼族이 살던 땅이었으니, 그 인근은 숙신족 무리가 일으키는 난리로 끝없이 싸움이 많던 곳이었다. 그러던 곳이 이제 선대의 친아우이시며, 성상께서 숙부로 모시는 안국군安國君께서 세우신 높은 공덕분으로 우뚝한 성벽이 새롭게 세워지고 촌락에 흩어진 사람들이 모여 살 수 있게 되었다.

그리하여 새로 세운 성에서 학문과 예의를 알고, 법과 활 쏘는 것을 아는 자들을 찾는 일이 많다. 더군다나 이번에 소태후께서도 행차하시어 그곳으로 돌아보신다 하니, 나라의 여러 일에 익숙한 사람들이 많이 필요하다고 한다.

그러므로 이제 내가 너에게 그곳 단로성 중항中巷에 길도적을 막는 일을 주려 한다. 그러니, 너는 바삐 이곳 도성에서 피하여, 단로성 중항으로 가서 몸을 숨기고 있도록 하라."

대형이 이와 같이 말을 끝내고 돌아서자, 우랑이 엎드렸던 머리를 들어 대형을 바라보았다. 우랑이 소리쳤다.

"저는 지난 열일곱 해 동안 하루도 빠뜨리는 일 없이 매일 밤 일곱 구역의 성문과 네거리를 번갈아 돌며 일하였습니다. 또한 그동안 성문과 거리를 드나드는 사람들에게는 소금 한 줌, 수수 한 되를 함부로 받아본 적이 없었으며, 오직 제 맡은 바와 법을 지키는 일만 중히 여겨 힘을 쏟았을 뿐입니다.

그런데 제가 몰래 밤에 성문을 드나들게 하는 것을 돕지 않았다고 하기로, 어찌 하루아침에 자리에서 쫓아 이천 리 밖에 험한 땅으로 보내실 수가 있습니까? 나라를 위하는 정성과 대형 나리를 모시는 마음은 지금도 어느 누구와 비하여 보아도 조금도 모자람이 없습니다. 또한 오늘부터 거기에 다시 그 백 배를 더하여 섬길 수 있는 마음을 갖고 있으니, 부디 저를 이와 같이 내쫓지 마시기를 비옵니다."

대형은 그 말을 듣더니 고개를 다시 돌려 가만히 우랑을 쳐다보았다. 그때 한 하인이 대형의 수염을 다듬느라 들고 있던 가위로 수염 끝을 조금 잘랐다. 그러자 대형은 바닥에 떨어진 잘린 수염 끝을 집어 들고는 그것을 우랑에게 보여주었다.

"털은 가늘고 약한 것인데, 늙은이의 털끝은 더욱 힘이 없으니, 고작 아녀자의 손에 있는 두 치 가위 끝이 한 번 떠는 소리에 이렇게 잘려 흩어질 뿐이다."

우랑이 잘린 수염 조각을 쳐다보았다. 대형이 말을 이었다.

"그러나, 자네는 이 작은 수염 끄트머리라 한들, 한번 잘려나가고 나면 도로 붙일 수야 있겠는가?"

대형의 그 말을 듣자, 우랑은 더 이상 말해보았자 소용이 없을 줄 알게 되었다. 그래도 우랑은 대형이 가고 난 뒤에 한참 멍하니 있은 후에야, 자리에서 일어나 집으로 돌아갔다.

우랑은 처가에서 장인, 장모와 함께 지내며 데릴사위로 살고 있었다. 집으로 돌아온 우랑은 아내에게 도성을 떠나 동북쪽 끝에 있는 단로성으로 가게 되었다고 말했다. 그 말을 듣더니, 우랑의 처는 이렇게 말했다.

"본시 공께서는 부모의 재물이 넉넉했던 것도 아니며, 공께서 인물이 과히 좋은 것도 아니었습니다. 그런데도 공께서 이 집으로 장가드실 수 있었던 것은 오직 공께서 벼슬을 살고 계신 것과, 젊은 시절 나라님께서 보실 때에 활을 잘 쏘고 예와 법을 잘 읽어 상을 얻은 것을 제가 눈여겨 보아왔기 때문입니다. 열여덟 나이에 공께서 장가드실 때에 저는 어리석게 생각하기로, 곧 공께서 벼슬이 높아져서는 고을을 다스리게 되고, 얼마 지나지 않아 마침내 성을 하나 얻게 될 줄로만 알았습니다. 그리하여 저 또한 후왕侯王의 비빈妃嬪이라 불릴 줄로만 알았습니다.

그런데, 공께서는 이십 년이 가까운 세월 동안 고작 조의라는 자리에 머물러 계시기만 합니다. 그러니 살림살이란 모두 제 아버지께서 기르시는 소와 말로 인하여 얻어지는 것뿐입니다. 공께서 조정에서 받는 것으로는 한 벌 옷을 빛나게 지어보는 것조차 너무나 어렵기만 합니다. 제가 날마다 속이 타고 부아가 치밀어 오르는 것을 참기가 어찌 쉽다고 하겠습니까?

그런데 이제 공께서는 그나마 있던 자리에서도 쫓겨나, 변경의 작은 길목을 어슬렁거리는 일 따위를 맡아 가셔야 한다고 합니다. 공께서는 이십 년 동안 고작 문지기를 하고 계셨는데, 이제는 그 지킬 문조차 없는 곳에 가신다 하시는 것입니다. 그 말을 듣고 나니, 저는 갑자기 눈앞의 세상이 무너져 내려 한 평생을 헛되이 산 듯할 뿐입니다. 지금 저와 자식들의 사는 꼴을 망치고 그 앞날까지 이와 같이 흐트러져버렸으니, 공께서는 이 죄를 어찌 빌 것입니까?

이제, 공과 함께 사는 것은 어려울 것이라고 짐작합니다. 자식들 또한 그런 곳에서 살 수는 없을 터이니, 저는 제 아버지께 말씀드려 이제 그만, 공을 이 집에서 나가게 하고자 합니다."

그리하여, 우랑은 집에서도 쫓겨나게 되었다.

우랑은 오직 혼자 몸으로 단로성으로 떠나게 되었다. 우랑이 우두커니 서 있는데, 우랑의 아내는 자식들을 다스려 함께 집 안 한켠으로 들어갔다. 한참 서 있던 우랑이 움직이기 시작하여 혼자서 떠날 채비를 하면서 보니, 나와서 보는 사람이 아무도 없어서 집 안이 마치 텅 빈 것과 같았다. 짐을 챙기면서 우랑이 보니 방 안에 책과 장신구들이 눈에 뜨이는 것이 몇 있었다. 그러나 아내의 말대로 모두 장인, 장모의 도움으로 사들였던 것이었다. 그랬으므로, 우랑이 짐을 다 챙기고 보니, 오직 말 잔등 위에 얹을 부대 하나에 관복과 가다가 먹을 말린 고기를 좀 넣었을 뿐, 집에서 무엇 하나 들고 나올 수 있는 것이 없었다.

"이십 년 지낸 곳을 떠나는 길에 스승도 없고 벗도 없고 처도 없고 자식도 없고, 오직 길바닥에 혼자 서서 비루먹은 말 한 마리에 보따리 하나뿐이로구나."

우랑은 몇 차례 머뭇거리다가 말을 몰아 집을 나서니, 그 행색이 쓸쓸하였다.

우랑은 길을 걸으면서도 마음은 괴로워, 언덕배기를 넘어갈 때에 멀리 내려다보이는 도성을 돌아보았다. 우뚝한 성벽들과 높은 왕궁 건물에 부유한 자들의 집과 다닥다닥 사이에 끼어든 가난한 자들의 집들이 빽빽이 들어차, 끝없이 펼쳐져 있었다.

"내가 하나 떠난들, 저 사람들이 많은 줄 적은 줄 따질 때에 바뀌는 것이 있으랴."

우랑은 혼잣말을 하더니 다시 길 앞을 보았다. 우랑은 더 뒤돌아보는 일 없이 계속 말고삐를 이끌었다. 그러나 이 불쌍한 사람이 어찌 알 수 있었으랴? 앞으로 곧 벌어지는 큰일들에 비하면, 이날 우랑이 괴로워하며 쓸쓸해했던 일은 그저 봄날 낮잠을 자던 소 한 마리가 등을 잠깐 간지러워한 일이었을 뿐이었다.

二.

우랑이 단로성에 도착했을 때, 도착하자마자 의아하게 본 것이 있었으니, 바로 단로성 성문의 모습이었다. 우랑이 성문을 지날 때에 보니, 성문의 옆 벽에는 물건을 넣어둘 수 있는 구멍이 여러 개가 있었다. 그런데 그 구멍 안에는 흙을 빚어 만든 조그마한 사람 모양의 인형들이 구멍마다 하나씩 세워져 있었다. 우랑은 이상히 여겨 구멍 안을 자세히 보았다. 보니, 긴 곤봉을 든 장군 모습을 한 인형들이었다. 그런데, 인형마다 곤봉을 움직이는 모양이나 손과 발을 들고 내린 정도가 조금씩 달랐다. 그러므로 성벽에 있는 많은 구멍에 수백, 수천 가지 모습의 장군 인형이 가득 가득 놓여 있는 것이었다.

이때, 황소가 끄는 수레가 우랑의 옆으로 지나갔다. 그런데 수레는 성문을 지나다 말고 잠시 멈추었다. 곧 멈춘 수레의 휘장 안에서 호화롭게 장식한 고귀해 보이는 한 여자가 내려 걸어 나왔다. 그러더니 벽의 구멍 속에 있는 인형을 향해 한 발 다가가서는, 그 방향으로 공손히 고개를 숙이는 것이었다.

깊은 숲과 산 사이에 자리한 성의 성문 속 어두컴컴한 데에 서 있으니 멀리 시장터의 사람들 소리가 아스라이 들려왔다. 그런데 그 어두운 가운데에 수많은 인형들이 놓여 있고, 문득 길 가던 한 대의 수레가 홀연히 멈추어 서서 성장한 여인이 절을 하고 있으니, 우랑은 자못 신비로운 느낌마저 들어 그 모습을 계속해서 쳐다보았다. 곧 여자는 다시 고개를 들어 인형을 보면서 말하기로,

"안국군의 덕으로 오늘도 이처럼 무사히 길을 다녀올 수 있었습니다."

라고 하였다.

우랑은 그 말을 듣자, 구멍에 넣어둔 인형들이 모두 단로성을 다스리고 있는 안국군을 나타낸다는 것을 알았다. 여자가 단로성에서 지내는 사람으로 보였으므로, 우랑은 여자에게 다가가서 길을 물어보기로 하였다.

"죄송합니다만, 말씀을 여쭙고자 합니다. 저는 중항을 찾고 있습니다. 이 성 안에서 어디로 가면 됩니까?"

우랑은 이곳이 숙신족이 사는 곳에 둘러싸인 곳이라 방언이 다른 것을 염려하여 한 마디 한 마디 천천히 또박또박 말하여 물

었다. 그러나 우랑의 말을 듣자 여자는 못마땅한 표정으로 쳐다보았다.

"그대는 타지에서 온 분인 듯한데, 우선 그대에게 제가 도움이 되는 말을 해드리겠으니 새겨듣도록 하십시오.

단로성에서 안국군의 소상塑像을 향해 인사를 올릴 때에 이처럼 함부로 방해를 하는 것은 예절에 어긋나는 일입니다. 만약 안국군께서 계시지 않아서 이곳의 숙신족 도적 떼들을 몰아낸 사람이 없었다면, 성문 밖을 나서서 우물에서 다만 물을 한 동이 길어 오는 길이라 하여도 숙신족 도적 떼의 화살에 뱃가죽이 뚫릴 것을 두려워해야 했을 것입니다. 이곳에서 편안히 살아서 숨을 쉬고 밥을 먹는 것 모두에 안국군의 덕이 미치지 않는 곳이 없으니, 그대가 만약 은혜를 아는 사람이거든 이곳에서 무릎을 꿇고 안국군의 흙인형에 예의를 갖추어 인사를 올리도록 하십시오."

그 말을 들은 우랑이 머뭇거리고 있으니, 여자는 짧게 한숨을 쉬었다. 그리고,

"이 길로 죽 가면 중항이니, 바로 물건들을 파는 가게와 장사꾼들이 많은 곳이므로 찾기가 어렵지 않을 것입니다." 하고 말하고는, 가볍게 다시 안국군의 인형에 인사를 하였다. 여자는 그러고 그대로 돌아서서 다시 수레에 올랐다.

우랑은 다시 한 번 안국군의 인형들을 둘러보았다.

"까닭은 알 수 없으나 인형의 모습이 무서운 듯한 점이 있다. 한 사람의 모습을 수백, 수천의 형상으로 꾸몄으니, 이는 몇백 개의 눈이 나를 보고 있는 것인가."

우랑은 곧 발걸음을 옮겨 중항이라 하는 곳으로 가보았다.

三.

중항의 길가에는 여러 장사꾼들이 많은 물건들을 팔고 있어 왁자한 소리가 가득하였으며, 또한 지나다니는 사람들이 많았으니 혼잡한 형상이 요란하였다. 가게에는 숙신족의 짐승 잡는 자들이 잡아온 곰과 사슴 따위의 고기와 가죽이 많이 널려 있었다. 이러한 자들은 길가에 짐승의 머리를 잘라놓은 것들을 가득 가득 올려놓고 팔고 있었다. 그 짐승 머리들을 보니, 들개, 너구리에서부터, 늑대와 호랑이의 머리까지 온갖 짐승들의 얼굴이 줄줄이 나뒹굴고 있었으므로, 그 모양이 자못 섬뜩하였다.

개중에서도 가장 많은 짐승은 족제비와 담비의 무리들로, 수백 수천 마리의 족제비 가죽이 높다란 더미를 이루어 사람의 키 높이로 군데군데 쌓여 있었다. 가죽 끝에 달린 족제비 머리가 말라붙어 수천 개씩 굴러다니고 있는 모습을 보고 있자니, 마치 그 많은 검은 입속에서 저마다 가느다란 죽은 울음소리가 구슬프게 들려오는 듯하였다.

거리에는 온통 비린내가 가득하고 동물들의 붉은 고기와 가죽 사이로 파리들이 어지러이 날고 있었다. 거리의 길바닥에는 겨울인데도 들쥐들이 끊임없이 오락가락하고 있었다. 들쥐들의 숫자가 워낙에 많으니, 혼잡스럽게 사람들이 오가는 와중에도 사람을 두려워하지 않고 그 발걸음 사이사이를 지나다니는 쥐들이 적지 않았다.

우랑은 두리번거리며 길을 걷다가 잘못하여, 지나가는 쥐를 밟게 되었다. 우랑은 쥐가 밟혀 물컹하는 느낌에 놀라 움찔하여 걸음을 두서너 발 뒤로 물렸다. 그러다 잘못하여 한 장사꾼이 장난감과 장신구를 늘어놓은 곳으로 넘어지게 되었다.

우랑이 장사꾼에게 고개를 숙이며 말하였다.

"쥐 때문에 놀라서 넘어졌습니다."

장사꾼이 웃으며 답하였다.

"이곳에는 쥐가 많으니, 타지에서 온 분이라면 놀라는 것이 당연합니다."

우랑이 일어나서 옷을 털고, 흐트러진 장사하는 물건들을 가지런히 하며, 다시 물었다.

"계절이 아직도 쌀쌀한 날씨이건만, 어찌 이리 길가에 쥐가 많습니까?"

그러자, 장사꾼이 이러한 이야기를 들려주었다.

"안국군께서 이곳에서 숙신족 도적 떼들을 몰아내시고 고구려 깃발을 높이 세우셨을 때, 처음으로 고치신 것이 숙신족의 장례 지내는 풍속입니다.

숙신족에게는 추잡하고 사악한 풍습이 있으니, 가을, 겨울에 부모가 죽으면 부모를 장사 지낸다면서, 그 시체를 담비나 족제비 따위의 짐승이 뜯어 먹도록 하여 시체의 살을 모두 없애버리는 것입니다. 숙신족들은 이것이 죽은 부모의 피와 살이 산과 들의 살아 있는 것들에게 다시 돌아가게 하기 위해서 하는 일이라 합니다. 하지만, 부모의 시체를 족제비가 뜯어 먹게 한다는 것은 개돼지만도 못한 미치광이의 풍속이라 할 수 있지 않겠습니까?

고구려 사람들이 와서 처음 그러한 풍속을 보았을 때 역겨워서 토하는 여자들이 한둘이 아니었으며, 화가 난 남자들 중에는 제 부모의 시체에 족제비를 풀어놓는 숙신족을 활로 쏘아 죽이려 한 사람들이 적지 않았습니다. 그러므로 안국군께서는 이곳에서 사람의 도리를 바로세우고 예의와 제도를 바로하고자, 이렇게 부모의 시체를 족제비가 뜯어 먹게 하는 풍습을 철저히 금지하였습니다.

그러나 숙신족들은 천성이 교활하고 영악하면서도 말을 알아듣는 것은 아둔하여, 그후에도 몰래몰래 부모 시체를 족제비가 뜯어 먹도록 하였습니다. 그중에는 부모의 시체를 족제비가 뜯어 먹지 못하도록 막았다 하여 울고불며 슬퍼하는 자까지 있었다고 하니, 어찌 그런 족속들을 사람이라 할 수 있겠습니까?

마침내 안국군이 보다 못해, 천 가지 군졸 중 제일이라 하는 양맥병梁貊兵과 숙신병肅愼兵 군사들에게 직접 명령을 내려, 군사의 법제와 무장의 규율로 시체를 족제비에게 주는 풍속을 금하라고 하였습니다. 그랬더니, 양맥병과 숙신병의 병사들이 아예 이 고장 주변의 족제비와 담비를 모조리 잡아 죽여버려 그 씨를 말려버렸습니다. 그랬더니, 아무리 사악한 숙신족이라 할지언정 부모의 시체를 족제비에게 먹이려 하여도 먹일 수가 없어서, 마침내 나쁜 풍속이 사라지게 되었습니다.

그러나 족제비와 담비가 모두 없어져버렸으므로, 족제비와 담비의 먹이인 쥐들을 잡아먹는 짐승들이 없어진 셈이 되었습니다. 그리하여 삽시간에 쥐들이 늘어나, 성벽과 담장, 길거리와 집 처마마다 들쥐 떼들이 바글바글하게 되었습니다. 그러나 비록 들쥐 떼가 많다 한들, 이것이 모두 안국군께서 숙신족의 처참한 습속을 막느라 생긴 일임을 모르는 사람이 없습니다. 그러므로 아무도 쥐가 많은 것을 욕하는 사람이 없습니다. 그래서 이곳에서는 아낙네와 어린아이들도 쥐 떼들이 오가는 것에 익숙해져서 이제 놀라지 않습니다."

장사꾼이 이야기를 하는 동안에도, 우랑은 오락가락하는 쥐 떼 때문에 자꾸만 놀랐다.

그리하여 우랑은 정신을 차리기 어려웠는데, 장사꾼이 이야기를 마칠 무렵, 갑자기 왜인지 반대편으로 휙 손을 뻗어 우랑의 건너편에 있던 한 여자의 머리채를 대뜸 잡아챘다.

"살려주십시오."

여자가 무릎을 꿇으며 소리쳤다. 장사꾼은 잡은 여자의 머리채를 끌고 당기더니, 다리를 뻗어 여자의 치맛자락을 밟아 움직이지 못하게 하였다.

우랑이 놀라서 쳐다보니, 여자는 열예닐곱 살쯤 되어 보이는 젊은 사람으로, 얼굴이 누른 편이고 머리칼이 거칠며 황토 빛의 두꺼운 옷을 입고 있어서 옷차림이 여느 사람과 달랐다. 장사꾼이 여자에게 소리쳤다.

"굴을 파고 살며 짐승을 잡아 뜯어 먹는 것밖에 모르는 숙신족의 천한 여자가 왜 바둑돌을 만지작거리고 있는가? 숙신족은 도적 떼의 무리였던 자들이 많으니, 이는 필시 네가 부모가 도적질 하던 것을 보고 바둑돌을 훔치려 하던 것이 아닌가?"

여자가 울먹이며, 격하게 고개를 저었다.

"아닙니다. 아닙니다. 저는 바둑돌을 훔치려 하던 것이 아닙니다. 저는 바둑돌을 한두 알이라 할지언정 사려 하였습니다."

장사꾼이 코웃음을 치고는 말했다.

"이제껏 아는 것이 없고 배운 것이 없는 숙신족의 부녀자가 바둑을 둘 줄 안다는 말은 들어보지 못하였다. 너는 바둑을 둘 줄 아느냐?"

여자가 눈물을 흘리며 소리를 지를 뿐, 말이 없었다. 장사꾼이 다시 소리 질렀다.

"바른대로 말하라. 너는 바둑을 둘 줄 아느냐?"

장사꾼이 몇 차례 머리채를 잡아당기고 발길질을 하며 다그치자, 그제야 여자가 답하였다.

"저는 바둑이 무엇인지 모릅니다."

장사꾼이 말하였다.

"네가 바둑을 둘 줄도 모르면서, 바둑돌을 손에 들고 들여다보았으니, 이는 필시 훔치려 한 것이다. 숙신족 도적을 잡으면 매질을 하고 머리칼을 잘라버려야 하니, 너는 다리가 꺾일 때까지 맞을 것이다."

그러자, 숙신족 여자가 계속 울부짖었다.

"저는 훔치려던 것이 아니라, 사려 하던 것입니다. 저는 훔치려던 것이 아니라, 사려 하던 것입니다."

우랑은 울며 소리치는 여자의 모습을 보면서 입을 손으로 가린 채 가만히 생각하고 있었다. 한참 그러고 있던 우랑은 마침내 손을 뻗어 장사꾼을 말리면서, 가로막았다.

"그 여자는 도둑이 아닙니다."

장사꾼이 어리둥절하여 우랑을 쳐다보았다. 우랑이 다시 장사꾼에게 말했다.

"도둑이 물건을 훔치려 할 때는 들키는 것을 두려워하기 마련이므로, 반드시 좌우의 사람들을 둘러보게 되지, 물건만을 바라보는 일은 없습니다. 그런데 주인장께서 이 여자는 물건을 바라보고 있었다고 하시지 않았습니까? 그러므로, 이 여자의 모양은 도둑이 하는 행동은 아닌 것입니다.

더욱이 선대에 을파소乙巴素가 만든 제도에 따르면 물건을 훔친 자에게 죄를 줄 때에는 반드시 선인이나 조의 벼슬을 하는 사람에게 알린 뒤에 죄를 물어야 하며, 벌할 때에도 죽이거나 때리는 것이 아니라, 벌금으로 훔친 재물의 10배를 물게 하는 것으로 법이 세워져 있습니다.

마침 저는 도성에서 이곳으로 새로 온 조의입니다. 그러므로 제가 이 여자의 말을 먼저 듣고자 합니다."

우랑은 품속에서 조의의 자리를 나타내는 도장을 꺼내어 보였다. 그러자 장사꾼은 틀어쥐고 있던 숙신족 여자의 머리칼을 놓아주었다. 우랑이 숙신족 여자에게 물었다.

"그대는 바둑을 둘 줄도 모른다고 하면서 어찌 바둑돌을 보고 있었습니까?"

숙신족 여자는 한참 울음을 그치지 못하고 흐느끼며 부들부들 떨었다. 답을 바로 하지 못했으므로, 우랑이 몇 번을 여자에게 고쳐 물었다. 숙신족 여자는 간신히 마음을 가라앉히고 답하였다.

"저는 어미 때부터 고구려 사람의 베 짜는 곳에서 일을 하며 살았는데, 양맥병 군사 나리들께서 족제비를 잡아 없애라고 하시는 말씀을 듣고 그동안 때때로 부지런히 족제비를 잡았습니다. 그리하여, 마침내 잡은 족제비들을 팔아 조그마한 귀고리를 하나 사려 하였습니다. 저와 같은 미천한 숙신족의 부녀자가 감히 고구려의 귀한 물건을 갖고 싶어 한 것이 죄라면 죄겠으나, 어찌 훔칠 것을 생각하였겠습니까?

그러나 같은 족제비 가죽이라 하여도 고구려 사람이 파는 물건과 숙신족 사람이 파는 물건을 값을 달리 쳐주는 까닭에, 저는 귀고리 한쪽의 반의 반도 안 되는 값밖에 받지 못하였습니다. 실망하여 돌아가려 하는 길에, 이 바둑돌이라는 물건을 보게 되었습니다. 바둑돌이라 하는 것은 값은 비싸지 않은데 윤택이 나고 색이 고운 것이 귀에 달면 귀고리처럼 아름다울 것 같기에, 색깔을 따라 몇 개를 사려 하였던 것입니다."

우랑이 숙신족 여자를 달래 일으켰다.

"그러면, 그대는 바둑돌을 귀고리로 쓰기 위해 사려고 한 것입니까?"

숙신족 여자가 다시 무릎을 꿇고 눈물을 흘렸다.

"배운 것이 없고 아는 것이 없는 숙신족의 아낙이라, 바둑을 둘 줄 모르는 자가 바둑돌을 사면 매를 맞는 줄은 몰랐습니다. 부디 용서해주십시오."

우랑이 다시 여자를 일으켰다.

"어찌, 바둑을 둘 줄 모른다고 바둑돌을 살 수 없겠습니까. 제가 이곳에 처음 온 날 이와 같이 억울하게 욕을 보셨으니, 이는 제가 못난 탓입니다. 제가 죄를 빌고자 바둑돌을 사드릴 것이니 사양 말고 받으십시오."

그러고는 우랑이 바둑돌을 사서 장사꾼에게 포장해달라고 하였다. 숙신족 여자는 깜짝 놀라서 우랑을 쳐다보았다. 여자는 고개를 깊게 숙이며 숙신족의 말로 고맙다고 말하였다. 우랑이 다시 물었다.

"무어라 한 것입니까?"

여자가 얼굴을 붉히며 답하기를,

"이는 숙신족의 말로 감사하다는 말입니다. 제가 어릴 적 익힌 천한 숙신족의 말을 이제껏 잊지 못하여, 무심코 말하였습니다."

우랑이 그 말을 듣고 기쁘게 웃으며, 다시 숙신족의 고맙다는 말을 따라하였다. 여자도 기뻐하며, 숙신족의 말로 고맙다는 말을 반복하였다.

장사꾼이 바둑돌을 우랑에게 주자, 우랑은 그 바둑돌을 숙신족 여자의 손에 쥐여주었다. 그런데 여자는 몸을 떨고 있었으므로 바둑돌을 제대로 쥐지 못하고 바닥에 흘리게 되었다. 여자가 다시 깜짝 놀라서는,

"귀한 분이 주신 귀한 물건을 떨어뜨리다니, 용서하십시오. 들

쥐들이 밟기 전에 주워 깨끗이 닦겠습니다."

하고는 엎드려 바닥을 더듬어 바둑돌을 주우려 하였다. 그러나 바둑돌은 그대로 데굴데굴 굴러가서 길 한복판으로 갔다. 숙신족 여자는 바둑돌을 주우려고 엎드린 채로 기어서 길 가운데 쪽으로 갔다.

그런데, 그때 마침 비단으로 치장한 수레 한 대가 길을 지나가고 있었다. 수레는 금은 장식을 달아놓은 소 두 마리가 끌고 있는 요란한 것이었다. 또한 수레 앞뒤에 귀한 옷을 입은 아름다운 여자 넷과 갑옷을 입은 병사 여럿이 같이 가고 있었다. 이 수레가 지나가는 길에 숙신족 여자가 바둑돌을 주우러 가고 있었으니, 수레와 함께 지나가던 병사들은 놀란 눈으로 여자를 보았다. 이윽고 화려한 갑옷을 입고 있는 한 병졸이 엎드린 숙신족 여자를 걷어차버렸다.

숙신족 여자는 소리도 지르지 못하고 나동그라져, 흙먼지를 뒤집어쓴 채 정신을 차리지 못하고 꿈틀거렸다. 여자는 누운 채 손을 뻗어 바닥에 있는 떨어진 바둑돌을 쥐려고 하였다. 그러자 병졸은 날카로운 못이 삐죽삐죽 튀어 나온 철로 된 신발로 숙신족 여자의 손을 짓밟아 꿰뚫어버리려고 하였다.

그 모습을 본 우랑은 주먹으로 병졸의 목을 때렸다. 병졸은 뒤로 넘어졌다. 숙신족 여자는 밟히지 않고 몸을 구하여 간신히 비틀거리며 기어서 길가로 피하였다. 숙신족 여자는 몸을 달달 떨며 바닥에 납작 엎드렸다.

병졸이 넘어진 것을 보고, 그 병졸을 거느린 갑옷을 입은 벼슬아치 갑사甲士가 달려왔다. 갑사는 넘어진 병졸과 병졸을 넘어뜨린 우랑을 보고, 화를 내며 소리쳤다.

"누구이기에 감히 소태후 마마의 수레를 이끄는 병사를 넘어뜨리는가?"

우랑이 갑사를 노려보았다.

"저는 이곳 중항을 돌보고 있는 자로 조정의 조의 벼슬을 하고 있는 사람입니다. 조정의 신하 된 자로 소태후 마마의 행차를 알아보지 못하고 길을 지체하게 한 것은 죄가 가볍지 않다 할 것입니다. 하오나, 저 병졸이 죄 없는 여자를 말도 없이 갑자기 때리고 또 못이 달린 신으로 밟아 손을 짓이기려 하므로, 이곳을 돌보는 조정의 관리로서 멈추도록 한 것입니다."

우랑의 말이 끝나자 갑사는 바로 칼을 빼들었다. 갑사가 칼을 겨눈 채로 말했다.

"그대는 조정의 관리라는 자로 어찌 아는 것이 없소? 조정의 벼슬을 하는 사람이 수레를 타고 지나갈 때에는 숙신족들은 모두 팔다리와 무릎을 모두 땅에 붙이고 고개를 숙이며 지나갈 때까지 움직이지 않아야만 하는 것을 모르시오? 이를 어기는 것은 감히 고구려 군사와 맞서고자 하는 것이며, 조정의 뜻을 거스르고자 하는 것이오.

저 여자는 옷차림과 더러운 냄새로 보건대 숙신족임에 틀림이 없는데, 눈이 빠지고 귀가 멀었는지, 감히 고구려 고관의 수레가 지나가는데 길을 막고 있지 않았소? 어찌 내가 엄히 벌하지 않을 수 있겠소?"

우랑이 답하였다.

"조정의 제도라 하면 개국 때에 극克 씨, 중실仲室 씨, 소실少室 씨가 함께 만든 법과 후에 을파소가 만든 법이 있고, 의식과 예절 이라 하는 것에는 탁리託利와 사비斯卑가 죽을 때에 만들어진 것 과 두노杜魯가 반정反正을 할 때에 세운 것이 있습니다.

저는 미약한 재주로 조정의 벼슬자리에 오른 것이 두려웠기 때 문에, 지난 이십 년 동안 나라에 세워져 있는 이러한 제도들을 익 히는 것을 하루도 게을리 한 적이 없었습니다. 그러나 그중에 숙 신족이라면 수레가 지나갈 때에는 엎드려 움직이지 말아야 한다 는 것은, 그와 비슷한 것조차 단 한 번도 들어본 적이 없습니다."

갑사가 다시 말했다.

"안국군께서 이곳에서 숙신족 도적 떼들을 몰아낸 후에, 고구 려 군사들의 위엄을 보이고자 엎드린 숙신족 도적 떼들의 앞에서 항복을 받은 것을 너는 모르느냐? 그 후로 고구려의 관리가 길을 나설 때에는 응당 숙신족이라면 반드시 몸을 엎드려 예를 표하는 것이 오랜 습속임을 너는 모르는가?"

갑사가 금방이라도 칼을 휘두를 듯이 다가서자, 우랑도 지지 않고 맞섰다.

"비록 지역마다 풍속이 다를 수는 있다고 하나, 어찌 조정의 이 름을 빌려 죄를 묻고 벌을 주면서 제도에도 없는 일을 할 수 있겠 습니까?"

우랑이 거기까지 말하자, 그 모습을 보고 있던 주위 사람들은 기가 차다는 듯 혀를 찼다.

"도성에서 온 저자는 바보인가?"

"이십 년 동안 조정의 관리였다는 자가 어찌 저토록 앞뒤를 따질 줄을 모르는가?"

비웃는 소리가 좌우에서 들려오자, 우랑은 갑사를 노려보며 똑똑히 다시 말했다.

"저는 중항의 조의이니, 제가 수레의 행차를 늦게 한 것을 직접 빌고 용서를 구할 것입니다. 하지만 까닭 없이 길 위의 아녀자를 걷어찬 것은 공의 잘못이며, 공께서는 다시는 그와 같은 일을 하지 마십시오."

"답답하구나. 이유가 없는 것이 아니라, 저 숙신족이 방금 고구려의 수레가 오는 줄도 모르고 앞에서 오락가락거리지 않았느냐? 그래서 내가 벌을 준 것 아니냐. 그 벌이 잘못된 것이라 한다면 너는 지금 안국군을 욕하는 것인가?"

수레가 멈춘 채로 소란한 시간이 한참 흘렀다. 그러자, 수레 안에 있던 소태후라는 여인이 잠깐 휘장 밖으로 얼굴을 내밀어 밖을 보았다.

소태후의 하얀 얼굴이 나타나자, 갑자기 그 아름다운 모습에 잠시 동안이지만 일시에 거리가 온통 아무 소리도 들리지 않는 듯하였다. 먼지투성이 소란스러운 거리에 어울리지 않도록 그 귀한 얼굴은 몹시 고와서, 작은 어긋난 티끌조차 없이 맑게 아름다웠다. 소태후는 가만히 아랫사람인 궁녀를 불러 조용히 말했다.

이윽고 소태후가 불렀던 궁녀가 종종걸음으로 달려와 행렬을 이끄는 소사자小使者 관직을 맡은 장수에게 말했다.

"소태후 마마께서 길이 늦어지는 까닭을 물으시며 힘겹다 하십니다."

그 말을 듣고 소사자가 소리쳤다.

"저따위 한심하고 천한 관리 때문에 더 이상 지체할 수 없다. 저자와 숙신족을 붙잡아 혈옥穴獄에 가두라."

그 말이 떨어지자마자, 갑사는 즉시 칼날을 밀어 넣어 우랑의 허벅지를 찔렀다. 우랑의 허벅지에서 피가 줄줄 흘러나왔다. 곧 우랑은 중심을 잃고 비틀거리면서도 다시 주먹을 휘둘러 갑사의 얼굴을 때렸다. 갑사의 입술과 코가 터지며 핏방울이 날렸다. 갑사가 피를 닦으며 말하기를,

"멍청한 녀석이 수박치기 솜씨는 좋은 스승에게 배웠구나."

하고는, 우랑의 발을 밟았다. 그러자 갑사의 신발에 달려 있는 못이 우랑의 발을 찔렀다. 우랑은 힘을 잃고 쓰러졌다.

우랑이 소리쳤다.

"어찌 나에게 칼질을 하고 옥에 가두려 한단 말이오? 활을 들지 않은 사람에게 칼을 댈 때에는 서로 다른 날짜를 가려, 세 번에 걸쳐 죄를 말해주어야 하오. 그런데 대체 내 죄는 무엇이기에 이와 같은 짓을 하는 것이오?"

우랑이 그렇게 소리치는 동안 갑사는 말없이 우랑을 줄로 묶었다. 묶인 우랑을 갑사가 끌고 가는 것을 보면서, 소사자가 말하였다.

"저놈은 사악한 숙신족과 결탁하여 고구려 조정을 위협하고 안국군을 욕되게 하였으니, 필시 숙신족의 첩자이거나, 숙신족과

손을 잡고 반란을 일으키려는 간특한 무리임에 틀림없다. 혈옥에 가두어 그 죄를 반드시 따져 밝혀야 한다.”

곧 사람들이 흩어지고, 우랑과 갑사는 길 저편으로 사라졌다. 고래고래 고함치는 소리가 울려 퍼졌으나 점차 희미해졌으며, 수레가 지나가고 나니 흙먼지도 점차 가라앉았다.

한바탕 소란이 지나간 길거리에는 사람들이 나서지 않고 웅성거리는 소리만 길가에 가득하였다. 수레바퀴 자국과 발자국이 어지럽게 난 진흙 길바닥에는 핏방울들의 자국이 어지럽게 떨어져 있었다. 다시 길 위를 가로지르며 오가던 들쥐 몇 마리가 문득 멈추어 서서, 진흙에 뒤섞인 핏방울을 핥아 먹었다.

四.

우랑은 칼에 찔린 다리를 절며 성 한켠으로 끌려갔다. 우랑이 갈 때에 끌고 가는 병졸들이, 걸음을 옮기며 외치기를,

“숙신족 도적 떼와 내통하여 고구려 군사를 넘기려 하였다!”

라고 길게 소리 지르며 다녔다. 그러자 그 모습을 본 사람들마다 우랑을 손가락질하고 욕하였다. 또 어린아이들은 돌멩이를 집어 던지고 우랑의 얼굴을 향해 침을 뱉었다. 우랑은 갑옷이나 투구가 없었으므로 어린아이들이 던지는 돌멩이 때문에 끌려가는 동안 무수히 많은 상처가 생겼다.

또한, 한 늙은 여자가 있어서 갑자기 길을 가는 우랑에게 달려

들어 얼굴을 할퀴더니, 울부짖으면서.

"내 아들이 숙신족 도적들과 싸우다가 죽었다. 내 아들을 살려내어라. 내 아들을 살려내어라, 이 간악한 역적놈아."

라고 하고는, 목이 쉬도록 소리를 질렀다. 아들을 살려내라는 늙은 여자는 우랑을 붙들고 소리를 바락바락 내어 울면서 발버둥을 쳤다. 병졸들이 떼어내려 했으나, 무서운 힘으로 우랑을 붙잡고 악을 쓰고 있으니 떼어내기가 쉽지 않았다. 마침내 늙은 여자가 소리 지르며 울다가 힘이 다해 졸도할 때가 되어서야 우랑은 벗어날 수 있었다.

우랑을 끌고 가던 병졸 중 하나가 우랑을 쳐다보고는 이를 갈며 말하기를,

"너도 고구려 조정의 덕으로 밥을 먹는 놈으로, 숙신족 도적 떼들에게 자식을 잃은 부모와 부모를 잃은 자식이 슬퍼하는 것을 안다면, 어찌 숙신족과 내통할 수 있었겠느냐? 네놈은 참으로 죽어 없어지는 것이 마땅한 크나큰 죄를 지었다."

하였다. 우랑은 온몸에 가득 입은 상처가 아프고 힘이 다하여 말할 기력도 없었다. 그러나 병졸의 그 말을 듣자 억울하고 원통하여 답하기를,

"나는 숙신족의 땅에는 발을 디뎌본 적도 없다. 내가 어찌 숙신족 도적과 내통할 수 있겠는가?"

하였다. 그러니, 병졸이 노하여 소리치기를,

"이놈이 죄를 뉘우치는 기색이 없이 거짓말만을 입에 올린단 말인가. 숙신족과 싸우다가 죽은 군사들의 어미들이 흘린 피눈물

을 생각하면 너 따위 사특한 역적을 어찌 살려둘 수 있겠느냐."

하고는 도끼를 뽑아 들고 우랑을 죽이려고 하였다. 그러자 옆에 있던 병졸이 말려서 간신히 도끼를 거두었다.

우랑이 혈옥이라 하는 곳에 도착하자, 우랑에게 처음 칼을 찔렀던 갑사가 나타났다. 병졸 둘이 우랑을 강제로 무릎 꿇게 한 후에, 갑사가 우랑에게 말했다.

"너는 숙신족 도적과 내통하는 죄를 지었으니, 숙신족이 사는 곳과 같이 더러운 땅굴 속에서 지내는 옥에 가두어놓을 것이다. 그곳에서 기다리고 있으면, 죄를 묻고 안국군께서 직접 처결하시리라."

그리고 나서 병졸들은 우랑을 어떤 구덩이 같은 곳에 던져 넣었다. 구덩이는 매우 깊어서, 우랑은 한참이나 떨어지는 느낌이 들었으며, 그 바닥에 떨어지는 순간 커다란 소리와 함께 온몸이 부스러지는 듯이 아파왔다. 우랑은 소리를 지르며 몸을 웅크리고 뒤척였으나, 약한 뼈가 몇 마디 부러진 듯, 몸을 웅크리고 뒤척일 때마다 격렬하게 소리를 지르게 되었다.

아파서 앓는 소리를 내며 뒹굴며 보니, 우랑이 떨어진 곳은 사람 키의 두세 배쯤이 되는 널찍한 흙구덩이였다. 흙벽은 단단하여 흙먼지가 날렸다. 구덩이 속에도 어김없이 들쥐들이 어지럽게 오가고 있었는데, 바닥에는 더러운 물이 고여 질척거렸다. 그리고 구덩이 위로는 빼꼼이 파란 하늘이 올려다보였다. 그 외에는 아무것도 보이지 않았으니, 우랑이 답답해하는 동안 우랑을 지키느라 땅 위의 구덩이 옆에 서 있는 병사들의 말소리만 나직하게 들려왔다.

"여기가 숙신족들을 가둘 때에 사용하는 혈옥이다. 숙신족은 집을 지을 줄을 몰라서 흙구멍을 파고 그 안에서 산다고 한다. 그러니 숙신족에게 붙어 조정의 군사를 죽이려 한 네놈에게는, 마치 그 흙구덩이 속이 아내가 가슴으로 안아주는 따뜻한 품과 같지 않겠는가?"

병사들이 이윽고 낄낄거리고 웃었다. 우랑이 바닥에 누워서 보니, 구덩이 입구로는 아무것도 없는 파란 하늘만 보이고 주변에서 병사들이 비웃는 소리가 들려왔으므로, 마치 그 소리가 하늘에서 내려오는 듯하였다.

우랑이 허벅지에서 흐르는 피를 멎게 하려고 애쓰며 한참 누워 있자니, 문득 혈옥 안이 갑자기 어두워지기 시작했다. 우랑이 올려다보니, 혈옥 입구를 커다란 나무 덮개로 덮는 듯하였다. 곧 다시 병사들이 웃으며 말하는 소리가 하늘 쪽에서 들려왔다.

"이 나무 덮개를 닫으면 혈옥 안은 깜깜해지므로, 너는 보이는 것도 없고, 들리는 것도 없고, 말할 사람도 없이 그 까만 방 속에 혼자 처박혀 있게 된다.

옴짝달싹하기 힘든 좁디좁은 혈옥에서 빛도 없고 들리는 것도 없이 있으면, 하루가 지나가는지 한 달이 지나가는지도 알 수가 없으므로, 세월이 흐르는 것을 도무지 종잡을 수 없게 된다. 그러므로 어떤 놈은 하루 사이에 굶어 죽기도 하고, 어떤 놈은 열흘 사이에 머리가 하얗게 세어 늙어버리기도 했다."

이내 나무 덮개가 완전히 덮여서 혈옥 안은 깜깜해졌다. 고개를 숙여도 자기 팔다리가 보이지 않고, 눈앞에 손등을 가져와도 손이 보이지 않을 정도로 아무것도 보이지 않았다. 우랑이 놀라고 겁을 먹어 소리를 질렀다. 그 사이로 혈옥 밖에서 희미하게 병사가 하던 말을 마치는 소리가 들려왔다.

"그러니, 너는 깜깜한 곳에서 혼자 조용히 처박혀 죽을 때를 두려워하는 심경이 또 어떠하겠느냐? 그 축축한 흙바닥에 누워서 지금껏 살아온 날들과 목이 잘려 죽은 후에 썩어 없어질 것을 생각하며 덜덜 떨며 천 가지 생각, 만 가지 걱정을 끝도 없이 하는 것은 또 얼마나 무섭겠느냐? 이것이 수많은 병사들이 피를 흘린 싸움을 욕보인 네가 저지른 추한 죄의 값인 것이다."

우랑은 덮개가 덮여 캄캄한 혈옥 속에서 하루인지, 며칠인지 모를 시간 동안 아무 소리도 듣지 못하고, 아무 빛도 보지 못한 채 갇혀 있었다.

五.

그러고 있는데, 문득 갑자기 혈옥의 나무 덮개가 걷히면서 달빛이 쏟아졌다. 밤이었던 것이다. 곧 사다리가 하나 내려오고, 사다리를 타고 몽둥이를 든 덩치가 큰 역사力士 한 명이 내려왔다. 우랑은 눈이 부시고 갑자기 들려오는 세상의 소리에 귀가 멍멍하여 정신을 못 차리고 놀라서 웅크리고 있는데, 역사가 다짜고짜 우랑의 멱살을 쥐고 물었다.

"네놈의 모든 죄를 알고 왔다. 바른대로 말하라. 숙신족 도적 떼 중 누구와 흉한 일을 도모했는가? 숙신족 도적 떼들이 성 안으로 들이치는 때는 언제이며, 그때 네놈이 맡은 일은 무엇인가?"

소리라는 것을 너무 오랜만에 들어보기 때문에, 우랑은 그 말을 알아듣지 못하였다. 대신, 지친 목소리를 짜내어, 다음과 같이 답하였다.

"쥐들이 계속 팔다리 위로 지나다니면서 찍찍거리는 소리를 내니 도무지 한숨도 잘 수가 없었소. 잠을 자지 못하니 어찌 사람이 제정신을 갖겠소? 혈옥을 닫아놓으면 보이지가 않으니 쥐를 잡을 수도 없고 쫓을 수도 없었소."

역사는 그 말을 듣고 우랑을 내팽개쳤다.

"네놈은 도성의 귀한 집안 출신으로 벼슬살이를 일찍 시작하여 오만방자한 것인가? 두 손을 모아 싹싹 빌며 스스로 죄를 고하고 살려달라고 눈물을 줄줄 흘려야 마땅하건만, 잠을 못 잤다는 말이나 지껄이고 있느냐?"

엎어진 우랑이 몸을 뒤집어 역사 쪽을 향하고는 다시 말했다.

"나는 이십 년 동안 조정의 벼슬을 지내면서 조정에 흠이 될 일은 작은 것도 범한 것이 없소. 하물며 숙신족들이 사는 지역에 들어온 것은 그날이 첫날일 뿐이오. 숙신족 도적 떼와 내통하여 고구려군을 배반했다니, 어찌 내가 생각이나 할 수 있는 일이겠소?"

그 말을 듣자, 역사가 노하여 소리쳤다.

"나는 너와 같은 자들을 특히 가장 싫어한다.

고고한 말투로 곧고 바르게 산다고 떠들며, 여러 나라의 어려운 글귀를 구해 읽고 부지런히 조상의 제사를 치르면서 학식을 높이고 인품을 닦는 척하면서, 실상 뒤로는 온갖 더럽고 야비한 짓을 하며, 세상에 남기는 일이라고는 오직 앉아서 밥만 먹은 게 다인 놈들이 바로 네놈과 같은 것들이 아니냐?

네놈과 같은 족속은 그런 추잡한 짓을 하면서도 스스로 추잡한 짓을 하는지 깨닫지도 못하고 오히려 더 우아하게 살고 있다고 생각하니, 그것이 더욱 더러운 짓이지 않은가. 너와 같은 놈 때문에 바로 이 나라가 북으로는 숙신과 말갈에 시달리고 서로는 한족과 선비족에게 시달릴 뿐, 태평한 날이 없는 것이다."

역사는 곧 품속에서 날카로운 쇠붙이들을 꺼냈다.

"마지막으로 말하니, 네놈과 내통한 숙신족의 도적 떼가 누구인지 말하라. 내가 힘을 쓰기 시작하면, 너는 끓는 쇳물 속에 떨어지는 눈송이처럼 녹아내려서, 네 어미가 어떤 놈이랑 바람이 났는지도 실토하게 될 것이다."

우랑이 잠시 입술에 고인 피를 토해냈다. 그리고 곧 다시 답했다.

"나의 어미는 내가 어릴 때 죽었으니, 어찌 간통을 하겠는가?

혹시 내 어미가 바람이 났다면 네놈의 아비랑 바람이 났겠구나. 듣자하니 어떤 못난 영감이 젊을 때 사모하던 여인을 잊지 못했으나, 사람이 비루하여 평생 말을 못하다가, 여인이 죽고 나서야 밤마다 무덤을 파헤쳐 시체의 백골을 붙들고 잠자리를 같이하고 자식을 같이 낳자고 속삭이는 미친 짓을 한다고 하니, 그 정신 나간 놈이 바로 네놈의 아비인가?"

우랑이 욕하는 것을 듣고 역사가 다시 소리쳤다.

"네놈은 죄를 물으며 형신을 하는 것을 고작 매질을 하고 주리를 트는 것만 생각을 하느냐?

나는 이곳에서 짐승과 같은 숙신족의 도적 떼들과 싸우면서 온갖 것을 다 보았다. 칼날로 갈라낸 사람의 뱃가죽이 몇이며, 도끼로 찍어낸 사람의 목이 몇인 줄 아느냐? 엉켜서 흐르는 피와 고름이며, 터져 썩는 내장과 힘줄들이 갈라지는 처참한 꼴을 하루에도 수십, 수백을 지켜본 것이 며칠인 줄 아느냐? 부러져 튀는 뼛조각을 아이들이 놀며 꺾는 삘기처럼 생각하고, 온몸에 튀기는 핏방울을 미인이 이른 아침 길을 거닐 때 이슬을 맞는 것처럼 생각하게 되는 것을 너는 감히 어렴풋이 짐작이나 할 수 있겠느냐?

숙신족과 싸우는 가운데 익힌 솜씨에 당하면, 네놈은 없던 일도 지어내서 말하게 될 것이다. 죄수들 중에는 옳은 정신을 잃고 온몸을 부들부들 떨며 그저 눈만 깜빡깜빡해대면서 무슨 말을 하는지 알아듣지도 못하는 가운데, 단지 온몸을 굽실거리며 '예, 그 말이 맞습니다. 부디 제발 저를 살려주십시오.'라고만 외치는 자들도 있는 것을 아느냐? 며느리가 아침을 차려 왔다고 올려도 그저 '예, 그 말이 맞습니다. 부디 제발 저를 살려주십시오.' 하고 소리치는 정신 나간 노인의 이야기를 들어보지 못하였는가? 갓난아기가 우는 소리를 내는 곳을 향하여 무수히 절을 하며 '예, 그 말이 맞습니다. 부디 제발 저를 살려주십시오.' 하고 소리 지르는 실성한 사나이의 이야기를 들어보지 못하였느냐?"

역사가 우랑을 죽일 기세로 대어들자, 우랑은 마지막으로 품속에서 조의의 자리를 나타내는 도장을 꺼내어 보였다.

"조의의 인장을 내어 보이며 이야기하는 것이니, 정식으로 조정의 이름으로 말하는 것이오. 그러므로, 나에게 손을 대기 전에 우선 소사자에게 알리시오."

도장을 보고 역사가 말했다.

"이따위가 무슨 소용인가?"

우랑이 대답하며 호통을 치는 듯 굳건한 목소리를 내고자 하였다. 쇠약해진 몸이나마, 이 말을 할 때만은 겁내고 주눅 드는 것 없이 조정의 관리답게 든든한 모습을 갖추고자, 있는 힘을 다하였다.

"비록 억울한 누명이라고 하나, 그대도 단로성에 머무는 군사로서 명령을 받아, 붙잡힌 죄수의 죄를 묻기 위해 형신을 한다고하니, 어쩔 수 없다 하겠소.

그러나, 그대가 충성을 아는 군사이며 명을 받드는 것을 익힌 병졸이라면, 조정에서 내린 인장이 얼마나 엄정한지 또한 잘 알고 있을 것이오. 그대 또한 명령을 내리고 받드는 것을 어기고자하지는 않을 것이니, 이와 같이 인장을 내어 보이고 관리가 한 말이라면 반드시 전하고 장수에게 알려야 한다는 것 또한 어길 수없을 것이오."

역사는 그 말을 듣자, 금방이라도 우랑을 쳐 죽이려 하던 기세를 잠시 참아 누그러뜨렸다. 그러나 역사는 여전히 씩씩거리고있었다.

"비루먹은 역적 놈이 그래도 관리의 옷을 입고 있다고 간교한 꾀를 짜내는구나."

역사는 이와 같이 말하면서도, 뒤이어 우랑에게 물었다.

"또 무슨 치졸한 소리를 하려느냐?"

우랑이 똑똑히 답했다.

"을파소 때의 법에 나와 있기로, 죄인을 가두는 옥의 제도는 엄히 나타나 있소. 땅에 구덩이를 파서 사람을 떨어뜨려 넣고, 햇빛이 들지 않게 막아두는 혈옥이라는 것은 제도에 없는 일이오. 그러므로 이곳에서 형신을 하는 것은 조정의 제도를 따르지 않는 일이니, 그대는 조정의 제도에 맞는 옥을 갖추고 그곳에 옮긴 후에야 나를 형신할 수 있소.

이것을 어기면 조정의 법을 어기는 것이오. 이러한 말을 반드시 소사자께 전하도록 하시오."

말을 들은 역사는 우랑이 내어놓은 도장을 한참 쳐다보았다. 그러더니, 우랑의 얼굴에 침을 뱉었다.

"네놈이 한 말을 알린 후에, 곧 다시 돌아오겠다. 내 반드시 네놈이 내 다리를 붙잡고 늘어져 눈물을 흘리며 빌도록 만들 테다."

역사는 도장을 주워 들고서는 사다리를 타고 혈옥 밖으로 나갔다. 역사가 나가자 사다리도 다시 올라가고 다시 나무 덮개가 닫혔다.

혈옥 안은 다시 깜깜해져서, 두 사람이 서로 욕을 퍼부으며 죽이려 들던 기세는 그새 아무 흔적도 없이 검은 허공으로 사라진 듯하였다. 아무 소리 없는 혈옥 안에는 우랑의 헐떡이는 숨소리만 남아 있을 뿐이었다. 다시 아무 빛도, 말도, 기척도 없이 죽을 때를 기다리는 깜깜한 먼지만 천천히 가라앉고 있었다. 지치고 다친 우랑은 마침내 기운을 잃기에 이르렀다.

六.

두 번째로 혈옥의 덮개가 열렸을 때는 낮이었다. 아침 햇빛과 함께 차가운 바람이 마구 몰려왔다. 우랑은 정신을 잃고 있었다. 우랑의 모습을 보니, 마치 진흙탕에 버려져 더럽혀진 고깃덩이처럼 혈옥 바닥에 널브러져 있는 꼴이었다. 혈옥을 오가는 들쥐들이 우랑의 옷을 갉아 먹고 머리카락을 뜯고 있었다. 우랑은 쥐가 머리카락을 씹느라 머리카락이 당겨지면 가끔 그것이 아파서 아주 잠깐씩 정신을 차릴 뿐이었다. 그러나 먹은 것도 없고 상처만 깊어갔으므로 환하게 한낮 햇빛이 쏟아지는 중에도 차마 눈을 뜨고 두리번거릴 기력조차 없었다.

혈옥 위에서는 사다리가 내려오더니, 사다리를 타고 흰 옷을 입고 작은 고깔 모양의 관을 쓴 한 노인이 내려왔다.

노인은 학자였는지, 품속에서 나뭇가지를 엮어 만든 책을 꺼내어 펼쳐 보았다. 책을 보면서 그는 침을 우랑의 얼굴과 배의 여러 곳에 꽂았다. 그리고 호리병을 꺼내어 호리병 안에서 죽과 같은 약을 따라서 우랑의 입속으로 흘려 넣었다. 곧이어 노인은 찬물을 끼었으며 우랑의 얼굴을 손바닥으로 때리기 시작했다.

온몸을 침으로 찔러대면서 노인이 치료하자, 이윽고 우랑은 정신을 온전히 차릴 수 있었다. 우랑이 간신히 힘을 모아 소리를 내었다.

"물이 있습니까?"

노인이 물이 담긴 병을 건네어주었다. 우랑이 그 물을 마셨다. 물을 마신 우랑이 노인에게 말했다.

"정신을 잃어 죽는 줄 알았으나, 어르신의 덕으로 다시 깨어났습니다. 감사합니다."

우랑의 말이 끝나자마자 노인은 우랑의 얼굴을 거세게 후려쳤다. 노인은 힘이 센 것은 아니었으나 주저하는 기색이 없고 미워하는 것이 깊어 때리는 기세가 매서웠다. 노인이 말했다.

"닥쳐라. 나도 네놈이 어떤 짓을 한 놈인 줄은 알고 있다.

아직도 성 밖의 숲 속에는 숙신족 도적 떼들과 싸우다 죽은 시체들이 채 썩지를 않고 널려 있는데, 네놈은 어찌 이 나라에서 태어나 자란 자로, 그와 같은 짓을 할 수 있단 말이냐? 학문을 익힌 사람으로 사람의 고운 심성을 조금이라도 갖고 있거나, 이치를 따질 줄 아는 지각이 조금이라도 있는 자라면, 모두가 네 녀석 따위는 근처에도 가고 싶어 하지 않는다. 너 따위의 썩은 목숨을 살리고자 약을 짓고 떠먹이고자 하는 의원이 없었으니, 너는 누가 너를 죽이지 않았는데도 이렇게 하늘이 벌을 내려 쇠약해져서 죽을 것이었다.

그런데도 명이 내려오기로 네가 지금 죽게 되면 안 된다고 하여 어쩔 수 없이 너와 같은 간악한 놈도 참고 돌보아줄 사람을 찾고 찾았으니, 할 수 없이 내가 의서를 익힌 적이 있어 내려왔을 뿐이다.

안국군의 큰 뜻을 내가 감히 함부로 말할 수는 없겠으나, 어찌 그분의 도량은 당장 죽여 마땅한 너 따위를 이렇게 살려두게 하시면서, 비를 피할 곳을 내어주고, 목숨을 부지할 약까지 주시는 것인가? 참으로 알 수 없는 노릇이다.

숙신족 도적 떼들에게 죽은 사람들을 생각하면 가슴이 찢어지는 듯하다. 너와 같은 자는 당장에 형장으로 끌고 가서, 피를 토하며 엉엉 울고 날뛰도록 아파하며 괴로워하다가 목숨을 끊기도록 해야 마땅한 것을 알건만, 참기가 어렵구나."

노인은 우랑이 깨어난 것을 보자 서둘러 다시 사다리를 올라 혈옥 바깥으로 나가려 했다. 우랑은 어안이 벙벙하여 멍하니 노인을 바라보고만 있었다.

노인이 혈옥 바깥으로 나오자, 노인의 제자인 듯 보이는 젊은 사람 서넛이 노인을 맞이하고 있었다. 노인은 마지막으로 혈옥 안을 다시 돌아보았다. 이때 들쥐 한 마리가 조르르 지나가다가 앉아 있는 우랑의 머리카락을 물어뜯으려 우랑의 등으로 기어오르려 하였다. 이에 우랑이 놀라 움찔하였다.

그 모습을 보고 노인이 좌우의 제자들에게 말하였다.

"들쥐를 보는 저 모습을 보면 저놈의 흉악한 마음을 알 수 있다.

무릇 아름답고 못난 것은 보는 사람이 어떤 마음을 갖고 있느냐에 달려 있는 것으로, 비단벌레는 징그러운 벌레이지만 좋은 장식을 꾸밀 수 있는 것을 알기에 아녀자들이 도리어 더욱 귀하게 여기고, 소의 뼈로 국을 끓일 때에는 뼈에서 흘러내리는 죽은 짐승의 물이라 할지언정 몸에 좋은 것을 알기 때문에 마음 약한 노인들도 앞 다투어 핥아 먹는다.

그런데 지금 단로성에 쥐가 많은 것은, 안국군께서 숙신족의 역겨운 풍속을 막으라고 하시기에, 족제비와 담비를 모두 잡아 없앴기 때문 아닌가? 그러하니 저 들쥐들은 바로 부모의 시체를 족제비에게 먹이는 숙신족들의 짐승만도 못한 짓거리를 금하게 했다는 증표이다. 또한 들쥐가 갑자기 많아진 것이야말로 바로 이 땅을 효도와 예의를 아는 곳으로 만들었다고 표시하는 깃발인 것이다.

그렇다면, 저 들쥐들이야말로 아직 세상에 고귀한 뜻이 남아 있음을 나타내는 아름다운 것이 아닌가?

그런데 저놈은 이러한 들쥐의 뜻을 아름답게 여기지 못하고 다만 그 겉모양을 더럽게 여겨 피할 뿐이다. 이 어찌 사람답다 하겠는가? 저놈은 역시 고구려인의 몸뚱어리를 갖고 있으나 핏줄마다 숙신족 도적의 피가 흐르는 놈이 틀림없다."

다시 혈옥의 덮개가 덮일 때에 노인이 제자들에게 당부하는 소리가 들렸다.

"너희들은 이와 같이 단로성 쥐 떼들의 아름다움을 알아야 한다. 또한 사악한 자들이란 작은 몸짓에서부터 그 추한 뜻이 배어 나옴을 깨달아야 한다."

그런데, 우랑은 그제야 정신이 번쩍 들어, 깜깜한 가운데에서도 소리를 질렀다.

"노인장, 혈옥의 제도는 법에 없는 것이라 하여, 옮겨줄 것을 조의의 인장을 걸고 말하였건만, 어찌 되었는지 아십니까?"

한참 아무 말이 없었다. 몇 차례 우랑이 더 소리치자, 다른 젊은 사람의 목소리가 어둠 속에서 대신 들려왔다.

"부분노扶芬奴의 제도에 보면, 무기와 진지는 지역에 따라 풍토를 가려서 달리 세우라고 한 적이 있다. 그러므로 그 제도에 따라, 굴을 파고 지내는 숙신족들이 사는 이곳에서는 혈옥의 제도도 옳은 것으로 본다고 한다."

우랑이 소리 질렀다.

"부분노의 제도라는 것은 병졸을 다스리고 군사를 움직이는 제도인데, 그것을 왜 죄를 묻고 벌을 주는 일에 가져다 쓰는 것입니까? 또한 숙신족들이 굴을 파고 산다고는 하나, 햇볕도 들지 않게 하고, 물도 주지 않고 밥도 주지 않는 법이 있습니까?"

우랑이 계속 소리를 질렀으나, 그 후로 답은 돌아오지 않았다.

七.

세 번째로 혈옥의 덮개가 열렸을 때는 붉은 빛이 가득 쏟아져 들어오고 있었다. 아침놀이나 저녁놀 빛이었는데, 우랑은 아침인지, 저녁인지 알지 못했다. 아침 새인지, 저녁 새인지 멀리서 구슬피 우는 새소리가 들려오는데, 새소리 사이에 흐느껴 울면서 신음하는 한 여자의 소리도 멀리서 같이 들려왔다.

곧, 사다리가 내려오고, 그 사다리를 타고, 처음 중항에서 우랑에게 칼을 휘둘렀던 갑사가 나타났다. 갑사가 우랑에게 말했다.

"중항의 거리를 그대가 맡았다 하고 큰소리를 치던 당당하던 체구는 어디로 가고, 이제는 거적때기를 뒤집어쓴 비루먹은 들개의 꼴이 되었는가?

거리마다 넘치는 쥐 떼들을 먹고 사는 들개를 한 마리 잡아다가, 술집 춤꾼들이 뒤집어쓰는 가면을 하나 머리에 달아놓고 걸레 조각을 하나 얹어놓는다면, 지금 네놈의 꼴과 많이 다르기나 하겠느냐?"

우랑은 힘이 없어 한참 말을 못하고, 목에 흙먼지가 걸린 것이 있어 또한 기침을 몇 번 하였다. 그러다 기침이 멎을 때 즈음 우랑이 답했다.

"거울을 본 지 오래되었으니 나의 겉가죽이 들개와 같은 줄은 모르겠소. 그러나 그대의 말을 들어보니, 그대의 배 속이 흘린 밥을 주워 먹는 개와 같다는 것은 똑똑히 알겠소."

갑사는 우랑의 말을 듣고 웃었다.

"이십 년 묵은 조의 어르신이시니 어찌 그 공이 높고, 이룬 바가 많지 않으시겠는가. 네놈이 얼마나 총명하였으면 이십 년 동안이나 도성에서 무거운 자리를 맡아 일하면서 고작 조의의 자리에 머물러 있었던 것이냐? 네놈은 얼마나 듬직하였기에 처자식에게 쫓겨나 홀로, 이천 리 바깥으로 쫓겨왔겠느냐?

정녕, 네놈이 아무리 아둔하며 아무리 제구실을 못하는 사람이라 한들, 아직도 네가 무엇을 잘못했는지 모르느냐?"

우랑은 힘을 잃었는지, 답을 하기 싫은지 말을 하지 않고 누워만 있었다. 갑사가 계속하여 말하였다.

"숙신족들은 가난하고 아는 것이 없으므로, 그동안 항상 고구려인들의 짐을 나르고 빨래를 하며 곡식을 얻어 더부살이를 해오며 살아왔다. 그런데 고구려 사람들은 숫자가 적고 숙신족들은 숫자가 많으므로, 가끔 경계 밖에서 숙신족의 도적 떼들이 짜고 쳐들어오면 고구려 사람들은 막을 수가 없었다.

그랬던 것을 오직 안국군의 힘으로, 6부部와 7락落에 흩어져 있는 근방의 숙신족들을 모두 복속시킬 수 있었다. 그리고 다만 안국군의 힘으로 이곳 단로성을 빼앗아 높은 요새로 고쳐서 감히 숙신족들이 넘볼 수 없게 만들었던 것이다.

그러나, 그래도 아직 숙신족들의 수는 많고 고구려 사람들의 수는 적다. 비록 안국군의 기마대인 숙신병은 빠르고 안국군의 철갑대인 양맥병은 실수가 없다 하나, 숙신족들은 고구려 사람들의 하인과 집사가 되어 집 안 구석구석의 일을 하고 있으므로, 이들이 내통하는 것은 큰 근심이다. 고구려 사람에게 굽실대며 가까이에 붙어 있는 노비 같은 숙신족들이 속으로 은밀히 나쁜 마음을 먹고 바깥의 흉악한 도적 떼들과 긴밀히 어울려 난을 일으키면 막을 길이 없다.

그러므로, 감히 고구려 사람들에게 대들 마음을 먹지 못하도록, 항시 고구려의 군사들과 조정은 보기만 해도 두려운 마음이 생기게 하고, 감히 쳐다보지도 못하게 해야 하는 것이다. 그렇게 숙신족들을 다스려 도적 떼들을 막고 난리를 없애기 위해서, 고구려의 수레가 지나가면 숙신족들은 엎드려 움직이지 못하도록 하는 습속이 있었던 것이다.

숙신족들을 엎드리게 하는 습속은 단로성을 지키고, 고구려의 경계를 지키기 위한 것일 뿐이지, 숙신족을 괴롭히기 위한 어린 아이 장난 같은 짓이 아니다. 이렇게 하여, 숙신족들 스스로도 고구려 사람에 대한 충성을 나타내니, 이로써 서로 두려움 없이 믿고 어울려 지낼 수 있게 하기 위함이다.

그런데 너는 이곳에 온 지 겨우 하루가 채 못 된 놈으로 이러한 까닭을 알지도 못하면서, 감히 귀한 습속을 깨뜨렸다. 그래서 네 놈 때문에, 소태후 마마의 수레가 지나가는 앞에서 숙신족을 다스리는 법을 잃게 하였다. 그러니, 이것이야말로 숙신족 도적 떼가 생기게 하고 난리가 일어나게 하는 일에 네놈이 도움을 준 것이 아닌가?"

갑사는 우랑을 보며 다시 슬며시 웃었다. 우랑은 계속 아무런 말이 없었다. 지금껏 큰 목소리로 당당하게 말하던 갑사는, 몸을 굽혀 누워 있는 우랑에게 가까이 가서 낮은 목소리로 말하기 시작했다.

"지금 저 위에서 신음하는 여자의 소리가 들리느냐? 온몸이 아프고, 배고픔과 목마름에 지쳐 괴로워하면서, 곧 죽을까봐 두려워하는 소리가 들리느냐?"

누가 갑사의 말에 맞추어 괴롭히기라도 하는지, 계속해서 들려오던 여자의 신음 소리가 더욱 커졌다. 갑사가 말을 계속하였다.

"저것이 바로 네가 구해주려고 했던 여자가 내는 소리다. 가만히 놓아두었으면 저 여자는 한 번 걷어차이고 아파하고 말았을 것이다. 설령 일이 잘못되어도 못이 달린 신발에 손을 밟혀 상처가 좀 생기고 말았을 것이다. 그런데, 이제 이렇게 내통한 죄를 물어 역적으로 몰려서 죽게 되었다.

물어보니, 저 여자는 순박하고 겁이 많아서 장사꾼에게 바둑돌을 사는 것조차 두려워하던 아이였다고 한다. 그런데 네놈이 쓸데없이 법이니 예의니 하면서 말을 늘어놓으며 따진 덕분으로 이제 역적이 되어 처참하게 죽는 것이다. 저 여자는 얼마나 무섭겠느냐? 네가 원망스럽지 않겠느냐?

애초에 네놈이 소태후 마마의 수레를 막아서서 큰소리를 친 것이, 저 여자를 위한 것이었느냐? 네놈은 도성의 벼슬자리에서 쫓겨나고 처자식에게 쫓겨난 것이 억울하여, 괜히 조정과 관리들에게 원한을 품고 네놈이 법과 제도에 대해 많이 아는 것을 자랑해보고자 싸움을 걸어본 것이 아니냐? 네놈이 억울하다고 생각하느냐? 그렇다면 저 여자는 얼마나 더 억울하겠느냐?"

우랑은 끝까지 아무 말이 없었다.

여자의 모습은 보이지 않고, 올려다보아도 오직 붉은 노을이 진 하늘만 휑하니 보일 뿐이건만, 그 울음소리만은 서럽게 계속 들려왔다. 우랑이 힐끗 보니, 마치 이번에는 붉은 노을빛을 타고 그 울음소리가 계속해서 퍼져 내려오는 듯하였다.

우랑이 잠깐 하늘을 올려다보자 갑사는 우랑의 얼굴을 들여다보았다. 갑사가 물었다.

"너는 나에게 네가 숙신족을 도왔다는 죄를 지었다고 스스로 말하겠느냐?"

우랑이 기침을 몇 번 하여 목소리를 고르려 하였다. 갑사가 다시 물었다.

"다시 묻겠다. 너는 나에게 네가 스스로 숙신족과 내통했다고 말하겠느냐?"

우랑은 잠시 침을 삼키더니, 말을 하기 시작했다.

"나는 도성에서 벼슬을 받은 조정의 관리이므로, 도성에서 죄를 이야기하기를 바란다. 더군다나 묻고자 하는 죄가 역적모의나 적과 내통했다 하는 것이면, 처벌이 죽이는 것이지 않은가? 조정의 관리에게 죄를 주어 죽일 때에는, 반드시 성상께서 처결해주신 다음에야 죽일 수 있다는 것을 너도 알 것이다.

그러므로, 나는 이곳이 아니라 도성으로 옮겨 가서 죄를 이야기하고자 한다. 또, 나의 일은 저 숙신족 여자의 일과 같은 것이므로, 저 숙신족 여자도 같이 도성으로 가서 이야기하고자 한다.

이것은 국초에 극 씨, 중실 씨, 소실 씨가 함께 만든 법에 분명히 나와 있는 것이다. 또한 이것을 어기면, 어긴 자를 조정에서 처벌하도록 되어 있다. 그러니, 나를 여기서 꺼내어 도성으로 보내다오."

그 말을 듣자, 갑사는 잠시 어리벙벙한 표정이 되었다. 그러더니 하늘을 보고 웃으며 고개를 저었다.

"과연, 고집이 대단한 놈이로구나. 네놈은 어떻게든 날 이기고 나가보려고 하는 모양인데, 그런 일은 없다. 내가 지금 여기서 네놈을 칼로 찔러 죽이고 '내가 죽였다' '내가 죽였다' 하고 백 번 천 번 소리 질러 떠든대도, 아무도 내 수염 끄트머리 하나 건드리지 못한다.

네놈이 조정을 믿느냐? 네가 숙신족의 도적 떼와 역적모의를 하는 것을 보았다고 할 사람은 얼마든지 있다. 백 리 밖에서 잠을 자고 있던 놈이든, 천 리 밖에서 유녀遊女들과 술잔치를 하던 놈이든, 나라를 위해서 네놈이 역적모의를 하는 것을 보았다고 말할 생각을 갖고 있는 사람들은 백 명, 천 명이라도 세워놓을 수 있다. '예, 제 두 눈으로 저자가 칼을 빼들고 설치는 것을 똑똑히 보았으며, 분명히 기억납니다.' 하고 말할 사람들은 끝없이 있단 말이다.

네놈은 벼슬자리에서 쫓겨나 먼 곳으로 왔으니 나라에 불만이 많지 않았느냐? 벌써 네놈이 오던 길에 머물렀던 술집에서 네놈이 조정을 욕하는 소리를 들었다는 사람을 찾았다. 너는 처에게 버려진 놈 아닌가? 너는 처에게 버려진 뒤에 숙신족 여자와 눈이 맞아, 숙신족 도적 떼에게 공을 세우고자 역절질을 한 것이라고 하면 되겠구나. 장사꾼 중에 숙신족 여자가 장신구를 보는 것을 네가 눈여겨보았다는 사람이 있으니, 너는 저 숙신족 여자와 눈이 맞은 것이다.

네놈이 조정에 가서 성상께서 쓰고 계신 금관을 붙잡고 사정을 하건, 다섯 마리 용이 끄는 수레를 타고 하늘에 올라가 귀신을 붙잡고 빌건 간에, 네놈은 내 손에서 벗어날 수가 없단 말이다."

갑사는 실컷 욕을 퍼붓고 돌아서서 사다리를 타고 올라가려 하였다. 사다리에 오르기 전에, 갑사는 우랑에게 마지막으로 말하였다.

"기실, 내 뜻을 말하자면, 지금 네놈의 목청을 확 잘라버렸으면 좋겠다. 그래서, 그 얼토당토않은 소리를 하며, 멍청한 헛소리를 떠들면서 네놈의 허망한 생각이 옳다고 믿으며 우쭐대는 그 말소리를 못 내게 했으면, 그야말로 기쁘지 않겠느냐? 다만 내 칼이 이처럼 크다 보니, 목청만 골라서 잘라내지 못하고 네놈의 모가지를 몽땅 잘라낼까봐 칼을 아낄 뿐이다.

나는 너를 죽이지 않고 살려두겠다. 네놈이 멍청한 벌레 먹은 생각으로 헛소리를 한다고 해도, 결국 네놈이 네 죄를 네 입으로 말해주면 안국군께서 뜻을 이루시는 데에 도움이 될 수 있으니 살려두겠다. 너는 네 죄를 네 입으로 말하게 될 것이다. 너와 같이 야비하고 멍청한 역겨운 자라 할지언정, 안국군께서 큰일을 하시는 데에 쓰기로 하셨으니, 살려두겠다는 말이다."

혈옥은 닫히고, 다시 어두워졌다. 이와 함께 울부짖는 여자의 소리도 다시 점차 희미해졌다.

八.

네 번째로 혈옥의 덮개가 열리자, 사다리가 또 내려오고 이번에는 사다리를 타고, 한 여자가 나타났다. 여자는 숙신족의 옷을 입고 있었다. 그런데 가난한 숙신족들이 입는 것과 형상은 같아 보이는 옷이었으나 정갈하고 귀해 보였다. 여자는 자태가 곱고 화장이 유려하여 그 모습도 아름다운 편이었다.

여자는 지쳐 죽어가는 우랑 곁에 앉아서는 우랑을 보듬어 안고, 우랑의 입에 물잔을 가져가 기울였다. 그 안에서는 따스하고 달콤한 꿀물이 흘러나왔다. 반쯤 정신을 잃었던 우랑은 먹을 것이 입안으로 들어오자, 벌컥벌컥 들이켰다. 여자 품안의 향긋한 내음이 좋았으므로, 마침내 우랑은 정신이 들어 여자의 얼굴을 보았다.

우랑이 쳐다보자, 고운 여자는 미소를 지어 보였다. 우랑이 물었다.

"그대는 누구십니까?"

여자가 답하였다.

"저는 본시 숙신족 추장의 딸로, 저희 아버지는 용맹하고 사나운 노盧 부족의 추장이셨습니다. 노부족은 단로성에서 고구려와 숙신족들이 싸울 때에 마지막까지 싸운 부족이었으므로, 저희 아버지께서도 싸우다 죽을 때까지 고구려인을 죽인 숫자가 매우 많았습니다.

그런데도 안국군께서는 싸움이 끝난 후에도 덕을 베푸셔서 저를 죽이거나 해하지 않으시고, 오히려 아비를 잃은 불쌍한 계집이라 하여, 좋은 집과 많은 곡식을 주셔서 이와 같이 잘 지내게 해주셨습니다. 그러하니, 옛날 추장의 집에 살면서, 산과 들을 뛰어다니며 짐승을 잡아먹고 살던 때보다 도리어 지금 더욱 풍족하게 지내게 되었습니다.

이와 같이 안국군께서는 너그러우신 분입니다. 그러하온즉, 안국군께 진심으로 죄를 뉘우치고 잘못을 빌면, 필시 안국군께 용서를 구할 길이 있을 것입니다.

저는 숙신족 추장의 딸이니 많은 숙신족의 사람들과 이야기하는 동안, 공께서 어찌하여 이곳에 갇히게 되었는지 소상히 들었습니다. 숙신족으로 고구려 수레가 지날 때마다 엎드려 움직이지 말아야 한다는 것을 분하게 여기지 않는 사람이 없으며, 또한 숙신족으로 길에서 여자의 손을 못으로 짓밟으려던 병졸을 꾸짖던 공의 의로운 기백을 칭송하지 않는 사람이 없습니다. 어찌, 공께서 꿋꿋한 뜻을 세우는 것을 모른다 하겠습니까.

하지만, 숙신족은 본시 산과 들에서 짐승을 잡아 그 피와 살을 발라 먹으며 사는 사나운 족속입니다. 그렇다 보니, 지난 싸움에 원한을 갚는다며 길 가는 고구려 병졸을 은밀히 잡아 죽이고 고구려의 창고와 집에 몰래 불을 지르는 도적들이 적지 않습니다. 그런즉, 죄 없는 백성들이 죽어 나가는 때가 많으며, 성 안에 타오르는 불길에 저희 숙신족들도 같이 죽을 때도 적지 않은 것입니다.

더욱이, 요즈음에는 제 아비의 먼 친척이 노부족의 새 추장이 되어, 더욱 그 기세가 등등해져서, 이러한 도적 떼들은 더 많아질지도 모릅니다.

그러니, 이들에게 고구려의 예법과 습속의 위엄이 무너지면, 무엇으로 도적들을 잡고, 백성들을 지키겠습니까? 비록 공의 뜻은 통쾌하고 높은 것이나, 실상 변방의 6부7락을 다스리며 헤아려야 할 것은 통쾌한 뜻뿐만 아니라 이와 같이 어쩔 수 없는 일도 많고도 많습니다. 그런즉, 공과 같은 뜻을 잠시 굽혀야 할 때도 있지 않겠습니까?

지금 공께서 고구려 소태후의 수레를 가로막아 선 것 때문에 혹여 숙신족들이 모두 고구려를 업신여기게 되어 도적 떼들끼리 서로 힘을 모아 숙신족의 이름을 높여야 한다 하면서 저마다 활 시위를 당겨 떼 지어 일어나기라도 한다면, 이를 어찌할 것입니까? 이는 공이 홀로 막아낼 수 있는 일이 아니지 않습니까. 그러니, 부디 공께서는 힘을 다하여 안국군께 용서를 구하고, 안국군께서 도적 떼들의 소굴을 벌할 수 있도록 도와주십시오."

여자는 우랑을 품에 안고 한참 말을 하더니, 문득 우랑의 얼굴을 들여다보았다.

"춥고 습한 바닥에 오래 있었기 때문입니까? 몸이 몹시 차갑습니다. 부끄러워 마시고 이리 와 안기십시오. 몸을 녹여야 합니다."

여자는 옷섶을 풀어 우랑을 덮어주었다. 여자의 몸은 뜨거운 온기가 가득하였으므로, 우랑은 참으로 오랜만에 가슴이 데워지는 것을 느꼈다. 따스해지면서 우랑은 부들부들 몸을 떨었다. 여자가 그 모습을 보고 측은해하였다.

"공께서는 오직 뜻을 꺾지 않고 수십 년 똑똑히 살아왔을 뿐인데, 이와 같이 일이 잘못되어 나라에 누를 끼치고 안국군과 같은 분께 해를 입히셨으니 참으로 가련하십니다. 옳은 일을 하며 살았다고 조정의 중신들이 등을 돌리고, 처자식마저 멀리하는 때에, 그저 뜻을 굽히지 않았다고 목숨마저 빼앗기게 되셨으니, 이토록 슬픈 일이 어디 있습니까?

이와 같이 지내시다가 어두운 혈옥 속에서 죽어버리시면, 도대체 누가 그 마음을 알아주며, 앞으로 천만 년이 지난다 한들, 이제 또 무엇을 해보겠습니까? 차라리, 안국군께서 적을 쫓는 것을 도와주시고 안국군께 용서를 구하여 이 혈옥 구덩이 밖으로 나오십시오.

비록 벼슬을 잃고, 재물을 잃고, 처자와 벗들을 잃었다 하나, 죽지 않고 한 몸뚱이를 건져 언젠가 또다시 배필이라도 얻는다면 아직 다시 따뜻해지는 좋은 날이 채 돌아오지도 않았거니와, 앞으로 봄과 여름날이 또 얼마나 더 많겠습니까?"

여자가 우랑을 꼭 껴안고 꿀물과 죽을 계속 먹여주니, 마침내 우랑은 마음에 맺혔던 것이 북받쳐 올라, 눈물을 흘리며 울기 시작하였다.

"내가 어찌 사특한 마음을 갖고 길을 막아섰겠습니까? 다만 이 곳의 복잡한 사정과 숙신족의 많은 원한을 몰랐으므로 안국군께 잘못을 저질렀을 뿐입니다."

우랑이 울며 이야기하자, 여자는 우랑의 머리를 쓰다듬으며 같이 눈물을 흘리며 고개를 끄덕여주었다. 우랑이 다시 여자에게 물었다.

"제가 뉘우치고, 안국군께 용서를 구하고자 합니다. 어떻게 해야 안국군을 도울 수 있겠습니까?"

여자가 답하였다.

"안국군께서 숙신족 중에서 가장 해를 끼치는 것이 많았던 노부족을 죽여 없애 도적 떼들의 뿌리를 아주 뽑을 수 있도록, 그 구실을 만들어주어야 합니다. 노부족이 단로성 안으로 쳐들어오려고 준비를 하고 있으며, 이를 위해 공께서 노부족과 같이 꾀를 꾸몄다고 말씀드리십시오."

우랑이 울며 고개를 가로저었다.

"저는 이처럼 혈옥 깊은 곳에 내던져져 있으니, 어찌 내궁內宮 깊은 곳에 있는 안국군께 그와 같은 말을 아뢸 수 있겠습니까?"

여자가 답하였다.

"공께서는 숙신족을 위해 나서셨던 분이시지 않습니까? 그러니, 제가 안국군께 청을 올려 공께서 안국군을 뵈올 수 있도록 해보겠습니다."

우랑이 그 말을 듣고, 감격하여 여자를 끌어안고는 울먹거렸다. 그리고 여러 차례 숙신족의 말로 고맙다고 말하였다.

그런데 우랑이 그와 같이 감격하고 있는데, 여자는 알아듣지 못하고 묻기를,

"뭐라고 말씀하셨습니까?"

하였다.

이때 우랑이 보니, 여자가 귀에 금귀고리를 걸고 있는 것이 눈에 들어왔다. 우랑이 손으로 입을 가리고 잠시 생각하더니, 이내 안색이 바뀌었다. 우랑이 여자에게 묻기로,

"족제비의 가죽을 얼마에 구할 수 있습니까?"

했더니, 여자가 의아해하며 답하기로,

"지금은 족제비가 씨가 말랐으므로 값이 올라 무문전無文錢을 주고 사야 합니다만, 왜 갑자기 그런 것을 물으십니까."

하였다.

그 말을 듣자, 우랑이 여자의 팔목을 세게 붙들고 물러앉으며 여자를 노려보았다.

"너는 추장의 딸이 아니며, 숙신족도 아니다. 너는 숙신족의 말을 모르며, 족제비 가죽의 값을 숙신족과 고구려인이 각기 다르게 치는 것을 모르고 있다. 숙신족이라면서 어찌 그것도 모르는가? 너는 어찌 나를 속이려 하느냐?"

그러자 여자가 얼굴이 사색이 되었다. 우랑의 억센 손이 여자의 팔을 비틀고 거세게 잡았다. 우랑이 잡은 손은 곧 목을 졸라 숨통을 끊기라도 할 듯이 부들부들 떨리며 힘이 들어갔다.

여자는 파랗게 질려 몸을 떨면서 엎드리려 하였다. 여자가 말하였다.

"공께 죽을 죄를 졌습니다.

저는 상항上巷에 있는 한 술집의 유녀로, 일을 잃고 쫓겨난 남자나 벼슬을 잃은 어른을 달래어주는 데 재주가 있어 알려졌습니다. 마침 양맥병의 갑사 나리가 찾아와 저에게 말하기로, 안국군을 도울 수 있는 일이 있다고 하였습니다. 그 갑사 나리께서 저에게 숙신족으로 꾸미라고 하셨으며, 또 공께 무어라고 말해야 하는지를 하나하나 일러주셨습니다. 그리하여, 이와 같이 거짓말을 하며 공을 달래어보려고 하였던 것입니다.

듣자하니, 숙신족의 도적은 잔혹하여 살아 있는 사람을 칼로 썰어 죽이면서도 웃고 노래하며 춤춘다 들었습니다. 하오면, 숙신족의 도적과 같이 하신다는 공께서도 그와 같으신 분이십니까? 저는 두려워 몸을 가누기조차 어렵습니다.

저는 6부7락에 사는 사람으로 오직 안국군을 위한다는 말만 믿었을 뿐이지, 공께 나쁜 일을 할 마음은 조금도 없었습니다. 부디 제 목숨만은 구하여주십시오."

여자가 겁에 질려 눈물을 흘리며 엎드려서 떨고 있었다. 우랑이 재차 물었다.

"나는 그 갑사에게 도성의 조정으로 옮겨서 죄를 묻게 해달라고 한 적이 있었다. 그것이 어찌 되었는지 알지 못하는가?"

"갑사가 말하기를 공께서 그 일을 물을지 모른다 하였습니다. 그리하여, 그 답을 이와 같이 일러주었습니다."

여자가 말을 계속하였다.

"죄인은 말에 태우거나 말이 끄는 수레에 싣고 성 밖으로 나가게 되어 있는 것이 옛 제도라고 합니다. 그런데, 단로성의 말들은 대부분 숙신병의 기병대에서 싸움에 쓰고 있으니, 함부로 쓸 수가 없다고 합니다.

또, 비록 숙신병에서 쓰이지 않는 말이 열여덟 필이 있기는 하나, 이 말들은 발굽에 편자를 박는 중이라서 역시 쓸 수가 없습니다. 말발굽에 편자를 다 박는 데에 여드레가 걸린다고 하는데, 숙신족과 내통한 죄는 군사의 일과 관련된 죄이므로 앞으로 사흘 안에 처결해야 하는 급한 일이므로, 기다릴 수 없는 일입니다.

그러므로, 타고 갈 수 있는 말이 없으므로, 도성으로 옮겨서 죄를 물을 수는 없습니다."

그 말을 듣자, 우랑은 힘이 빠져 드러누웠다. 우랑이 소리 지르기 시작했다.

"참으로 가소롭구나. 말만 다리가 있는 것이 아닌데, 말이 없어서 도성에 가지 못한다고 하는 것은 무슨 말인가? 때를 맞춰 열여

덮 필의 말발굽에 일제히 편자를 다는 것은 또 무슨 말인가? 나를 보고 앞뒤를 모르는 관리라고 하나, 이것이 아둔한 바보들의 놀음이 아니면 또 무엇이란 말인가?"

소리를 질러대며 악을 쓰던 우랑은 곧 더 큰 소리를 내어 껄껄대고 웃기 시작하였다. 여자는 우랑이 팔을 놓아주자, 옷가지와 음식들을 내팽개치고 허겁지겁 사다리를 기어올라 도망쳤다. 곧 덮개가 닫히고 다시 혈옥 안이 캄캄해졌다. 그러나 우랑이 우는 소리와 웃는 소리는 한참 동안 길게 흘러나왔다.

"아니다. 이러한 바보들이 바보놀음을 하면서 술 취한 여자 하나가 꿀물 한 잔을 올리게 하였거늘, 나는 그 손을 붙잡고 눈물을 흘리며 살려달라고 빌고 도와달라 쩔쩔매지 않았는가? 이러한 내가 바보스럽지 아니한가? 이것은 잡초가 호미를 보고 살려달라며 애절하게 노래를 불렀다는 따위의 광대들이 하는 우스갯소리 꼭두각시놀음과 다를 것이 무엇이 있는가? 나는 과연 더욱더 바보스럽지 아니한가. 우습기가 끝이 없도다."

한편 도망친 유녀는 갑사와 혈옥을 지키던 병졸들에게 알렸다.

"그자가 마구 웃고 있었습니다."

갑사는,

"일이 뜻대로 되지는 못했구나."

하고 말했다. 갑사는 조바심이 났다.

갑사는 소사자를 찾아갔다. 소사자는 혈옥들 모두를 다스리는 일의 우두머리였다. 갑사가 소사자에게 말했다.

"소사자께 아룁니다. 저 죄수가 뜻대로 바라는 말을 하기 전에 먼저 미치거나 죽어버리면, 다시 비슷한 죄수를 구하기가 어렵습니다. 서둘러 그자가 안국군께서 세우신 뜻대로 말하게 해야 합니다."

소사자는 조금 궁리를 하더니, 빙그레 웃으며 짐짓 기쁜 목소리로 말했다.

"그렇다면, 당장 다시 역사를 보내면 좋지 않겠느냐? 바로 역사에게 시켜 그자를 때리고 아프게 하여 즉시 뜻을 이루도록 하라."

그리하여 곧이어 다음 날 밤, 소사자는 다섯 번째로 혈옥의 덮개를 열게 했다. 그리고 형신을 맡은 역사를 내려보냈다.

九.

역사는 이번에도 달이 뜬 깊은 밤에 혈옥으로 내려왔다. 역사는 투덜거리며 사다리를 내려오면서, 몽둥이와 쇳덩이들을 꺼냈다. 역사가 사다리를 내려오며 말하였다.

"네놈 따위와 같은 죄수들 때문에 나는 항상 밤늦게까지 집에 들어가지 못하고 혈옥에서 피 냄새를 맡아야 하니, 답답하고 갑갑하구나.

나를 부리는 소사자께서는 겨우 힘들게 일하는 나를 위로해준답시고, 내가 집 안에서 지난겨울 돼지고기 맛을 보지 못했다 하시며 돼지고기 몇 근을 내려주실 뿐이었다. 내가 하룻저녁에 없애버리는 사람의 살이 몇십 근이건만, 고작 돼지고기 몇 근이라니 이것이 어울리느냐?"

역사는 그렇게 말하며 우랑을 겁주려는 심산으로 히죽이 웃었다.

"이와 같이 네놈 때문에 나는 밤마다 더러운 곳을 돌며 집에 들지 못하니, 내 원망이 얼마나 크고 두려울 것인가? 오늘은 내 이 원망하는 마음이 네놈이 바른 말을 하게 만들리라."

역사는 밤마다 늦게 형신을 하는 것에 불만이 생기고 화가 났으므로, 그만큼 더 심하게 우랑을 괴롭히리라 마음을 먹었다.

그런데 혈옥에 내려서고 보니, 놀랍게도 우랑은 자리에서 일어나 꼿꼿이 앉아서 기다리고 있었다. 역사가 놀라서 우랑을 쳐다보자, 우랑이 역사를 똑바로 보고 말했다.

"나는 안국군의 뜻대로 하기로 마음을 정했다."

十.

역사가 우랑에게 물었다.

"뭐라고 했느냐?"

우랑이 다시 답했다.

"나는 안국군을 뵙고 내가 숙신족의 노부족과 내통하여 단로성을 불태우려 하였다면서 내 죄를 아뢰려고 한다."

몽둥이며 쇳덩이들을 잔뜩 손에 움켜쥔 역사는 놀라서 잠시 말을 잇지 못했다. 우랑이 다시 말했다.

"다만, 한 가지 안국군께 청하는 것이 있다. 나는 비록 단로성과 6부7락의 처지를 모르고 감히 경솔하게 수레가 지나가는 행차를 막았으니 죄가 있으면 있다 할 수 있을 것이다. 그러나 나 때문에 같이 잡혀온 숙신족의 여자는 아무런 죄가 없다.

숙신족의 여자를 먼저 풀어주어 원래 살던 곳으로 돌아가게 해주고 나면, 안국군께서 뜻하시는 바대로, 모두 말씀을 올리도록 하겠다."

우랑이 말을 마치자, 역사는 몽둥이를 집어 들었다. 역사가 말했다.

"너는 혈옥 깊은 곳에 처박혀 가만히 앉아 있는 데에만도 기운이 모자라 비실비실하는 죄인 놈이지 않느냐? 그런 죄인 놈이 감히 안국군께 무슨 청을 걸고 죄를 말하니 마니 떠들고 있느냐? 네 놈이 다시는 긴 말을 주절거리지 못하도록 얼이 빠지게 만들어주겠다."

역사가 우랑을 보고 욕하자, 우랑은 한 손으로 입을 가린 채 잠시 무엇인가 골똘히 생각하였다. 그러더니 우랑이 갑자기 크게 소리쳤다.

"안국군께 올릴 말씀은 그러하거니와, 너에게도 할 말이 있다."

역사가 잠시 멈칫하니 우랑이 말을 계속했다.

"너의 아내가 지금 간통하고 있다."

역사가 그 말을 듣자, 격분하여 소리쳤다.

"역적 놈의 미친 소리가 끝이 없구나."

우랑이 다시 한 번 말했다. 이번에는 역사를 제압하듯이 큰 목소리로 소리쳤다.

"지금 네가 아내가 간통하는 것을 보러 뛰어가면 너는 죽을 것이요, 아니면 너는 살 것이다."

역사가 주먹을 쥐고 우랑을 향해 달려들었다.

"내가 네놈을 형신하다가 실수했다고 말하고, 지금 네놈의 그 더러운 입을 그대로 으깨고, 이 손으로 목청을 뽑아내겠다."

우랑은 흔들렸으나 멈추는 것이 없이 말을 계속했다.

"지금껏 너만 항상 밤늦은 시간에 이 깊숙한 혈옥을 돌게 하였으니, 이것은 분명히 너를 밤 시간 동안에 집에서 떼어놓으려고 너의 윗사람인 소사자가 꾸민 일이다. 또한 소사자가 너의 집에서 지난겨울 동안 돼지고기를 먹지 못한 일을 안다고 하였는데, 그러한 집안일을 아는 것을 보니 소사자가 너의 집에 자주 드나든 것이 틀림없다.

소사자라는 자가, 늦은 밤 시간마다 일부러 너를 집에 오지 못하게 하면서 너의 집에 자주 드나드는 까닭이 무엇이겠는가? 너의 처가 인물이 못나거나 마음이 굳다면 또 모를까, 소사자가 너의 처와 간통하는 것 외에 또 무엇이 있겠는가?"

역사는 그 말을 듣자 우랑의 멱살을 잡고 끌어 당겼다. 역사가 물었다.

"나의 처가 정숙하여 마음이 굳을 수도 있을 텐데, 네놈은 어찌 그렇게 간통이라고 썩어 빠질 혓바닥을 놀려대는가?"

그러자, 우랑이 답하였다.

"소사자가 네놈의 처와 바람이 안 났다면, 소자자는 네놈의 딸과 바람이 났을 것이다. 소사자가 너의 어린 딸과 바람이 난 것이라 하면 기분이 더 좋겠느냐?"

역사는 우랑의 목을 조르려 하였다. 우랑이 붙잡힌 채로 계속 말했다.

"너는 숙신족 여자가 물건을 훔치려고 했다는 누명을 썼음을 내가 먼저 알아본 이야기를 들었을 것이다. 또한 내가 이곳에 오기 전에 문을 지키며 속임수를 쓰는 자들과 도둑들을 알아본 일도 들어보지 않았겠느냐? 그렇다면 내가 이와 같이 사람이 하는 간교한 수작을 짐작하는 말이 믿을 만하게 들리지 않느냐?"

역사가 우랑을 붙잡은 손아귀가 점차 풀어졌다. 우랑이 계속해서 말했다.

"네가 지금 급하게 달려가서 소사자와 네 처가 간통하는 것을 보고자 한다면 볼 수 있을 것이다. 그러나 그렇게 하면 소사자는 무슨 누명을 씌워서든지 너를 즉시 죽일 것이다.

지금껏 너를 살려두고 오히려 이와 같이 공을 세우는 일을 준 것을 보면, 이 소사자는 겁이 많고 작은 일에 고민을 많이 하는 자이다. 부하의 부인과 바람이 났으니 한편으로는 미안하기도 하고, 한편으로는 네가 불만을 품고 의심을 하지 않도록 하기 위해 일부러 너에게 좋은 일거리를 많이 준 것이다. 그래서 나를 형신하여 안국군을 돕는 공을 세울 수 있게 해준 것 아니겠느냐? 너는 내가 있는 혈옥으로 내려오면서 공을 세울 기회가 생겼다고 기뻐했을 것이다. 내 말이 맞지 않느냐?

그런 소사자와 같은 자가 만약 너와 같이 흉폭한 자의 원한을 산 것을 알게 되면 너의 큰 주먹에 맞아 죽을 것이 두려워, 필시 너를 먼저 죽이려 할 것이다.

내가 스스로 겪어보기로, 이 단로성 6부7락에서 누명을 씌우는 것은 어려운 일이 아니다. 누명을 덮어쓰는 일이란, 중항 거리 가운데에서 사람답게 한나절 가만히 서 있는 것보다도 쉬운 일이지 않은가. 그러니, 수없이 많은 사람을 죽이고, 끝없이 많은 죄수를 괴롭힌 너에게 누명을 씌우는 것은 날개를 뗀 파리를 붙잡는 것보다 간단한 일이다."

역사는 그 말을 듣자 새끼줄에 묶어 들고 있던 돼지고기를 내던졌다. 그러고는 말을 못하고 부들부들 떨고 있기만 했다. 역사의 그 모습을 보고는, 우랑이 다시 말했다.

"지금 집으로 가면 너는 죽게 된다. 어차피 떨어진 낙엽을 다시 붙일 수 없는 것이고, 빼앗긴 마음을 되찾을 수는 없는 것이지 않은가? 그냥 오늘 밤 아내와 소사자가 마음껏 즐기도록 내버려두고는, 아내를 내쫓고 새 처를 얻는 것이 어떠한가."

그러나 역사는 그 말을 듣지 않고, 씩씩거리며 사다리를 올라갔다. 역사는 올라가며 외쳤다.

"집에 달려가서 보고, 돌아와 네놈도 곧 죽이겠다."

다음 날 아침, 혈옥이 열렸다. 혈옥이 열리자 내려온 것은 갑사였다.

갑사는 병졸들과 함께 나타나 우랑을 데리고 사다리를 올라갔다. 그리하여 갑사에게 이끌려 드디어 우랑은 혈옥 밖으로 나오게 되었다. 우랑은 참으로 오랜만에 혈옥 밖에 서서 산과 들과 넓은 하늘을 보니, 감개가 무량하여, 한참 동안이나 먼 데의 산을 쳐다보았다. 넓은 하늘을 올려다보고 빙글빙글 돌며 이곳저곳을 보고는, 또한 낮에 사방으로 내려 쪼이는 밝은 빛을 한껏 온몸으로 받아보았다.

갑사가 우랑에게 말했다.

"안국군께서 내궁에 십삼가十三加들을 모아놓고, 네놈이 노부족과 내통하여 난리를 일으키려 했다고 아뢰어 올리는 말을 들을 것이다."

갑사의 말에 우랑이 고개를 끄덕여 답하였다.

우랑이 갑사가 이끄는 대로 따라가면서 주위를 둘러보니, 혈옥들이 있는 구덩이들의 한끝에 높은 장대가 있는 것이 보였다. 그 장대 위에는 잘린 역사의 머리가 매달려 있었다.

十一.

갑사와 병졸들은 우랑을 나무로 된 우리 속에 집어넣고 가두었다. 우리 안에는 기둥이 하나 있었는데, 병졸들은 우랑을 그 기둥에다 묶었다. 갑사가 우랑에게 말하였다.

"네놈이 바른대로 안국군께 네 죄를 아뢰는 것이 아니라, 또 엉뚱한 생각을 품어 13가 앞에서 요망한 말을 하려는 계략을 꾸미고 있거든 지금 마음을 고쳐먹고 그만두도록 하라."

우랑은 아무 말도 하지 않았다.

그런데 갑사와 병졸들이 우랑을 데리고 출발한 지 얼마 지나지 않아 병졸 하나가 갑사에게 물었다.

"제가 마음을 쓸 일은 아니나, 숙신족 놈들은 도무지 믿을 수가 없으니 마음이 놓이지 않습니다. 이놈이 허튼소리를 하지는 않겠습니까?"

그러자 다른 병졸 하나가 끼어들어 말했다.

"이따위 놈이 무슨 소리를 하건 안국군께 조그마한 흠이라도 끼칠 수 있겠는가?"

병졸이 다시 말을 이어갔다.

"안국군께서는 사리를 밝히는 눈이 지극히 뚜렷하니 이놈 따위가 무슨 말을 하건 모두 알아보실 것을 믿습니다. 그런데 지금 안국군 앞에 모여 단로성과 6부7락의 일을 의논하는 13가들 또한 과연 모두 그러하겠습니까?

13가들은 6부7락의 원로들을 모아둔 것이니, 안국군 앞에서 여러 가지를 같이 의논하면서, 만약 안국군이 하는 일 중에 의심나는 것이 있거든 멈추도록 하는 것이 바로 그들의 일입니다. 혹시 지금 이놈이 13가 중에 한 사람을 속이는 간교한 말을 하게 된다면, 혹시 13가 중에 한둘이 어떻게든 안국군의 크신 뜻을 방해할 일이 있지 않겠습니까?"

그 말을 듣고 갑사는 묶여 있는 우랑을 보았다. 갑사가 우랑을 보니 표정이 변하지 않는 듯하였지만 병졸이 하는 말을 귀 기울여 듣는 듯 보이기도 하였다. 갑사가 대뜸 우랑에게 말했다.

"너는 안국군이 이끌어 함께 싸우는 철갑대인 양맥병을 아느냐?"

우랑이 답했다.

"나를 붙잡아 가고 있는 그대들이 그 실수가 없다 하는 양맥병들이 아니오?"

우랑의 말하는 것이 느릿느릿하였다. 기운이 없고 다쳐서 말이 느린 것인지, 말하는 것이 심드렁하여 그런 것인지 알기 어려웠다. 갑사가 말을 이어 나갔다.

"너는 우리 철갑대 양맥병이 걸치고 있는 갑옷을 어디서 구하는 것인지 아느냐?

안국군께서 양맥병을 모을 때에 갑옷을 만드는 재물을 바로 무릇 13가들에게 거두어들이도록 했다. 이곳은 숙신족과의 싸움이 그치지 않는 곳이니 양맥병의 갑옷을 갖추는 일이 매우 중요하다는 것은 천하사방에서 모두 뚜렷이 알고 있다. 그러므로, 13가 중에 누구에게 얼마씩의 갑옷을 거둘지는 모두 성을 다스리시는 안국군께서 정하시는 것으로 조정의 제도가 굳게 정해져 있다.

따라서, 우리는 13가 중에서 안국군의 뜻을 잘 따르는 자에게는 한 벌의 갑옷도 바치게 하지 않고, 안국군의 뜻을 거스르는 자에게는 수백 벌의 갑옷을 바치게 한다. 그러면, 안국군의 뜻을 거스르는 자는, 갑옷을 마련하느라 재물을 다 없애고 스스로 망하기 전에 자리를 내어놓고 물러나지 않을 도리가 없다.

이 때문에 마침내 옛 13가는 모두 흩어지고, 지금은 새롭게 안국군의 뜻에 맞는 자들만 모여 새로운 13가가 된 것이다. 그러므로, 네놈이 13가들 앞에서 무슨 기막힌 헛소리를 떠들어댄다고

한들, 안국군의 뜻을 거슬러 네놈 따위의 말을 들을 사람은 이제
없을 것이다.”

그 말을 듣자 우랑은 묶인 채로 그 하는 말을 비웃었다. 우랑이
말하였다.

“안국군의 이름을 걸고 하는 일인데, 어찌 새로운 13가인들 아
름답지 않겠소.”

그 말을 듣고 갑사는 우랑을 다시 똑바로 바라보았다. 갑사는
낙심하여 아무렇게나 말을 하는 듯한 우랑을 보고 화가 나기보다
차라리 기가 막혀서 픽 하고 웃었다. 그러나 같이 가고 있던 병졸
중 하나가 부아가 치미는 것을 참지 못하고 우랑을 치려 했다. 그
러자 우랑은 그것을 막아서듯이 갑사에게 재빠르게 말을 꺼냈다.

“약조한 대로 나 때문에 갇혔던 숙신족 여자를 풀어주었다면
나는 이제 나에게 하라고 전한 말을 한 마디도 빼놓지 않고 안국
군과 13가 앞에서 모두 이야기하겠소.

다만 내 한 가지 다른 청이 있으니, 그 숙신족 여자를 한 번 보
게 해주시오. 내가 여기에 이렇게 앉아 있는 것이 그 숙신족 여자
때문이오. 그러니, 숙신족 여자가 살아 나가고, 내가 죽어 없어지
기 전에, 마지막으로 남녀 간의 내밀한 사정을 나눌 것이 있지 않
겠소?”

그러자, 갑사가 고개를 절레절레 흔들었다.

“너는 지금 두 팔이 기둥에 묶이고 온몸이 더럽게 삭아 기운 없
이 갇혀 있다. 네가 지금 그 여자를 만난다 한들 무엇을 할 수 있
다고, 그 여자를 굳이 한 번 보겠다고 하느냐?”

그러자, 병졸 하나가 낄낄거리고 웃으면서 갑사에게 말했다.

"숙신족들이 신랑 각시라 하며 벌이는 역겨운 짓거리들 중에 옳은 정신을 가진 사람으로 쉽게 생각할 수 있는 일이 하나라도 있겠습니까."

병졸이 그렇게 말하고는, 몇 걸음 떨어져 돌아섰다.

병졸들은 무슨 재미난 이야깃거리라도 있는 듯이 낄낄거리며 어딘가로 갔다. 곧 풀려난 숙신족 여자가 우랑 앞에 나타났다.

숙신족 여자는 묶여 있는 우랑을 보자 우리 앞에 달라붙어 무엇인가를 파 긁어내는 듯이 우는 소리를 내었다. 그러나 다만 그와 같은 소리를 계속 낼 뿐으로, 숙신족 여자는 말을 한 마디도 하지 못하였다. 우랑이 보니, 묶인 기둥 때문에 잘 볼 수는 없었으나 목과 혀를 다쳐서 말소리가 잘 나오지 않는 것 같았다.

우랑은 그 모습을 보니 처량하여 가슴이 저렸다. 우랑은 우는 숙신족 여자를 달래려 하였다.

"설마 목과 혀를 다친 것이 계속 그렇기야 하겠습니까. 맑은 바람을 맞을 수 있는 곳에 나가서 며칠 잘 먹고 쉬면 다친 것은 나을 수 있을 것입니다."

그리고 우랑은 몇 차례 계속 말을 하려 했다가, 치미는 것이 있어서 말을 하지 못하고 목이 메는 소리만을 내었다. 좌우를 살펴보니 곧 다시 자신을 끌고 가려고 병사들이 올 듯 보여서 급한 마음이 일었다. 그러므로 우랑은 몇 번 가슴팍을 쳐 말하는 것을 고르려 하였다. 우랑은 속이 터져 나오는 것을 참으며, 급히 숙신족의 여자 쪽으로 가까이 다가가 귀 쪽에 대고 빠르게 속삭였다.

"이제 그대를 풀어주고 원래 일하던 베 짜는 곳에 가게 해줄 것입니다. 그러나 그대는 그곳에 오래 머물러서는 안 됩니다. 곧 고구려 군사들이 숙신족들을 크게 해치려고 하고 있으니 그대로 있으면 그대는 가장 먼저 죽을 것입니다.

병졸들이 저에게 하는 말을 듣자 하니 안국군은 지금 가장 끝까지 버티고 덤볐다 하는 노부족이라는 자들에게 누명을 씌운 뒤에 그들을 모두 잡아 죽이려고 하는 듯합니다. 그러니, 이곳을 나가게 되면 그대는 곧장 노부족의 추장을 찾아가 반드시 흩어져 몸을 숨기고 피하라고 하십시오.

곧 안국군의 군사가 노부족을 잡아 죽이러 오게 되면 그대의 말 덕분에 노부족은 몸을 피하여 살 수 있게 될 것입니다. 그러면 그대는 노부족의 은인이 될 수 있을 것이니, 후에는 노부족의 추장에게 청하여 한동안 먹고살 것을 얻어보도록 하십시다."

숙신족 여자는 계속 정신없이 울 뿐으로 말을 잘 알아듣지 못하는 듯하였다. 그러므로, 우랑은 계속 다그쳐 말하면서 몇 번이나 그 말을 다시 전하였다.

"알겠습니까? 절대 원래 일하던 곳으로 돌아가면 안 됩니다. 돌아가면 죽습니다. 노부족 추장에게 내 말을 전하고 같이 도망치십시오."

이윽고, 병졸들이 다시 돌아와 두 사람을 보았다. 한 병졸이 말하기를,

"너는 비록 짐승 같은 역적이나 그래도 남자일 것인데, 저 다쳐서 터진 더러운 얼굴을 보고 무슨 남녀 간의 정을 생각하느냐?"

하였다.

곧 병졸들이 숙신족 여자를 끌고 갔다. 우랑은 끌려가는 여자의 뒷모습을 아무 소리 없이 보고만 있었다.

十二.

우랑을 가둔 우리를 싣고 수레는 내궁 방향으로 가기 시작했다. 아성과 내성의 문이 열리고, 내궁의 본전本殿이 나타났다. 안국군이 기거하는 내궁은 도성의 어지간한 관청 건물보다도 지붕이 높고 기둥이 굵었다. 무엇보다 기와마다 짐승 얼굴의 무늬가 새겨졌는데 그 무늬가 도리어 도성의 궁궐보다도 더 크고 화려하였다.

기와에 새겨진 것을 보고 있자니, 흉악한 괴물 도깨비가 악한 사람을 잡아먹어 삼킬 듯이 벌린 입들의 조각이 우랑 앞에 계속 지나갔다. 우랑이 그 모습을 보고 말하였다.

"나는 혈옥에 갇혀 있으면서, 안국군이 숙신족과의 싸움에 이겨 백성을 지키고자 어쩔 수 없이 제도를 비틀고 구부렸다는 이야기를 들어왔다. 하지만 내궁을 이와 같이 크게 꾸며놓은 것을 보니, 안국군 스스로 사치를 좋아하고 뽐내어보고자 하기 때문이 아니겠는가?"

그 말을 듣자, 갑사는 칼등으로 우랑을 후려쳤다.

"안국군께서 높고 기와가 큰 내궁을 세우신 것은, 땅에 굴을 파고 사는 숙신족들이 이 건물들을 보고 고구려를 우러러보고, 고구려 군사의 솜씨와 힘에 겁을 집어먹도록 하기 위함이다.

항상 노략질할 틈을 노리는 숙신족의 추장들을 해마다 한자리에 불러 모아 인사를 올리도록 할 때, 그 추장들이 이 내궁에 찾아온다면 우뚝한 건물 앞에 위압당하여 움츠러들지 않겠는가? 그러니 이와 같이 크고 좋은 내궁 본전보다 더 튼튼하게 단로성을 지키는 것이 또 있겠는가?"

마침내 내궁 안으로 들어서자, 갑사는 물러서며 우랑에게 말하였다.

"반드시 내가 알려준 대로, 안국군과 13가 앞에서 아뢰어야 한다."

그러고는 우랑이 할 말을 마지막으로 다시 당부하였다.

갑사가 멀어지자, 곧이어 숙신병의 말탄 군사들이 나타났다. 숙신병의 기병들은 직접 수레를 끌고, 우랑을 가둔 우리를 안국군과 13가들 앞으로 데려가도록 했다.

우랑이 탄 수레가 와서 멈추자, 앉아 있던 사람들이 모두 우랑쪽을 바라보았다. 바닥에는 나무로 조각을 짜서 넣은, 높은 앉을자리들이 차례로 놓여 있었다. 그 자리마다 위에 새하얀 옷을 입은 13가들이 앉아 있었다. 제일 안쪽에는 보다 높은 자리가 있었는데, 거기에는 붉고 푸른 비단으로 만든 옷을 입은 안국군이 앉아 있었다.

十三.

13가 중에는 안국군이 손발처럼 부리는 숙신병과 양맥병의 장수 출신으로 자리에 앉아 있는 사람들이 모두 여덟 명이 있어서, 꿩의 깃털을 꽂은 조우관鳥羽冠을 머리에 써 꾸미고 있었다. 또 안국군의 부하와 친척 중에 13가의 자리에 앉아 있는 사람들이 네 명이 있었으니, 이들은 소골蘇骨이라 하는 귀한 관모를 쓰고 있었다. 나머지 한 사람은 머리를 꾸민 모양이 숙신족의 모양이었다. 곧 그 한 사람은 숙신족 사람으로 13가의 자리에 앉아 있는 자였다.

13가 중에, 조우관을 쓴 사람 한 명이 입을 열어 말하였다.

"지난날 아뢰던 바와 같이, 다시 아뢰어 여러 가加들께 알려 올립니다. 요즈음 숙신족 도적 중에 지난 싸움에 패한 것에 원한을 품고, 또한 죽은 추장의 원수를 갚는다고 하면서, 성 안 곳곳에 불을 지르고, 귀한 고구려 집안의 자제와 아녀자들을 몰래 붙잡아 가는 흉악한 무리들에 대한 이야기가 더 많이 들려오고 있습니다."

다른 조우관을 쓴 사람이 다시 또 말하였다.

"지난날 아뢰던 바와 같이, 다시 아뢰어 여러 가들께 알려 올립니다. 이곳 북변의 6부7락에는 사람이 열 명이면 그중에 아홉 명은 숙신족이고 하나만 고구려 사람입니다. 이 지방에는 숙신족의 숫자가 이와 같이 워낙에 많으므로 숙신족 하나가 죽은 추장의 원한을 내세워 도적질을 하면, 같은 숙신족끼리는 서로 숨겨주고 서로 도와주는 자들이 많습니다. 그러므로 죄를 지은 자를 찾아내기도 어렵고 붙잡아 다스리기도 어렵습니다.

이러한 이유로 지난 단로성 싸움에서 그 추장이 끝까지 악랄하게 싸우며 버티다가 죽은 숙신족의 노부족이야말로 가장 죄를 쉽게 저지를 수 있고, 죄를 저지른다면 가장 다스리기 어려운 무리들입니다. 그러므로 노부족에 속한 숙신족들은 더욱 단단히 다스려야만 위험한 것을 줄일 수 있을 것입니다.

특히, 노부족은 얼마 전에 죽은 추장의 먼 친척을 새로운 추장으로 뽑아 올렸습니다. 그러고 나서 그 기세가 더욱 사나워졌습니다. 그러니, 머지않아 노부족의 사람들 중에 옛 싸움에 진 원수를 갚겠다고 도적이 되어 악한 짓을 하는 무리들이 많이 나타나 성 안 곳곳에 가득할 것입니다."

그 말을 듣고, 이번에는 소골을 쓴 사람이 말하였다.

"지난날 아뢰던 바와 같이, 다시 아뢰어 여러 가들께 알려 올립니다. 지난번 단로성 싸움에서도 반발하는 자들이 노부족에 가장 많았고, 또 그 정도도 심했습니다. 그리하여 그 부족을 없애기 위하여 육백 채의 집에 사는 사람들을 모두 끌어내어 일천 리 떨어진 오천烏川 부로 모두 옮겨 살게 하고, 원래 집은 모조리 태워 없애버렸던 일이 있었습니다.

그런데도 노부족은 힘을 잃지 않고, 오히려 떠도는 장사꾼이나 오가는 짐꾼이 되어 하나둘 각지에서 모여들었습니다. 하오니, 온갖 나쁜 행실을 배워온 자들이 많아 다루기는 도리어 더 어려워져버렸습니다. 육백 집안의 사람들을 옮기고 늘어선 집들을 다 태워 없앴는데도 지금 이렇게 노부족을 다스리기가 어렵습니다.

지난날 노부족들의 많은 집들을 모두 불 질러 태울 때에 그 모양이 불꽃으로 이룬 성벽처럼 활활 타던 것을 저는 아직도 똑똑히 기억합니다. 그와 같이 엄하게 대했는데도 노부족이 도리어 더 거세어질 뿐이라면, 또 무슨 방도가 더 있겠습니까?"

그 말에, 처음 말을 꺼냈던 조우관 쓴 사람이 다시 답하였다.

"지난날 아뢰던 바와 같이, 다시 아뢰어 여러 가들께 알려 올립니다. 방법인즉, 노부족의 도적 떼들을 일시에 기병대로 습격하여 모두 죽여 없애는 것입니다. 지금 노부족의 무리들은 그 숫자가 채 삼사백이 되지 않을 것이므로, 눈치채기 전에 급히 숙신병 기병대를 내달려 덮치게 하면 모조리 죽일 수 있습니다."

그러자 소골을 쓴 사람이 되물었다.

"지난날 아뢰던 바와 같이, 다시 아뢰어 여러 가들께 알려 올립니다. 그러나 어찌 아직 죄를 짓지 않은 자들을 다만 뜻이 사납다 하여 삼백 명, 사백 명씩을 다 죽여 없앨 수 있단 말입니까? 이는 지나친 일이 아닙니까?"

이에 조우관 쓴 사람이 대답했다.

"지난날 아뢰던 바와 같이, 다시 아뢰어 여러 가들께 알려 올립니다. 결코 지나친 일이 아닙니다. 본시 숙신족의 여자들은 남의 말에 잘 순종하며, 남자들은 어렵고 더러운 것에도 잘 버티며 참을성이 많습니다. 그러므로, 그 사납고 잔인한 성질만 어떻게 다스릴 수 있다면, 숙신족들을 부리는 일은 어렵지 않습니다.

그러니 만약 가장 사나운 노부족을 모두 죽여 없애면, 더 이상 다른 숙신족들에게 사나운 습관을 전해줄 사람들이 남아 있지도 않을 것이고, 또 한편으로는 숙신족들이 모두 크게 겁을 먹고 다시는 잔인한 일을 하려 하지도 않을 것입니다.

이렇게 된다면, 겨우 몇백 명의 사악한 도적 떼들을 죽여 없애 버리는 것만으로, 그자들이 원수를 갚는다고 날뛸 일이 영영 생기지 않게 할 수 있을 것입니다. 이렇게 되면 고구려 백성 수천의 목숨을 구하는 것입니다. 또한, 이는 곧 이곳에 살고 있는 수만의 순한 숙신족들을 죽이거나 때리지 않으면서도 다스릴 수 있게 되는 방도인 것입니다."

이야기가 오가는 동안, 숙신족 복장을 한 사람은 식은땀을 뻘뻘 흘리며 괴로워하고 있었다. 마침내 숙신족 복장을 한 사람이 말했다. 그 말하는 목소리가 두려워하고 떨리는 기색은 있었으나, 작심을 하고 말하는 듯이 긴 말에 주저함이 없었다.

"지난날 아뢰던 바와 같이, 다시 아뢰어 여러 가들께 알려 올립니다.

지난 단로성 싸움이 끝나고, 안국군께서 손수 돼지를 잡아 그 고기를 잘라 6부7락의 여러 추장들에게 나누어 주며 말씀하시기를, '비록 활시위를 서로 당기며 싸웠으나, 이제는 아버지와 아들과 같다.'라 하셨습니다. 그리하여, 6부7락의 많은 숙신족 추장들은 모두 안국군께 복속하며, 매년 직접 내궁에 찾아와 엎드려 인사하고, 계절이 바뀔 때마다 선물을 바치고 그 아들딸을 보냅니다.

이는 진실로 안국군께서 아버지와 같은 덕으로 숙신의 부족들을 돌보며 고구려의 풍족한 문물을 나누어 주셨으므로, 앞으로도 숙신족을 자식처럼 여겨 안국군께서 잘살게 해주실 것을 믿기 때문입니다.

그런데, 만약 안국군께서 다만 어느 몇몇 흉한 자들이 저지른 악행을 금할 방법을 구하는 것이 답답하다 하여, 다른 까닭도 없이 한 부족 사백스물여섯 사람을 모두 죽여 없애려 하신다면, 아버지처럼 안국군을 믿고 따르던 숙신의 여러 추장들은 얼마나 놀라고 어지럽겠습니까? 다른 숙신족들도 곧이어 언제 또 이유 없이 죽을지 모르는 것을 억울하게 여기지 않겠습니까? 숙신족들이 어느 날 갑자기 까닭 없이 죽을 바에야 차라리 죽기로 싸워보자고 마음을 먹고 모두 힘을 모아 단로성으로 쳐들어온다면, 지난번보다 몇 배나 큰 난리를 다시 겪지 않겠습니까?"

그 말을 하는 동안 듣고 있던 조우관을 쓴 사람 몇몇이 웅성거렸다. 마침내 말하는 것이 끝나자 몇 사람은 소리를 치며 따지기 시작했다.

"공께서는 스스로 숙신족이라 하여, 지금 숙신족이 고구려로 창칼을 들이대면 안국군도 두려워해야 한다고 감히 위협하고 있는 것입니까? 엎드려 머리를 숙이고 안국군께 용서를 구하십시오. 천한 핏줄로 귀한 자리에 앉아 있음을 아신다면 더욱 말을 가려 해야만 욕을 듣지 않는 법입니다."

13가들이 함께 모여 떠들고 다투느라 소란스러워졌다.

그 모습을 안국군이 가만히 보고 있더니, 조용히 한쪽 손을 들어 올렸다. 안국군은 선대 임금의 아우요, 지금 임금의 숙부답게 귀한 모습이 있어서 얼굴이 깨끗하고 풍채가 당당했으며, 항상 편안하고 인자한 인상이 있었다. 그러나 다른 한편으로는 날씨가 나쁘고 땅이 험한 곳에서 오래 지내며 많은 싸움터를 헤매며 지낸 사람다운 면도 있어서, 손과 팔다리는 억세어 보였으며 눈썹에는 참고 버티는 데 익숙한 표정이 있어서 옆얼굴에는 힘겹게 지낸 사람 같은 잔주름이 눈에 띄었다.

안국군이 손을 들어 올리는 모습을 보자, 다투던 13가들은 모두 일제히 말을 멈추고 안국군 쪽을 향해 머리를 숙였다. 시끌벅적하던 것이 갑자기 믿기 어렵도록 일시에 아무 소리도 들리지 않게 조용해졌다.

안국군이 말하였다.

"비록 노부족에 간사한 자들이 많아 도적이 되는 이들이 많다고는 하나, 어찌 그렇다고 아직 죄를 짓기도 전에 노부족들을 모두 죽여 없애는 잔인한 짓을 하겠는가? 그런 짓을 한다면 어찌 숙신족들이 우리를 믿고 따르겠는가? 그렇듯 많은 사람을 죽이는 큰 벌을 내리려면 반드시 죄상이 분명히 드러나야만 한다."

안국군의 목소리는 떨림이 없고 부드러웠으나 또한 힘이 있었다. 13가가 일제히 답하였다.

"안국군께서 하시는 말씀이 옳으며, 지금도 앞으로도 저와 제 자손의 뜻과도 같습니다."

곧이어 안국군이 다시 말하였다.

"그런데, 숙신족의 도적 떼들과 내통한 간사한 역적들을 잡아다 물어보는 중에 소상히 말할 수 있는 자를 찾았다고 한다. 그자의 말을 들어보고, 노부족의 죄가 분명하면 그때에는 노부족에게 엄정히 벌을 내릴 만할 것이다. 만약 그렇다면 그때 노부족들을 죽여 없애면 되지 않겠는가? 그렇게 한다면, 어느 누가 감히 옳지 않다고 하는 자가 있겠는가?"

그 말을 듣자 13가 중에 숙신족의 차림을 하고 있던 사람이 자세를 고쳐 앉았다. 잠시 후 그 사람은 일어나서 안국군 앞으로 가서는 그 사람은 무릎을 꿇고 간곡히 말하였다.

"어찌 이와 같이 일을 몰아가십니까? 억울하다고 말 한 번 하지 못하게 막으시고, 많은 사람을 한 번에 죽이려 하시는 것입니까? 비록 험한 자들이 있고, 정말로 죄를 짓는 무리들이 있기는 할 것입니다. 그런데, 그렇다 한들, 이렇게 처결하시는 것은 너무 잔인한 일이 아닙니까?

저는 본시 천한 숙신족 중에서도 천한 자였으니, 벌레와 같이 땅바닥을 기어 다니며 작은 짐승을 잡아 겨우 목숨이 끊어지지 않도록 버텨오면서 살던 사람이었습니다. 하온데, 지금은 안국군께서 내리신 큰 은혜로 하루아침에 좋은 옷을 입고, 13가의 한 사람이라 하면서 내궁 안에 들어와 높은 자리에 앉아 있게 되었습니다. 그러니, 저는 이제 곧 녹아 없어져 죽어도 더 아무런 바랄 바가 없는 몸입니다.

그러하온즉, 제가 오직 안국군을 위하여 간곡히 바라는 말씀을 올립니다. 노부족들이 어리석어 옛 원한을 잊지 못하고 그 중 한둘이 처참한 일을 벌이는 것은 사실이나, 그렇다고 하여 노인과 아이와 여자와 조정을 도와 같이 싸운 바 있는 공을 세운 자들까지 모두 죽여 없애는 것은 결코 옳지 않습니다. 발바닥에 부스럼이 생겨 간지러운 것을 견디기 어렵다 하여 다리를 잘라내어버리면 되겠습니까?

이러한 일을 벌이시오면, 오히려 이는 안국군의 높은 공덕을 스스로 위태롭게 하는 일입니다. 다시 생각하여 돌이켜보시면 눈꺼풀 아래에 따가운 것이 돋아 견디기 어렵다고 머리통을 잘라 없애버리는 일과 같음을 영민하신 안국군께서 스스로 정녕 모르시겠습니까."

그가 울먹이는 소리를 섞어 절절히 아뢰자, 잠시 아무도 말하는 사람이 없이 조용하였다. 안국군은 얼마 동안 말한 사람을 내려다보았다. 그러더니 안국군이 말없이 고개를 들어 먼발치에 서 있는 한 시녀를 쳐다보았다. 시녀는 안국군의 눈을 보자, 곧 고개를 숙여 끄덕였다.

시녀는 바닥에 엎드려 빠르게 기어서 안국군 앞으로 다가오더니, 이렇게 말하였다.

"나라의 제도에 정해지기를, 내궁에서 사람을 죽이고 살리는 일을 논할 때에는 엄한 격식이 있습니다. 그런데, 지금 이곳에 계신 분 중에 한 분의 차림새와 관모를 쓴 모양이 고구려 조정의 제도가 아닙니다."

그러자, 안국군이 말하였다.

"고구려의 예의가 아니고 고구려의 제도에 어긋나는 행색을 한 자를 어찌 이 엄한 자리에 둘 수 있겠는가."

안국군이 말을 마치자, 칼을 찬 갑사 두 명이 걸어왔다. 그리고 13가 중에 숙신족의 차림새를 한 사람을 붙잡아 끌고 나가버렸다.

이제는 13가 중에 다른 말을 하는 사람들이 아무도 없으므로 안국군이 다시 말하였다.

"숙신족과 내통한 죄인에게 묻겠으니, 죄인은 이제 지은 죄를 낱낱이 말하도록 하라."

병졸들이 우랑이 갇힌 우리를 끌고 몇 발짝 더 앞으로 나와 멈추어 섰다. 안국군과 남은 13가들이 모두 우랑 쪽을 보았다.

十四.

우랑도 고개를 들어 앞을 보았다. 우랑의 눈에는, 우리에 가리고 거리가 멀어 안국군의 모습은 잘 보이지가 않았다. 우랑은 눈을 감았다 떴다 하면서 안국군을 정확히 보려고 애를 썼다. 그동안 아무 말도 하지 않고 있었으므로, 이내 한 병졸이 우리 속에 갇혀 묶여 있는 우랑을 쿡 찔렀다.

그러자, 우랑이 안국군 쪽을 향하여 힘을 짜내어 크게 말하려고 했다. 우랑은 거침없이 말을 하는 동안 말하는 소리에 스스로 마음이 뛰었으므로, 말을 하면서 점점 더 목소리를 크게 내어 마음을 굳게 먹고자 하였다. 우랑은 이렇게 말했다.

"저는 조정의 조의 벼슬을 살고 있는 사람이었으나, 조정에서 벼슬자리가 높아지지 못하고 처자식에게 버림을 받아 쫓겨난 것에 원한을 갖게 되었습니다. 그래서 마침내 나라를 배반할 마음을 품었으니, 이때 마침 한 숙신족의 여자와 눈이 맞아 숙신족의 간사한 무리들과 친해졌습니다.

그리하여 노부족의 사람들과 계책을 세우기로, 여름이 돌아오면 몰래 숙신족의 하인들이 힘을 합하여 단로성의 성문을 열기로 하였습니다. 그러면 노부족의 사람들이 모두 소 잡는 칼과 꼴 베는 낫을 들고 달려 들어와 성 안의 사람들을 모조리 잡아 죽이고, 울타리 안의 집들을 모두 불태우며, 조상들의 무덤을 파내어 그 시체들을 모두 짐승에게 먹여 없애려고 하였습니다."

우랑이 말을 마치자, 13가들은 크게 노하여 꾸짖는 소리를 냈다. 개중에는 분하여 눈물을 흘리면서 날뛰는 자까지 있었다.

안국군이 다시 손을 들어 좌중을 조용하게 하였다. 그런 후에 안국군이 말하였다.

"이와 같이 노부족의 간특한 죄가 이제 분명히 드러났다. 이제 이 말을 들으면 고구려의 군사들은 병졸마다 모두 분하게 여겨서 목숨을 걸고 싸우려 할 것이다. 그런즉, 이제 곧 군사가 준비되는 대로 모아 들이닥치면 어렵지 않게 노부족을 붙잡을 수 있을 것이다.

그리하면, 이제 노부족들을 모두 죽여 없애고, 앞으로 감히 숙신족으로서 고구려의 엄한 법을 거스르려 하는 자가 없도록 할 것이다."

13가들이 열기를 띤 목소리로 일제히 소리쳤다.

"안국군께서 하시는 말씀이 옳으며, 지금도 앞으로도 저와 제 자손의 뜻과도 같습니다."

안국군이 다시 우랑 쪽을 향하여 말했다.

"너는 이제 곧 죽을 목숨이나, 마지막으로 이와 같이 죄를 뉘우치고 해야 할 말을 다 말하였다. 이는 매우 가상한 일인데, 과연 그 까닭이 무엇인가?"

우랑이 한참 동안 아무 말이 없었다. 이윽고, 13가 중의 한 노인이 다그쳐 소리쳤다.

"숙신족에게 붙은 더러운 죄인이 어찌 안국군께서 물어보시는 엄한 말에 답을 하지 않고 버티고 있느냐? 아직도 죄를 뉘우치지 못해서 예의를 모르는 숙신족의 간악한 버릇이 남아 있는 것이냐?"

그러자, 우랑이 갑자기 소리를 버럭 질렀다.

"참으로, 가련합니다!

안국군께서는 안국군 스스로 무슨 죄를 짓는지조차 모르고 계십니다. 지금 혈옥에는 억울하게 갇힌 죄수들이 가득가득하며, 죄 없이 죽고 다친 숙신족의 몸뚱이들이 이곳저곳에 널려 있습니다. 그러하니, 바닥 깊숙한 곳에 앉아 있으면, 온통 땅속에서 우는 소리와 아파서 내지르는 소리만 울려 퍼지므로, 마치 땅 밑이 스스로 저주로 죽은 귀신이 되어 몸부림치는 듯합니다.

이 처참한 마음을 생각하면, 제가 이대로 달려 나가 단숨에 안국군의 목을 잘라 죽여 없애야 마땅하겠습니다. 그러나, 나라의 제도에 조의로서, 죄를 지은 자를 칼로 치기 전에는, 서로 다른 날, 세 번 형벌과 그 죄를 말하며 물어보아야 한다고 하지 않았습니까? 저는 나라의 제도를 따르는 벼슬아치로 이곳을 박차고 나갈 수 있다 하여도 차마 곧 안국군을 죽일 수는 없으니 그것이 한스러울 뿐입니다.

그러나, 비록 제가 이곳에 갇혀 곧 죽어질 목숨이라 하나, 답답한 가슴이 터지도록 소리치면서, 지금 안국군께 오직 외쳐 한 번 죄를 물어보기라도 하겠습니다.

안국군께서는 마음대로 나라의 제도를 어겨도 된다고 하고 함부로 만든 습속을 조정의 법보다 중하다 하였으니, 억울한 남자들이 많고 괴로워하는 여자들이 많습니다. 어찌 사형에 해당하는 그 죄를 모른다 하겠습니까."

우랑이 말을 마치자 듣고 있던 13가들과 갑사, 병졸들은 크게 놀랐다. 개중에는 화를 내며 칼을 뽑고 창을 꺼내 들어 우랑을 바로 잡아 죽이려고 하는 자들이 있었다.

안국군이 이를 말리면서 말하였다.

"죽기를 앞둔 사악한 자가 미쳐 지껄이는 말에 분하여 날뛸 필요가 무엇이 있겠는가? 비록 나에게 험한 말을 했다고 해도 전쟁터에서 싸우다 보면 적이 하는 욕설 중에는 별별 말이 다 있지 않느냐? 저만한 소리에 마음이 움직이고 노할 까닭이 없다. 나는 거슬릴 것이 없으니, 내궁 안에서 피를 보이지 말라.

다만 세워둔 법대로만 처결하면 될 것이니, 지금 저자가 나에게 한 말은 굳이 죄에 더하지 않아도 좋다."

그 말을 듣고, 13가의 사람들이 일제히 입을 모아 말하였다.

"듣고 견디기 어려운 악한 말을 하는 저와 같은 역적을 도리어 너그럽게 세워놓은 제도대로 대하실 뿐이니, 어찌 안국군께서 어질고 현명한 사람이라 하지 않겠습니까?"

13가들이 칭송하여 고개를 연거푸 숙였다. 13가들의 말이 끝나자, 곧 병사들이 달려와 우랑을 끌고 나갔다.

우랑은 다시 혈옥을 향해 실려 갔다. 병사들이 혈옥 안에 우랑을 도로 집어넣으며 말해주었다.

"역적의 죄를 지어 죽기를 앞둔 목숨은 죽은 목숨과 다름이 없다. 그러므로, 너는 시체와 같은 것이다. 이제, 어차피 너의 목숨은 필요 없는 목숨이니, 나라를 위해 써 없애는 것이 안국군께서 세우신 법이다.

너는 이제 곧 형신을 하는 기술을 시험하다 죽게 되거나, 혹은 의술을 연습하는 침꽂이가 되어 죽게 될 것이다."

곧 우랑이 갇힌 혈옥의 무거운 덮개가 또 닫혀서, 혈옥 안과 세상을 다시 나누어 갈랐다.

十五.

시일이 얼마간 흐른 후, 병졸 둘과 의원 하나가 우랑이 갇힌 혈옥 쪽으로 걸어왔다. 병졸들이 물었다.

"오늘이 저자가 죽는 날입니까?"

그러자 의원이 답했다.

"오늘 먹여볼 약은 그 독한 정도가 얼마나 심한지 저도 한 번도 시험해본 적이 없어서 잘 알지 못하겠습니다. 일단 오늘 약을 먹여보기는 할 것인데, 만약 빠르면 오늘 밤에 죽을 수도 있을 것입니다. 혹은 내일 새벽 정도까지는 살아남아 버틸지도 모릅니다."

그 말을 듣자, 병졸들은,

"의원께서는 기왕이면 효과가 빠른 약을 시험해보시는 것이 어떻겠소? 밤새 살아 있을 수도 있는 약이라면, 혈옥을 지키는 우리들도 혈옥 근처에 서서 밤새 지켜야 하지 않겠소? 빠른 약을 써서 해가 지기 전에 시체를 버리고 일찍 집에 들어가게 해준다면 얼마나 좋겠소."

라면서 투덜거렸다.

새벽이 밝자, 졸린 잠을 쫓으며 병졸들은 혈옥 곁으로 다가왔다. 그러면서 이제야 혈옥 안에 갇힌 죄수를 없애버리고, 귀찮은 혈옥 하나를 없앨 수 있게 되었다고 저마다 안심하는 이야기를 늘어놓았다. 병졸들은 힘을 모아 혈옥의 덮개를 다시 열었다.

그런데, 새벽의 햇살이 허옇게 혈옥의 검은 밑바닥을 비추는데, 그 안에는 아무것도 없었다.

우랑은 온데간데없이 혈옥 안이 텅 비어 있었으니, 오직 진흙을 뒤집어쓴 들쥐 한 마리가 바닥을 빌빌거리며 돌고 있을 뿐이었다.

十六.

혈옥 안에 우랑이 없는 것을 알고, 병졸들은 크게 놀라서,

"죄인이 없어졌다!"

라고 거듭 서로 소리치고는, 급히 소사자에게 알리고자 달려갔

다. 소사자의 집에 가보니, 소사자는 죽은 역사의 처를 불러들여 푸지게 고기 요리를 차려놓고 같이 즐기고 있었다. 즐기는 와중에 갑자기 나타난 병졸들을 보고 소사자가 귀찮아 화를 내며 물었다.

"어찌하여 너희들은 이와 같이 깊고 깊은 밤에 높은 사람이 무겁게 여기고 있는 귀한 일을 방해하는 것인가?"

그러자, 병졸들이 떨며 말하였다.

"하늘로 솟았는지, 땅으로 꺼졌는지 모르겠으나, 혈옥에 가두어두었던 죄수가 없어졌습니다."

그 말을 듣자 소사자도 놀라서 옷을 차려입고 집 밖으로 나왔다. 급히 말에 타려는 소사자에게 병졸 하나가 말하였다.

"어떻게 하여 혈옥을 빠져나왔는지는 모르나, 그 죄수는 오래도록 혈옥에 갇혀 있으면서 쇠약해진 자입니다. 멀리 도망치지는 못했을 터이니 병사들이란 병사들을 모두 풀어 샅샅이 뒤진다면 숨어 있는 곳을 찾는 것이 어렵지만은 않을 것입니다."

그 말에 소사자가 답하였다.

"무릇 우리 양맥병은 하나의 실수도 없는 군사로 이름 높다. 그러므로 만약 이와 같이 혈옥 속에 가두어두었던 죄인을 놓친 일이 알려진다고 하면, 비록 큰 죄를 얻지는 않을 것이나, 혈옥을 지키는 우리 무리들이 다른 양맥병 군사들보다 매우 못해 보이지 않겠는가?

그러면 우리는 다 잡은 적조차 지키지 못한 군사가 되니, 적과 싸울 재주는 없다고 비웃음거리가 될 것이다. 그렇게 욕을 먹게 되면, 앞으로 너와 나뿐만 아니라 일을 맡은 우리 무리 모두에게 벼슬이 높아지는 길이 막힐 것이고, 귀한 자리에 오르기도 매우 어렵게 될 것이다.

네가 스스로 우리 무리를 모두 망하게 하려 하지 않는다면, 어찌, 안국군께서 직접 이끄시는 철갑대인 양맥병으로서 고작 쇠약한 죄수 하나를 제대로 지키지 못했다고 떠벌리고 다닐 수 있겠느냐?

어차피 죽을 잡다한 죄인 하나를 죽여 없애든 말든 무슨 큰 차이가 있겠느냐? 이 일이 새어 나가지 않도록 덮어 숨기도록 하는 것이 더욱 좋겠다."

그러자 병졸이 다시 물었다.

"하오나 소사자께 다시 여쭙습니다. 혈옥에 있던 죄수가 갑자기 없어졌는데, 그러면 뭐라고 말해야 숨길 수 있겠습니까?"

소사자가 잠시 생각해보더니 말하였다.

"우리 양맥병과 숙신병이 서로 더 뛰어난 군사라고 겨루어 다투고 있는 것이 요즘의 형국이다. 그러니 그 죄수를 잃은 것이 숙신병 탓이라고 하면 좋지 않겠느냐?"

병졸이 그 말을 듣고 감탄하였다.

"참으로 소사자께서는 그 지모가 뛰어나십니다."

소사자가 답했다.

"너도 이렇게 급박한 일을 원만히 처리하는 법을 깨우쳐야 무거운 일을 맡을 수 있는 높은 자리로 오를 수 있게 될 것이다."

병졸이 다시 물었다.

"그렇다면 어떻게 해서 이 일을 숙신병의 죄로 만들 수 있겠습니까?"

소사자는 거침없이 답을 계속했다.

"안국군 앞으로 죄수를 데려갔던 자들이 숙신병 아닌가? 그러므로, 숙신병의 죄로 뒤집어씌우도록 꾸미는 것은 어렵지 않을 것이다. 안국군을 뵈러 갔을 때, 죄수가 몰래 숙신병 병졸로부터 활을 훔쳐 숨겨두었다고 하라. 그러고는, 혈옥의 덮개를 열었을 때 죄수가 숙신병 병졸로부터 빼앗은 활을 쏘아 너희들을 쓰러뜨리고 도망쳤다고 말하면 믿음직스럽게 들리지 않겠는가?"

병졸이 물었다.

"그렇게 된다면 우리는 도망친 자를 이내 쫓아야 할 것이고, 그래서 붙잡았다면 붙잡은 죄수가 있어야 하지 않겠습니까?"

소사자는 이번에도 바로 답하였다.

"죄수가 활을 쏘아 너희들을 넘어뜨리고 나서 높다랗게 지어놓은 부경으로 도망쳐 올라갔다고 하면 될 것이다. 우리 병졸들이 부경 앞까지는 쫓아갔는데, 그 부경을 집째로 모두 태워 없앴다고 말하면 된다.

부경은 안에 동물의 고기들을 많이 모아두고 있는 곳이다. 그리고 또한 높게 지어놓은 부경이 불에 타 무너져 자빠지면 그 형체를 알아보기 어려울 것이다. 그러므로 그 안에 죄수가 숨어 있다가 죽었다는 것이 그럴듯하게 보이지 않겠느냐?

이렇게 하면, 우리가 죄수를 놓친 것이 아니라, 숙신병들의 실수로 죄수를 놓쳤는데 양맥병들 중에서도 우리의 힘으로 죄수를 잡아 죽인 것이 된다."

소사자의 말을 듣자 병졸은 짐짓 웃으면서 말했다.

"이것이야말로, 과연 위험한 액운이 닥친 것을 도리어 복으로 바꾸는 기막힌 계책이라 할 만합니다."

그 말에 소사자는 같이 슬며시 웃었다. 그런데 잠시 후 소사자는 계속 웃으면서, 화살을 꺼내어 두 병졸들에게 쥐여주며 말하였다.

"없어진 죄수가 숙신병에게 훔친 활로 너희들을 쏘아 맞혔다고 해야 말이 믿음직스러워질 것이니, 너희들이 화살에 맞은 상처가 있어야 한다.

서로 스스로 화살을 제 살에 찔러 넣어 상처를 내도록 하라. 내 스스로 상처를 내는 너희들을 불쌍하게 여겨 술값을 넉넉히 쥐여 줄 터이니, 아픈 상처를 싸매고 술을 마셔 아픈 것을 잊도록 해라."

그러자, 두 병졸들은 시킨 대로 비장한 표정으로 서로 화살을 찔러 넣었다. 그런 뒤에, 두 병졸들은 고기를 넣어 놓은 부경을 일부러 불에 태워 무너뜨렸다. 그러고는 소사자와 함께 죄수가 숙신병의 활을 숨긴 채 도망쳐서 부경에 올라가 숨었으며 곧 불태워 죽였다고 알렸다.

十七.

우랑이 죽었다고 전하는 소식을 듣고, 우랑과 처음 다투었던 갑사가 뛰어왔다. 갑사는 불에 타서 무너진 부경의 잿더미 앞에 와 보았다.

"어찌 끝을 맞는지 반드시 내 눈으로 보고 싶었던 자인데, 이렇게 갑자기 죽었단 말인가."

갑사가 잿더미를 뒤적거려보니, 무너진 부경의 기둥과 벽에 불탄 고기들이 어지럽게 짓이겨져 섞여 있어서 도무지 알아볼 수가 없었다. 그런데 잿더미를 갑사가 가만히 쳐다보다가 이상하게 여겨 소사자에게 말하였다.

"어찌, 죽은 사람의 시체가 짐승의 고기들과 이처럼 어지럽게 섞여 있는데, 사람이 입고 있었던 옷의 탄 흔적이 보이지 않습니까? 아무리 불에 탔다고는 하나 설마 옷고름 끄트머리, 천 한 자락조차 남지 않았겠습니까?"

갑사가 말하자, 소사자는 자신의 거짓말로 우랑이 없어진 일을 숨긴 것이 탄로날까봐 짐짓 화를 내었다.

"죄수의 해진 옷이라 더욱 잘 탄 것이 아니겠는가?"

그 말을 듣고 갑사는 더욱 이상히 여겼다.

"어찌 기운이 없어 제대로 몸을 가누기도 어려웠던 그자가, 하필이면 저 높은 부경에 사다리도 없이 기어 올라갈 수 있었겠는가? 의심스럽다. 이 잿더미 속에 정말로 죄수의 시체가 있는지 반드시 밝혀야 한다."

갑사는 소사자가 모르게 잿더미 속의 고기들을 모두 꺼내어 모았다. 그리고 부하 병졸에게 이르기를,

"너는 저잣거리에 나아가 많은 짐승의 고기를 오랫동안 팔아

온 숙신족의 고기 장수들을 데려와라."

하였다. 갑사는 숙신족 고기 장수들이 나타나자, 무너진 부경의 잿더미에서 꺼낸 고기들을 보여주었다.

"여기에 많은 고기들이 있는데, 너희들은 이 고기들을 모두 한점씩 맛보아라. 그리고 먹은 것이 어느 짐승의 고기인지 밝혀 말하라. 혹여 이 중에 짐승의 고기가 아니라 사람의 시체가 있다면, 너희들이 알 수 있을 것이다."

그리하여, 고기 장수들이 불에 탄 고기들을 맛보기 시작하였다. 고기들이 양이 많았으므로, 다 맛을 보고 살펴보는 데 며칠이 걸렸다. 고기 장수들이 갑사에게 말하였다.

"이것들은 모두 소와 사슴의 고기로, 그 가운데 사람의 시체는 없었습니다."

갑사가 탄식하였다.

"소사자와 병졸들이 죄를 덮으려 속임수를 썼구나. 필시 이것은 그들이 죄수를 놓친 것을 숨기기 위해 거짓말을 한 것이다. 죄수를 놓치자마자 바로 사실대로 말하고 쫓았다면, 단로성 구석구석 안국군의 병사가 지켜보지 않는 곳이 없으니 반드시 곧 찾아낼 수 있었을 것이다.

그런데, 이렇게 죽었다고 거짓으로 숨겼으니, 그 사이에 죄수가 어디까지나 도망쳤을 것인가?"

그러자 갑사를 따르던 한 병졸이 갑사에게 물었다.

"그렇다면 이렇게 일을 속인 소사자에게 죄를 물어야 하지 않겠습니까?"

갑사는 고개를 저었다. 갑사가 말했다.

"지금 양맥병과 숙신병이 서로 공을 다투고 있는 마당에, 같은 양맥병으로서 차마 숙신병에게 소사자가 누명을 씌웠다고 할 수는 없다. 그저 모르는 일로 하고 우리가 재빨리 움직여 직접 죄수를 쫓아 찾느니만 못하다.

그자는 반드시 병졸들이 적고 지나다니는 사람이 없는 길을 찾아 도망치려 했을 것이다. 그러므로, 혈옥 근처와 성 안에서 병졸들이 없고 사람들이 다니지 않는 곳만 골라서 잘 살펴보면, 어느 쪽으로 그자가 도망치려고 했는지 짐작할 수 있을 것이다. 우선 그자를 가두었던 혈옥으로 가서 사람이 다니지 않는 쪽이 어느 쪽인지 알아보도록 하자."

갑사는 그 길로 바로 우랑을 가두어두었던 혈옥에 다시 찾아가 살펴보려 했다.

그런데 혈옥으로 가는 길을 한 병졸이 막아섰다. 병졸이 길을 막으며 말하는 것이 이러하였다.

"어제부터 소태후께서 염지鹽池 연못에서 목욕을 하시므로, 사방 팔백 보에 사람을 가까이 가게 할 수 없습니다."

하였다. 갑사가 놀라서 되물었다.

"그렇다면 새로 빈 혈옥까지 그 경계에 들어가느냐? 그러면 염지 연못 가까이로는 병졸도 들어가지 못하느냐? 지나다니는 사람도 없게 된다는 말이냐?"

병졸이 그렇다고 대답하였다. 갑사는 초조하였다.

"그렇다면 언제 다시 안으로 들어갈 수 있는가?"

병졸이 답하기를,

"소태후께서는 보름달의 기운이 가득 비친 연못에서 밤새 홀로 몸을 담그면 그 기운으로 살갗이 다시 생기를 얻고, 젊어지는 것이라 하십니다. 이는 소태후께서 십삼 세 되던 해에 꿈속에서 훤화萱花를 만나 뵙고 들은 비법입니다. 그러한즉, 달이 이지러져 없어지는 날 아침이 되어서야 소태후께서 목욕을 그만둘 것이니, 그날이 되어서야 안에 드실 수 있을 것입니다."

하였다.

그 말을 듣자, 갑사는 다리에 힘이 빠지는 느낌이 들어 잔뜩 찡그린 채로 고개를 절레절레 흔들었다. 갑사는 한동안 아무 말 없이 멍한 눈으로 그러고 있었다.

十八.

염지 연못은 소금기가 많은 짠 연못이므로, 그 안에 물고기나 개구리 따위가 사는 것이 없고 다만 매우 맑고 빛이 푸르렀다.

밤이 깊어 아무 소리도 없이 고요한 가운데, 높은 보름달만 떠 있으니, 커다란 달이 온통 연못에 비쳐서 연못 안에 달이 가득한 듯하였다. 연못 주위로 등불을 밝혔으므로, 은은한 빛이 조용하게 새어 나오게 되어 있었다. 등불은 모두 붉은색이었으며 연못으로 다가올수록 차차 어두워지게 하였다. 사람이 들어오지 못하게 병졸들이 멀리 팔백 보 밖에서 지키고 있었으며, 물고기도 없는 넓은 연못에는 조그마한 다른 움직임도 비치지 않았다. 그랬으므로 연못 면은 오직 가만히 얼어붙은 것처럼 있었다. 다만 목욕할 채비를 한 소태후가 걸음을 옮겨 물속으로 발을 디딜 때마다, 조용한 연못 위에 잔물결이 저 멀리 커다랗게 연못 저편까지 달빛을 받으며 퍼져 나갔다.

소태후가 물속에 몸을 담그고 헤엄을 치며 연못을 가르며 나아가자, 소태후의 몸 빛깔이 달빛에 비쳐서 연못에 그대로 다시 퍼졌다. 조용한 밤공기 사이로, 소태후가 손을 움직이고 다리를 움직일 때마다 작게 들리는 찰랑이는 물소리만 메아리를 자아내며 울렸다. 이윽고 소태후가 물에 비친 보름달 가운데에 멈추어 섰다.

소태후가 멀리 앞을 보니, 연못가에 안국군이 서 있었다. 안국군이 말하였다.

"태후께서는 성상께서 어머니로 모시는 분이시며, 또한 천하사방의 가장 존귀한 여인이 되시는 분이십니다. 어찌 이와 같이 깊은 밤에 홀로 몸을 씻으시는 중에, 신하인 저를 부르십니까?"

소태후가 물속에서부터 안국군을 향해 걸어 나왔다. 소태후의 까맣고 긴 머리카락이 한 올 한 올 곱게 바람을 타고 흔들거렸으며, 황금으로 만든 꽃 모양의 장식을 머리카락에 꽂아 달빛에 반짝거리는 모습이 극히 아름다웠다.

"제가 고운 자태를 갖고 이 나이가 되도록 살갗이 거칠어지지 않는 것은, 오직 넓은 물에서 달빛을 받기 때문입니다.

제가 선대의 총애를 받을 때에는 거대한 압록수鴨綠水를 온통 막아놓고 아무도 가까이 오지 못하게 하여, 오직 하늘의 달을 눈으로 하고, 압록수가 흐르는 바다를 입으로 하여 노닐곤 하였습니다. 그러나 이제 그것도 옛날의 일일 뿐입니다.

공과 같이 어진 분께서 옛일을 잊지 않으시고 저를 위해 이 연못을 내어주지 않으셨다면, 제가 어찌 다시 이렇게 놀 수 있었겠습니까."

안국군은 소태후가 물가로 나오자 고개를 돌렸다. 안국군이 말하였다.

"태후께서는 이와 같이 좋은 물과 고요한 달빛을 홀로 갖길 좋아하심이 너무나 지나치십니다."

안국군은 잠시 말을 잇지 못하고 머뭇거렸다. 안국군은 무슨 말부터 어떻게 꺼내야 하는지 망설이듯이, 무슨 소리를 내는 듯 마는 듯하며 잠시 말을 하지 못했다. 소태후는 아무 말도 없이 안국군을 보고만 있으면서, 안국군이 말을 하기를 그대로 기다렸다. 마침내 안국군이 말을 이었다.

"태후께서는 어린 시절 궁궐에 들어가시기 전의 일을 아직 기억하십니까?"

소태후는 천천히 고개를 끄덕였다. 안국군이 말하였다.

"혹 그때 태후께서 저와 함께 노닐던 때를 기억하신다면, 저는 아둔한 남자의 비루한 마음으로 부끄러움을 모르는 못난 말씀을 망령되이 읊어보고자 합니다.

그때에 태후께서는 기와가 화려한 집과 진귀한 술과 좋은 옷을 탐내었으니, 저는 땅을 팔고 집을 헐어 태후께서 한 번 웃고 마서 없애는 놀이를 하도록 해주었습니다.

그리하여, 태후께서는 저를 도성 제일의 대공大公이라 부르며 항상 제 곁에 있으셨으니, 마치 무례하게 말씀 올려보기로, 봄날 나무에 핀 꽃과 가지처럼 저와 태후는 서로 따르셨습니다. 그때 도성 사람들 중에 태후와 제가 치장한 수레에 앉아 같이 길을 가면 그 보기 좋은 모습은 봄이 지기 전에 도성에서 놓치지 말아야 할 구경거리라고 하지 않았습니까?

하오나, 태후께서는 제 재물이 다하고 세력이 기울어지고 부하들이 줄어들자, 저로부터 멀어지셨습니다. 이 또한 지금 예의를 모르는 신하가 아뢰기로 곧 세찬 여름비에 꽃이 떨어지듯이 떠나셨다 할 것입니다.

그러더니, 얼마지 않아 태후께서는 마침내 형님께서 옥좌에 앉으셨다는 소식을 들으시고 때를 엿보시더니, 이윽고 형님께서 우태후于太后를 잃고 홀로 되자 형님께로 떠나가 궁궐에서 혼인하시지 않으셨습니까?"

안국군이 그렇게 말하고 고개를 숙여 눈을 피하고 절을 하려하자, 소태후가 만류하며 말하였다.

"제가 어찌 그 죄를 모르겠습니까. 하오나, 저는 후회하고 있습니다. 겨우 금붙이 몇 조각과 고운 목소리로 노래하는 하인, 하녀 몇 사람을 탐을 내어, 공과 같이 귀한 인연을 모르고 눈이 멀어 떠난 것을 후회하고 있습니다. 이는 제가 어릴 때에 어리석어 저지른 멍청한 일이니, 누구를 탓하고 무엇을 더 따지겠습니까.

하오나, 날이 가고 달이 갈수록 공과 함께 지낸 때가 다시 떠오르니, 고쳐 생각하고 돌이켜 꿈꾸어보니, 제가 추잡한 권세와 비루한 재물을 탐하지 않고, 오직 마음에 담아 좇았던 이는 지난 때의 공뿐인가 합니다."

소태후는 눈물을 보이기 시작하였다. 소태후는 허리까지 물이 차오는 연못에 서 있었는데, 곧 손을 올려 눈물을 닦았다. 그 모습을 안국군이 쳐다보더니, 한번 웃으며 다시 말하였다.

"그와 같이 듣기 좋은 말로 저를 놀리는 일은 그만하십시오. 태후께서 형님과 혼인하시고 얼마나 기쁘게 즐기고 얼마나 기분 좋게 노셨는지 저는 잘 알고 있습니다.

태후께서 궁궐 밖으로 나와 형님과 함께 수레를 타고 길을 나서셨을 때, 도성 사람들이 한때는 저와 태후가 같이 수레를 타고 지나갔다고 수군거리며 옛일을 이야기하자, 태후께서는 혹여 그것이 형님 귀에 들어가 기분이 상하실까봐 걱정하지 않으셨습니까? 그리하여 다시는 도성 사람들이 저와 태후의 이야기를 더 하는 일이 없도록 저를 도성 밖으로 멀리 내쫓으려 하지 않으셨습니까?

다시 한 번 신하로 예의를 다하지 못하는 죄를 지으며 태후께 수다스러운 말씀을 올리니, 태후께서 형님과 혼인하신 후에, 저는 상 위에 차린 음식이 썩어 없어지도록 그 맛을 모르고, 초저녁에 뜬 별이 신새벽에 질 때까지도 잠을 이루지 못할 만큼 애가 타고 가슴이 답답하였습니다. 그런데도 혹여나 만에 하나 태후께서 불편한 일을 당하실까 걱정하여, 감히 태후의 얼굴을 한 번 뵈려 내전內展 가까이로 걸음조차 하지 않고 피하였습니다.

태후께서는 그런데도 저를 멀리 보내야겠다고 생각하시고, 곧 태후와 가까운 우씨 성을 가진 신하들을 시켜 저를 이곳 머나먼 단로성으로 보내도록 형님을 부추기셨습니다. 마침내 저는 고향에서 몇천 리나 떨어진 이 춥고 거친 곳으로 오게 되었습니다.

저는 태후께서 저를 이곳에 보내신 것 때문에, 악랄한 숙신족들과 지겹도록 다투고 귀신 같은 도적 떼들과 끝도 없이 싸워야 하였습니다. 태후께서는 제가 적들과 싸우다가 죽어 없어지기를 바라신 것이 아닙니까?

아직도 도적 떼들은 완전히 사라지지 않았고 복속한 숙신족들 중에서도 배반할 마음을 품고 있는 자들이 적지 않습니다. 그렇지만 그래도 이제는 간사한 적들을 이럭저럭 겨우 다스려 성을 쌓고 내궁을 세워 간신히 흐르는 화살에 자다가 죽을 일은 없게 되었습니다. 태후께서는 저와의 옛일이 알려지는 것을 싫어하셔서 제가 죽어 없어지기를 바라셨는데, 그래도 저는 마침내 살아남아 버틸 수 있게 된 것입니다.

그런데, 태후께서 지금 이렇게 나타나셔서 태후께서 저를 잊은 적이 없다 하시면, 어찌 제가 우습다고 하지 않겠습니까?"

소태후는 가만히 아무 대답도 못하고 있었다. 그러나 소태후는 오히려 다시 다가오며 다른 말을 계속하여 꺼냈다.

"제 얼굴을 보는 것도 폐가 될까 여겨 피하셨다 하셨습니까? 하오면 비록 그간 늙어 이제는 마른 얼굴이오나, 공께서 족할 만큼 이 얼굴을 마음껏 보십시오."

소태후가 눈물을 흘리는 얼굴을 들어 보이며, 고개를 숙인 안국군 앞에 섰다. 안국군은 소태후의 얼굴을 보았다. 달빛에 비친 소태후의 얼굴은 달이 뜬 밤에 물에서 목욕을 하는 것의 효험 때문인지 아닌지는 모르겠으나, 과연 유난히도 뽀얗고 맑아 보였다. 안국군은 한참 만에 다시 말하였다.

"매일같이 적들과 겨루며 핏물과 뼛조각을 튀기면서 지내던 날들 동안에도, 태후의 이 얼굴을 잊는 것이 어려웠습니다. 이런 저를 두고 무릇 사람들이 칭송하는 대로 영웅이라 하는 것은 웃을 만한 일이라, 참으로 부끄러웠습니다.

그러다 이제야 겨우 오직 도적들을 벌하고 백성들을 지키는 일만 마음에 담고 다른 일들은 다 잊고 묻어둘 수 있게 되었습니다. 그런데, 태후께서는 왜 오늘에야 다시 이렇게 오셔서 제 앞에 그 얼굴을 다시 보이십니까?

태후께서는 부디 돌아가십시오. 이와 같이 제가 다시 또 정말 아름답고 좋은 것이 무엇인지 알도록 하셔서는 안 됩니다. 태후께서는 제 형님의 부인이시며, 또한 저는 형님의 아드님이신 성상께 충성을 바치는 조정의 신하입니다. 저는 태후의 얼굴을 다시 알아서는 안 되는 것입니다. 태후께서는 돌아가셔서 부디 더는 제 곁에 나타나지 마십시오."

안국군의 낯빛에 슬픈 기색이 돌았다. 그러자 소태후는 물 밖으로 걸어 나왔다. 소태후가 소리를 내어 울면서 흐느끼는 소리가 옅은 바람 소리와 함께 들렸다.

소태후가 물 밖으로 걸어 나오니, 소태후의 허리에 짓물러 터진 상처가 있는 것이 보였다. 소태후가 말했다.

"그대가 성상이라 높여 부르는 상부라는 놈은 즉위한 후에, 저를 핍박하고 있습니다. 저와 제 친척과 제 벗들이 상부의 친어미를 괴롭혔다고 생각하고 있으므로, 상부는 저를 원수처럼 미워합니다. 제가 선대의 총애를 받은 태후로, 상부의 어머니뻘입니다. 상부는 때문에 오히려 제 친어미에게서 아비를 빼앗아 간 것이 저라고 생각하고 저를 더욱 미워하고 있는 것입니다.

그러나 또한 상부는 남자인지라, 아직 제 몸이 이와 같고, 제 얼굴에 주름이 많지 않아, 제 모습이 보기에 나쁘지 않음도 알고 있습니다. 조정을 틀어쥐고 대군과 백관을 거느린 나라님이 나를 미워하고 또 내 몸을 곱다고 여기고 있으니, 저는 온갖 징그러운 일들과 별별 입에 담기 어려운 난폭한 일들을 당하고 있는 것입니다."

안국군은 소태후의 허리에 난 상처를 보자 깜짝 놀랐다. 소태후의 흰 허리가 짓이겨지고 터진 모양이 눈에 들어오니, 안국군은 어느새 그 얼굴이 하얗게 질렸다. 안국군이 무릎을 꿇고 상처를 들여다보며 물었다.

"어찌하여 그 흰 살갗을 그리도 험하게 다쳤습니까?"

소태후는 소리 내어 울었다.

"공께서 제가 궁궐로 들어간다 할 때에 '재물은 쓰면 없어지고 높은 자리는 무너져 떨어지는 것이니, 그따위를 탐하여 깊은 인연을 버리지 말라'고 하신 말씀이 과연 맞았습니다.

제가 탐내는 마음에 높은 자리에 올라 후궁이라 불리며 기뻐하였으나, 하룻밤 사이에 저를 미워하는 아이가 옥좌를 차지하여, 겉으로는 나라의 어머니라 하면서 속으로는 오히려 괴로워 울다가 죽어버리기를 바라고 있으니, 어찌 비참하지 않겠습니까?

공께서 하신 말씀을 듣지 않고, 공께서 저를 붙잡으실 때에 제가 제 발로 떠났던 것 때문에, 오늘 이와 같은 꼴을 당하게 될 것을 저는 몰랐습니다. 베짱이 한 마리가 비오는 날 저잣거리 바닥을 뛰어다니다가 수레바퀴에 깔려 짓이겨져 죽어버리는 것처럼 제가 죽을 줄을 제가 미처 몰랐던 것입니다. 저는 후회합니다."

안국군이 무어라 말을 하려다가 목소리가 떨려서 몇 번 말을 멈추었다. 간신히 안국군이 다시 말하였다.

"성상께서 내려주신 은덕으로 벼슬을 사는 신하로서, 성상의 원래 이름을 함부로 입에 올리는 것은 예의가 아닙니다. 태후께서는 비록 괴로운 일이 있더라도 신하된 도리를 잊지 마시고 말을 가려 하십시오. 만약 태후께서 목숨이 위태롭고 스스로 살아가는 것이 괴로운 일이 있거든, 제가 미약한 힘이나마 힘써 도울 것입니다.

그런즉, 만약 태후께서 이와 같이 계속 눈물을 보이신다면, 저는 선대의 충신들을 이끌고 나아가 형님 무덤 앞에 엎드려서, 성상께 충심으로 빌고 말씀드려 태후를 구하려 할 것입니다. 그러니, 태후께서는 견디기 어려운 일이 있다 하시어도 무서운 말을 고운 입에 올리지 마시고, 흉한 생각을 아름다운 가슴에 담지 마십시오."

그 말을 듣자 소태후는 힘을 잃고 앉아 안국군의 다리를 붙잡았다. 소태후가 주저앉은 채로 안국군을 올려다보며 말했다.

"저는 지금 곧 죽어져도 아쉬울 것이 없으나, 옛날 공께서 베푸셨던 정을 갚을 기회도 없이 이와 같이 비참한 일만 당하며 지낸다면, 이는 공께서 슬픈 일이 아닙니까?

공께서는 임금의 숙부이시니 아버지뻘이라 할 수 있으며, 공께서 군사를 일으켜 엄하게 상부를 벌하려 하신다면 누가 막을 자가 있겠습니까? 상부는 비록 즉위하기는 하였으나, 본시 교만하고 의심이 많은 자이므로, 사람들이 따르지 않습니다. 나라 안의 성주들과 태수들 중에는 상부를 믿지 않고, 오히려 선대 임금의 아우인 공을 더 믿는 자들이 많습니다.

더욱이, 조정의 늙은 신하와 큰 장군들은 모두 공께서 예로부터 사귀시던 벗들입니다. 또 궁궐 안의 어른들도 젊은 상부보다는 공께서 더 가깝게 여기시는 분들이 많지 않습니까? 하늘이 노할 나쁜 짓을 하는 상부를 두고 공께서 대신 죄를 묻겠다고 하시면, 어찌 세상이 그 뜻을 따르지 않겠습니까?

또한 이 성 안에 믿고 따르는 백성들이 많고, 이들은 하나같이 공을 높이기를, 불구덩이 속에 앉아 칼날을 씹어 먹으라 명해도 두려워하지 않을 정도입니다. 이제 공께서 이 나라 안의 제일이라 하는 숙신병의 기병대와 양맥병의 철갑대를 이끌고 도성으로 쳐들어가 대궐을 불태우고 상부를 무릎 꿇고 빌게 하려 하시면 어느 누가 막을 수 있겠습니까?

그리하시면, 저는 공을 새로이 궁궐에서 모실 것입니다. 그리하여 제가 공께서 발을 디딘 마루를 걸레로 닦고 공께서 침을 뱉은 그릇을 설거지하는 여자가 된다 할지언정, 저는 죽을 때까지 기쁘게 공 곁에서 머물러 있을 수 있을 것입니다."

소태후는 안국군을 붙잡고 울면서, 이와 같이 반란을 일으켜 상부를 자리에서 내쫓아버릴 것을 빌었다. 그러자 안국군은 이를 굳게 물고 주먹을 움켜쥐었다.

"성상께서 어찌 그런 짓을 하셨단 말인가."

그리고 안국군은 손을 뻗어 소태후의 허리에 난 상처를 어루만졌다. 안국군의 손이 닿자, 소태후는 아픈지 허리를 굽히며 길게 신음하였다. 이에 안국군이 다시 가만히 상처를 찬찬히 들여다보았다.

그러더니 곧 안국군은 놀라 일어섰다. 안국군은 뒷걸음쳐 물러서서는 소태후를 보았다.

"이곳은 도성에서 이천 리가 떨어진 외딴 성이니, 궁궐에서 나와 이곳까지 오는 데에는 기일이 오래 걸릴 것이다. 그런데, 너의 허리에 난 상처는 방금 다친 것처럼 조금도 아물지 않았다. 그러므로, 네 허리에 난 상처는 성상께서 너에게 악한 짓을 한 자국이 아니라, 네가 나를 속이려고 일부러 스스로 살을 망치로 찍고 횃불로 지져 상처를 만든 것 아니냐?"

안국군이 소리치자, 소태후는 눈물을 멈추었다. 그러나 소태후는 조금도 몸을 떨지 않고 가만히 안국군을 똑바로 볼 뿐이었다.

안국군이 다시 성을 내었다.

"너는 나를 속여 감히 내 충심을 꺾어 역적질을 하도록 끌어들이려 하였다. 지금 형님께서 세상을 떠나시고, 성상께서는 너를 싫어하신다고는 하지만, 너는 태후라 불리고 있으니 옷을 입고 밥을 먹는 데는 조금도 모자람이 없다. 그런데도 너는 욕심을 부려, 도리어 나에게 거짓으로 만든 상처를 보이고 내 옛정을 불러 일으켜, 난리를 일으키고자 하였다.

어찌 너는 네 작은 한 몸뚱어리를 위하여 재물과 자리를 탐하는 마음 때문에 이와 같은 짓을 할 수 있느냐?"

소태후는 같이 소리를 질러 답하였다.

"비록 허리의 상처는 거짓이나, 제가 공의 곁에 있고 싶은 마음도 거짓이 아니며, 상부가 의심이 많고 나와 공을 싫어하는 것 또한 거짓이 아닙니다.

저는 온갖 곳에 손을 뻗고 별별 방책을 찾아 상부로부터 버티어 살아남을 길을 찾으려 하나 이는 쉬운 일이 아닙니다. 제가 이제 아무런 다른 수를 찾지 못하여 마지막으로 믿을 사람을 찾은 것이, 오직 예로부터 진실로 서로 믿어온 공이 아니라면 또 누가 있을 수 있겠습니까?

공께서는 군사가 많고 덕이 많고 따르는 사람이 많으니, 상부는 공을 싫어합니다. 곧 공과 같이 이름이 높은 사람은 죽어 없어지기만 하면 좋겠다고 매일같이 상부는 바라고 있습니다. 그러니 만약 공께서 작은 빈틈이라도 보이신다면, 상부는 반드시 그 허물을 물어 공을 죽이려 할 것입니다. 시체가 되어 숨이 끊기고 심장이 뛰는 것이 멎으면, 빛나는 칼과 발 빠른 백마가 있은들 무슨 소용입니까? 지금 공께서는 저와 함께 도성으로 창칼을 들고 당당히 들어가지 않겠습니까?"

그 말을 듣자, 안국군이 노하여 손을 벌려 소태후의 목을 감싸

졸랐다. 안국군이 목을 조르며 말했다.

"내가 어린 분을 엄하게 가르치고 또한 힘들게 익히도록 하였으니, 성상께서 나를 친하고 살갑게 대하시지는 않을 것이다. 비록 그렇다 하여도 성상께서는 내 조카이며, 또한 내 형님의 자식이시다. 하물며, 그 신하로 목숨을 걸고 나라를 위해 싸우기를 몇 년이었는데, 어찌 너 따위의 속임수에 충심을 저버리겠느냐.

난리를 일으키려는 너의 썩은 마음을 이제 내가 뻔히 알고, 또한 너에게 속으면 나는 망해 없어질 것도 뻔히 알 수 있다. 그러하니, 내가 어찌 이 나라의 군사를 이끄는 사람으로, 너와 같은 간교한 역적을 살려둘 수 있겠느냐?"

하였다. 그리고 곧 안국군은 소태후의 목을 조르고 숨통을 끊어 죽이려 하였다.

그러나 소태후는 아무 말도 하지 않고, 도리어 그런 채로 안국군 가까이로 다가와서는, 손을 뻗어 안국군의 머리에 쓴 검은 관을 쓰다듬었다. 곧 소태후는 그대로 안국군을 깊게 품에 안고는 그 입술에 입을 맞추었다.

거칠게 숨을 쉬며 금방이라도 소태후를 목 졸라 죽이려 하던 안국군은 아무 말도 하지 못하고 꼼짝 않고 가만히 있었다. 소태후의 긴 숨소리가 안국군의 귀에 들렸으며, 곧 어두운 밤공기에 흘러 울렸으니, 마치 달빛이 가득한 연못이 그 숨소리로 가득차는 듯하였다. 마침내 안국군은 목 조르던 손을 풀고, 팔을 늘어뜨리고는 우뚝 서서 가만히 있었다.

한참 만에 소태후는 안국군의 곁에서 떨어졌다. 가만히 서 있는 안국군을 앞에 두고, 소태후는 그대로 돌아섰다. 그러고는 아무 말 없이 다시 연못물속으로 들어갔다. 소태후는 물속을 천천히 헤엄쳐서 멀어졌다. 검은 연못물에는 별이 반짝거리고 있었으며, 소태후의 몸이 물살을 가르고 움직일 때마다, 그 별이 흩어져 좌우로 갈라졌다. 그 모습을 안국군은 아무 말도 하지 못하고 오래도록 멍하니 쳐다보고 있었다.

이윽고, 한참 만에 안국군이 혼잣말로 말하였다.

"물에는 하백河伯이 있어 그 딸들이 몰래 헤엄쳐서 다니며 세상의 임금과 장군들을 홀린다고 하더니, 바로 저것이 하백의 딸이 춤을 추며 웃는 모습인가. 내가 내일 죽는 병자에게 의원을 못 가게 할지언정 이 연못에 다른 누가 들어오게 하겠는가? 내가 백 채의 집을 허물어 없애더라도 어찌 저 등불을 치우게 하겠는가?"

마침내 안국군은 발걸음을 돌려 그대로 염지 연못에서 떠나가 돌아갔다.

그런데 그때, 돌아가는 안국군의 뒤통수에 마치 귀신이 속삭이는 것처럼, 갑자기 무서운 목소리가 낮게 들려왔다.

"안국군께서 저지른 죄를 거듭 묻습니다.

안국군은 마음대로 나라의 제도를 어겨도 된다고 하고 함부로 만든 습속을 조정의 법보다 중하다 하였으니, 억울한 남자들이 많고 괴로워하는 여자들이 많습니다. 어찌 사형에 해당하는 그 죄를 모른다 하겠습니까."

안국군이 다시 돌아보았으나, 어디서 소리가 들리는지 아무것도 볼 수가 없었다. 어두운 가운데 풀숲에 무엇인가 있는 듯도 싶

있으나, 한참 살펴보아도 알 수가 없었다.

다만 보이는 것이라고는 달빛에 빛나는 소태후의 하얀 몸뿐이었으며, 들리는 것이라고는 소태후가 움직일 때마다 조금씩 나는 물소리뿐이었다.

十九.

소태후는 닷새를 더 염지 연못에서 놀고 지낸 후에야 물에서 헤엄치는 것을 멈추었다. 그동안 안국군은 소태후가 즐기는 것을 아무도 방해하지 못하도록 군사들에게 엄히 지키도록 하였을 뿐, 다시는 소태후를 찾아가지도 않았고, 다른 누군가를 보내어 소태후와 소식을 주고받지도 않았다.

소태후가 노는 것이 끝나고 난 다음에야, 다시 병사들에게도 혈옥에 가는 길의 출입이 자유로워졌다. 그러므로 우랑과 처음으로 다투었던 갑사는 그제야 우랑을 가두어두었던 혈옥에 찾아가 볼 수 있었다.

"혈옥을 지키다가 졸거나 술에 취한 적이 없느냐?"

갑사가 혈옥을 지켰던 병졸들에게 물었다.

"그러한 일은 없었습니다. 비록 제가 소사자의 명을 받들어 도망친 죄수가 죽었다고 거짓으로 알렸기는 하지만, 어찌 실수가 없다 하는 양맥병의 병사로 죄수를 지키다가 잠이 들거나 술을 퍼마시는 따위의 일을 하겠습니까?"

갑사는 텅 빈 혈옥 안을 한참 내려다보았다. 갑사는 보다 자세히 안팎을 살펴보고자 하였다. 곧 사다리를 가져오게 하여, 갑사는 병졸들과 함께 혈옥 안으로 내려갔다. 갑사가 혈옥 안을 찬찬히 살펴보고 있자니, 병졸이 투덜거렸다.

"혈옥을 나눈 덮개를 열어놓은 적이 없으니 죄수놈이 땅으로 꺼지지 않았다면 어디로 갔겠습니까? 또한 사다리나 줄을 가져다놓은 적이 없으니 죄수놈이 하늘로 솟지 않았다면 무슨 수로 밖으로 나갈 수 있었겠습니까?"

다른 병졸이 한숨을 쉬며 맞장구쳤다.

"땅으로 꺼졌는가, 하늘로 솟았는가, 한다더니 참으로 모르겠습니다."

갑사는 그 말을 들으며 가만히 땅을 내려다보았다. 보이는 것은 울퉁불퉁하며 축축하고 질퍽하고 더러운 바닥뿐이었다. 갑사는 다시 하늘을 올려다보았다. 키보다 훨씬 높은 입구로 위쪽이 올려다보일 뿐이었으니, 예전에 이곳에 갇혀 있던 우랑이 바라보던 좁은 하늘이 갑갑하게 보일 뿐이었다.

갑사가 한참 동안 말이 없더니, 문득 무엇인가 보았는지 가만히 고개를 돌렸다.

갑사는 곧 발등 위로 지나가는 쥐를 한 마리 붙잡아 들었다. 갑사는 그 쥐를 잡아 들고 한쪽 벽에 나 있는 쥐구멍에 쥐를 집어넣어보았다. 쥐구멍은 손에 들고 있는 쥐보다 훨씬 더 컸다.

"이쪽으로 드나드는 쥐들만 더 크기가 클 수가 있겠는가?"

병졸들이 영문을 몰라 쥐를 들고 있는 갑사를 빤히 쳐다보았

다. 갑사가 하늘을 보고 길게 한숨을 쉬었다. 갑사가 말하기를,

"이 혈옥을 도망친 죄수는 땅으로 꺼진 후에 다시 하늘로 솟은 것이다."

하였다.

"그것이 무슨 말입니까?"

놀란 병졸이 물었다. 갑사가 답했다.

"너희들이 처음으로 덮개를 열었을 때만 해도 죄수는 바깥으로 나온 것이 아니었다. 다만 숨어 있어서 안 보였던 것뿐이다. 죄수는 어두운 혈옥 속에 갇혀 있는 동안 부지런히 손으로 바닥을 파헤쳐서 스스로 흙속에 몸을 파묻어 숨었던 것이다. 이곳은 검은 진흙 뻘로 땅이 질퍽하여 매우 부드러우니 힘이 없는 다친 사람이라 한들 파기가 어렵지가 않다. 또 자갈돌이 굴러다니는 것이 몇 있으니 이것을 얼굴 쪽에 덮으면 숨 쉴 구멍을 만들 수가 있지 않겠는가?

그러고 나서 너희들이 죄수가 없어졌다고 놀라서 뛰어다니며 멀쩡한 부경에 불을 지르고 불탄 사슴고기를 죄수의 시체라고 속일 때에도, 죄수는 그대로 땅속에 숨어서 가만히 빠져나올 기회를 엿보고 있었던 것이다.

마침 밤이 깊어지고, 소태후를 위하여 사람들을 못 다니게 막는다 부산스러워 병졸들이 혈옥을 돌아보는 데 소홀해졌을 때, 그때를 노려서 죄수는 몰래 다시 흙을 파고 기어 나왔으리라."

병졸이 다시 물었다.

"하오나, 혈옥은 깊고 사다리가 없으면 건장하고 날랜 사람도

뛰어오르기 어렵습니다. 비록 빠져나올 틈을 찾았다 한들 어찌 바깥으로 나올 수 있었겠습니까?"

갑사가 말했다.

"단로성에는 쥐가 많으니, 더러운 혈옥 속에는 온통 쥐 떼들이다. 이쪽 벽의 쥐구멍이 넓은 것은 바로 그 죄수가 이 벽에 나 있는 수많은 쥐구멍에 손을 집어넣고 발을 디뎌 벽을 기어오른 흔적인 것이다."

그렇게 말하고는, 갑사는 스스로 벽 이쪽 저쪽을 쏠아 뚫어놓은 쥐구멍에 발을 딛고 벽을 기어올라보았다. 갑사는 어렵지 않게 혈옥 밖으로 나올 수 있었다.

병졸들이 놀라서 사다리를 타고 혈옥 밖으로 따라 나가보았다. 갑사가 병졸들에게 말하였다.

"몇 날 몇 밤을 소태후 때문에 사람들이 오가지 못하였으니, 그 긴긴 날 동안 몰래 기어가고 숨어들어 죄수가 어떻게 움직여 어디까지 갔을지 알기가 어렵기는 하다. 그러나, 수상한 자들은 성문에서 굳게 막아 지키기 마련이니, 아직 성 밖으로 나가지는 못했을 것이다.

지금 빨리 성문을 닫도록 해야 한다. 그리고 성문을 지키는 문지기들에게 죄수와 같은 자가 몰래 성벽을 기어오르는 것을 보기라도 하거든 즉시 활로 쏘아 죽이라고 한다면, 죄수가 도망치는 것을 막을 수 있을 것이다."

그러자 병졸이 말하였다.

"성에는 여섯 개의 문이 있으니, 죄수가 가장 먼저 노릴 만한 문은 어느 곳입니까?"

갑사가 말하기를,

"안국군께서 소태후를 위하여 염지 연못을 막고 사람을 다니지 못하게 하였으니, 죄수는 지나갈 사람 없는 곳을 찾아 숨어서 지나가기 위해 분명히 염지 연못이 있는 쪽으로 기어갔을 것이다. 그런즉, 염지 연못이 있는 북쪽의 문으로 가장 먼저 나아가지 않았겠느냐?"

하였다.

二十.

갑사는 병졸들을 이끌고 북쪽 성문으로 갔다. 갑사가 성문을 지키는 문지기에게 물었다.

"혹여 지난 몇 밤 동안 몰래 성문을 빠져나가거나, 들키지 않고 성벽을 기어오르려 하는 자가 없었는가?"

문지기가 답하였다.

"그런 이상한 사람은 아무도 없었소."

갑사는 안심하여 돌아가려고 했다. 그러다가, 문득 무엇인가 떠오르는 바가 있어 문지기에게 갑사는 다시 물었다.

"혹여 높은 사람이나 귀한 어른을 이야기하면서 깊은 밤에 긴히 성문 밖으로 나가야 한다고 하는 자는 없었는가?"

그러자 문지기가 말하였다.

"밤에 소태후께서 꼭 바라시는 일이니 급히 성문 밖으로 나가야겠다고 한 사나이가 있기는 하였소.

소태후께서는 은밀히 깊은 밤에 재물을 주고받는 때가 많다는 이야기가 널리 퍼져 있지 않소? 이를 뇌물이라고 나쁘게 말하는 자가 없는 것은 아니나, 소태후의 위세가 등등하니, 혹 그 사나이를 막는 것은 오히려 우리 양맥병과 안국군에게 화가 될 수도 있다고 생각했소. 그리하여 그저 그 사나이를 지나가게 하였소."

갑사가 소리쳤다.

"그자는 죄수가 틀림없다."

갑사가 분하여 문지기를 붙잡고 소리 질렀다.

"도망친 죄수가 행색을 꾸미려고 한다 한들 솜씨가 있었겠느냐? 온몸은 해지고 며칠 동안 진흙 밭에 숨어 있던 더러운 몰골이었을 것이며, 몸을 감추려 해도 혈옥 곁에서 구할 수 있는 것이라고는 고작 죄수를 가두는 우리밖에 없었을 것이다.

어찌 그따위 행색을 똑바로 알아보지 못하고, 어림없이 소태후와 같은 귀한 분의 부하라 여기고 문을 열어주어 도망치게 하였는가?"

그러자 문지기가 도리어 따졌다.

"아닌 게 아니라 그 사나이야말로 정말로 사람이나 짐승을 가두어두는 우리 같은 것을 뒤에 끌고 나타났소. 사나이는 말하기를 그것이 족제비와 담비를 가두는 우리라고 하였소.

우리 단로성은 안국군께서 말씀하신 뜻을 모두 받들어 모시고 있으므로, 이곳 근처에 있는 족제비와 담비는 씨가 말라 없어졌소. 그런데, 숙신족들은 역겹게도 아직도 부모가 죽으면 그 시체를 담비가 뜯어먹게 해야만 장례를 후하게 잘 지냈다고 간절히 믿고 있는 자들이 많소. 그렇기에, 몰래 족제비와 담비를 숨겨놓고 우리에 넣어 기르는 자들이 있어서, 숙신족이 장례를 치른다고 하면 족제비와 담비를 데려가 그 시체를 뜯어 먹게 하고 대신에 재물을 받는 일을 하는 자들이 있소.

이렇게 숙신족 장례에 담비를 빌려주는 일은 6부7락의 숙신족들 사이에서는 막대한 이익이 남는 일이오. 그러므로 재물을 탐내고 귀한 것을 모으려 하는 자라면 이러한 일에 손을 대지 않는 이들이 없소.

그러니, 몰래 재물을 모으기를 좋아하는 사람이 소태후를 들먹이며, 족제비와 담비를 가두었다 하는 우리를 끌고 가는데 어찌 믿지 않을 수 있겠소? 하물며 더럽고 냄새가 나며 옷이 남루하다 한들, 숙신족들의 본시 꼬락서니가 다들 그러하지 않소? 그자가 떨어진 옷을 입고 온몸에 진흙이 묻었다 한들 무슨 의심을 하였겠소?"

그 말을 듣자 갑사는 힘이 빠져 한탄하였다.

"네놈은 해가 지고 나서 외성 문이 닫히고 나면 미리 알린 자들 외에는 성문을 통과할 수 없다는 법도 모르느냐?"

갑사는 문지기를 놓아주고, 힘없이 터덜터덜 성문 밖으로 걸어 나가보았다.

병졸들이 따라 나가보니, 성문 밖에는 끝없이 넓은 들판이 멀리 펼쳐져 있었으며, 까마득히 멀리서 누런 흙먼지가 피어올라서는 수백 리 높은 하늘까지 치솟아 가물가물하게 흩날리며 휘몰아 올라가고 있었다.

그 모습을 보자니, 들판에는 끝없이 짙푸른 나무만이 빽빽하고 멀리 퍼런 산자락의 봉우리 끝이 아른아른하게 보이는데, 그 봉우리 언저리에 햇볕이 구름 사이로 비쳤다. 그러니, 바람 줄기가 흩어질 때마다, 멀리 산 너머 들판 저편에는 별세계가 펼쳐져 있지 않나 싶은 망망한 심정이 들기만 하였다.

천 리를 펼쳐진 수풀과 산골짜기 사이로, 수만 그루의 나무와 수억 포기의 풀이 나 있으니, 지금 저 까마득한 곳에 푸르스름하게 내다보이는 머나먼 산등성이 어느 한 자락 끄트머리 사이에도, 그 작은 풀 한 포기 그늘그늘마다 이슬이 맺혀 있을 것이며, 날개를 퍼덕이는 알록달록한 날벌레와 그 날벌레와 다투는 불개미들이 아옹다옹하고 있지 않겠는가?

갑사는 그대로 성문 밖으로 멀리 걸어 나가려 했다. 그런데 병졸 하나가 갑사에게 말했다.

"이제 벌써 성 바깥으로 죄수가 나갔습니다.

땅은 끝이 없이 넓고, 바다는 그 바깥으로 더욱 넓으며, 세상의 골짜기와 마을과 성은 헤아릴 수 없이 많습니다. 이제 어찌 그 죄수를 찾겠습니까. 만일 저 들판에 어제 소나기가 내렸는데 그때 처음 떨어진 빗방울이 오늘 어느 개울에 흘러 들어갔는지 찾으려 한다면, 찾을 수 있겠습니까?

그 죄수는 어차피 곧 죽어 없어질 비루한 몸에 지나지 않았습니다. 그 죄수가 어느 구석에 숨어 곧 병들어 죽으리라 생각하시고, 나리께서는 그만 잊도록 하시는 것이 어떠하겠습니까."

병졸이 말을 마치자 갑사는 그대로 돌아 병졸 앞으로 다가왔다. 갑사가 병졸에게 말하였다.

"나와 그대는 안국군을 모시고 세상에 물러서지 않는다는 양맥병의 병사가 아닌가? 이른바 양맥병은 실수가 없다 하는 말은 무엇인가? 적이 머리를 내밀 때마다 한 발의 화살로 바로 눈을 꿰뚫는 솜씨를 가진 사람을 주몽이라 칭송하나, 양맥병은 실수가 없다는 것이 그런 뜻은 아니다.

양맥병이 실수가 없다는 것은, 비록 한 발의 화살이 빗나가고 또 한 발의 화살이 빗나가더라도 손가락에서 피가 나고 팔이 끊어지도록 활을 쏘고 또 쏘아서 반드시 적의 머리통을 피투성이로 구멍을 뚫어놓고야 만다는 것이다.

비록 지금 도망친 죄수를 곧 잡는 것은 쉽지 않을 것이다. 그러나 오늘, 내일, 다음 날, 내년까지 쫓으면, 그자가 또 무슨 원한을 품어 어떤 나쁜 계책을 꾸미고 있는지 헤아려볼 수라도 있지 않겠는가? 그렇다면 내가 잠을 자고 밥을 먹는 것을 잊을망정, 지금 걸음을 멈추고 나를 속여 우롱하고 도망친 죄수를 잊겠는가?"

갑사는 병졸에게 말을 마치고, 곧장 성문 밖으로 나갔다.

二十一.

한편, 안국군은 소태후를 위하여 염지 연못 곁으로 사람을 오지 못하게 하고 등불과 술과 장신구를 마련해주느라 오래도록 다른 일을 생각할 수 없었다. 마침내, 13가 중의 한 늙은 자가 안국군에게 말하기를,

"태후께서는 온 나라의 어머니이시니, 귀하게 모시는 것은 곧 효도와 같습니다. 하오나, 안국군을 모시기를 또한 아버지처럼 여기시는 이곳의 백성들은 또 어찌하시겠습니까?"

하였다.

그 말을 듣자, 안국군은 곧 정신을 차리고 후회하기 시작하였다.

"내가 어린 시절부터 몇십 번, 몇백 번을 더 걸려들지 않겠노라고 다짐한 덫에 또 걸려들었다. 미끼를 본 꿩이 독이 묻은 콩인 줄을 알고도 그 맛을 보고 싶은 것을 견디지 못하여 먹고 죽어버리니, 산속에서 잡혀 죽는 미련한 새와 내가 다른 것이 무엇인가?"

안국군은 며칠 동안 소태후 생각에 군사와 성을 돌보지 못한 것을 안타까워하였다.

"내가 많은 험한 옛일을 잊고 지금 새로이 공덕을 쌓은 것은 다만 이곳 6부7락의 백성들을 위하고 고구려 사람의 목숨을 지키고자 힘을 쓰는 데만 몰두하였기 때문이다. 게을리하는 일이 없이, 더욱 일을 다그쳐야 마땅하리라."

안국군은 그렇게 말하고, 다시 병사들을 추스리고 하나하나 명령을 내려, 숙신족의 새 추장을 잡고, 노부족 남녀들을 잡아 죽이도록 하였다.

"노부족은 숙신족의 떼 중에서도 가장 사나운 족속으로 온갖 악한 도적들이 가장 많은 무리들이다. 그런데, 이제 숙신족과 내

통한 자가 노부족이 단로성으로 쳐들어올 것을 꾸미고 있다고 실
토하였으니, 우리가 그보다 먼저 노부족을 잡아 죽이는 것은 곧
성을 지키는 길이다."

안국군은 노부족을 없애기 위해 보내는 군사들마다 그렇게 격
려하였다.

그런데, 기이하게도 노부족이 있었던 곳에 군사들을 보내어 보
면, 노부족은 미리 어디로인가 사라지고 없었다. 숲과 산속 여기
저기로 군사들을 보내어 뒤져보았으나, 가는 곳마다 항상 노부족
은 미리 알고 도망친 듯이 찾아내기가 어려웠다.

"마치 우리가 노부족을 죽이러 오는 것을 미리 알고 있는 것과
같이, 노부족의 사람이라고는 아무도 보이지 않고, 다만 텅 빈 집
과 말이 없는 마구간이 황량하게 있을 뿐이었습니다."

노부족을 찾아다닌 군사들은 이와 같이 말하였다. 그대로 날이
계속 지나갔으니, 한동안 곳곳에 더 많은 군사를 보내어보아도
여전히 노부족 무리들을 찾아낼 수가 없었다.

안국군은 일이 심상치 않다고 생각하여 장수들을 모아놓고 말
했다.

"내가 노부족들을 쓸어 없애려 했던 것은, 이들이 옛 원한을 잊
지 않고 사악한 책략을 꾸미며 온갖 끔찍한 일을 저지르는 데 능하
기 때문이다.

그런데, 지금 그 날뛰던 노부족이 이처럼 그 모습을 보이지 않
고, 그저 이곳저곳 도망치고 숨어 있을 뿐이니, 이것은 이자들이
참으로 무서운 계략을 준비하며 크나큰 난리를 일으키려고 몰래

숨어서 일을 꾸미고 있는 것은 아닌가?"

그러자 13가 중에 한 자리를 차지하고 있던 장수가 말했다.

"숲이 넓고 산은 깊으므로, 부족 사람들이 미리 뿔뿔이 흩어져 숨어버린다면 찾아내기란 쉽지 않습니다.

그러나 많은 군사들을 풀어 일시에 깊숙한 곳까지 놓침 없이 훑어본다면, 한두 명의 굼뜬 어린이와 늙은이는 잡아낼 수 있을 것입니다. 그런 후에 이들부터 혈옥에 가두고 밤낮으로 하나 둘 다그쳐 물어간다면, 반드시 다른 부족들이 숨은 곳도 하나하나 이야기하게 할 수 있을 것입니다."

하였다. 안국군이 답하였다.

"그 말이 옳다."

마침내 안국군은 직접 숙신병 기병대들을 이끌고 북쪽의 숲 깊숙한 곳으로 들어가보기로 하였다. 안국군이 바삐 기병대를 이끌고 성문 밖으로 줄을 지어 달려 나가자, 성의 큰길 이곳저곳에 서 있던 많은 사람들 가운데 숙신족들만 황급히 좌우로 갈라서며 모두 바닥에 바짝 엎드리는 모습은 참으로 장관이었다.

안국군이 기병대 병사들을 직접 격려했으므로 군사들은 저마다,

"안국군과 함께 말을 나란히하고 벌판을 달려보았으니, 이는 두고두고 사람들에게 이야기할 만한 자랑거리입니다."

라면서 기운을 내어, 쉬는 시간 잠시를 아까워하며 모두 힘써 곳곳을 뒤지고 다녔다.

그러나 역시 안국군이 직접 깊이 숲 속으로 들어가보아도 노 부족 사람들을 찾아내기란 쉽지 않았다.

二十二.

마침내 안국군과 안국군이 이끄는 숙신병 기병대들은 숲 속 가장 깊은 곳에 들어가 한 개울이 흐르는 곳까지 이르렀다. 그러자 주위의 장수 몇몇이 안국군을 말렸다.

"이곳은 안국군에 복속되어 있는 숙신족 추장들이 사는 땅의 북쪽 끝입니다. 이곳까지 왔는데도 노부족 도적들을 찾아볼 수가 없었으니, 이것은 노부족 도적들이 우리가 이들을 치는 것을 처음부터 알고 오래전부터 멀리멀리 도망쳤기 때문일 것입니다."

안국군이 고개를 저었다.

"숙신병의 기병대는 쏟아지는 폭포와 기세를 겨룬다는 날랜 군사들이다. 이들을 풀어 단숨에 노부족을 덮치려 하였는데, 노부족 도적들이 어느 틈에 알아채고 도망친단 말인가? 우리가 군사를 움직여 덮칠 것을 미리부터 점을 쳐서 알았다는 따위의 황당한 이야기가 사실이 아니라면, 반드시 이 근처에 노부족의 무리가 있어야 하는 것 아닌가?"

그런데 그때, 마침 개울가 한 곳에서 여자가 노래하는 소리가 들려왔다. 안국군과 병사들이 말을 타고 다가가 보니, 한 아름다운 여자가 긴 가발을 쓰고, 빛나는 금색 칠을 한 꽃장식으로 머리칼을 꾸미고, 목욕을 하며 헤엄치고 있었다.

이 여자가 헤엄을 치며 노래를 하는데, 그 노랫말이 다음과 같았다.

"짝을 잃은 외로운 꾀꼬리가 물에서 놀다가, 배가 고픈데 맛난 먹이가 없으니 제 알을 쪼아 먹으려 하는구나. 둥지에 오르려거든 북쪽의 가지를 딛고 올라야 하는가?"

노래를 들은 안국군은 얼굴색이 변하여 급하게 말을 몰아 물속으로 첨벙거리며 뛰어 들어갔다. 안국군이 헤엄치던 여자의 팔목을 붙들고 끌어 올리자, 여자는 깜짝 놀라 소리 지르며 두려워하였다. 안국군이 여자를 보고 성을 내며 물었다.

"짝을 잃은 외로운 꾀꼬리라고 하는 것은 화희禾姬태후와 치희稚姬태후의 일을 노래한 황조가黃鳥歌 노랫말을 빗댄 것이니, 이는 형님을 잃은 태후를 말하는 것이며, 네가 이와 같이 꾸미고 목욕을 하면서 물에서 논다고 노래했으니, 이는 소태후를 흉내 낸 것이다.

배가 고픈데 맛난 먹이가 없다고 하는 것은 소태후가 옛날의 호사스러운 생활을 탐내어 욕심을 부리는 것을 말하는 것이고 제 알을 쪼아 먹으려 한다는 것은 그 욕심을 채우기 위하여 소태후의 아들뻘이 되는 성상께 간악한 마음을 품고 나쁜 일을 하려 한다는 것이다. 둥지에 오른다는 것은 나쁜 무리를 모아 궁궐로 들어간다는 것을 말하는 것이고, 북쪽의 가지를 딛고 오른다는 것은 무리에 힘을 더하기 위해 북쪽에 있는 바로 나의 힘을 빌리려 한다는 것이 아니냐?

너는 어찌 감히 이따위 흉측한 노래를 부르며, 성상께 충심을 바치는 소태후와 내 마음을 조롱하고, 또 세상인심을 어지럽히려 하는 것이냐. 네놈이야말로 목이 잘려 죽어 마땅하다."

노래는 비유로 말하여 소태후가 염지 연못에서 안국군과 역적모의를 꾸미려 했던 것을 이야기했던 것이다. 그것을 안국군이 알아듣고 다그치자, 여자는 더욱 놀라 눈물을 흘리며 손을 모아 빌었다.

"어찌 제가 옛일에 빗대어 노래를 지을 줄 알며, 높고 귀하신 분들의 큰일에 대해 말할 수 있겠습니까? 저는 오직 안국군의 덕을 입어 천한 목숨을 이어가는, 상항에 있는 한 술집의 유녀일 뿐입니다. 어느 날 밤에 한 도끼 든 사나이가 찾아와 약간의 재물을 주면서, 안국군을 돕고 싶거든 이와 같이 하라고 하며 노래를 알려주기에 그 말을 믿고 따라한 것일 뿐입니다.

그 도끼 든 사나이가 말하기를, 노래를 부르다가 귀한 사람이 병졸들을 이끌고 나타나거든 말을 전하라 하였기에, 오늘 아침부터 계속 물속에서 노래를 부르며 기다리고 있었던 것입니다."

안국군이 다시 물었다.

"그자가 무슨 말을 전하라 하였는가?"

여자가 답하였다.

"그자가 알려준 말인즉,

'숙신족을 복속시키고 6부7락을 다스린 공이 있어 한 번은 미리 알려드리오니, 지금 이 길로 멀리 도망친다면 목숨은 구할 수 있을 것이나, 그렇게 하지 않는다면 아무리 깊은 곳에 숨어서 백만의 군사로 지키고 있는다 한들 죽을 것입니다.'

라 하였습니다."

여자가 다시 울면서 말을 이었다.

"저는 오직 안국군을 애써 모시고자 이것이 안국군께 득이 되는 줄로만 알고 시키는 대로 노래했을 뿐입니다. 그와 같은 무서운 뜻이 숨겨져 있는 줄을, 술을 팔고 춤을 추는 것만 아는 제가 어찌 알았겠습니까? 더욱이, 그날 도끼를 들고 찾아온 사나이가 부경에 올라가 타 죽었다고 소문이 난 시체와 비슷한 모습이었으니, 저는 귀신을 본 것인가 싶었습니다.

그러니 저는 다만 두려운 마음에 죽은 혼백이 시키는 일이요, 정녕 안국군의 목숨을 구할 수 있는 일인 줄로만 알고 이렇게 노래했을 뿐입니다."

곧 여자는 물속에 주저앉아 통곡을 하기 시작했다.

"한두 잔 술에 웃으며 취하는 것이 기분 좋은 일일 뿐이었는데 지난 며칠 동안 무서운 자들에게 붙들려 영문도 모른 채 죽인다 살린다 하는 일을 겪으니 저는 잠을 이루지 못하고 가만히 걷는 와중에도 가슴이 두근거려 숨을 쉬기 어렵습니다."

안국군이 이상한 생각이 들어, 여자를 다시 놓아주고 물러났다. 여자가 물소리를 요란하게 내며 허겁지겁 도망치는 것을 보면서 안국군은 한참 생각하였다.

그러더니, 곧 안국군이 군사들에게 말하였다.

"내 속임수에 밝고 간교한 술책에 능한 숙신족들과 싸우면서 온갖 계책을 겪어보지 않은 것이 없다. 그런데, 오늘 이와 같은 모양을 보니 이는 반드시 누군가가 큰 모사를 꾸미고 있는 것임이 분명하다. 만일 우리 단로성을 노리는 일이라 하면 어찌하겠느냐? 지금 즉시 급히 단로성으로 돌아가 성문을 굳게 닫고, 숙신병과 양맥병을 모두 불러들여 튼튼히 지키도록 해야 한다."

그러고는 곧 안국군은 힘을 다해 말을 몰아 단로성으로 돌아갔다.

안국군이 급히 단로성으로 돌아가는 길에 한 갑사가 나타나 안국군에게 할 말이 있다며 찾아왔다.

갑사가 말하기를,

"저는 양맥병의 철갑대에 있는 병사입니다. 저는 숙신족과 내통한 역적 조의의 일과 혈옥에서 그 죄수가 도망친 일을 알아보며 6부7락의 산과 들 곳곳을 살피고 다니고 있었습니다. 그런데, 이제야 이 죄수가 꾸민 흉한 계략을 알았습니다. 그러니 안국군께서는 지금 급히 몸을 피하셔야 합니다."

하였다. 안국군의 장수들이 갑사를 물리쳐 쫓으려 하였다.

"지금 안국군께서 급히 군사들을 이끌고 위중한 일로 길을 가려 하니, 직위가 낮은 졸개는 물러나라."

그러나 갑사가 다른 병졸들과 밀치고 실랑이를 벌이면서도 계속 안국군 앞으로 다가왔다. 기어이 안국군의 말은 멈춰 서게 되었으니, 갑사는 무릎을 꿇고 다시 말을 하려 했다.

이에 다른 안국군의 병졸들이 갑사를 활로 쏘아 죽이려 하였다. 안국군은 손을 들어 이를 멈추게 하였다. 안국군은 대신 말에서 내려 무릎을 꿇은 갑사를 일으켜 세웠다. 안국군이 말하였다.

"무슨 계략인 줄은 모르겠으나 겨우 도망친 조의 하나 따위가 벌이는 일을 두려워하여 온 힘을 다해 쌓아 올린 단로성을 버리고 나 홀로 몸을 피한다면, 숙신의 온 추장들이 나를 비웃을 것이며, 노부족의 도적 떼들은 모두 고구려군을 업신여길 것이다. 그렇게 할 수야 있겠느냐.

또한 무슨 큰 계책인 줄은 모르겠으나, 나에게는 든든한 양맥병과 숙신병이 있지 않은가? 죽을 때까지 싸운다면, 삼한三韓의 일흔여덟 나라 군사가 모두 몰려와 덤빈다 한들 어찌 쉽게 패하겠느냐."

그러더니 안국군은 좌우를 둘러보며 소리쳤다.

"나와 함께 죽을 때까지 싸울 충신들이 누구인가?"

안국군이 말을 마치자, 안국군을 따르던 숙신병의 병사들이 일제히 말에서 내려와 무릎을 꿇으며 외치기를,

"제가 마지막까지 안국군과 함께 싸울 것입니다."

라고 하였다.

갑사는 다시 엎드려 간청하며 안국군이 길을 가는 것을 말렸으나, 안국군은 웃어 보이며 말을 몰아 그대로 단로성으로 들어갔다.

二十三.

안국군이 단로성에 들어가면서 보니, 단로성 성문 앞에 못 보던 깃발이 달려 있었다. 깃발에는 다섯 마리 용이 그려져 있었다. 안국군이 깃발을 보고 말했다.

"이는 성상께서 쓰시는 조정의 깃발이니, 성상께서 조정의 어사御史를 보내신 것인가?"

안국군은 내궁으로 들어갔다. 들어가 보니, 안국군이 앉던 내

궁의 높은 자리에는 비단으로 된 관을 쓰고 수염을 기른 나이 든 남자가 앉아 있었다.

나이 든 남자는 한 손에 황금으로 된 화살을 들고, 안국군을 보며 말하였다.

"죄인 달가達賈는 엎드려 스스로 죄를 고하라."

안국군을 본명인 달가로 부르는 말을 듣자, 안국군을 모시러 나와 옆에서 같이 걷던 시녀가 소리쳤다.

"더럽고 무례하기 짝이 없다. 어찌 감히 안국군께 말씀을 아뢰면서 이름을 함부로 그대로 입에 올리는가."

시녀가 분하여 두려움조차 잊고 창칼을 든 병사 사이에 뛰어들려 하였다. 그러자 안국군이 시녀를 손으로 제지하였다.

"그만두어라. 저분께서는 국상國相이신 상루尙婁 어르신이시다. 조정의 신료 천명을 거느리시는 나라의 가장 높은 정승 벼슬을 하시는 분께서, 지금 성상께서 내리신 지극히 엄한 명령을 나타내는 황금 화살을 들고 말씀하고 계시지 않은가. 어찌 공손히 모시지 않을 수 있겠는가?"

안국군이 국상 앞에 나아가 무릎을 꿇고 말하였다.

"저는 지금 곧 숙신의 도적 떼들을 쫓아 싸움터를 달리다가 돌아온 길이니, 국상께서 오신 행차를 알지 못합니다. 오직 싸우는 군사다운 충심만이 높을 뿐으로, 일을 헤아리는 것은 아둔합니다. 그러므로 국상께서 죄라고 말씀하시는 것이 무엇인 줄 모르겠습니다."

국상이 안국군을 내려다보고 말했다.

"너는 소태후께서 궁궐에 들어오기 전에 소태후를 사모하였는데, 그때의 마음을 버리지 않고 남아 소태후에게 더러운 마음을 품었다.

이제 성상께서 새로 즉위하시어, 아직 성주들과 태수들의 뜻이 모이지 않았다. 그런데 선대의 옛 신하들 중에는 너를 알고 따르는 자들이 많으며, 또한 너를 따르는 백성들이 많고, 무기와 갑옷과 병사들이 많으니, 너는 감히 조정을 두려워하지 않고, 하늘의 벌을 겁내지 않았다.

마침내, 너는 이 먼 곳으로 소태후를 꾀어내어 깊은 밤에 간악한 짓을 하려다 소태후를 크게 다치게 하였으니, 너는 죽어 마땅하다."

옛날 임금의 아우였던 귀한 사람을 죽인다는 말을 하고 있는데도, 국상의 목소리에는 아무 흔들림이 없었다.

안국군이 억울하여 고개를 쳐들었다.

"당치 않습니다. 저는 감히 소태후께 해가 되는 일을 한 적이 없거니와, 제가 소태후를 이곳으로 꾀어낸 것도 아닙니다. 어느 누가 그런 짓을 보았다고 하는 자가 있습니까?"

안국군이 말을 마치자, 국상이 호통을 쳤다.

"너는 아직까지도 네 죄를 스스로 빌지 않고, 아무도 본 사람이 없다고 거짓만을 고하느냐. 죄를 밝힐 사람이 없지 않다."

국상이 말을 마치자, 국상의 앞으로 한 사람이 걸어 나왔다. 걸어 나온 사람인즉, 바로 지난날 혈옥에서 도망친 우랑이었다.

우랑은 밝은 날 가까이에서 안국군의 얼굴을 보는 것이 처음이었으므로, 한동안 말을 하지 않고 찬찬히 안국군을 살펴보았다. 그러고 나서 우랑은 굳은 표정으로 고개를 숙였다. 우랑이 말하였다.

"안국군께서는 지난달 보름밤에 태후께서 목욕을 하고 계시는 염지 연못에 걸어 들어가셨습니다. 이때 연못가에는 붉은 등불을 밝혔으며, 안국군께서는 검은 관을 쓰고 계셨습니다. 또한 태후께서는 긴 머리칼을 늘어뜨리고 황금으로 만든 꽃 모양의 장식을 머리에 꽂고 계셨습니다."

우랑이 잠시 말을 멈추자, 국상이 두 명의 시녀를 나오게 하여 물었다.

"지난달 보름밤에 달가의 모습과 태후께서 하신 모습이 이 말과 같은가?"

두 시녀들이 그렇다고 고개를 끄덕이며 대답했다. 두 시녀는 두려워서 대답하는 그 목소리가 크게 떨리고 있었다. 그것을 듣고 국상이 말하였다.

"깊은 밤의 행색을 이와 같이 소상히 알고 있으니, 이것은 저 사람이 반드시 그곳에서 정말로 그 모습을 보았다고 해야 할 것이다."

국상이 말을 맺자, 우랑은 하던 말을 계속했다.

"그때 안국군이 태후와 말을 나누다가 무엇이 마음에 들지 않는지 '내 말대로 하지 않으면 죽이겠다'고 하고는 칼을 빼어 들고 설치는 것을 분명히 보았습니다. 이는 제가 제 눈으로 직접 본 일입니다."

말이 끝나자, 국상이 다시 안국군에게 말했다.

"이와 같이 내가 태후에게 흉한 짓을 한 것을 직접 본 사람이 있건만, 너는 어찌 아직도 거짓말로 둘러대며, 너의 죄를 뉘우치지조차 않느냐?"

안국군이 억울하여 떨었다.

"저자가 몰래 그날 밤의 모습을 본 것은 사실인지 모르겠으나 저자가 하는 말은 사실이 아닙니다. 제가 어찌 감히 태후께 그와 같은 말을 하며, 성상께 맹세한 충신이자 같은 부모 아래에 태어난 형님의 아우이면서 어찌 그와 같이 흉한 일을 지금껏 잠시나마 떠올려본 적이라도 있겠습니까?"

안국군은 우랑에게 다가와 우랑의 손을 붙잡고 말했다.

"나는 그대를 알지 못하고, 그대를 본 적도 없다. 나는 오직 그동안 6부7락의 백성들의 목숨을 지키고자 추위를 견디고 배고픈 날을 참아오기만 했을 뿐이다. 그러하건만, 그대는 도대체 무슨 원한으로 이와 같은 거짓말을 하여 나를 괴롭히려 하는가?

사람을 죽이는 싸움이 끊이지 않는 날 동안 전쟁터에 있으니 온갖 해괴한 속임수들이 끝이 없는 것임을 나는 알고 있다. 그러니 나는 앞뒤 사리만 맞다면 그대를 용서해줄 수 있다. 그대가 지금이라도 이와 같은 거짓말을 멈춘다면, 그대에게 더 죄를 묻지는 않겠다."

우랑은 자신을 알아보지 못하고 청하는 안국군에게 대답을 하지 않고 그저 빤히 보기만 하였다. 우랑은 곧 다시 국상을 향하여 말했다.

"저 또한 안국군의 공덕을 모르는 바는 아니나, 어찌 조정의 엄한 자리 앞에서 거짓을 아뢸 수 있겠습니까. 저는 안국군이 태후에게 사악한 짓을 하여 다치게 하는 것을 보았습니다."

그러자 안국군이 국상을 향하여 소리쳤다.

"저자가 홀로 사사로이 지어낸 헛소리를 어찌 믿겠습니까? 저는 성상께서 숙부로 받들어주시고 또한 이곳 6부7락의 사람들이라면 모두 저를 믿고 따릅니다. 감히 교만히 보이는 무례를 무릅쓰고 말씀을 올리건대, 제가 밝히는 말이 믿지 못할 것이 아니라할 것입니다. 그런데 어찌 이와 같은 제가 마음을 다하여 울부짖는 말은 믿지 않으시고, 대신 어느 말관, 길 가는 사람의 말 한마디를 믿으십니까?"

이 말을 듣고, 우랑이 말했다.

"안국군께서 태후께 흉한 짓을 하고 다치게 한 것을 본 사람은 저 혼자가 아닙니다."

우랑이 어둡고 낮은 목소리로 말을 마치자, 곧이어, 한 덩치 큰 사람이 걸어 나왔다. 걸어 나온 사람은 숙신족의 옷을 입고 좋은 가죽으로 된 옷을 입은 사람이었다. 그 사람을 안국군이 알아보고 외쳤다.

"너는 숙신족 노부족의 새 추장이 아닌가?"

걸어 나온 노부족의 추장에게 국상이 물었다.

"너는 지금 여기 있는 죄인이 태후께 흉한 짓을 하고 다치게 한 것을 본 적이 있느냐?"

노부족의 추장이 답했다.

"예, 제 두 눈으로 저자가 칼을 빼들고 설치는 것을 똑똑히 보았으며, 분명히 기억납니다."

안국군이 땀을 흘리며 신음 소리를 냈다. 우랑은 계속 말했다.

"안국군이 한 짓을 본 사람이 또 있습니다."

그러자 이번에는 숙신족 단檀부족의 추장이 나타나 국상이 묻는 말에 답하였다. 이번에도 숙신족의 추장은 말하기를,

"예, 제 두 눈으로 저자가 칼을 빼들고 설치는 것을 똑똑히 보았으며, 분명히 기억납니다."

하였다. 그리하여, 우랑은 네 사람, 다섯 사람의 숙신족 추장들을 더 불러내어, 모두 답하게 하기를,

"예, 제 두 눈으로 저자가 칼을 빼들고 설치는 것을 똑똑히 보았으며, 분명히 기억납니다."

라고 말하도록 하였다.

국상이 안국군을 향해 호통을 쳤다.

"이와 같이 네가 죄를 짓는 것을 본 사람들이 많은데, 너는 아직도 거짓말을 말하느냐?"

안국군은 고개를 절레절레 흔들었다.

"이것은 모두 간사한 숙신족들의 거짓말입니다."

안국군이 마지막으로 걸어 나온 한 추장을 향해 달려가더니 말하기를,

"지금 이 숙신족 추장은 고구려말을 제대로 알지도 못합니다."

하였다. 그리고 안국군이 추장에게 묻기를,

"지금 나는 누구이며, 너는 누구이고, 여기는 어디냐?"

라고 하니, 추장이 머뭇거리다가 더듬거리며 답하기를,

"예, 제 두 눈으로 저자가 칼을 빼들고 설치는 것을 똑똑히 보았으며, 분명히 기억납니다."

라고만 할 뿐이었다.

그러나, 빈틈을 주지 않고 우랑은 재빨리 말을 하였다.

"하오면, 태후마마께 직접 여쭈어보면 어떻겠습니까."

곧 두 명의 병사가 가마와 같은 것을 들고 안으로 들어왔다. 그 안에는 곰의 가죽 같은 것을 덮고 소태후가 엎드려 있었다.

우랑이 말했다.

"태후의 허리에는 안국군이 흉한 짓을 하다가 낸 상처가 있습니다."

그 말을 듣고, 국상이 손짓하자 소태후를 덮고 있던 곰가죽을 한 병사가 젖혔다. 그러자 소태후의 몸이 드러났다. 소태후의 허리에는 흉측한 상처가 크게 나서 곪아가고 있었다. 그것을 보고 국상이 말하였다.

"직접 해하는 모습을 보지 않았다면, 어찌 저 조의가 태후의 허리에 난 상처를 알겠는가?"

안국군은 답답하여 가슴을 치며 다가가 태후를 보았다.

그런데 태후를 자세히 보니, 몸은 형편없이 말라 있었으며, 도대체 무슨 일을 당했는지 곱고 희던 얼굴은 마치 죽기 직전의 늙은이나 다름없이 기운이 없어 보였다. 소태후는 곰가죽을 덮고 엎드려 부들부들 떨고 있었는데, 자꾸 빠르게 눈을 깜빡깜빡하면서 쉭쉭거리는 이상한 소리를 내고 있었다.

안국군이 태후의 모습을 보고 놀라서 말을 잇지 못하고 우두 커니 서 있었다. 그런데, 우랑이 태후에게 물었다.

"안국군은 태후마마를 해하려 하였습니까?"

그러자 태후가 몸을 굽실거리려고 꿈틀거리면서 답하였다.

"예, 그 말이 맞습니다. 부디 제발 저를 살려주십시오."

소태후는 말을 마치고도 입을 제대로 다물지 못하고 침을 흘리며, 온몸을 덜덜 떨었다.

국상이 소태후에게 다시 물었다.

"저 죄인이 태후마마께 죽여 마땅한 죄를 지었습니까?"

소태후는 그 말이 채 끝나기도 전에, "예, 그 말이 맞습니다. 부디 제발 저를 살려주십시오."라고 말했다. 그 말을 하더니 소태후는 눈을 꼭 감고 더 낮게 엎드려 이를 물고 우는 소리를 내기 시작했다.

우랑이 멍하니 서 있는 안국군에게 물었다.

"이와 같이 안국군께서 그날 밤에 죄를 저질렀다고 말하는 사람들이 많습니다. 만약 이 사람들의 말이 모두 거짓이라면, 도대체 안국군께서 그 깊은 밤에 염지 연못에서, 태후마마와 은밀히 나눈 이야기가 무엇이었습니까?"

안국군의 눈에, 엎드려 떨고 있는 소태후의 모습이 보였다. 우랑은 소태후를 보고 있는 안국군에게 다시 물었다.

"만약 안국군께서 죄를 짓지 않았다면, 그날밤에 소태후와 무슨 이야기를 하신 것입니까?"

안국군은 소태후와 오랫만에 만나고 다시 가까이서 그 얼굴을 들여다본 것이 환하게 기억이 났으며, 한 마디 한 마디 조금도 잊은 것이 없었다. 그러나 안국군은 차마 소태후가 역적질을 하자고 부추겼다고 말을 하지는 못했다.

안국군은 물끄러미 실성한 소태후를 쳐다보고 있다가, 마침내 무릎을 꿇고 주저앉아 울음을 터뜨리기 시작했다.

"누가 우리 태후를 이와 같은 꼴이 되게 하였습니까?"

안국군이 답을 하지 않고 계속 울었다. 멈추지 않고 소태후를 보며 우는 안국군을 좌중의 사람들은 측은한 듯이 쳐다보았다.

그때 안국군의 곁에 우랑이 바짝 다가왔다. 우랑이 안국군에게 말하였다.

"나라의 제도에 조의로서 죄를 지은 자를 치기 전에는, 서로 다른 날, 세 번 그 죄를 물어보아야 한다고 하였습니다. 이제 제가 마지막 세 번째로 죄를 묻겠습니다."

우랑이 다시 숨을 고르고 말을 계속했다.

"안국군은 마음대로 나라의 제도를 어겨도 된다고 하고 함부로 만든 습속을 조정의 법보다 중하다 하였으니, 억울한 남자들이 많고 괴로워하는 여자들이 많습니다. 어찌 사형에 해당하는 그 죄를 모른다 하겠습니까."

안국군은 아무 답이 없이 계속 소태후를 보고 있을 뿐이었다. 그러자, 곧 우랑은 도끼를 꺼내어 단숨에 안국군의 목을 찍었다.

임자(壬子, 서기 292년)년 봄 3월, 이리하여 안국군이 죽게 되었다. 나중에 조정의 사람들이 말하기를, "우랑이 세 번 안국군의 죄를 묻고 죽였으니, 조의의 제도를 마침내 지켰다."고 말하였다.

안국군이 도끼에 찍혀 죽었을 때, 안국군을 받들던 그 부하 중에는 안타까워하며 소리를 길게 지르며 날뛰다가 지쳐 기절하는 자들도 있었고, 그 시녀들 중에는 짐승처럼 우는 소리를 내면서 바닥을 데굴데굴 구르는 자들도 있었다.

마침내, 내궁 바깥에도 안국군이 죄를 얻어 죽었다는 소식이 전해지자, 단로성 사람들은 남녀와 어른과 아이를 가리지 않고 모두 통곡하며 길바닥을 가득 메우고 앉아 소리 내어 울었다.

백성들이 서로 조문하며 울면서 노래를 지어 부르기를,

"안국군이 아니었다면, 우리들은 양맥족과 숙신족들의 환란을 면하지 못하고 모두 죽었을 것이다. 이제 우리는 살고 그가 죽었으니, 우리는 장차 누구를 보고 살다가 또 죽을 것인가?"

하였다. 온 성 안에 곡소리가 울려 퍼지고, 집집마다 슬픈 노랫가락이 밤낮으로 울려 퍼졌다.

고려시대 말, 조선시대 초의 학자인 권근權近은 이 일을 이야기하면서, 이 모든 일은 그 원인이 사실 상부의 아버지 대에 이미 있었다는 평을 했다. 즉 상부의 아버지이자 선대 임금인 약로藥盧가 속임수를 써서 자신에게 해가 되는 두 아우를 죽인 일이 있었는데, 그때의 일이 임금의 위치에 방해가 되는 임금의 친지나 권세가를 경계하고 죽이게 하는 단초가 되었다는 것이다. 권근은 상부가 자신의 숙부이며 약로의 아우인 안국군을 죽인 일이 약로의 탓임은 물론, 나중에 반정이 일어나 상부가 죽게 되는 것 또한 모두 약로의 탓이라는 이야기를 했다.

　이것은 일단은 성리학을 익힌 조선시대 학자의 가치관대로 판단한 것이라고 할 수 있다. 가족 간에 예의와 정이 중요하고 형제 간에 우애가 있는 것을 모든 일의 가장 중요한 근본으로 판단하는 시각으로 이야기를 본 것이다. 그렇게 해서, 약로가 아우를 죽이는 도리에 어긋나는 일을 했기 때문에, 그에 대한 부작용이 그 아들대에까지 나타난다는 식으로 이야기했다. 심지어 권근은 약로가 아우들을 죽인 일은 백성들이 칭찬할 만한 일이고, 아우들이 죄를 지은 것임은 맞다고 보면서도, 그래도 형제간에는 속임수로 죽이는 일은 해서는 안 되는 일이라는 투로 이야기한다.

　그러나 한편으로는 이러한 시각은 "왕자의 난"으로 악명 높은 이방원과 같은 시대를 살았던 권근이 임금 자리를 노리고 형제들을 위협하는 이방원을 보고 느낀 것이 있어서 남긴 이야기는 아닌가 하는 추측도 할 만하다. 다시 말해서, 이방원이 형제들을 죽인 것은 나쁜 일이라고 비판을 한다든가, 혹은 형제들을 죽인 것은 언제인가는 위험한 부작용이 생기기 때문에 미리미리 조심하라는 경계의 의도를 어느 정도 갖고 권근이 이러한 이야기를 남겼다는 것이다.

　상부가 안국군을 죽게 한 일 자체는 사실 조카가 숙부를 죽인 것에 해당하는데, 굳이 이것을 선대의 일과 엮어서 형제간의 일을 들먹인 것을 보면, 이 설이 꽤 그럴듯하게 들리는 면도 있다. 또 다른 방향에서 보면, 상부의 아버지인 약로는 아우들을 죽이기는 했지만 오히려 큰 어려움을 겪지 않고 백성들을 잘 다스릴 수 있었기 때문에, 비판거리가 잘 안 보이는 편이다. 그래서 권근은 그 다음 대인 상부가 안국군을 죽게 한 것까지 약로의 탓이라고 이야기해서 아우를 죽인 죄가 죗값을 받았다는 식으로 주장했고, 나아가 심지어 나중에 반정이 일어나 상부가 죽게 되는 일조차 약로가 아우를 죽인 죗값이라고 이야기했다.

한편 조카가 죄를 뒤집어씌워 숙부를 죽인 이 일은, 반대로 조카를 죽이고 임금 자리를 빼앗은 조선시대 수양대군 세조의 일과 비교가 될 만하다. 묘하게도 세조 때부터 서거정徐居正 등이 중심이 되어 편찬한 『동국통감』에도 권근의 이 주장은 그대로 실려 있다.

조선후기의 이복휴李福休는 안국군 달가의 죽음을 안타깝게 생각하는 「사달가思達賈」라는 시를 짓기도 했는데, 그 내용은 다음과 같다.

슬프고도 슬프구나 저 성 밖의 우는 소리
울음소리 향한 곳은 푸른 단풍나무라네
단풍나무 다시 변해 공의 혼령 되었으니
한 잎 한 잎 잎새마다 바람으로 읍소하네
지난 그날 숙신 부족 만나 싸운 전쟁 때에
너는 이제 나라 위해 팔을 들어 휘둘러라
한번 외침 벼락같이 노한 바람 부는구나

哀哀彼郊哭

哭向青楓樹

楓兮化公靈

葉葉吟風訴

伊昔肅愼之戰

子爲政奮臂

一呼風霆怒

단박에 쳐 휘두른 칼 철령 고개 넘어가고
소리 없는 싸리화살 비와 같이 쏟아지네
어느 나라 떠돌았던 노래 한 곡 죄가 되니
두우 사약 먹은 것은 새 주인을 모신 죄네
안국 여한 남은 것은 도장끈을 못 푸는데
흘러내린 핏줄기는 헛되이도 뿌려지네
나라에서 죽였으나 그 이름은 못 죽어서
내 노래 내 곡조는 옛 천 년이 서럽구나

劃然一劍上鐵嶺

楛矢寂寞收腥雨

一國歌謠作禍胎

杜郵之賜逢新主

遺恨安國不解印

碧血空埋鍾室土

官家殺人不殺名

덧붙이자면, 이복휴는 『해동악부海東樂府』에서 이 일은 상부가 안국군 달가를 질투하는 것이 가장 큰 원인이라고 했다. 그러면서 이복휴는, 안국군 역시 이러한 일이 벌어질 것을 짐작했다면, 진작에 마음을 밝히건 도망을 치건 해서 임금이자 조카인 상부가 죽이기 전에 미리 일을 벌어지지 않도록 하는 것이 더 좋았을 것이라고 안타깝게 여긴 바 있었다.

二十四.

국상 상루가 단로성에서 다시 도성으로 돌아갈 때, 우랑도 같이 따라 나왔다. 거리에는 그때까지도 계속 곡소리가 가득하였다. 성문 앞에서는 우랑과 처음 다투었던 갑사가 서서 우랑을 기다리고 있었다.

갑사는 힘이 빠진 모습이었는데, 눈가에는 눈물이 가득하였다. 갑사는 우랑을 쳐다보았다. 우랑은 멈추어 섰다. 갑사에게 우랑이 가만히 물었다.

"네가 아무리 안국군께 죄를 주려고 한다 한들, 조정의 국상 어르신까지 모실 수는 없었을 것이다. 이는 본시 조정에서 안국군을 죽일 생각을 갖고 틈을 엿보고 있었던 것이 아닌가? 너는 다만 그때를 맞추어 한 가지 작은 꾀를 내어준 것이 아닌가?"

우랑은 답을 하지 않고 그냥 지나쳐 지나가려고 하였다. 그러나 갑사는 다시 우랑에게 물었다.

"조정에서 꾸민 일이 너의 꾀로 이루어졌으니, 너는 안국군을 죽게 한 공으로 큰 상을 타고, 이제 다시 도성으로 돌아가 높은 벼슬자리를 얻고, 또 네 처와 자식을 되찾고는, 억울하게 죽은 안국군의 잘린 목을 자랑하며 날마다 즐거이 웃으며 살 것인가?"

그렇게 묻자, 우랑이 갑사를 돌아보았다. 우랑이 말하였다.

"나는 조정의 덕을 입어 벼슬자리를 얻어 조의 자리에 있는 사람이었는데, 그러면서도 거짓으로 말을 꾸며 올리고, 전해 내려오는 법과 나라의 예의를 스스로 엉키게 하고야 말았소. 이런 나 따위가 어찌 더 이상 조정의 벼슬자리에 있을 수 있겠으며, 이런 짓을 하고 나서 어떻게 나라의 제도를 아는 조의나 선인이라 하겠소?"

그렇게 말하고는 우랑은 그대로 단로성을 떠나갔다.

우랑은 벼슬자리를 버리고 성 밖으로 나왔으므로, 가진 것도 없고 먹고살 방도도 없었다. 그래서 우랑은 그저 들판과 산을 돌아다니며 짐승을 사냥하며 목숨을 부지하였다. 우랑은 그와 같이 단로성 근처에서 짐승을 잡아 살면서 한동안 숙신족들 사이에 얽혀 살았으며, 오래도록 근처를 떠돌아다녔다.

그러다가 어느 해 겨울에 눈이 몹시 많이 오던 때였다. 온통 산과 들이 눈으로 덮였으므로, 우랑은 짐승을 잡으며 숲 사이에서 살기가 쉽지가 않았다. 우랑은 결국 겨울을 나기 위해, 모아놓은 짐승가죽을 들고 단로성 안으로 다시 돌아가기로 하였다.

오랜만에 우랑이 단로성으로 돌아오는 길에 보니, 해가 뉘엿뉘엿 지는 가운데 눈 덮인 성벽 위에 한 마리 족제비가 있었다. 우랑이 가만히 보니, 족제비는 두 앞발에 얼어 죽은 들쥐 두 마리를 잡아 짓누르고 기세 좋게 뜯어 먹고 있었다.

단로성의 성문 안에는 여전히 많은 구멍마다 안국군의 모습대로 빚어 만든 인형들이 있었다. 단로성 안으로 들어가며 보니, 인형의 숫자는 더욱 많아져서, 이제는 성벽 전체에 줄지어 인형을 두는 구멍이 있고, 구멍구멍마다 안국군 모습대로 만든 인형이 가득 있었다.

해가 질 때를 맞추어 그 인형 앞에 몇몇 사람들이 와서 손을 모으고 빌면서 공손히 절을 올렸다. 이 사람들은 인형 앞에다가 음식이나 귀한 물건을 불살라 없애면서 입으로 중얼거렸다.

그 말인즉,

"억울하게 돌아가신 안국군께 비나이다. 부디 제가 바치는 것을 받으시고 원통한 마음을 달래십시오. 다만 그 영험으로 제 자식의 병이 낫기를 바랍니다."

"안국군께서는 제가 바치는 것을 받으시고 원통한 마음을 조금이나마 달래십시오. 다만 그 영험으로 제가 사모하는 사내를 남편으로 얻도록 해주기를 바랍니다."

따위의 말들이었다.

우랑은 단로성 안의 중항을 따라 걸었다. 눈이 쌓인 길이 몹시 차가웠으므로, 우랑은 발이 시리고 온몸이 떨렸다. 마침내 우랑은 들고 온 가죽을 팔았고, 곧 몸을 녹일 방을 얻고자 하였다. 해가 지면서 차차 장사를 마치는 장사꾼들이 많아졌다. 그 사이를 기웃거리면서 우랑은 밤 동안 잠을 잘 곳을 찾아보았다.

그렇게 길을 살피다가, 우랑은 술집의 바닥에 걸레질을 하고 있는 한 여자를 보았다. 여자는 낡은 숙신족의 옷을 입고 있었으며, 더러운 걸레를 정성스레 양손에 움켜쥐고 힘써 바닥을 문지르고 있었다. 그런데 여자의 귀에 매끈한 바둑돌이 하나씩 걸려 있어서, 새로 밝힌 등불에 반짝거리고 있는 것이 보였다.

그 모습을 보고 우랑은 여자 쪽으로 가까이 갔다. 걸레질을 하는 여자를 계속 쳐다보았다. 우랑은 무슨 말부터 꺼내야 할지 몰라 몇 번 입을 열려다가 멈추었다. 여자는 우랑이 곁에서 보고 있는지 모르고, 계속 일을 할 뿐이었다.

한참 만에 우랑이 손짓하며 말하였다.

"얼굴을 본 것은 너무나 잠깐이라 얼굴을 기억하지는 못하나, 그대는 제가 알고 있는 사람이 아닙니까?"

여자는 고개를 돌려 우랑을 보았다. 여자는 우랑을 보자 곧 켁켁거리는 이상한 소리를 내기 시작했다. 여자는 손으로 자신의 목과 혀를 가리켰으며, 무슨 소리를 내려다가 되지 않아 이윽고 눈물을 흘리며 울기 시작했다. 우랑이 그 모습을 보고 눈물을 참으며 말했다.

"목과 혀를 다친 것은 알고 있었으나, 그리고 영영 목소리를 잃은 것입니까?"

여자는 자신의 목을 손으로 감싸더니 곧 손으로 귀에 달아매어 놓은 바둑돌을 가리켰다. 우랑은 고개를 끄덕이며,

"저도 기억하고 있습니다."

하였다.

마침내 여자는 뛰쳐나와 눈이 뒤덮인 거리 한가운데에서 우랑 앞에 엎드려 계속 절을 하며 울었다. 차가운 눈밭에 엎드린 여자를 우랑은 계속해서 일으켜 세우려 하면서, 같이 울기 시작했다.

술집과 주사위 노름을 하는 거리에 눈이 가득 쌓여 세상이 온통 하얗게 덮여 있는데, 그 길 한가운데에서 더러운 행색의 남자와 더러운 행색의 여자가 같이 부여잡고 소리 내어 울며 부둥켜안고 서러운 소리를 내는 것이었다.

그 모습을 보고 술집 주인 여자에게 곁에 있던 여자가 말했다.

"미친 숙신족 거지가 쌍으로 눈밭에서 춤을 추고 있으니, 이와 같이 이상한 구경거리가 또 없구나."

술집의 주인 여자가 말하기를,

"저 숙신족 여자는 비록 온 곳을 알 수 없는 벙어리이나, 마음이 순박하고 시키는 일을 힘든 줄 모르고 잘하므로 내가 아껴 대하였다. 그런데, 저 여자가 꼭 한 가지 미친 짓을 하는 것이 있으니, 항상 바깥에 나올 때에는 귀에 바둑돌을 매다는 것이다. 누가 바둑돌을 가져가려 하거나 귀에 매달지 못하게 하면 금방 통곡이라도 할 것처럼 슬퍼하면서, 꼭꼭 바둑돌을 무슨 금은 귀고리라도 되는 양 하였다. 그리하여, 혹여나 지나가는 사람 중에 누구에게 그 바둑돌을 보여주기라도 해야 하는 것처럼, 언제고 귀에 바둑돌을 달고 지내더라.

내가 그리 이상한 짓을 하는 것을 보니, 비록 꿋꿋이 일하는 순박한 여자라 할지언정, 언젠가는 오늘처럼 미친 것이 제대로 도져서 길바닥에서 울고불며 날뛸 줄 알았다."

하였다.

— 2010년 국립중앙박물관에서

주석

❖ 292년 당시의 고구려 임금은 『삼국사기』에 따르면 봉상왕이다.

『삼국사기』에는 봉상왕의 이름이 "상부"라고 나와 있는데, "삽시루歃矢婁"라고 부르기도 했다고 되어 있다.

상부는 결국 창조리의 반정으로 임금의 자리에서 쫓겨나기 때문인지, 어려서부터 교만하고 의심과 시기심이 많았다고 『삼국사기』에는 소개되어 있다. 따라서 두뇌가 명석하고 여러 가지 일을 잘 꾸밀 만한 재주가 있지만, 동시에 음험하고 자신보다 더 인기가 있고 재주가 많은 사람을 싫어하는 사람으로 보는 것이 꽤 타당하게 보일 것이다.

❖ 우랑이 성문에서 궤짝 든 남자를 막아서던 해는 "임자壬子년"으로 되어 있어서 간지로 나오고 있다.

고구려에서 연도를 표시하는 방법에 대한 사례로는 「광개토왕릉비」 등의 경우 "영락"과 같은 연호를 고구려 임금이 정하여 사용하는 것이 있다. 그러나 고구려의 연호 사용이 최초로 확인되는 것은 상부의 시기보다 훨씬 후대인 「광개토왕릉비」의 기록이며, 상부의 시기에 연호를 썼다는 기록은 없다. 백제의 경우, 『한원』에서 간지만으로 연도를 표시한다는 기록이 있으며, 이것이 "무령왕릉 매지권" 등의 유물로도 확인되고 있다.

그런데 백제의 경우, 나중에 나라 이름을 남부여로 고치기도 했거니와, 그 임금들이 고구려 주몽과 같은 가문임을 스스로 주장하고 있었다. 나라의 연도를 표시하는 일은 중앙 조정과 임금의 가장 중요한 권위와 직접 연결되는 일로 생각할 수 있다. 때문에, 임금의 계보가 이어지는 백제의 풍습과 고구려의 풍습에 닮은 부분이 있을 것으로 본다면, 고구려에서 연도를 표시하는 방법도 백제와 비슷하게 간지를 이용해서 연도를 표시했다고 추측할 수 있을 것이다.

❖ 우랑의 관직은 "조의"이다.

『삼국지』에는 "조의" "선인" 등의 고구려 관직이 있으며, "조의" "선인"은 도성의 조정에 소속되어 있을 뿐만 아니라, 다른 세력가들인 대가大加들이 따로 자체적으로 거느리고 있는 경우도 있는 것으로 나오고 있다.

❖ 우랑은 곧 우于씨 성을 가진 남자이다.

　우 씨는 『삼국사기』에서 제나부提那部 출신으로 동천왕 때에 태후가 된 우태후의 가문이다. 따라서 우 씨는 전통적인 명문가로 볼 수 있을 것이다. 한편 『삼국사기』에 따르면 상부는 재위 기간 동안 제 숙부인 안국군 날가 등과 다툼을 벌이는데 결국에는 창조리가 반정을 일으켜 새 사람을 내세우는 바람에 자결하게 된다.

❖ 고구려 도성의 성문은 2중으로 되어 있고, 안쪽 문이 닫히면 두 문 사이에서 사람들이 밤새 문이 열릴 때까지 기다린다.

　당시 고구려 도성은 국내성 일원으로 추정되고 있는데, 국내성 유적지의 발굴 결과에 따르면, (동북아역사재단 발간 『고구려의 문화와 사상』 298쪽) 국내성의 성벽은 서로 어긋나게 쌓아져 한쪽에서 겹치게 되어 있고, 겹친 부분을 2중문으로 만들어 연결하고 있다.

❖ 우랑은 밤에 몰래 문을 통과하려는 사람을 추궁하면서, 거짓말을 꾸미려거든 사람을 치료하는 약을 들고 가는 것이 아니라, 백마나 낙타를 치료하러 가는 것이 차라리 더 믿을 만하다고 말한다.

　『삼국사기』에는 고구려 태조대왕이 받은 선물 등을 언급하면서 백마가 언급되어 있고, 『일본서기』에는 618년 고구려가 왜에 보내는 선물 중에 낙타가 언급되어 있다.

❖ 우랑은 임금을 높여 부르며 "성상"이라는 말을 쓴다.

　고구려의 「안악3호분」에 쓰인 글씨 중에 "성상번聖上幡"이라는 말이 보이고 (역주 한국고대금석문), 이후 고려시대에도 「송사」 등에 고려에서 임금을 높여 "성상"이라고 불렀다는 기록이 있다. 조선시대에도 『조선왕조실록』에 "성상"이라는 표현이 흔히 쓰이는 것을 볼 때, 우리 역사에서 임금을 높여 일컫는 보편적인 말로 "성상"이라는 말이 쓰이는 것이 어느 정도 합당하다고 본다.

　한편 근래에 고구려 임금의 독특한 칭호로 "태왕太王"이라는 말을 강조하는 경우가 있다. 그런데, 임금의 호칭 자체에 "태왕"이라는 말이 들어 있는 「광개토왕릉비」의 기록조차, 임금을 부를 때 그냥 왕王이라는 말을 쓰는 문장이 흔히 보이고, 태왕이라는 말 자체도 이후 조선시대 등에서도 임금의 아버지로서 왕인 인물 등을 부를 때 종종

쓰이는 흔한 한문 표현으로 나타나고 있다.

따라서 태왕이라는 말이 황제나 천황과 비슷한 독특한 고유의 칭호라고 보기보다는 그저 임금을 높여 부르고자 수식어를 함께 쓰는 "크신 임금님"이라는 표현으로 보는 편이 더 옳지 않을까 짐작해본다. 즉 "태왕"은 "대왕"과 비슷한 뜻을 가진 말이라는 것이다. 다만, 고구려에서는 다른 시대, 다른 나라에 비해 태왕이라는 표현을 좀 더 독특하게 선호하는 풍습이 있었다는 정도로 보는 것이 더 옳지 않겠나 생각한다.

❖ 소태후小太后는 임금인 상부의 친어머니는 아니지만 그 아버지의 부인인 선대의 후궁이다.

임금의 본부인이 아닌 부인을 일컫는 말로 『삼국사기』에서는 소후小后라는 말이 나오고 있고, 『일본서기』에는 고구려에서 두 명의 부인을 둘 때, 대부인大婦人과 소부인小婦人으로 부른다는 언급이 있다. 고구려 임금의 어머니를 일컬어 태후太后로 일컫는 사례가 『삼국사기』에 많다. 그러므로 소태후는 선대 임금의 후궁에 대한 별명격이 될 것이다.

❖ 소태후에게 바칠 뇌물을 지고 가는 사람은 금으로 된 개구리를 들고 가고 있다.

금으로 된 개구리를 귀하게 여기는 사례는 『삼국유사』에서 동부여의 금와왕 이야기에서 언급되어 있다.

❖ 우랑은 뇌물을 지고 가는 사람을 꾸짖으면서 소태후의 사치스러운 목욕에 대해서 이야기한다.

『삼국사기』에는 서천왕 때에 임금의 아우들이 온탕에 가서 방탕하게 놀았다는 예가 언급되어 있다. 또한 『북사』에는 부모와 자식이 한 물에서 목욕을 한다는 기록이 있기도 하고, 『수서』에는 임금이 물속에 옷을 넣어두고 물에서 돌을 던지면서 떠들썩하게 노는 행사가 있다는 기록이 나와 있다. 이러한 내용들을 보면, 고구려에는 어느 정도 독특한 목욕 문화가 있었고, 가끔 부유한 자들이 목욕을 하면서 방탕하게 노는 것이 문제가 되기도 했을 것으로 보인다.

❖ 우랑은 동부의 대형大兄을 섬기고 있다가 멀리 외딴 곳으로 쫓겨나게 된다.

『삼국사기』에는 나중에 임금인 상부를 내쫓아내는 사람들로, 남부 사람 창조리倉助利와 함께 북부, 동부의 사람들이 언급되어 있다. 그러므로 우랑은 처음에는 상부를 내쫓는 사람들과 같은 편이었다가, 곧 거기에서 죄를 받아 쫓겨간 몸이 되는 셈이다.

❖ 우랑이 대형을 찾아갔을 때, 대형은 하인들의 도움을 받으며 가위로 수염을 자르고 있었다.

평양 대성구역 출토 유물(북한문화재자료관 문화재 찾기 자료) 등에서 고구려에서 머리카락과 수염을 자르는 데 쓰인 것으로 볼 수 있는 가위가 발견된 바 있다. 한편 『삼국지』에는 고구려에는 "앉아서 먹기만 하는 사람"이라는 부유한 사람들이 나라에 1만 호 가까이 있다면서, 다른 백성들이 생선과 소금을 지고 와서 이들에게 공손히 바쳤다고 되어 있다.

❖ 우랑이 쫓겨 나가게 되는 단로성은 숙신족이 사는 지역과 가까운 곳이다.

『삼국사기』에는 상부의 숙부인 안국군이 서천왕 때에 숙신족을 공격하여 단로성을 빼앗았다고 되어 있다.

❖ 우랑이 단로성으로 가서 맡는 곳은 중항이라는 곳이다.

삼국시대에 도시 지역의 구획을 항巷이라는 단위로 구분하는 예는 백제의 목간 유물에 기록된 표현(이경변, 「궁남지 출토 목간과 백제사회」, 『한국고대사연구 57』 326쪽)에 나타난다.

❖ 우랑은 데릴사위가 되어 장인, 장모와 함께 처가에서 살고 있었다.

『삼국지』에는 고구려에 사위가 처가에서 함께 살다가 독립하는 데릴사위 풍습이 있다고 기록되어 있다. 우랑은 보통의 데릴사위보다 훨씬 더 오랜 기간 동안 처가에 얹혀사는 셈이다.

❖ 우랑을 내쫓으며 우랑의 아내가 말을 할 때, 성들을 다스리는 귀한 사람을 일컬어 후왕侯王이라고 하고 있다.

『삼국사기』에 따르면, 고구려의 귀한 사람들을 "다물후"와 같이 후侯의 작위를 붙여 부른 사례가 있다. 백제에서는 『칠지도』 명문에 후왕侯王이라는 표현을 쓰고 있고, 『남제서』 등에는 백제가 임금의 신하들이 후侯의 작위를 갖고자 했다는 내용이 나타나 있기도 하다.

❖ 우랑이 집을 떠나며 짐을 챙길 때 집에 있는 책과 장신구들을 둘러본다.

『구당서』에는 고구려 사람들이 책을 좋아했다는 기록과 높은 관리의 경우 금, 은, 깃털 등으로 장식을 하는 풍습이 있었다고 되어 있다. 한편으로 『북사』에는 고구려 사람들은 책을 가까이 하지 않는다는 기록도 있다. 이것은 시대에 따라 고구려의 풍습이 바뀐 것으로 볼 수도 있을 것이고, 『북사』에서 최대한 고구려를 폄훼하는 시각으로 본 결과일 수도 있을 것이다.

여기에서는 고구려 사람들이 책을 중요하게 따지고 귀하게 여기기는 하지만 막상 그 내용을 열심히 읽고 문서 기록을 중요하게 따지는 사람은 별로 없다는 비판적인 시각으로 이야기를 이어 나가도록 하였다.

❖ 우랑이 도성을 떠나며 그 풍경을 보면, 가난한 사람들의 집이 어지럽게 빽빽이 들어차 있다.

『구당서』 『신당서』 등에는 고구려의 집들은 골짜기의 초가집들이 많고 가난한 사람들의 집들이 많다고 되어 있다. 이것은 밭을 갈지 않고 사는 사람이 만 호나 된다는 『삼국지』의 기록과 대조를 이룬다. 해석에 따라서는 고구려에는 가난한 사람들 중에도 농사를 짓지 않고 병사나 낮은 관직, 다른 직업을 갖고 사는 사람이 많았다고 볼 수도 있을 것이고, 또 생각하기에 따라서는 빈부의 격차가 심했다는 쪽으로 이야기를 만들어볼 수도 있을 것이다.

❖ 우랑은 단로성에 도착했을 때 구멍 속에 있는 장군 인형을 본다.

고구려 유물 중에는 고구려 토속 신앙이 불교 신앙으로 넘어가는 단계에 빚어진 것으로 추정되는 사람 모양의 인형이 평양 대성산성 유적지의 돌무더기 속에 있는 돌함에서 발견된 바 있다. (동북아역사재단 발간 『고구려의 문화와 사상』, 58쪽) 두 인형 중 하나는 불교의 지장보살 모습과 닮았고 하나는 여자의 모습처럼 묘사되어 있다. 여자의 모습처럼 묘사된 인형은 불교의 관세음보살과 닮았다고 볼 수도 있을 것이다.

그러나, 보통 이 두 인형은 고구려의 문화가 토속신앙 중심에서 불교의 영향을 받아 변화하는 중간 단계에서 나타난 것으로 보고 있으며, 여자의 모습을 한 인형은 보통 주몽의 어머니인 유화부인 상이라고 부르곤 한다. 이것은 고구려에서 유화부인 상과 주몽 상을 나무 조각으로 만들어 세워두고 섬겼다는 『북사』 등의 기록에 무게를 실은 것이다. 즉 남녀 한 쌍으로 발견된 토속신앙풍이 강한 인형이 있으니, 이 유물을 두고 바로 기록에 나오는 유화부인과 주몽이라는 식으로 이름을 붙여 부르는 것이다. 『삼국사기』에는 전쟁으로 성이 위태로워지자 성에 있는 주몽 조각상 앞에 아름답게 치장한 여자를 보내어 주몽을 즐겁게 하면서 전쟁에서 이기기를 기원하는 무당에 대한 이야기가 나오기도 한다.

이런 것을 보면, 실제로 있었던 나라의 영웅을 나타내는 조각상, 인형 등을 세워두고 그 앞에서 기도하는 풍습 자체는 고구려에서 낯설지 않았다고 생각한다.

❖ 우랑은 단로성에서 황소가 끄는 수레와 마주친다.

고구려 무덤 벽화에서는 약수리 벽화 고분 행렬도 등과 같이 (동북아역사재단 발간 『고구려의 문화와 사상』 404쪽) 소가 끄는 수레를 귀한 사람이 타고 가는 광경이 묘사되어 있다. 고구려 벽화에는 수레의 모습이 묘사된 인상적인 사례들이 꽤 많아서 수레를 타고 가는 행렬이나 집에 수레를 두는 차고가 묘사된 그림들이 유명한 편이다. 이것은 조선시대에 수레가 많이 사용되지 않아서 조선후기 실학자들이 정책적으로 수레를 많이 쓰도록 권장해 나가자는 글을 남긴 것과 대조를 이루어 보인다. 이 때문에 수레를 많이 사용하는 것은 고구려의 특징적인 문화로 자주 언급되는 편이다. 그런데 『삼국사기』 등의 기록에는 수레를 전쟁에서 사용하는 모습이 특별히 충실하게 나타나는 부분은 없는 편이기 때문에, 대체로 고구려에서 수레는 부유한 사람들이 과시를 하는 목적에 좀 더 치우쳐 사용된 것으로 생각해볼 만할 것이다.

한 가지 특징적인 점으로는 벽화에 나타나는 고구려의 수레는 대부분 소가 끄는 것으로 나타난다는 점이다. 이런 것을 볼 때에도 빠른 속도가 필요한 말이 끄는 마차보다는 무거운 장식들을 많이 싣고 천천히 움직여 지나가는 소가 끄는 수레가 더 많이 나타나는 시대였다는 짐작을 하게 된다. 한편 『신당서 흑수말갈전』 등에는 숙신과 한 계통으로 보는 말갈족의 일파인 흑수말갈족에 돼지가 많고 소가 없다는 기록이 있다. 이것은 고구려 벽화에서 소가 끄는 수레가 유난히 눈에 많이 뜨이는 점과 대비를 이루는 것으로 보고 이야기를 꾸밀 수 있다고 생각한다. 즉 숙신족의 눈에 소가 끄는 수레를 타고 다니는 고구려 사람들의 풍습이 무척 생소하고 신기하게 보일 수 있고, 한편으로는 고구려 사람들은 숙신족에 대해 소가 끄는 수레를 타는 것이 고구려인답게 뽐낼 만한 광경으로 여길 수도 있었다는 것이다.

❖ 우랑이 중항에 처음 갔을 때, 숙신족이 사냥한 짐승들을 파는 것이 많은 것을 본다.

『수서』에는 숙신족과 같은 계통으로 보는 말갈족이 모두 사냥을 생업으로 삼는다는 기록이 있다. 특히 독화살을 만들어서 새나 짐승을 맞은 자리에서 바로 죽게 하는 수법도 익히고 있다는 기록도 보인다. 그러면서도 한편으로는 말갈족의 땅에 현재의 백두산으로 흔히 추정하는 "종태산"에 사는 표범, 이리, 호랑이들은 사람을 해치지도 않고 사람도 이 짐승들을 해치지 않는다는 기록도 있다.

이런 점을 보면, 숙신족은 산과 숲에 사는 짐승들과 매우 친숙한 관계로 지내면서 여기에 의존해서 생업을 이어나가는 문화가 있었다는 짐작을 할 만하다.

❖ 숙신족은 시체를 담비에게 먹게 하는 풍속이 있고, 안국군과 고구려 사람들은 이 풍속을 매우 싫어한다.

『북사』에는 숙신족과 같은 계통으로 보는 말갈족이 "물길국勿吉國"이라는 이름으로 소개되어 있는데, 여기에 가을과 겨울에 부모가 죽으면 그 시체를 숲 속의 담비들이 먹도록 주고, 담비가 시체를 먹으려고 모여들면 담비를 붙잡는다는 풍습이 나타나 있다.

이것은 『삼국지』 등에 기록된 고구려의 장례 풍습과 매우 대조적이다. 『삼국지』에는 고구려에서는 장사를 후하게 치르고 금은비단을 쓰며 묻은 무덤에는 돌로 봉분을 만든다고 되어 있고, 『북사』에는 염하여 시체를 두고 있다가 길일을 택하여 장사를 지내고 부모의 장례에는 3년 동안 상복을 입는다고 기록되어 있다. 따라서 고구려 사람들이 부모의 시체를 숲에 던져두고 동물이 뜯어 먹도록 하는 숙신족의 풍습을 보고 놀랄 만하다는 것은 충분히 추측할 수 있을 것이다.

❖ 안국군이 거느리는 군사들 중에는 양맥병과 숙신병, 두 가지 병사들이 중요하게 언급되고 있다.

이는 양맥을 대적하기 위한 병사, 숙신을 대적하기 위한 병사 내지는 양맥 혹은 숙신 출신의 병사일 텐데, 『삼국사기』에는 안국군에게 서천왕이 군사에 관한 일을 맡겼는데 양맥과 숙신의 여러 부락을 통솔하게 했다고 되어 있다.

❖ 우랑은 중항에서 바둑돌을 사려던 숙신족 여자를 보고, 거리의 장사꾼은 바둑에 대한 것을 알고 있다.

『삼국사기』에는 고구려 승려 도림이 바둑 솜씨가 대단했다는 기록이 나와 있다. 『구당서』에도 고구려 사람들은 바둑을 좋아했다는 기록이 있다.

❖ 우랑은 물건을 훔친 죄에 대해서 말하면서, 을파소가 만든 제도에 대해서 말을 한다.

을파소는 우랑과 안국군의 시대에 훨씬 앞서는 때인 서기 191년에 국상이 된 사람으로, 임금이 귀한 자나 천한 자를 막론하고 국상에게 복종하지 않는 자는 친족까지 징벌하겠다는 말로 그 권위를 인정받았다. 『삼국사기』의 기록에 따르면 을파소는 이후 힘을 다해 "정치와 교화를 밝히고 상과 벌을 사려 깊게 했다明政敎 愼賞罰"라고 되어 있다.

❖ 우랑은 물건을 훔친 죄의 벌로 법에 정해져 있는 처벌은 물건 값의 10배를 물어주는 것이라고 말한다.

『북사』에 고구려에서 물건을 훔친 도적은 10배로 갚는다는 기록이 있으며, 나라의 형벌이 엄해서 범하는 자가 드물다는 말도 있다. 그런데 한편으로는 고구려 사람들의 성격이 속이는 것이 많다고 되어 있는 부분도 있다. 이것은 아마도 『북사』의 기초가 된 중국계 역사 기록에 고구려가 중국계 여러 나라들과 싸우면서 전쟁터에서 여러 가지 계책과 속임수를 쓴 것이 영향을 미친 것으로 볼 수 있을 것이다.

이 이야기에서는, 두 기록을 모두 살려서, 고구려 사람들 중에 대놓고 법을 어기는 범죄자들인 살인자, 도둑은 드물지만, 교묘하게 법망을 빠져나가는 수법을 쓰는 사람들이나 법으로 잡아내기 어려운 사기꾼, 아첨꾼 등은 무척 많았던 것으로 짐작하고 내용을 꾸며 넣었다.

❖ 우랑이 바둑돌을 훔치려 하던 것이라는 오해를 풀어주자, 바둑돌을 사려던 사람은 우

랑에게 고맙다고 숙신족의 말로 말한다.

『구당서』 등에서부터 숙신족을 흔히 말갈족과 같은 곳에 사는 사람들이라고 보는 기록이 나오고, 『수서』 『삼국지』 등을 보면, 숙신족은 말갈족, 물길족, 읍루족 등과 비슷한 계통으로 볼 수 있을 것이다. 조선시대의 학자들 때에서부터 흔히 숙신족이 말갈족과 같은 민족이고 이것이 후대의 여진족과 같은 민족으로 보는 관점이 있었으며, 숙신, 읍루, 물길, 말갈, 여진 등등의 민족들이 현대 중국에서 말하는 만주족과 어느 정도 쪼개지고 합해지는 변화는 있었을지라도 결국 넓게 보면 비슷한 민족을 일컫는 말이라는 것이 통설이다.

물론 삼국시대의 말갈족을 어떻게 보아야 하는가 하는 점에 대해서는 다양한 해석들이 제시되고 있기는 하나, 적어도 안국군이 숙신족을 공격하던 시기에는 숙신족이 다른 고구려인과 뚜렷이 다르고, 지금 현재 만주족에 좀 더 가까운 민족을 부르는 말이었다고 보는 것 정도는 일리가 있는 생각일 것이다. 그렇게 보면, 당시 고구려 사람들의 언어는 현재의 한국어와 연관 관계가 비교적 더 깊은 말일 것이고, 숙신족들의 말은 만주어에 비교적 더 가까운 말로 생각해볼 만도 하다.

민족이라는 생각이 따지고 보면 최근에 생겨난 것이고, 또 그러한 민족도 역사를 거치면서 계속 변화한다고 생각해볼 때, 당시의 고구려인은 지금의 한민족이고 당시의 숙신족은 지금 중국의 소수민족인 만주족이라고 바로 연결 짓는 것은 심한 무리가 있는 생각일 것이다. 하지만 그 문화의 계승관계를 따져본다면, 고구려가 삼국통일과 후삼국통일을 거쳐 그대로 고려로 이어지고, 고려가 조선과 현대의 한국으로 이어진다는 점은 쉽게 눈에 뜨인다. 비슷하게, 당시의 숙신족이 바로 발해 때의 말갈족이고, 나중에 여진족이 세운 금나라로 이어진 후, 만주족이 세운 후금과 청나라로 이어진다는 점도 눈에 뜨이는 쉬운 이야깃거리로 삼을 만할 것이다. 오해가 있을 수 있는 시각이기는 하나, 이러한 생각은 "발해의 지배층은 고구려인, 피지배층은 말갈인"이라는 꽤 오래 이어진 발해에 대한 통설에서 뚜렷이 드러나는 만큼, 따져볼 만한 이야깃거리는 된다고 생각한다.

그렇게 본다면, 고구려에서 부여, 옥저, 동예 등의 지역은 쉽게 고구려의 한 부분으로 흡수되고 그 민족이 별개로 나타나지 않는 데 비해 숙신족, 즉 말갈족은 계속해서 고구려의 한 부분을 차지하기도 하면서 또 한편으로는 다른 고구려인과 구분되는 사람들로 계속 나타나는 점을 지적해볼 만하다. 예를 들어서 나중에 고구려가 수나라, 당나라 등과 전쟁을 벌일 때 고구려는 말갈병을 따로 편성하여 전쟁에 동원하고, 이 말갈병이 싸우는 것에 죄를 물을 만할 때에는 잔인하게 말갈병들을 죽여서 처벌하는 사례도 『삼국사기』에 나타나고 있다. 이런 것을 보면, 숙신족, 말갈족은 고구려 사람들의 한 부분으로 완전히 동화되지 못하고 있으면서도, 고구려 사람들에게 차별을 당하고 있다는 생각을 쉽게 할 만하다. 이것은 발해의 지배층, 피지배층 이야기에서 극명하게 드러나는 것이기도 하다.

물론 숙신족은 고구려 바깥에 존재하는 고구려의 일부분이 아닌 민족으로서 전쟁에만 동원했다는 식으로 해석을 할 수 있을 것이고, 말갈이라는 표현에 대해 특별한 의미를 부여하는 다른 해석을 할 수도 있을 것이다. 그렇지만 전반적으로 안구군의 숙신족 공격 이후, 몇백 년 동안 고구려가 숙신족, 말갈족들을 다스리는 구도가 계속해서 이어지지만, 결국 숙신족이 고구려에 완전히 섞여 들어온 한 부분이 된 면보다는 따로 차별되는 점이 더 뚜렷하게 보이는 것은 충분히 그 자체로 이야깃거리가 될 만하다고 생각한다.

부여에서 건너온 것으로 되어 있는 백제의 임금들과 그 신하들은 마한 지역의 세력들과 노골적인 민족 구분을 나타내지 않는다는 점에서 이런 면은 대조되는 면이 있다. 심지어 고구려가 한족이 상당히 많이 거주했을 한4군 지역을 포섭한 후에도 한족들과 민족 문제가 나타나는 기록도 거의 없다. 이런 것을 보면, 농사를 짓고 한 군데 거주해서 사는 민족들은 고구려, 백제 등과 서로 쉽게 한데 어울린 데 비해, 숙신족과 같이 떠돌아다니며 사냥을 하면서 사는 민족은 너무 문화 차이가 크고 다른 면이 많아서 하나로 합쳐지기 어려웠던 것 아닌가 하는 생각이 들기도 한다. 꼭 농경이나 수렵과 같은 생산활동의 측면이 아니라도, 언어라든가 다른 풍습에서 숙신족이 다른 민족들에 비해 보다 큰 차이를 나타내는 점이 있었을지도 모른다.

생각하기에 따라서는 아예 관점을 바꾸어서 전혀 다른 면에서 원인을 따져볼 수도 있을 것이다. 삼국통일과 후삼국통일을 거치면서 민족에 대한 생각이 한반도 남부 위주로 굳어졌다는 점에 초점을 맞추어 보는 것이다. 즉 민족들과 여러 나라에서 살던 사람들이 한데 섞이는 것에 특별히 다른 이유가 있었던 것이 아니라, 한반도 남쪽에 사는 사람들은 삼국통일, 후삼국통일을 거치면서 보다 오랜 기간 동안 하나로 합쳐져 있었던 것이 원인이라는 것이다. 심지어 통일 이후의 신라나 고려시대 초기에는 의도적으로 "여러 나라가 하나로 통일되었다"는 점을 강조하려고 한 때도 있었다. 그러므로, 나중에 역사를 돌아보는 입장에서 보면, 너무 북쪽에 그 민족이 따로 떨어져 있었던 숙신족, 말갈족은 갈수록 다른 민족, 다른 나라 사람들이라는 시각으로 굳어져가고, 나머지 민족들은 하나로 섞여들었다는 쪽으로 자꾸 보게 되었다는 것이다.

여러 가지 면에서, 고구려와 숙신족-말갈족 사이 관계는 이목을 끈다. 나중에 숙신족-말갈족-여진족을 경계하려고 했지만 결국 숙신족 계통의 민족이 세운 나라인 금나라와 청나라를 반대로 섬기는 입장을 취한 고려시대나 조선시대에 비해, 고구려는 그 역사 내내 숙신족-말갈족을 압박하며 부리고 다니고 한편으로는 나라의 한 부분으로 포함하려는 성격이 보인다. 그러면서도 결국, 숙신족-말갈족을 완전히 하나로 융화시키지는 못한 점이 후대의 역사기록을 보는 시점에서 쉽게 눈에 보인다는 것은 많은 생각할 거리를 던져준다.

유명한 광개토왕 또한 광개토왕릉비에서 숙신족 관계에 대한 기록을 남기고 있는 등, 이에 대한 이야기는 많은 편이나, 역시 고구려가 숙신족을 다스리기 시작한 가장 결정적인 시점으로는 안국군을 꼽는 것이 옳다고 생각한다. 안국군 달가가 "안국군"이라는 작위를 받은 것부터가 숙신족과 양맥족을 다스린 공으로 얻은 것이었고, 이 공을 칭송하여 백성들 사이에 인기가 많았던 것으로 나타나고 있다. 나중에 안국군이 죽었을 때 나라 사람들이 매우 슬퍼해서 서로 조문을 하며 한탄했다는 기록이 『삼국사기』에 실려 있는데, 『삼국사기』 본기의 고구려 부분에서 한 사람의 인기에 대해 이 정도로 강한 묘사가 거의 없다는 점을 생각해보면, 비록 기록이 부족한 삼국시대의 인물이기는 하나, 안국군에도 좀 더 관심을 기울일 만하지 않나 생각한다.

❖ 바둑돌을 주우려던 여자를 걷어차는 병졸은 철로 된 가시가 달려 있는 신발을 신고 있다.

말 주위에 다가서는 적을 공격하거나, 겨울에 발이 미끄러지는 것을 막기 위해 신발에 가시를 다는 것이 고구려 유물 중에 발견된 바 있다. (동북아역사재단 발간 『고구려의 문화와 사상』 424쪽)

❖ 병졸을 우랑이 때려눕히자, 병졸을 거느린 갑사가 나와 우랑을 처벌하려 한다.

"갑사"라는 말은 『삼국사기』의 백제 쪽 기록에 나와 있다. 오백 명 정도의 숫자로 독산성을 공격하는 임무를 맡은 무리로 나온다. 갑옷을 입고 있는 무사라는 말뜻과 함께 따져보면, 보통의 병졸들보다는 직위나 싸우는 재주가 한결 더 높게 살 만한 부분이 있는 병사들 중에 갑사라고 불릴 만한 사람들이 많았다고 생각한다.

❖ 우랑은 갑사에게 나라의 법에 대해서 설명하면서, 극 씨, 중실 씨, 소실 씨, 탁리, 사비, 두노 등에 대해 이야기한다.

『삼국사기』에는 극 씨, 중실 씨, 소실 씨는 고구려를 세운 주몽이 부여를 탈출한 직후에 만난 사람들로 나라의 기틀을 잡을 때에 만난 어진 사람들이라고 되어 있다. 탁리와 사비는 기원전 1년에 나라의 제사에 쓸 돼지를 함부로 상하게 하였다고 죽임을 당한 신하들인데, 나중에 두 사람이 원한을 품고 죽었다고 해서 무당을 시켜 죄를 빌게 된다. 한편 두노는 서기 53년에 임금이 자신을 죽일까봐 두려워서 울다가 결국 마음먹고 임금을 속이고 다가가 칼로 찔러 죽이고 새 임금을 세운 사람이다.

❖ 소태후의 행렬을 이끄는 자는 소사자이다.

『신당서』에는 사자使者 계열 관직으로 태대사자, 대사자, 상위사자, 소사자 등이 나온다. 한편 『삼국지』에는 임금도 두고, 임금의 신하인 세력가가 자체적으로 두기도 하는 부하의 직책이 사자, 조의, 선인이라는 순서로 나온다. 여기에 따라, 조의, 선인보다 높은 직책을 사자로 볼 만하고, 우랑은 중앙 조정에서 임명된 조의이고, 행렬을 이끄는 소사자는 단로성의 안국군이 스스로 임명한 사자인 셈이다.

이렇게 세력가들이 자체적으로 임금과 그 명칭이 같은 신하들을 거느리고 있는 모습은 마치 봉건제도를 연상시킨다. 즉 임금과 중앙 조정이 나라 구석구석을 모두 통치할 수 있는 힘이 있는 것이 아니라, 임금은 여러 지역의 세력가들을 거느리고 있을 뿐이고, 각 세력가들은 자기가 다스리는 지역에서는 남의 간섭 없이 자기가 스스로 가장 높은 우두머리가 되어 임금과 같이 행세하는 듯이 보인다는 것이다.

고구려의 관직 제도는 사자, 대형 등의 관직이 분화되는 모습을 보이면서 갈수록 변해가는데, 안국군의 시기인 약로, 상부 등이 임금이었던 때가 한 가지 결정적인 시점으로 볼 수도 있다고 생각한다. 단적으로, 고구려에서 나라 최고의 관직으로 언급되었던 국상이라는 관직이 상부가 임금이었던 때를 마지막으로 더 이상 나타나지 않는다. 이것은 "마지막 국상"인 창조리가, 임금인 상부를 쫓아내고 새 임금을 세운 사람이라는 면에서 더 눈길을 끈다.

그렇다면 약로, 상부의 시기에 나타났던 임금과 그 친지들이 서로 다투고 임금이 이들을 죽이려고 했던 일은 고구려 사회나 나라를 운영하는 구조가 어떤 큰 전환점에 있었다는 점을 시사하는 것인지도 모른다. 좀 섣부른 추측이기는 하나, 임금이 나라를 직접 다스리지 못하고 세력가들의 우두머리로서 다스리던 시대가 무너지는 과정에서 임금이 친지를 죽이는 일들이 일어났고, 마침내 창조리가 반정을 일으키는 일까지 일어났다는 것이다. 그러나, 창조리의 반정을 마지막으로 고구려는 재편 되면서, 예전과는 다른 임금과 중앙 조정을 중심으로 하는 새로운 체제로 나라가 운영된 것 아닌가 하고 생각해볼 수도 있을 것이다.

❖ 소사자는 우랑을 혈옥에 가두라고 말하면서 혈옥이 숙신족의 집 모양과 같은 감옥이라고 한다.

숙신족과 같은 계통으로 『구당서』 등에 나와 있는 말갈족은 『북사』의 기록에 따르면, 그 사는 곳이 바닥에 구멍을 판 것이라고 한다. 이 구멍의 위가 드나드는 출입구가 되는데, 사다리를 놓고 오르내린다고 한다.

❖ 우랑을 끌고 가던 병사는 가던 중에 우랑을 도끼로 공격하려 한다.

고구려 안악 3호분 행렬도나 아차산 유적의 출토 유물을 보면 고구려 군사들이 사용한 싸움용 도끼가 흔하게 나타난다. (김성태, 「高句麗 兵器에 대한 연구」) 특히 출토 유물 중에는 창, 칼에 비해서 유난히 도끼가 많이 발견되는 경향이 있기도 하다. 유달리 도끼를 많이 써서 싸운 곳의 유물들이 잘 보존된 결과일 수도 있지만, 도끼를 의장용 및 실전용 무기로 공히 널리 사용한 점은 특징적으로 살펴볼 만하다고 생각한다.

❖ 우랑이 혈옥에 갇혀 있을 때, 처음 우랑에게 내려오는 자는 역사이다.

『삼국사기』에는 약로가 아우들을 죽일 때에 역사에게 명령을 하여 죽였다고 "역사"라는 말을 쓴 사례가 기록되어 있다.

❖ 역사는 우랑을 욕하면서, "앉아서 밥만 먹고 사는 놈들"이라는 말을 한다.

앉아서 밥만 먹는 사람들이라는 말은 『삼국지』에 나온 "좌식자坐食者"라는 구절을 옮긴 것이다. 『삼국지』의 기록에는 고구려에는 스스로 밭을 갈지 않고 다른 백성들이 바치는 음식을 먹고 사는 무리들이 무척 많다고 되어 있다. 이것은 군사나 다른 조직에 비해 농업이 충분히 발달하지 못한 결과일 수도 있다고 생각한다. 한편으로는 어느 정도 비판적인 어조가 있는『삼국지』의 기록에 따라 제묘을 하지 못하는 관리, 병졸에 대한 비난의 표현으로 쓰일 만한 말일 수도 있을 것이다.

❖ 우랑은 역사에게 말할 기회를 달라며 조정의 관리를 나타내는 도장을 꺼내어 보인다.

고구려의 벼슬아치들이 사용한 도장은 그 유물이 여러 건 발견된 바 있다. (동북아 역사재단 발간『고구려의 문화와 사상』, 447쪽) 도장이 권위를 나타내는 증표로 나타난 사례로는『삼국사기』에는 쇠로 된 옥새를 발견하여 사용한 이야기가 기록되어 있고, 『삼국지』에는 부여에 "예왕의 도장"이라고 새겨진 도장이 있다는 기록이 있다.

❖ 우랑이 혈옥에 갇혀 있을 때 우랑을 치료하기 위해 침을 쓰는 의원이 찾아온다.

『일본서기』에는 안작득지가 고구려에서 침술을 배웠다는 기록이 있고,『유양잡조』에는 "구려객句驪客"이라고 나와 있는 사람이 머리카락을 침으로 쪼개는 재주를 보여주었다는 기록이 있다. 이런 것들을 보면, 삼국시대의 다른 나라에 비해 고구려에는 침술에 대한 기록이 더 많이 나타나는 듯해 보인다.

❖ 우랑은 혈옥의 제도에 대해 따진 후, 혈옥의 제도를 설명하기 위해 부분노가 만든 제도에 대한 이야기를 하는 것을 듣는다.

『삼국사기』에서 부분노는 기원전 9년 선비족과 싸움을 벌일 때 전쟁을 하는 것과 첩자를 다루는 것에 대해 여러 조언을 하는 기록이 나와 있다. 이때 임금은 부분노에게 상으로 땅을 다스리게 해주려고 했으나, 부분노가 겸손히 거절했으므로, 황금 서른 근과 좋은 말 열 필을 주었다고 한다.

❖ 갑사는 우랑에게 설명을 하면서 안국군 달가가 6부와 7락의 숙신족을 복속시켰다고 말한다.

『삼국사기』에는 안국군 달가가 계략으로 기습하여 단로성을 빼앗고 그 추장을 죽인 뒤에, 살던 사람 육백여 호를 부여 남쪽으로 옮겨 가도록 하고, 주변 6부와 7락을 항복하게 했다고 기록되어 있다.

이 이야기에서는 이 기록을 두고 안국군이 다스린 숙신족들은 보기에 따라서는 여섯 개 무리로 볼 수도 있고, 일곱 개 무리로 볼 수도 있는 지역을 차지했다고 꾸몄다. 그래서 부족, 씨족으로 안국군이 다스린 숙신족들을 나누면 6개로 나뉘고, 안국군이 차지한 지역 중에 숙신족들이 특별히 많이 모여 사는 읍락의 숫자를 헤아리면 7개 구역이 있다고 본 것이다. 이렇게 해서, 읍락별로 각각 한 명씩 원로를 뽑아 7명, 부족-씨족별로 각각 한 사람씩의 원로를 뽑도록 해서 6명을 뽑아, 총 13명의 원로 대표들을 두고 있는 것으로 하였다. 한편 안국군이 숙신족 추장을 죽였다는 기록이 뚜렷이 나타나 있는 것에 초점을 맞추어, 그 추장과 가까운 숙신족들이 특별히 안국군에 원한을 많이 품고 있는 것으로 했다.

한편 단부족, 노부족등의 부족 이름은 편의상 "단로성"이라는 성 이름에서 한 자씩을 따서 임의로 붙인 것이다.

❖ 갑사는 우랑에게 말하면서 우랑이 임금의 금관을 붙들고 사정을 하든, 다섯 마리 용이 끄는 수레를 타고 올라가든 소용이 없다는 표현을 써서 말한다.

고구려에서 금은으로 관복 등을 장식했다는 기록은 『삼국지』에도 나오고 있고, 청암리 토성에서 출토된 불꽃무늬 투조 금동관 유물이 발견되기도 하였다. (동북아역사재단 발간 『고구려의 문화와 사상』 187쪽) 한편 『동명왕편』에는 고구려 주몽의 아버지로 나오는 해모수가 오룡거五龍車를 타고 가고 있는 장면이 나오고, 『삼국유사』에도 해모수가 다섯 마리 용이 끄는 수레를 타고 다녔다는 이야기가 나온다.

❖ 우랑이 혈옥을 찾아온 여자에게 족제비 가죽의 값이 얼마인지 묻자 여자는 무문전으로 값을 치러야 한다고 말한다.

『삼국지』에는 고구려에게 복속되어 있고 나중에 완전히 고구려의 일부가 되는 옥저에서 쓰는 돈은 무늬가 없는 것이라는 기록이 있어서, 무문전無紋錢이라고 나와 있다.

❖ 혈옥을 찾아온 여자는 유녀라고 밝힌다.

『주서』『수서』 등의 기록에 고구려에는 유녀가 있다고 기록되어 있고, 『북사』에는 고구려에는 그 풍속에 유녀가 많다고 기록되어 있는데, 아무나 지아비를 삼는다고 되어 있다. 이러한 기록에는 고구려 사람들이 음란함을 좋아하여 부끄러움을 모른다고, 밤이 되면 남녀가 무리지어 노는데 귀천도 가림이 없다고 되어 있다.

❖ 우랑은 여자에게 속았던 자신을 스스로 비웃으면서 자신이 광대들이 하는 꼭두각시놀음과 다를 바 없다는 말을 한다.

『구당서』에는 괴뢰희傀儡戱라고 하여 고구려에 꼭두각시놀이가 있었다고 되어 있고, 『문헌통고』 등에는 당나라에서 고구려에 침입했을 때 고구려에서 이 꼭두각시놀음을 얻어 갔다는 기록도 있다. 이러한 내용을 보면 이웃나라에서도 관심을 가질 만큼 고구려의 꼭두각시놀음이 재미있게 발달되었다거나 널리 퍼져 있었다는 추측을 할 만하다.

❖ 우랑을 안국군 앞으로 끌고 가면서 갑사 등은 우랑을 기둥에 묶어둔 채로 옮긴다.

『북사』 등의 기록을 보면 고구려의 형벌에 배반한 자는 기둥에 묶어두고 나중에 불로 태워서 고통스럽게 죽인다고 되어 있다. 『삼국지』에는 고구려와 계통이 바로 이어지는 나라인 부여에는 감옥이 있다고 하면서 고구려에는 감옥이 없다고 되어 있는데, 이것을 보면 고구려에서는 한동안 사람을 감옥에 가두어두는 형벌은 상대적으로 많이 내리지 않았던 것은 아닌가 싶은 생각도 든다. 반면에 배반자를 기둥에 묶어두고 불로 괴롭히는 형벌에 대해서는 많은 기록에서 꾸준히 나오므로, 죄인을 도망치지 못하게 할 때 기둥에 묶어둔다는 점을 강조할 만하다고 생각한다.

❖ 안국군은 열세 사람을 가加의 자리에 앉혀놓고 단로성을 다스린다.

『삼국지』에는 고구려의 세력가인 "가加"를 큰 세력가인 대가와 작은 세력가인 소가로 나누어 설명하고 있다. 이렇게 보면 임금인 상부가 보기에 안국군과 같은 이는 대가인 셈이고, 안국군이 거느리고 있는 셈인 열세 사람의 가들은 소가로 볼 수 있을 것이다.

❖ 우랑이 단로성의 내궁으로 들어갈 때, 우랑은 기와에 괴물의 얼굴 모양으로 장식한 조각이 새겨져 있는 것을 본다.

흔히 귀면鬼面이라고 하는 도깨비 얼굴, 괴물 얼굴 모양을 기와에 새겨서 장식한 사례가 고구려 유물 중에도 나타난다. (동북아역사재단 발간 『고구려의 문화와 사상』 64쪽) 안학궁 터에서 출토된 다양한 모양의 유물들은 궁궐 등의 위압감을 주어야 하는 건물에서 이러한 도깨비 얼굴 모양 기와를 사용한 예로 볼 만하다.

❖ 우랑이 안국군과 13가 앞에 갔을 때, 숙신족 출신의 한 사람 이외에는 모두 조우관 또는 소골로 꾸미고 있었다.

『북사』 등의 기록에는 귀한 사람들이 소골이라는 관모를 썼다고 되어 있고, 선비들이 모자에 두 개씩 새 깃털을 꽂는 풍습이 있다고 되어 있다.

❖ 안국군과 13가들이 우랑을 끌어내어 놓고 이야기를 할 때에, 소골을 쓴 사람 하나가 단로성 싸움 때에 육백 채의 집들을 부수고 숙신족들을 모두 다른 곳으로 옮긴 일을 이야기한다.

이것은 『삼국사기』에 기록되어 있는 서기 280년에 안국군 달가가 공을 세운 일을 그대로 설명하고 있는 것이다.

❖ 우랑이 사라지자 소사자는 우랑이 부경으로 도망간 것으로 꾸미자고 한다.

『삼국지』에는 고구려에서 집집마다 조그마한 창고를 갖고 있는데, 다락과 같이 높이 올라간 곳에 물건을 둘 수 있는 집을 지은 것이라고 설명되어 있다.

❖ 소태후가 단로성에서 목욕을 하는 곳의 이름은 염지이다.

『신당서』에는 숙신족과 같은 계통을 보이는 말갈족의 일파인 흑수말갈에 대해서 설명하면서, 소금기가 있는 연못인 염지가 있다고 되어 있다. 안국군이 차지한 지역에 흑수말갈의 염지가 포함되어 있다고 보는 것은 무리일 것이나, 「광개토왕릉비」 등에도 광개토왕이 염수鹽水를 건넜다는 기록이 나타나는 것을 보면, 먼 변방의 숲 속 외딴 곳의 독특한 고구려의 경치로 소금기가 있는 물이 나타나는 것이 아주 어색하지는 않다고 생각한다.

❖ 소태후가 목욕을 하는 효능에 대해서 말할 때 훤화에게 비법을 받았다는 말을 한다.

『동명왕편』에는 고구려의 주몽에 대한 전설을 이야기하면서, 하백의 딸이 목욕을 하는 장면을 설명할 때에 유화柳花, 훤화萱花, 위화葦花, 세 사람이 있었다고 말하고 있다.

❖ 안국군은 소태후가 목욕하는 모습에 대해 말하면서 하백의 딸들이 사람을 홀린다는 말

을 한다.

『동명왕편』에서 고구려 주몽의 전설을 이야기하면서, 해모수解慕漱가 청하青河의 웅심연熊心淵에서 노닐고 있는 하백의 세 딸들을 보고 취하여 세 여자를 유혹하고자 했다고 한다.

❖ 안국군이 노부족을 쫓아 깊은 숲 속으로 들어갔을 때 들려오는 노래는 짝을 잃은 꾀꼬리로 우두머리의 신세를 비유한다.

『삼국사기』에 나오는 기원전 17년에 흔히 〈황조가黃鳥歌〉라고 부르는 노래가 소개되어 있는데, 임금의 후처인 치희稚姬가 도망가버리지 임금이 짝시어 우는 꾀꼬리를 보면서 시를 지어 부른 것으로 나온다.

❖ 안국군은 양맥병과 숙신병을 믿는다는 이야기를 하면서, 삼한 78국의 군사들이 한 번에 몰려온다고 해도 두렵지 않다고 말한다.

『삼국지』에서는 고구려와 삼한의 여러 나라들을 분리하여 설명하고 있는데, 삼한의 나라 숫자들을 모두 합하여 총 78국으로 이야기하고 있다. 나중에 조선시대 등에 정리된 인식을 보여주는『동사강목』등에는 고조선이 한나라에 격파되어 한4군으로 넘어가자, 고조선에서 남쪽으로 도망친 세력들이 영향을 크게 끼쳐서 성립된 것이 삼한 78국의 나라로 나온다. 그에 비해, 고구려는 한4군의 북부에 주로 중심을 두고 있는 나라이므로, 삼한 78국과는 어느 정도 거리를 두고 구분되는 것으로 보는 편이 옳을 것이다. 그런데 신라가 삼국을 통일한 이후 고구려도 삼한과 같은 계통으로 보는 신라 사람들의 시각이 굳어져 내려온 면이 있기도 하다. 이는『삼국사기』열전에 소개된 최치원 이야기에서 매우 뚜렷이 나타난다.

따라서 고구려는 삼한 여러 나라들과 어느 정도 가까운 나라로 여기기는 하되, 동시에 서로 성격을 달리하는 지역으로 받아들이기도 하는 것으로 따지는 것도 합당하리라 생각한다.

❖ 안국군을 찾아 국상 상루가 왔을 때 임금이 보낸 증표로 황금 화살을 사용한다.

현재 남아 있는 유물 중에 금동제로 만든 화살촉이 있고, (경철화 등,「고구려병기연구」,『고구려연구문집』)『삼국사기』에도 후조의 임금인 석륵에게 예물로 숙신족의 전통에 따라 싸리나무 화살을 보냈다는 기록이 있다.

❖ 안국군 앞에 마지막으로 소태후를 데려왔을 때, 소태후는 곰가죽에 덮여 있었다.

『일본서기』에는 고구려 사람이 왜국에서 말곰 가죽(羆皮)을 사치품으로 비싼 값에 팔기 위해 술수를 부린 일이 기록되어 있다.

❖ 안국군은 소태후를 꾀어 난잡한 행동을 하려 했다는 죄목으로 죽게 된다.

『삼국사기』에는 안국군을 정확히 어떤 수법으로 무슨 사연을 엮어 죽였다는 것은 나와 있지 않다. 다만, 상부가 안국군 달가를 "모살謀殺"했다고 하여, 상부가 꾸민 음모에 빠져 안국군이 억울하게 죽었다고만 밝혀져 있다.『삼국사기』에 나와 있는 표현을 옮기면, "달가가 아버지의 항렬에 있는 데다가 큰 공을 세워 백성들에게 위망이 있으므로, 임금은 달가를 의심하여 모살하였다 王以賈在諸父之行有大功業爲百姓所瞻望故疑之謀殺"라고 한다. 일단 "의심하여 모살했다"는 점을 보면, 안국군 달가가 임금의 자리를 위협하거나 임금의 권위에 나쁜 영향을 끼칠 수 있다고 상부가 생각해서 안국군을 죽였다는 이야기로 볼 수 있을 것이다.

보다 자세히 살펴보면, 안국군 달가가 임금의 자리를 위협할 만한 이유로는 세 가지가 언급되고 있다. 안국군이 임금의 아버지뻘인 항렬이라는 점, 숙신족과 양맥족을 다스리는 큰 공을 세웠다는 점, 백성들에게 위망이 있다는 점이 그것이다. 그래서 이 이야기에서는 안국군이 임금의 아버지뻘로서 문제를 일으킬 수 있는 점, 숙신족을 다스리는 데 대해 문제가 생기는 점, 백성들에게 인망이 매우 높아서 문제가 생길 만한 점, 세 가지 사연을 모두 엮이는 사건이 음모가 되어 안국군은 여기에 걸려 죽게 되었다는 것으로 내용을 꾸며보았다.

재미삼아 할 만한 이야기지만, 공교롭게도 숙신족의 후예인 여진족을 공격한 것으로 유명한 고려시대의 윤관과 조선시대의 김종서는 모두 공격을 성공시킨 후에 정치 싸움에 휘말려 자리를 잃는다. 그런데 고구려 때의 안국군 달가 역시 숙신족을 공격한 일은 성공시켰고, 이것으로 매우 큰 인기를 얻었지만, 정치 싸움에 휘말려 목숨까지 잃게 되는 것이다. 윤관이 자리에서 물러난 것이나, 김종서가 죽게 된 것도 억울하다는 시각이 있었지만, 특히 안국군이 죽은 것에 대해서 사람들이 매우 억울하게 여겼다는 점이 『삼국사기』에 상당히 뚜렷이 나타나 있다.

이것은 보기에 따라서는, 안국군을 죽게 한 임금 상부가 결국 창조리가 일으킨 반정으로 쫓겨났기 때문에, 상부의 적인 안국군이 반대로 더 좋게 기록에 남았기 때문이라고 주장할 만도 하다. 즉 창조리가 반정을 일으켜 상부를 내쫓을 때에, 상부가 이렇게 배반해서 내쫓을 만큼 아주 나쁜 임금이었다고 주장하기 위해, 상부에게 희생된 안국군이 매우 억울했다고 후대에 더더욱 강조했다는 것이다. 그리고 지금 우리가 보고 있는 안국군에 대한 이야기는 이렇게 창조리 등에 의해 안국군의 억울함이 일부러 강조된 이야기라는 것이다. 이러한 점은, 『삼국사기』에 상부가 질투가 심하고 남을 잘 의심한다고 소개되어 있어서, 안국군을 죽인 일과 맞아떨어지고 있다는 것을 보면 더 두드러져 보이기도 한다.

하지만 반대로 정말 상부가 안국군을 워낙에 억울하게 죽도록 만들었고, 창조리가 반정을 일으킨 것도 바로 안국군의 죽음을 억울하게 여기고 상부를 공격하는 일에 따르는 사람들이 많았기 때문이라고 볼 수도 있을 것이다. 이것은 창조리가 반정을 일으키고 상부를 결국 자살하게 몰지만, 정작 상부를 몰아낸 뒤에는 창조리가 기록에 나오는 일이 없다는 묘한 사실을 보면 더 그럴듯하게 보이는 면이 있다. 상부를 몰아낸 장본인이면서도, 창조리는 후에 무슨 큰일을 벌였다거나 높은 자리를 차지하고 상을 받았다는 등의 기록을 전혀 남기지 않은 것이다. 오히려 마치 자리에서 물러나 사라지기라도 한 것처럼 거의 아무 일을 한 기록도 보이지 않는다. 추측을 해보자면, 창조리는 정말로 꼭 이루어야 할 필요가 있는 반정, 혁명만을 성공시키고 다른 욕심을 부리지 않고, 스스로 다른 권력을 더 챙기지도 않고 그대로 곱게 물러난 것일 수도 있다는 이야기다.

따라서 이야기를 꾸밀 때에는 안국군이 나름대로 비극적인 일에 빠져 죽게 되는 것을 살리는 방향으로 했고, 이 음모를 꾸미는 실무자에 해당하는 인물인 우랑은 창조리의 이야기에 비길 수 있도록 음모를 성공시킨 뒤에 오히려 자리를 던지고 물러난 것으로 내용을 만들어 붙이는 것이 합당하리라 생각했다.

■ 모 살 기 는 ……

　우리나라의 역사를 소재로 한 이야기는 대체로 대단한 위인이나 영웅, "민족의 웅혼한 기상"을 보여준다는 계몽적이라면 계몽적인 목표에 치우쳐져 있는 경우가 너무 많다는 생각을 한 적이 있었다. 이 이야기를 만들 때의 초점은 굳이 "민족의 웅혼한 기상을 보여준다"라는 데 집착하지 말고, 그런 "영웅 보여주기"보다는 역사 속에 있는 소재를 그저 최대한 한국인의 이야기답게 이야기로 꾸미면 훨씬 쉽게 재미난 내용을 꾸밀 수 있을 거라는 데 있었다. 그래서 "고구려가 위대한 나라였다는 것을 보여줘야 한다"는 방향에 매달리는 식으로 간 것이 아니라, 여러 기록에 나타나는 삼국시대 고구려의 다양한 풍습, 사회상들을 이야기 속에서 자연스럽게 재미난 소재로 많이 드러낼 수 있도록만 궁리해보았다.

　2010년 초에 『독재자』라는 제목의 단편집을 꾸민다는 제안을 받고 처음 썼던 것이 이 「모살기」였다. 1개월 정도 내용을 앞뒤로 짜보고 1주일 동안에 내용을 쓴 것인데, 내용이 너무 길어져서 결국 단편집에 싣지는 못했다.

한국의 천일야화를 듣다!

– 곽재식 작품집『모살기』

박든든나름

1. 환상적 역사를 이야기하다

소설의 기원은 이야기다. 원시 시대부터 인류의 오락으로 자리잡은 것은 모닥불을 피워놓고 펼치는 이야기였을 것이다. 자신의 체험부터, 전해들은 이야기, 신들의 이야기까지 인류는 이야기를 탐닉했다. 이때 중요한 것은 그 이야기가 재미있어야 했다는 것이다. 지루한 이야기는 금세 무시되고 사라진다. 사람들의 관심을 끌고 오랫동안 살아남은 이야기는 오직 재미있는 이야기뿐이다.

우리의 삶은 이야기다. 인간은 하나의 책이고, 이야기가 계속되는 한 삶은 이어진다. 우리들은 끊임없이 다른 이야기를 읽고 싶어 한다. 이야기가 계속된다는 것은 삶의 증거이기에, 살아 있음을 확인하고 싶은 것이다. 이렇게 보면 세상도, 신문 기사도, 역사도 이야기라는 것을 알 수 있다.

여기, 곽재식이라는 이야기꾼이 있다. 천일야화처럼 설화, 야담 같은 이야기를 들려주는 세혜라자드다. 한국 단편소설에서 서사의 부재 현상이 두드러져가고 이를 소설의 위기로 보는 작금의 현실에서 문헌과 고증을 통해 재창조된 곽재식 소설들은 특기할 만한 결과물이라고 할 수 있다.

고전에서 발굴해낸 서사가 오히려 현대 소설에서 찾아볼 수 없는 새로움이라는 아이러니. 이것은 한국만의 문예콘텐츠 개발의 한 예가 될 것이며, 독자들에게는 새로운 서사를 경험할 수 있는 기회로 작용할 것이다. 묻혀 있던 누적된 유산 속으로 걸어들어 가 새로운 이야기를 들려주는 작업은 한국의 천일야화를 보는 듯, 한국 서사의 스펙트럼을 확장시킨다.

이 책에 수록된 네 편의 단편은 신라, 고구려 등 삼국시대를 배경으로 한 작품들이다. 이렇게 현재가 아닌 과거를 배경으로 한 소설로는 김보영의 「진화신화」[*]나 듀나의 「여우골」[**], 조현의 「초설행」[***] 등을 떠올릴 수 있다. 듀나나 조현의 작품들이 상대적으로 익숙한 조선을 배경으로 했다면, 곽재식과 김보영의 글은 사료가 적은 삼국시대를 배경으로 했다는 점이 차이가 있다. 조선을 배경으로 한 소설들은 상당히 많으나, 삼국시대를 배경으로 한 소설들은 문헌 자료가 부족한 탓에 많이 쓰이지 않았다.

그런데 이 책에 실린 곽재식의 단편들을 일반적인 역사소설로 정의할 수 있을까? 보통은 고개를 저을 것이다. 왜냐하면 흔히 생각하는 역사소설은 실존 인물을 대상으로 한 소설들이기 때문이다. 즉, 역사적 인물과 사건을 대상으로 쓴 작품을 역사소설이라고 생각하기 쉽다. 그러나 세부적으로 역사소설을 살펴보면 상당히 다양한 양상이 나타난다는 것을 알 수 있다. 실제 기록된 역사

[*] 김보영, 『진화신화』, 행복한책읽기, 2010, 수록.
[**] 듀나, 『브로콜리 평원의 혈투』, 자음과모음, 2011, 수록.
[***] 조현, 『누구에게나 아무것도 아닌 햄버거의 역사』, 민음사, 2011, 수록.

를 완벽하게 지키는 작품이 있는가 하면, 기록에 존재하지 않는 인물을 중심으로 이야기를 펼치는 역사소설도 있다. '역사' 소설이냐, 역사 '소설'이냐에 따라서 작품의 성향이 달라지는 것이라 할 수 있다.

이러한 역사소설을 유형론적으로 접근해보자.* 터너**는 역사소설의 분류를 기록적, 가장적, 창안적으로 나눴다. 기록적 역사소설은 실제 역사 기록과 거리가 가까우며 따라서 독자의 기대도 역사적 인물과 사건으로 판단하려 한다. 창안적 역사소설은 반대편에 있는 분류로, 역사 기록보다 창의적인 소설에 가까우며 독자의 기대도 허구성에 대한 관습적 기대에 머문다. 창안적 역사소설은 허구적 인물을 내세우기 때문에 독자의 엄격성이 약화된다. 작가의 지위도 기록적 역사소설에서는 역사가인 소설가인 데 반해 창안적 역사소설에서는 소설가에 가까운 쪽으로 달라진다. 기록적 역사소설은 비교적 가까운 과거를 다루며, 창안적 역사소설은 상대적으로 먼 과거를 다룰 가능성이 높다는 점도 대비를 이룬다. 그리고 가장적 역사소설은 기록적, 창안적인 역사소설의 중간 형태를 말한다. 즉 이 분류법에 따르자면 일반적으로 역사 기록에 근거한 많은 작품들이 기록적 역사소설에 속하며, 삼국시대를 다루거나 그 전을 다루며 필연적으로 허구성이 강화된 소설은 창안적 역사소설에 속한다고 볼 수 있다. 이 단편집에 수

---

* 김윤식의 분류법으로는 이야기체의 형태이며 흥미 우선의 오락성 위주인 '야담형 역사소설'일 것이다.(김윤식, 「역사소설의 네 가지 유형」, 『한국근대역사소설연구』, 을유문화사, 1986, 412~432쪽.)

** Joseph W. Turner, 『The Kinds of Historical Fiction, Genre』 (Norman: University of Oklahoma, 1979, fall).

록된 곽재식의 소설들은 창안적 역사소설이라고 할 수 있다. 그런데 이 책에 실린 네 편의 작품을 하나로 묶기에는 그 성격이 달라, 두 가지 유형으로 나뉘는 것을 알 수 있다. 「일라」와 「김가기」는 고전소설의 지괴소설, 전기 소설을 떠올리게 할 정도로 환상성이 풍부하며, 「지진기」와 「모살기」는 상대적으로 환상성이 적고 고증에 치중한 모습을 보인다. 공임순은 터너의 세 범주에 네 번째 범주인 환상적 역사소설을 첨가한다.* 공적 역사에서 가장 먼 축으로, 합의된 리얼리티에서 일탈한 소설들을 일컫는 범주이다. 역사적인 시공간에 머무르지 않고, 현실과 역사의 시공간 너머 다른 시공간으로 도약하는 양식이다. 이 분류에 따르면 고구려 풍습을 철저히 조사해 집필한 「지진기」와 「모살기」는 기록이 적은 먼 과거로 거슬러 올라가고, 역사에서 소외된 민중들의 삶을 당대 여러 문헌에 나온 단서를 조합하고 추리하여 세밀한 묘사로 재창조해내는 창안적 역사소설로 볼 수 있다. 그리고 외국 문헌에 나온 기이한 기록을 바탕으로 하기는 하지만 역사적 시공간보다도 작가가 창조한 또 다른 시공간이 주요한 배경을 이루며 리얼리티에서 이탈하여 환상성으로 이루어진 독특한 세계를 보여준 「일라」 「김가기」 등은 환상적 역사소설로 볼 수 있을 것이다.

---

* 공임순, 『우리 역사소설은 이론과 논쟁이 필요하다』, 책세상, 2000, 140~143쪽 참조.

2. 「일라」와 「김가기」의 환상성

「일라」는 백제의 '일라'라는 학문이 뛰어난 사람을 중심으로 한 소설이다. 이야기는 뱃사람이 바닷가에서 한 여인을 구조히는 장면으로 시작된다. 뱃사람이 왜 바다를 홀로 떠돌고 있냐며 묻자, 여인이 이야기를 시작한다. 설화나 민담처럼 이야기를 들려주는 형식으로 진행되는 것이다. 이야기는 역시 기이하며 '일라'는 학문이 뛰어난 정도가 아니라 앞날을 내다보는 예언가처럼 비친다. 고전소설 중 기이하고 환상성이 강한 전기소설을 재현한 것처럼 전개나 대사가 고전적이지만 이야기 안의 개연성은 현대소설의 플롯을 따르고 있어, 과거와 현대가 결합된 독특한 느낌을 자아낸다.

일라는 서책을 통해 5만 명에 달하는 사람들의 살아온 일과 저지른 일을 모두 읽고 미래를 예측하는 능력을 갖게 되었다. 그의 능력을 높이 산 왜국에서 일라를 초대하고, 일라는 미리 앞날을 예지한 채로 왜국에 넘어간다.(이때 성상의 저지를 피해 꾀를 내어서 왜국에 가게 되는데 정보 유출을 염려하여 우리나라 인재의 전직을 금하는 산업진흥보호법을 떠올리게 되기도 한다.) 왜국에 가서 미래를 예측하여 급진적인 정책을 내놓지만 너무 과격한 방법이라 받아들여지지 않고 제거 대상이 된다. 미루어 짐작하는 일이 아무리 맞더라도 일반 사람들에게는 수백 수천 명의 백제 사람을 죽이라는 말을 따를 수는 없는 것이다. 뛰어난 능력을 가진 자가 있더라도, 인간의 인지 너머에 있다면 인간은 받아들일 수 없음을 보여준다. 일라는 소설 속에서 인간 이상의 능력을 보여주고 이는 결국 비극을 초래한다. 「일라」에게 당연한 것이 남들에게는 당연한 것이 아니며, 아무리 맞는 일이라도 죄 없는 사람을 죽여야 하는가, 라는 윤리적 문제도 고민하게 된다. 또한, 인간의 특성상 자기들이 통제할 수 없는 능력자는 제거하려고 하는 당연한 결과에 도달한다.

이런 초인적인 인물이 등장하는 것은 「김가기」 역시 마찬가지이다. 「김가기」는 「일라」와 마찬가지로 서두에 이야기를 들려주는 형식을 취한다. 어떤 아이가 죽은 이후에 인간이 어떻게 되는지 묻자, 한 사나이가 이야기를 들려주는 것이다. 이 소설 역시 전기소설처럼 괴이하고 기이한 환상성이 눈에 띄는 작품이다. 김가기는 무엇으로 먹고사는지 알 수 없는 신비한 사람으로 시험에 합격하여 당나라의 진사가 되었다. 김가기는 벼슬이 높지 않아도 당나라 창고에서 재물을 얻을 수 있다고 말하며, 신라와 당나라를 오가며 짐을 싣고 다니고, 산기슭에 초가집을 짓고 살았다. 한편, 세상에서 해결할 수 없는 문제를 기괴한 방식으로 풀어준다는 소문도 돌았다. 이렇게 미스터리를 부각시킨 다음, 당나라 임금의 신하인 중사가 김가기라는 인물의 정체를 파악하는 것이 소설의 줄거리다. 여기서 밝혀진 김가기의 비밀은 김가기가 용과 봉을 키워서 사람의 오감을 완전히 대체하는 환상을 체험할 수 있도록 제공한다는 점이다. 중사를 따라온 궁녀는 진짜와 꼭 같이 느껴지는 가짜가 있다면, 이 세상은 이미 가짜일지도 모른다고 말한다. 이는 오래된 주제인 '통 속의 뇌'를 연상시킨다. "우리가 사는 세계가 진짜가 아니고 통 속의 뇌에 연결된 슈퍼컴퓨터

속 전자신호일지도 모른다"는 물음이다. 필립 K. 딕이 기억 조작과 가상현실로 "이곳은 이미 가짜세계일지도 모른다"는 문제의식을 다뤘듯이 곽재식은 고전 소설의 기이성으로 이 주제를 표현해낸 것이다.

소설은 이 물음을 극단까지 밀어붙여서 기이한 경험을 하게 만든다. 중사의 부하는 용과 봉 사이에서 한평생을 겪게 된다면 다시 중사의 부하가 되어 또 김가기를 좇아 이런 교묘한 것을 찾을 것이라고 말하고, 거기서 다시 그 속에서 중사와 같은 사람의 부하가 되어 김가기 같은 사람을 좇아 이런 교묘한 것을 찾을 것이라고 말한다. 이러한 반복은 이야기 속 이야기의 연쇄나, 꿈속의 꿈같이 무한한 침강을 경험케 한다. 과거를 배경으로 한 소설에서 메타픽션적으로 소설을 바라보게 만들며, 우리 세상에 대한 물음을 환기시킨다는 점이 신선한 재미를 선사한다.

3. 독재자 연작—「지진기」와 「모살기」

앞의 두 편이 환상성이 풍부하며 초인적인 능력을 지닌 이가 중심인물인 소설들이라면 「지진기」와 「모살기」는 환상성이 적고 고구려 풍습 고증에 충실하며, 특별한 능력이 없는 캐릭터가 중심인물인 소설들이다. 네 편의 소설 다 보기 드문 삼국시대를 배경으로 한 소설이라는 점에서 매력적이나, 「지진기」와 「모살기」는 특히 고구려 풍습을 치밀하게 고증해서 독특한 느낌을 자아낸다. 어떤 사물을 정밀하게 확대할수록 원래 사물의 모습은 알아볼 수 없고 현실을 초월한 모습으로 비치듯이, 익숙지 않은 고구려 배경을 세밀하게 그리자 다른 세계를 그리는 듯한 '낯설게 하기' 효과가 발생해서 독자에게 생경한 느낌을 준다.

또한, 앞의 두 작품과 차별화된 점은 「지진기」와 「모살기」는 '독재자'를 테마로 한 작품들이라는 것이다. 「일라」와 「김가기」가 외국 문헌을 토대로 개연성을 집어넣어 소설적으로 각색한 재창조 소설이라면 「지진기」와 「모살기」는 고구려를 배경으로 한 독재자 연작 소설이라고 할 수 있다.

에밀 시오랑이 "독재자는 개인을 파괴하거나 강화한다"고 말했듯, 두 소설에 나타난 주인공은 독재자의 통제 속에서 파괴되거나 강화된다.

「지진기」는 지금의 천문관 같은 위치인 고구려 좌영성실을 배경으로 한 소설로, 하늘과 별을 관찰하는 일자 중 지위가 낮은 소대일자가 주인공이다. 당시 지진이 일어난 후 그 대책과 앞으로 지진을 어찌 예측해야 하는가가 문제로 나타나는데, 소대일자는 여기서 무시만 당하는 무능력한 인간으로 그려진다. 무희에게 돈을 퍼주며 아내를 속이는 등 실없는 짓을 하다 우연히 백성의 뜻이 하늘의 뜻이기에 지진의 원인이라는 아부용 엉터리 이론이 높은 사람에게 인정받으며 성공가도를 걷는 듯이 보인다. 그러나 주인공은 끝내 독재자에 의해 파괴되는 결말을 맞는다. 박견 가면놀이를 금지하는 것은 검열 등을 떠올리게 되는데, 소설 속에서도 욕을 듣는 것을 권세가 많은 자들이 두려워한다고 말한다.

우리 사회에서 아직도 풍자나 패러디가 처벌의 대상이 되는 것을 보면 비록 배경이 과거라도 독재자라는 테마는 현재를 사는 우리까지 공감할 수 있게 그려졌음을 확인할 수 있다. 가한신을 따르는 민중들이 나오는데, 이들은 종말론이나 휴거 사태를 떠올리게 하는 등 현재를 비추어볼 수 있는 장치들이 인상적이다. 소대일 자가 내놓은 대책에 따라 술을 마시고 춤추는 광경은 그 주위에 시체가 널려 있어 참혹하면서 우스꽝스러운데, 이는 관료주의의 폐해이자 시스템을 직시할 수 없는 독재적 환경의 결과라고 할 수 있다. "이제 보니, 오늘 밤에 벌써 그렇게 된 것 아니던가?"라는 가사는 이 풍경을 핵심적으로 집약하는 문장이자, 어느 때든 이미 종말에 가까운 사회를 표현하기에 적절한 문장일 것이다.

「모살기」의 주인공은 공명정대한 관리로 나오며 앞의 세 소설의 주인공들과는 또 다른 유형의 인물이다. 모살기의 주인공 우랑은 고구려 도성의 성문을 지키는 조의라는 벼슬에 있는데 소태후에게 뇌물을 바치려는 사람을 규정대로 막다가 단로성으로 좌천된다. 단로성에서 차별받는 숙신족 여자가 바둑돌을 사는 것을 도와주게 된다. 그러나 숙신족 여자가 소태후의 수레를 가로막게 되면서 손이 꿰뚫리게 되는 것을 막아서다 일이 복잡해진다. 갑사는 우랑과 숙신족 여자를 모두 잡아들인다. 우랑에게 이는 제도에 없는 일이고 부당한 것이나 갑사는 독재자의 권력을 휘두르며 풍속을 앞세우고 이를 무시한다. 우랑은 그 뒤로 끊임없이 고문과 회유를 당하면서 죄를 인정하라는 온갖 술수에 시달리게 된다. 이런 모습은 우리 사회에서도 과거의 삼청교육대나, 트위터

리트윗만으로 구속되어 법정에 서게 된 사례를 연상케 한다. 권위를 지속시키기 위해 범죄를 인정하라는 겁박을 당하는 억울한 상황이 펼쳐지며 독자는 우랑에게 감정이입을 하게 된다. 이야기가 진행될수록 이 답답한 감정과 정비례하여 몰입도가 높아진다. 규정에도 없는 칠흑 같은 혈옥에 갇힌 우랑은 제대로 먹지도 못하며 죽어간다. 논리는 통하지 않고 우랑의 말은 모조리 위에 닿지 않는다. 독재자에 의해 '파괴'된 우랑은 여러 복수 서사처럼 탈출에 성공하면서 '강화'된다. 이제 입장이 반전된다. 앞에서 제시된 장면들이 하나도 허투루 쓰이지 않고 반복되면서 플롯의 정교함을 증명한다. 모든 배경이 복선으로 기능하는 구조적 완성도에 감탄하게 되는 것이다. 또한, 부당하고 부조리한 상황에서 자신의 의지를 꺾지 않고 끝까지 관철시키는 우랑이라는 인물이 현대를 살아가는 독자들에게 깊은 공감을 이끌어내며 이야기도 생명력을 얻는다. 그 때문에 그가 '강화' 되는 후반부에 이르러서는 통쾌한 감정마저 느끼게 된다. 마침내 모든 사건이 끝나고 난 뒤의 후일담은 시간이 흐른 뒤의 재회라는 플롯 장치로 인해 감동을 느끼게 된다. 구조가 잘 짜인 흥미로운 이야기는 배경을 무화시키거나 초월해서 즐거움을 주는 법이다.

4. 이야기가 서사가 되는 순간

곽재식의 작품집 『모살기』는 이처럼, 과거를 배경으로 했지만 외국 문헌들을 참조하거나, 고구려 풍습을 바탕으로 독재자 테마의 소설을 쓰는 등 독창적 작업이 눈에 띈다. 문헌에서 출발한 상상력이 새로움을 이끌어내고 있다. 옛 한국을 배경으로 흥미로운 서사 구축에 성공했다. 이야기를 서사 예술로 구축하기 위해서는 개성적인 인물과 체계적인 플롯이 필요한데, 몇 줄밖에 안 되는 문헌들이 곽재식이라는 이야기꾼을 통해 개연성을 가진 소설로 재탄생한 것이다. 이 소설들은 묘사 없는 빠른 서사 전개를 통해 속도감과 흡입력을 간직하고 있다. 특히 방대한 고증을 했음에도 작품 속에 일일이 설명하지 않고 자연스럽게 녹여내, 속도감을 잃지 않았다는 점은 주목할 만하다. 조사량을 보여주기 위한 설명은 배제하고 서사 전개에 집중한다. 이로써 독자는 지루할 법한 설명을 작품 내에서 읽지 않으며, 인물을 따라 낯선 세계를 눈으로 보게 된다.

이 작업을 요리로 비유할 수 있지 않을까. 문헌이나 설화는 일종의 원재료라고 할 수 있다. 이 재료를 가지고 좋은 요리사는 재료를 손질하고 재배열하면서 보이지 않는 질서를 부여한다. 이렇게 만들어진 음식은 이야기를 갈구하는 허기를 잠재우며, 맛과 풍미로 감동을 전한다. 이야기가 서사가 되는 순간은 바로 이때다. 지금까지 맛본 적 없는 새로운 맛을 볼 때.

음식이 없으면 살아갈 수 없는 것처럼, 인간은 이야기가 없이 살아갈 수 없다. 앞에서 말했던 대로 인간은 끊임없이 이야기를 원한다. 소설이 인간학이라는 말이 있듯이, 이야기는 필연적으로 시공을 초월해서 인간을 이야기하고 삶을 그린다. 이야기를 듣는 우리는 추체험을 통해 자신의 삶을 환기할 수 있다. 먼 과거를 배경으로 한 곽재식의 소설들도 마찬가지다. 보편적인 삶을 보여주어 우리의 공감을 이끌어낸다. 이 소설들이 이야기의 본질을 담고 있기 때문이다.

소설의 마법은 새로운 인물과 세계를 독자에게 경험케 하는 것이다. 여기에 실린 네 편의 소설은 용과 봉처럼 다른 세계 속 인물을 엿볼 수 있는 기회를 제공한다. 어느새 우리는 현실을 잊고 곽재식의 마력에 사로잡혀 귀 기울이게 된다. 천두 번째 밤의 이야기를.

박든든나름
숭실대학교 문예창작학과 졸업. 동대학원 석사과정 수료.
환상문학웹진 거울 필진. 날개를 펴는 곳(http://twinpix.egloos.com) 블로그 운영 중.

　도대체 어떻게 해서 이상한 옛날이야기를 모으는 것을 좋아하
게 되었고, 또 이렇게 꽤 여러 편의 이야기들을 만들게 된 것인지
한 번 곰곰이 돌아보았다. 그랬더니 한 가지 생각나는 이야기가
있다. 아주 어릴 때 어머니께서 해주신 이야기였는데, 이런 내용
이다.

　옛날에 한 사람이 있었다. 이야기를 들을 때의 느낌에 이 사람
은 걱정 없이 사는 부유한 사람인 것 같았다. 이 사람은 집 앞을
지나는 어느 동냥하는 장님에게 적선을 한다. 장님은 고마워한
다. 그런데 문득 무엇인가 걱정스러운 표정을 짓는다. 왜 그러냐
고 묻지만 장님은 아무 일도 아니라고 한다. 장님에게 한사코 캐
물으니, 장님은 이 사람이 몇 월 며칠에 죽을 운명이라고 한다. 이
사람은 자기가 갑자기 왜 죽냐고 물어보자 장님은 그저 "참나무"
때문에 죽는다고 말할 뿐이다.

　실없는 소리려니 하지만, 막상 그날이 되자 이 사람은 불안해
진다. 그래서 그날 하루는 몸조심하며 아무 데도 가지 않고 오직
집 안에만 있기로 한다. 혹시 길가에 서 있는 참나무가 갑자기 넘
어져서 거기에 깔려 죽거나, 걷다가 참나무 뿌리에 걸려 넘어져

다쳐서 죽을 수도 있으니, 집 안에만 있으면서 하루만, 그날 하루만 버티려고 했던 것이다. 다행히, 하루를 집 안에서 지루하게 지내는 동안 아무 일도 없는 듯 보였다.

그런데 해가 거의 넘어 갈 듯한 저녁 황혼 무렵에, 이 사람은 문득 답답해서 방문을 연다. 문 밖으로 해가 걸린 산등성이에 노을이 지는 것을 본다. 저녁 바람이 시원하게 부는 것을 느낀다. 그런데 그러자 바람 탓인지 갑자기 귓구멍이 간질간질하다. 너무 간지러워서 귀이개로 귀를 후빈다. 그랬더니 시원하다. 빙긋이 웃는다.

그런데 그때 갑자기 돌풍이 불어서 열어 두었던 문이 거세게 닫히며, 귀 후비던 손을 홱 친다. 귀이개는 귀를 찌르고 들어가 머리 속까지 박힌다. 그렇게 해서 그 사람은 죽었는데, 바로 그 귀이개가 참나무로 되어 있었다.

이 이야기는 아주 어릴 적 들은 것인데, 들었을 때 인상이 강했고 지금까지도 잊히지 않는다. 그 나무가 "참나무"였다는 것까지 어제 들은 이야기처럼 생생히 기억난다. 그런데 이 이야기를 듣고 나서 얼마 지나지 않아 어머니께 다시 여쭈어보았는데, 어머니께서는 이 이야기를 완전히 잊고 계셨다. 어머니께서 이 이야기를 해주신 적이 있다는 것조차도 모르셨다.

이 이야기는 언제 누가 만든 이야기일까. 예전부터 내려온 이야기일까, 아니면 내가 이 이야기를 듣던 그때 유행한 이야기일까. 어머니의 고향에서 돌던 이야기일까, 아니면 서울에서 그때 돌던 이야기일까. 방송이나 신문에 나온 이야기였을까, 그저 입에서 입으로 전해진 이야기였을까. 이 이야기에 씨가 되는 비슷한 사연이 실제로 있기는 했을까, 아니면 그냥 누가 처음부터 끝까지 지어낸 이야기일까.

그 후에는 이 이야기에 대한 것을 다시 읽거나 들은 적이 없다. 이 비슷한 이야기를 들은 적이 있냐고 나중에 만난 가까운 사람들에게 물어보곤 했지만, 처음 들어본 이야기라며 실화냐고 되묻는 말을 듣기만 하였다. 그러고 보면, 위인의 일화나 역사적 사건의 명백한 기록과 다르게 이런 사연은 어떻게 해서 생겨나서 누구의 사연으로 퍼지고 있는 이야기인지 알 수가 없다. 그리고 그래서 꼭 세상 어딘가 구석에서 무심히 일상이 지나가는 동안 묘하게 한 번 있을 것 같은 이야기 같다는 느낌도 든다.

만일 이 이야기를 기억하고 계신 분이나 연원에 대해 아시는 분이 계시다면 언제건 알려주시기를 부탁드린다. 혹은 함부로 귀를 후벼대는 어린 아들에게 주의를 줄 때, 적당히 앞뒤를 실감나게 지어내어 독자께서 직접 이 이야기를 활용하셔도 무방할 것으로 생각한다.

— 2013년, 여의도에서

모살기 謀殺記

곽재식 작품집

초판 1쇄 펴낸날 2013년 5월 29일

지은이 곽재식
펴낸이 이규승
엮은이 최지혜
디자인 김은영, 양선희
마케팅 홍용준

펴낸곳 온우주
등록번호 제215-93-02179호
주소 138-847 서울시 송파구 석촌동 284-2 501 (백제고분로40길 4-7 501)
전화 02-3432-5999
팩스 02-422-2999
홈페이지 www.onuju.com

ISBN 978-89-98711-02-3 03810